no confíes en tus ojos

PIEL

no confíes en tus ojos

TED DEKKER

Publicado por
GRUPO NELSON
Una división de Thomas Nelson Publishers
Desde 1798

www.gruponelson.com

Copyright © 2007 por Grupo Nelson
Una división de Thomas Nelson, Inc.
Nashville, Tennessee, Estados Unidos de América
www.gruponelson.com

Título en inglés: *Skin*
Copyright © 2007 por Ted Dekker
Publicado por Thomas Nelson, Inc.

Traducción: *Ricardo y Mirtha Acosta*
Tipografía: *Grupo Nivel Uno*

ISBN-10: 0-89922-035-5
ISBN-13: 978-0-89922-035-2

Nota del editor: Esta novela es una obra de ficción. Los nombres, personajes, lugares o episodios son producto de la imaginación del autor y se usan ficticiamente. Todos los personajes son ficticios, cualquier parecido con personas vivas o muertas es pura coincidencia.

Impreso en Estados Unidos de América

1

Cuando no es que está cayendo tanta lluvia —a cántaros o a mares— sino más bien que al auto lo está atacando algo así como una avalancha de piedras, usted sabe que es hora de parar.

Cuando no puede ver mucho más que las indiferentes plumillas salpicando el parabrisas en medio de torrentes, cuando de súbito ya no tiene la seguridad de que está sobre la carretera, su radio no emite más que estática, no ha visto otro auto desde que el cielo ennegreció y sus dedos están blancos sobre el volante en un intento por estabilizar el viejo Accord frente a las aterradoras ráfagas de viento, usted sabe que este —sin lugar a dudas— es el momento de detenerse.

Wendy se inclinó sobre el volante, buscando las líneas amarillas que separaban la carretera de doble vía. No lograba ver un verdadero hombrillo. ¿Qué impediría que otro vehículo le diera por detrás si paraba aquí?

Ella había visto los negros nubarrones extendiéndose en el horizonte mientras atravesaba el desierto de Nevada. Oyó las advertencias de tornado en la radio antes de que dejara de transmitir inexplicablemente. El hecho de que este no fuera un territorio de tornados tenía confundidos a los locutores.

Wendy hizo caso omiso de las advertencias y siguió adelante en la noche. Se había fijado dos días para el largo trayecto entre San Diego y el occidente de Utah. La llamada de su madre pidiéndole que fuera la había paralizado por más de diez segundos, teléfono en mano. Su madre insistió en que debía ser el jueves de esa semana. Ahora era martes en la noche. Wendy se preguntó si vería al resto de la secta de la fraternidad o solo a su madre. Pensar en lo uno o lo otro era suficiente para mantenerla despierta en la noche.

La tribu, como la llamaba el líder Bronson, era de algún modo un grupo nómada, de más o menos veinte miembros, que iban adonde Dios los guiaba. Era evidente que el Señor los llevaba ahora a la remota frontera de Utah-Nevada.

Wendy había nacido en la secta y se las arregló para escapar siete años antes, en su decimoséptimo cumpleaños, el día en que se debía casar con Torrey Bronson como su tercera esposa. Ella contrató investigadores privados en dos ocasiones para localizar a la tribu y reportar la condición de su madre. Las dos veces recibió informes favorables. Pero en realidad los investigadores nunca hablaron con su madre, pues estaba estrictamente prohibido hablar con alguien que no fuera de la secta. Incluso tener contacto visual era castigado con un día en aislamiento. El contacto físico, también prohibido, era causal de grave castigo.

Dentro de la secta había muchos toques, abrazos y besos, pero jamás ningún contacto físico con extraños, y punto. Esa era la costumbre de la confraternidad.

Cuando Wendy tenía siete años de edad se cayó en una zanja en Oklahoma y se quebró una pierna. Un granjero que oyó sus gritos la llevó hasta los demás que la buscaban. Aun antes de poner los pies en tierra «Papá» Bronson la golpeó fuertemente por permitir que manos impuras la tocaran. La azotaina le dolió más que la pierna rota. Esa fue la última vez que Wendy tocó y fue tocada por alguien fuera de la tribu antes de escapar.

Y cuando Papá Bronson se creyó con derecho de romperle los dos pulgares y los dos índices como castigo por besar a Tony, otro miembro de la tribu de trece años en ese entonces, clarificó espantosamente que él la reclamaba solo para sí.

Wendy huyó de la secta, pero no de las heridas de una infancia tan malsana. Pocos conocían la importancia de los daños; ella los ocultaba muy bien detrás de una suave mirada y una clara sonrisa. Pero incluso hasta el día de hoy la hacía sentir incómoda el solo pensamiento del contacto físico con hombres.

Ningún asunto en la tumultuosa vida de Wendy la consumía tanto como esa falla. El toque era su demonio personal. Una bestia que le impedía expresar la profunda intranquilidad que había sentido en algunas relaciones con hombres, aislándola del amor, romántico o de cualquier clase.

Ahora, conduciendo entre la furia de la naturaleza, Wendy se volvió a sentir extrañamente aislada. De repente vio claro que se había equivocado al tomar su decisión de seguir entre los negros nubarrones.

Como si oyera y entendiera que estaba siendo injusta con la mujer, la tormenta amainó de repente. Ella pudo volver a ver la carretera.

Ver, ahora eso no estaba tan mal... Era hora de entrar a la atestada hostería más cercana, a esperar con el resto del público viajero que pasara la tormenta.

Ahora Wendy lograba ver las señales, y la verde que quedó atrás decía que el desvío para Summerville estaba a ocho kilómetros de distancia. Salida 354. Cien metros más adelante, un letrero azul indicaba que en esta salida no había servicios.

Matorrales de robles se alineaban en la carretera. Tormenta inusitada. Inundaciones repentinas. La verdad es que todo era un poco emocionante. Mientras la tormenta no la retrasara, le pareció buena la idea de...

Sus faros iluminaron un vehículo adelante. Como una aparición, la retorcida figura relumbró a través de la noche lluviosa, inanimada, inerte sobre la carretera. Una camioneta.

Wendy pegó un frenazo.

Los neumáticos traseros del Accord patinaron sobre el pavimento húmedo, y el vehículo se deslizó hacia la izquierda de Wendy. Ella se aferró del volante y le palidecieron los nudillos. Los faros destellaron al pasar los robles al lado de la carretera.

Por un instante Wendy pensó que el auto se podría volcar. Pero el asfalto húmedo impidió que el vehículo se bloqueara y se volcara sobre ella.

Por desgracia la superficie resbalosa también evitó que las llantas detuvieran el auto antes de chocar contra la camioneta.

Wendy salió impulsada hacia el frente, lo que permitió que los antebrazos absorbieran la mayor parte del impacto.

Por debajo del capó salió vapor silbando. La lluvia continuaba salpicando. Pero Wendy no había recibido más que uno o dos moretones. Se quedó sentada, serenándose.

Por extraño que pareciera, las bolsas de seguridad no se inflaron. Quizás fue por el ángulo. Si hubiera golpeado de lleno el parachoques delantero del otro vehículo, su guardabarros izquierdo habría sufrido el impacto antes de haberse metido a presión debajo de la parrilla.

Ella agarró su teléfono celular y lo desplegó. *Fuera de servicio.*

Fuera de servicio por más de media hora.

Intentó abrir la puerta. Esta chirrió un poco, y luego se abrió fácilmente antes de ir a golpear contra la empequeñecida camioneta, la cual ahora Wendy vio que era verde. Se bajó, notando apenas la lluvia. La camioneta había perdido la rueda delantera derecha y se asentaba sobre el dispositivo interior de los frenos, lo que explicaba la llanta que ahora ella veía en la carretera. Sus ojos volvieron a la puerta de la camioneta. La ventanilla lateral estaba hecha añicos. El parabrisas delantero parecía intacto, de no ser por dos agujeros redondos perforados en el lado del conductor.

Perforaciones de bala.

Por supuesto que ella no podía asegurar que fueran orificios de bala, pero fue la primera idea que le cruzó por la mente, y al haberlo hecho difícilmente podía considerar que simples escombros hubieran perforado esos dos círculos perfectos a través del cristal.

Alguien le había disparado al conductor.

Wendy giró bruscamente la cabeza alrededor en busca de otro auto o de un tirador. Nada que lograra ver, pero no significaba que no estuviera allá afuera. Por un momento permaneció pegada al pavimento, con la mente dividida entre la empapada que recibía de la lluvia y esos dos orificios de bala.

Wendy recordó la pistola en el compartimiento de la consola entre los dos asientos de su Accord. Louise la había convencido de que la comprara mucho tiempo atrás, cuando se vieron por primera vez en el refugio. Wendy nunca recibió el entrenamiento necesario ni disparó el arma. Pero allí estaba la pistola, y si alguna vez hubiera tiempo para eso... Ella se lanzó hacia la puerta abierta del Accord y se escurrió dentro. Encontrar y sacar el estuche de la negra pistola entre los asientos resultó una tarea resbaladiza que le dejó los nudillos ardiendo y los dedos húmedos. Pero se las arregló para asirlo. Abrió el cierre del estuche, sacó la fría pistola de acero y la tanteó, tratando de recordar dónde estaba el seguro.

Mientras tanto el trasero de Wendy, que aún sobresalía afuera en la lluvia, se seguía empapando. El arma se le deslizó de las manos y cayó al piso alfombrado con un ruido sordo. Ella soltó una exclamación y estiró la mano buscándola a tientas, encontró el gatillo, y habría hecho un hueco en el auto si el seguro no hubiera estado puesto.

Gracias a Dios por los seguros.

Ahora Wendy encontró el seguro y lo soltó. Aunque no sabía de armas, no era tonta. Tampoco era nada parecido a una cobarde.

Quien estaba en la camioneta podría aún estar con vida, tal vez herido, y allá afuera en esa tormenta. Además, Wendy era la única que podía ayudar. Con o sin francotirador al acecho, ella nunca abandonaría a alguien en necesidad.

Así que giró la llave del encendido del Accord. El auto ronroneó con vida. Aún salía vapor por el capó, pero al menos prendía.

Apagó el motor, aspiró tranquilamente, luego salió del auto y corrió agachada hacia la puerta de pasajeros de la camioneta.

Echando una última mirada a la desierta carretera, manteniendo baja el arma en ambas manos del modo en que muchas veces vio en la pantalla gigante cómo empuñaban las pistolas, Wendy levantó la cabeza y miró a través de la ventanilla de pasajeros.

Vacía.

Se puso de pie para ver mejor. La ventanilla del conductor estaba embadurnada de algo. Sangre. Pero no había cuerpo. Le habían disparado a alguien. Aparentemente la camioneta rozó a otro vehículo y perdió su llanta delantera antes de detenerse.

Wendy recorrió con la vista el hombrillo y la cuneta buscando alguna señal de un cuerpo caído. Nada. No había rastro de ningún tirador, ni señal de ningún peligro.

—¡Hola!

No hubo respuesta a su llamado.

—¿Hola? ¿Hay alguien allá?

No, nada más que lluvia cayendo sobre los vehículos.

Empezó a introducir el arma por detrás de sus jeans Lucky, que ahora le empapaban toda la piel, pero la detuvo de pronto una rápida imagen del arma abriéndole un orificio en el trasero.

Fue entonces, con la pistola aún en la mano en la parte baja de la espalda, que oyó el grito.

Wendy giró bruscamente el arma hacia la izquierda y escuchó. Volvió a oírlo, carretera abajo, oculto en la oscuridad cada vez mayor. Un indiscutible clamor de auxilio o de dolor.

O el asesino, aullando victorioso a la luna.

No volvió a oírse el lamento. Wendy se agachó y bajó corriendo por el borde de la carretera hacia el sonido, con el arma extendida. Quiso gritar pero se contuvo, sabiendo que en el caso poco probable de que el sonido lo *hubiera* hecho quien disparó a la camioneta, se estaría exponiendo al peligro.

A Wendy le pareció absurdo que ahora saliera corriendo de la seguridad de su auto en medio de la lluvia hacia un extraño no identificado. Por otra parte, costara lo que costara, con mucho gusto pasaría el resto de su vida sacando de cualquier zanja en las que hubieren caído a cualquier niña con sus piernas rotas.

Había corrido menos de cincuenta metros cuando vio entre la lluvia una furgoneta. Wendy se paró en seco, jadeando.

La furgoneta había virado bruscamente saliéndose de la carretera por el bajo terraplén de la izquierda, donde ahora estaba en completa oscuridad. No se trataba de la clase de furgonetas en que las mamás transportaban a sus hijos a los partidos de fútbol. Esta era de la clase más grande... en las que los asesinos metían a sus víctimas secuestradas antes de alejarse en los bosques profundos haciendo un ruido infernal.

La invadió una chispa de temor. Una cosa era no acobardarse. Otra era actuar neciamente por algún sentido equivocado de justicia. Esto último era lo que ahora sentía.

2

uántos? —preguntó Colt.

—Tres —contestó la despachadora.

—¿Estás diciendo que de veras han ubicado tres tornados, o que el servicio meteorológico está advirtiendo la posibilidad de que...?

—Ubicado, no están especulando.

Becky estaba tan nerviosa como un ratón, y el rápido parpadeo en los ojos la delataba. Pensándolo bien, aparte de eso realizaba bastante bien sus responsabilidades como despachadora.

La estación de policía de Summerville estaba en el centro del pueblito entre las calles Principal y Cordillera Ondulada, nombre absurdo para una vía en un pueblo que era tan plano como una tortilla. El despacho también se usaba como área de recepción. Puertas dobles llevaban a un salón abierto más amplio que tenía siete escritorios, la mitad de los cuales solo se usaban para compensar espacio y para los archivadores que alojaban.

La oficina del jefe lindaba con el área común a la derecha, al lado de un salón de conferencias que se utilizaba para interrogatorios ocasionales. Detrás de todo se había construido una cárcel con cinco celdas.

Summerville era un pueblo en que no se veían muchos problemas, y de ninguna manera de la magnitud que ahora amenazaba, con tres tornados que presionaban desde el oriente. En todo el año desde que Colt metiera sus cosas en la parte trasera de una Dodge Ram azul oscura y se dirigiera al norte a su nuevo nombramiento como uno de los cuatro comisarios en Summerville, el departamento había respondido a cuarenta y siete llamadas de violencia hogareña, siete muertes accidentales, un asesinato y más de seiscientos accidentes e infracciones que iban desde conducción por parte de borrachos hasta gatos en problemas. En general, una mínima parte de lo que los residentes de Las Vegas soportaban en una fracción de tiempo.

Colt lo sabía, porque prácticamente huyó de Vegas por la relativa tranquilidad de un cargo en un pueblo pequeño. Por desgracia, un año de relativa calma no lo había transformado. Una infancia traumática lo había reducido a un torpe e inseguro desastre con las mujeres, y solo un poco mejor con los hombres. Ser policía en Ciudad del Pecado no le ayudó de ninguna manera a afinar esas habilidades. Era excepcional con una pistola, pero eso no era en realidad lo que requería el trabajo en un pueblo pequeño.

Ahora ese pueblito estaba en la senda directa no solo de un tornado sino de tres.

—Yo no sabía que teníamos tornados en Nevada —expresó Colt distraídamente, viendo pasar gente tambaleando en medio de la lluvia que había amainado de modo considerable.

—No los tenemos. Tormentas anormales, como las llaman ahora. Calentamiento global o algo así.

—¿Dónde está el jefe Lithgow?

—Con el personal de mantenimiento.

—¿Haciendo?

—Cerrando las vías principales hasta que cesen los vientos.

Colt se quitó de la frente su gorra de béisbol y se dirigió a la puerta. Era su día libre, y había entrado para ver si necesitaban alguna ayuda. Parecía que la situación estaba bajo control.

—Estaré en la radio si me necesitas —informó al llegar a la puerta.

—Dile al jefe...

—¡Oficial caído, oficial caído! —chilló en la radio la voz de Eli Seymore como una gallina al ver un hacha recién afilada—. Tenemos problemas. Allá afuera hay alguien con un arma, y le disparó al jefe. Solicito refuerzos.

Y luego agregó como una idea de último momento.

—¡Ahora mismo!

—¿Estás seguro? —preguntó Becky con el rostro pálido.

—¡Sí, estoy seguro! Él está aquí. ¡Oye! ¡Oye! Envía una ambulancia.

Parecía que el oficial estaba a punto de llorar.

—¿Dónde está él? —inquirió Colt.

—¿Dónde estás? —preguntó a su vez Becky.

—Una cuadra al occidente de la vía principal... Oh, Dios... Maldición, maldición, maldición. ¡Aquí está él! ¡Él es...!

Resonaron disparos en el parlante de la radio. Eli soltó una palabrota. A juzgar por los ruidos que siguieron inmediatamente, soltó la radio y trató de ponerse a salvo.

—Llama al despachador en Walton y avísales nuestra situación —ordenó Colt, refiriéndose a la ciudad más grande a ochenta kilómetros al sureste.

Abrió la puerta de un tirón.

—Me dirijo hacia allá.

Cien posibles panoramas atravesaron su mente a toda velocidad mientras corría hacia su auto patrulla. De inmediato desechó los más obvios. Esto no era Vegas. Mínimo de crimen por drogas; nada organizado, al menos. La causa más probable para cualquier balacera era una pelea hogareña. De ningún modo las pasiones y las armas se mezclaban mejor en la aldea que en la gran ciudad.

Extremo oriente del pueblo. Quizás ese bruto, Mike Seymour, había finalmente cumplido su amenaza de destruir el pueblo si su vieja dama, como le gustaba llamar a Laura, no dejaba de mirar a todo hombre que pasaba.

No. Ni siquiera Seymour le dispararía al jefe.

Colt subió a su patrulla, encendió el motor y agarró bruscamente la radio con el sutil movimiento de un hombre que no había hecho nada más en seis años. Los parlantes se inundaron con la voz de Eli. Había vuelto a agarrar su radio.

—Viene directo hacia nosotros...

Pum, pum, pum.

—Colt va hacia allá —informó Becky con su voz trabada por el miedo.

No llegó respuesta esta vez. Eli estaba disparando.

Colt salió del estacionamiento, con las sirenas sonando. Nadie nunca podría subestimar el poder de ese distante aullido acercándose. Se creía que las sirenas solas eran responsables de parar más de treinta mil crímenes cada año en los EE.UU.

—Estoy en camino, Eli. ¿Cuál es tu situación exacta?

No llegó respuesta.

—¿Eli?

Estática.

Colt vociferó. Volvió a pulsar el botón del micrófono.

—Becky, ¿dónde están Steve y Luke?

—Steve está volviendo del Rancho Stratford. Se volvió a perder ganado. Luke también se dirige adonde Eli.

—¿Estás allí, Luke?

—Sí. ¿Tienes algo en mente?

—¿Dónde estás?

—Bajando por Cimarrón.

—Está bien, dirígete a la Tercera hasta el final del pueblo y regresa por la Primera. Creo que están en la Primera cerca del extremo oeste.

—Entendido. ¿Entro entonces en silencio?

—Sí.

Por otra parte, él iría con la sirena retumbando de ser necesario. Había pasado más de un año desde que se topó con un pistolero. El sabor metálico en la parte trasera de su boca, cortesía de la adrenalina, era tan dulce como amargo.

Le dispararon al jefe, Colt.

Revisa eso entonces. El sabor era puramente amargo.

Voló por la calle Principal hasta la Séptima y giró a la derecha a cien kilómetros por hora. En Vegas habría eludido el tráfico pesado, pero esto era Summerville. Las calles ya estaban desiertas debido a las noticias de la tormenta. Unos cuantos disparos las vaciarían por completo. La voz viajaba más rápido por las líneas telefónicas que por los noticieros en los pueblos pequeños.

Conduciendo con la mano izquierda, Colt agarró la correa con la cartuchera y sacó su revólver de servicio. En su mente resonó el juicio del sargento Brice Mackenzie de la academia de entrenamiento.

Quizás no seas el más apuesto semental en unirse a la fuerza, pero sin duda alguna te pueden pegar un tiro.

Todos decían que era adecuado que se llamara Colt. Durante sus años más inseguros había alardeado del manejo de su arma. Pero ahora, a los veintisiete años de edad, se había aceptado por lo que era. No un pistolero, no, por Dios. Era sencillamente un individuo fuerte, comprensivo y sensible que por casualidad se sentía más cómodo con un revólver cerca que con una mujer.

Y estaba muy bien con quien era. Al menos en ocasiones. Especialmente en ocasiones como esta.

Desenfundó el revólver y pulsó el botón de la radio.

—Acercándome ahora a la Primera.

—Entendido.

No tenía idea de lo que iba a encontrar en la calle Primera, pero podría ser una descarga de balas, así que entraría como un kamikaze, no cauteloso. Debía frustrar la puntería del tirador. Pondría nervioso a cualquiera menos al pistolero más experimentado.

El viento había amainado, y la lluvia era ahora una llovizna. Tan bueno como malo dependiendo de quién estuviera disparando. También la oscuridad era cada vez más profunda.

Colt se preparó y giró en la esquina. La patrulla se deslizó a lo ancho del pavimento húmedo, rechinando mientras el caucho remordía el agua contra el asfalto. Las luces de la calle revelaban en tonos amarillos el aprieto de Eli.

Dos patrullas estaban estacionadas en ángulo cerrado: las de Eli y el jefe Lithgow. De ellas no salían disparos. Colt supuso que ambos habían caído.

El tirador salió caminando debajo de una de las luces, directamente hacia él, sin inmutarse por la sirena, los reflectores y la muestra de fuerzas que ahora anunciaba la llegada de caballería.

Jeans y una camiseta negra. Gorra de béisbol echada hacia atrás. Una clase de atuendo en el rostro. Una máscara blanca con dos agujeros negros por ojos y otro orificio ovalado por boca. Como una máscara de hockey; difícil decirlo desde esta distancia.

Colt aumentó la velocidad, yéndosele encima al hombre.

Las ventanas de una docena de casas y tiendas detrás del hombre estaban hechas añicos. El tirador no había intentado ocultar sus intenciones a nadie.

Sin disminuir el paso, el pistolero le hizo dos disparos a la patrulla. El primero abrió un hueco precisamente donde habría estado la cabeza de Colt de no haberse agachado en el momento en que el tirador levantaba el brazo.

El segundo perforó un hoyo en el apoyacabezas del pasajero. Admirables disparos en tan mala luz. Con un blanco móvil. Aterradoramente admirables. La única persona que Colt había conocido con tal habilidad era Mark Clifton, un detective de Walton; el más diestro en manejo de armas, indiscutible.

Cambio de planes.

Colt giró el volante a la izquierda y frenó. La parte trasera de la patrulla viró hacia la derecha y se deslizó hasta detenerse de costado hacia el tirador. Él estaba fuera de la puerta, sobre el pavimento, arma en mano, cuando la siguiente bala destrozó la ventanilla del pasajero.

Colt rodó sobre su estómago, sacó el arma de la cartuchera debajo de su patrulla y disparó dos veces. El hombre saltó hacia atrás y desapareció de la posición en que se hallaba Colt, oculto por una de las llantas de la patrulla.

Sin blanco, para qué disparar... no tardó en saber eso muy bien el mejor tirador en la fuerza.

Oyó un auto patinar hasta detenerse en el extremo de la calle. Debía ser Luke, un muchacho fornido con experiencia de principiante. Al menos tenían acorralado al tirador.

Por algunos segundos no pasó nada. Por la calle corría agua que se remolineaba a lo largo de las alcantarillas y empapaba los jeans y la camiseta de Colt. Nada del tirador.

Entonces Colt supo porqué no había tirador. Seguro que desapareció entre las vidrieras destrozadas de la tienda por departamentos Sears a diez pasos de donde Colt lo vio por última vez. Una conjetura, por supuesto, pero bastante buena para poner a Colt de rodillas, y luego de pie.

—¡Los dos están derribados! —gritó Luke desde las patrullas.

Manteniendo la mirada cautelosa en las ventanas rotas a lo largo de la acera, Colt corrió hacia la primera patrulla.

Eli yacía en la alcantarilla, boca arriba, inmóvil. Los ojos abiertos hacia la lluvia que caía. Una bala le había perforado un pequeño hueco en la frente.

—Está muerto —informó Luke con voz entrecortada y temblando, diez metros más allá—. El jefe...

—Creo que el tirador entró a uno de los edificios al otro lado de la calle —lo interrumpió Colt—. Anda con cuidado.

Se apoyó sobre una rodilla al lado de Eli, manteniendo la patrulla entre él y la posible localización del tirador. Comprendió la inmensidad de su aprieto al levantar la radio de Eli y se aseguró de la muerte del policía. La adrenalina le dio paso a un momento de horror.

Un escalofrío le recorrió el cuerpo.

Apagó la radio y la sujetó a su cinturón.

—Eli está muerto. Informa Luke, y cúbreme la espalda.

Colt respiró con resolución y corrió hacia la ventana rota por la que sospechaba que desapareció el tirador. Detrás de él, Luke informaba el incidente, exigiendo más refuerzos, aunque ambos sabían que solo vendrían por el lado de Walton.

Peor aun, Colt sabía que el asesino se había ido. Sin duda nadie con la habilidad de ese sujeto sería tan ignorante para esconderse en el edificio de Sears y esperar a que lo sacaran. Sin duda escapó por detrás.

—Quédate aquí —gritó hacia atrás.

—¿Adónde vas?

Hacer saber sus intenciones al asesino habría sido estúpido, así que no lo hizo.

Le llevó menos de un minuto llegar al callejón trasero y abrirse paso detrás de la tienda Sears. La puerta trasera había sido abierta a patadas desde el interior.

No había indicios del tirador.

Una ráfaga de viento abrió más la puerta. El callejón estaba oscuro, y Colt apenas logró leer las palabras escritas con pintura roja en la puerta gris.

Hola Colt
Es hora de la venganza
Red

Colt sintió que le bajaba una sensación helada por la espalda. ¿Hora de la venganza? ¿De quién? ¿Por qué?

Por su mente titilaron fugazmente sus días como policía en Vegas. Poco más de un año atrás, la noche en que enfrentó a un hombre en el callejón donde vivía su madre detrás de una casa de citas. Había ido a inspeccionar después de que ella oyera que un cliente había golpeado a una de las chicas.

Quizás no habría visto al hombre encapuchado agachado en un rincón si no lo hubiera alertado un sonido de un cajón de madera arrastrado. Desenfundó su arma y se agachó; vio la forma, con los brazos cruzados.

Al principio ninguno habló. El hombre lo enfrentó desde la oscuridad detrás de su capucha, escabulléndose sin la más mínima ansiedad. Colt se puso de pie lentamente, nervioso sin saber la razón.

—¿Le puedo ayudar? —preguntó, mirando la puerta trasera a su izquierda.

—¿Puedes? —contestó el hombre con una voz parecida al cajón que había arrastrado.

—¿Qué está usted haciendo aquí?

—Ella es tan fea como tú, Colt —balbuceó el extraño.

¿Lo *conocía* este individuo?

—Tal vez deberías hacer algo al respecto —continuó el hombre.

—¿Quién es usted?

—¿Ya lo olvidaste?

La mente de Colt aceleró los recuerdos, pero ninguno llegó.

—Salga con las manos donde yo pueda verlas.

El hombre se reclinó en la pared de ladrillo sin moverse.

—¡Salga!

—La voy a matar por ti, Colt. Y luego regresaré por el resto de ustedes. Es hora de la venganza.

Entonces se fue. Colt lo vio irse, pero se movió tan rápido que no tuvo tiempo de procesar la amenaza, mucho menos de matarlo de un disparo, lo que había hecho miles de veces en sus sueños después de esa noche.

Su madre se cortó las muñecas dos días después. Encontraron su cuerpo en el cuarto de un hotel a tres cuadras de la casa. La imagen de su cuerpo muerto tendido en un charco de sangre nunca dejaría a Colt.

Él les habló a sus superiores de la amenaza, insistiendo en que se relacionaba con la muerte de su madre, pero no había evidencia de que ella no se hubiera suicidado. Le hallaron Fentanyl, un fuerte sedante, en el cuerpo, pero también lo encontraron en su cuarto. Un medicamento extraño, había que reconocerlo, pero no era evidencia de un crimen. Además se sabía que ella sufría depresión.

No hubo manera de convencer al departamento de homicidios de continuar un poco más con su muerte. Colt salió de Vegas tres meses después y vino aquí.

Miró la pintura secándose.

Hola Colt
Es hora de la venganza
Red

Se dirigió aprisa a la calle y encendió la radio.

—Becky, estás allí —manifestó con voz suave pero clara.

—Walton está enviando algunos refuerzos, Colt, pero hay una tormenta entre nosotros —se oyó rápidamente la nerviosa voz de la despachadora—. No saben cuándo puedan llegar aquí.

—Está bien —concordó él afirmando su respiración—. Necesito que te mantengas centrada. ¿Puedes hacerlo?

—Sí.

—Bien. La situación empeora. Necesito que llames a Horrence Tate, Mary Wiseman, el viejo Gerard... a todos los que creas que han estado alrededor por un rato. Diles que llamen a todos los conocidos en el pueblo, que cierren las puertas y que permanezcan dentro. Que no le contesten la puerta a nadie. Diles que corran la voz. ¿Me hago entender?

—Sí. Les digo que se trata de la tormenta, si es lo que deseas.

—No. Diles la verdad. Tenemos un asesino suelto, y no creo que haya terminado. Diles que no se dejen llevar por el pánico, pero que necesitamos que permanezcan encerrados.

—Está bien.

Pero ella no estaba bien, pensó Colt. Ninguno de ellos estaba bien.

Y él en particular estaba muy lejos de encontrarse bien.

Wendy avanzó lentamente. La lluvia se había convertido en una simple llovizna.

Las tinieblas rodeaban a la furgoneta.

Se acercó por el costado derecho del vehículo. La lluvia, aunque suave, sofocaría cualquier ruido que hiciera. Comprendiendo eso corrió el resto del camino, ansiosa de salir al descubierto. Era la primera vez que había corrido detrás de un arma cargada para ayudar a alguien; pero nunca antes había chocado contra una camioneta acribillada a balazos y llena de sangre.

Una de las puertas laterales de la furgoneta estaba abierta. Y sobre la tierra al lado de esa puerta yacía una figura. Un cuerpo.

Ahora que estaba cerca pudo ver que la furgoneta debió haber golpeado de lado a la camioneta, porque presentaba un gran daño. Ella solo podía imaginarse que el tirador estaba en un tercer vehículo, o a pie. Confiando en que no se estuviera acercando a la furgoneta de un asesino, bajó el arma y siguió rápidamente hacia delante.

Las dos llantas en ese costado de la furgoneta estaban destrozadas, haciendo que el vehículo se pegara casi a la tierra. El cuerpo pertenecía a una joven vestida de caqui y blusa abotonada. Yacía de espaldas, con el rostro hacia el cielo, aceptando la lluvia en la cara como si estuviera totalmente inconsciente de ella.

Wendy se apoyó en una rodilla y puso el arma en el suelo. La mujer parecía muerta, el rostro gris y empapado por la fuerte lluvia.

Estiró la mano hacia la frente de la mujer, y la tocó suavemente. Caliente. Le acababa de agarrar la muñeca desprotegida para sentirle el pulso cuando abrió los ojos bruscamente.

Wendy gritó de la sorpresa y saltó hacia atrás.

—¿Nicole?

La puerta en el otro costado de la furgoneta se abrió.

—¡Nicole! —exclamó un hombre de cabello negro, que parecía de la misma edad de la mujer, corriendo alrededor de la furgoneta; traía en la mano un botiquín médico blanco—. ¿Qué... quién es usted?

—Yo le oí a usted. Arriba en la carretera.

—¿Estaba usted en la camioneta?

La mujer, Nicole, gimió suavemente. Sin esperar una respuesta el hombre corrió a su lado.

—Ella necesita ayuda.

Nicole se enroscó, llorando.

El hombre buscó algo en el botiquín. El contenido cayó sobre la tierra húmeda, y él agarró un pequeño paquete de aspirinas.

—Si no la llevamos a un hospital morirá —expresó mirando a Wendy hacia arriba—. ¿Fue usted quien nos chocó?

—No. Yo choqué con la misma camioneta que ustedes. ¿Está ella herida?

—Por supuesto que está herida —contestó él cayendo de rodillas, rompiendo el empaque de aspirinas y metiendo a presión dos de las pastillas en la boca de la mujer—. Ella ya tomó dos. La mordió una serpiente. No creo que tengamos mucho tiempo. La lluvia la enfrió un poco, pero por dentro está ardiendo. Tengo dos llantas de repuesto y estaba...

Él lo pensó mejor antes de ponerse a dar interminables explicaciones.

—¿Aún funciona su auto?

—Creo que sí —contestó Wendy rodeando con cuidado al hombre y tocando otra vez el rostro de Nicole—. ¿No tiene huesos rotos?

—No. ¿Podemos llevarla a su auto?

—Ayúdeme con ella.

El hombre agarró a Nicole de los brazos y Wendy de las piernas, y la subieron por el terraplén de la carretera. Aún no había tráfico. Las advertencias habían despejado la carretera de todo menos de los más obstinados o ignorantes.

—¿En qué parte recibió la mordedura? —preguntó Wendy.

Empezaba a llover más fuerte.

—En el pie. Su nombre es Nicole, mi hermana. Acampábamos en las montañas con algunos amigos. Ellos aún están en el campamento.

Una extraña historia, pero Wendy no encontró motivos para ponerla en duda.

—Yo soy Wendy.

—Carey. Carey Swartz —se presentó el hombre—. No puedo decirle lo agradecido que estoy con usted. Espero que no sea demasiado tarde.

Wendy no distinguía a Carey de Adán, pero se dio cuenta por la angustia en los ojos de él que se preocupaba por su hermana más de lo que expresaban sus simples palabras. Solo por eso inmediatamente le cayó bien el hombre.

Llegaron al Accord, y Wendy dejó que Carey depositara suavemente a Nicole en el asiento trasero.

—¿Dónde está el conductor de la camioneta? —preguntó Carey.

—Desapareció. Creo que le dispararon.

—¡No me diga! —exclamó Carey mientras rodeaba la camioneta y constataba los orificios de bala—. Por eso zigzagueaba en nuestro carril.

Detrás de ellos se filtraba el vapor por el capó del Accord. Wendy lo había dejado encendido, y se le ocurrió que se quedarían varados si el auto se recalentaba.

Se metieron al Accord, retrocedieron de la camioneta con un crujido de metal, y continuaron al este a través de la lluvia.

—La salida para Summerville está justo siguiendo la carretera —indicó Carey, inclinado sobre el asiento trasero para revisar a su hermana—. ¿Puede ir más rápido?

Wendy aceleró, mirándolo de reojo. Él tenía la barbilla fina, cabello negro rizado y dientes blancos. Sus ojos azules centelleaban con empatía. Carey y su hermana tenían un rasgo en común: Ambos eran sumamente atractivos. Incluso hermosos.

—Summerville está a media hora al sur, fuera de la autopista —anunció Carey—. Debemos apurarnos.

El sentido de urgencia de Wendy se refrescó, y el auto llegó a ciento cuarenta y cinco.

—Creo que el radiador se perforó cuando le di a la camioneta. Podemos ir rápido y arriesgarnos a que se recaliente, o podemos bajar la velocidad y arriesgarnos también. No tengo idea de cómo funcionan los radiadores, pero creo que ir rápido recalentaría más rápido, pero entonces tendríamos más viento entrando y enfriando el motor, así que tal vez todo se compensa, ¿correcto?

—Algo así. ¿Tiene servicio en el celular?

—No —contestó ella después de revisar.

Nicole gimió detrás de ellos.

—Apúrese, por favor —rogó él.

El moderado pánico en la voz de él era desgarrador. Wendy sabía que le debería dar palmaditas en el hombro, en la mano o algo así. Ella quiso hacer tal gesto, un momento de contacto humano para mostrarle preocupación y apoyo. Pero simplemente no pudo.

A pesar de su tremenda empatía por las víctimas —consecuencia natural del propio trato injusto que recibió, le había explicado la doctora Rachel Lords— su incapacidad de realizar ese toque era más fuerte.

Wendy había pasado tres meses en las calles de Oklahoma City después de escapar de la fraternidad. Tenía diecisiete años y estaba extraviada, pero era libre como un ave por primera vez desde que recordaba. En el albergue del lado sur trabó amistad con una mujer llamada Louise Sinclair y de inmediato decidió que lo único acerca del cielo y el infierno en que tenía razón Bronson, el líder de la secta, era en que había un cielo poblado por ángeles. Louise era uno de ellos, enviado del cielo para salvar a Wendy.

Fue Louise quien logró que ella pensara más en su futuro que en su pasado. Louise le presentó a Larry Crowder, el primer hombre con quien Wendy salió, para no hablar de lo desastrosa que terminó la noche cuando Larry trató de besarla.

Louise había ayudado a Wendy a comprender cuán hermosa era, y ahora le alegraban decisiones sencillas como el modo de fijarse el cabello o qué color de zapatos usar.

De no ser por Louise, Wendy no se habría graduado de secundaria ni ganado la beca académica del Estado de Long Beach a los veinte años de edad. Por los resultados, los estudios hogareños en la fraternidad habían hecho más que un poco de bien. Mucho más.

Fue Louise quien decidió que la única manera de que Wendy enfrentara su futuro era entendiendo su pasado. La llevó a su primera cita con la doctora Rachel Lords, y juntas exploraron la mente de Wendy.

Al final, Wendy llegó a respetarse a sí misma, desde sus miradas hasta su inteligencia, su educación y sus decisiones de moda. Pero su grave nerviosismo con relación a los hombres no se había calmado.

Gracias a Dios que no tenía ese problema con las mujeres. Solo con hombres. Pero fueron hombres a los que amó. O al menos había tratado de amar en tres ocasiones distintas en los últimos cuatro años. Todas las tres relaciones habían implosionado. Ella no podía agarrarle la mano a un hombre, mucho menos besarlo.

Adelante aparecieron unos faros, se agrandaron rápidamente y luego volaron a tal velocidad que Wendy debió girar bruscamente el volante.

De nuevo se materializaron unas luces en la tormenta otra vez fortalecida. Un camión rugió, estremeciendo al Accord.

—¿Adónde se dirige todo el mundo?

Carey estaba demasiado preocupado para contestar la pregunta.

—La salida está exactamente adelante. Gira a la derecha.

Se dirigieron al sur por una carretera más pequeña de doble vía con autos que se dirigían en dirección opuesta. Wendy golpeó la radio tratando de revivirla. No tuvo suerte.

—¿Te criaste en estos alrededores? —preguntó ella, tuteándolo.

—¿Summerville? No. Me crié en Walton, más o menos a una hora después de Summerville.

—¿Cuán grande es Summerville?

—Nada más que un abrevadero. Quizás dos mil personas, tal vez menos. Ni siquiera estoy seguro de que tengan un verdadero hospital. Probablemente una clínica o algo así. Estará cerrada en la noche. Tendremos que encontrar a alguien.

Encontraron otro auto. Este pitó. A Wendy no se le escapó el hecho de que podrían encontrar algo muy malo adelante, pero era evidente que no tenían más alternativa que continuar.

—Tal vez hay un tornado aquí —señaló Wendy.

—Este no es un estado de tornados.

—Y normalmente tampoco llueve de este modo.

Una ráfaga sacudió el auto.

—No tenemos alternativa.

—Lo sé. Solo estoy señalando lo obvio. Nosotros vamos entrando; todos ellos van saliendo. No estoy sugiriendo que volvamos. ¿Usaste el botiquín para mordeduras de serpiente?

—Sí —contestó Carey mirando hacia atrás a su hermana, quien ahora sollozaba suavemente.

Tenía los ojos empañados de lágrimas.

—Solo perseveren —los animó Wendy—. Llegaremos allá a tiempo.

Carey miró por fuera de su ventana.

—¿Cuánta fiebre tiene ella?

—Está ardiendo —contestó él revisando la frente de Nicole.

—¿Más que antes?

—Sí.

Wendy no era médico, pero más caliente que antes era con seguridad demasiado para cualquier alma viva.

Ella presionó el acelerador, observó el velocímetro arrastrarse por sobre la marca de ciento sesenta kilómetros, entonces se calmó lentamente. Parecía casi absurdo. Se dirigían a velocidades descabelladas a un pueblo del que todo el mundo parecía estar huyendo.

4

Sterling Red observó el cadáver y trató de calmar el temblor en sus manos. Lo consiguió, como había hecho miles de veces antes. En realidad caminaba entre ellos todo el día sin que se dieran cuenta de que tenía temblores.

Hola Colt. Es hora de la venganza. Red.

No es que se llamara Red... o Sterling en realidad. Pero le gustaba creerse Sterling Red cuando estaba solo. Si ellos hubieran tenido alguna idea de quién era en verdad les habría dado un verdadero ataque.

Era de veras la hora de la venganza, y antes de que esto hubiera acabado, todos los cinco sabrían exactamente cuán dolorosa podría ser la venganza.

Ojo por ojo; cuello por cuello; cabeza por cabeza.

Ha llegado la hora de que mueras.

Había matado a dos policías y destrozado parte de un pueblo antes de irse a hacer el resto de sus preparativos. Lo menos que se imaginaban era que había matado a dos antes de balear a los dos policías. El principio del fin.

Por cada cien millones de personas solo había uno como él, quien podía entrar al juego, cambiarlo, y ganarlo sin pensar dos veces acerca de lo que se debió haber hecho.

Y como él, esa clase generalmente nacía y se criaba en los rincones más pequeños del mundo. Lugares como Summerville. Lugares como el infierno.

Red volvió su atención a la mujer muerta en la silla. Buenas noches, querida. Dulces sueños.

Todos eran tan estúpidos, mujeres. Ajustó la gorra de béisbol que se había echado hacia atrás en la cabeza y entró a la cocina. El viejo tonto al que había matado estaba tendido boca abajo. En realidad había sacrificado su vida por una causa buena y noble. Había muerto por Red. Por esto Red lo amaba.

Afuera llovía. Red amaba al hombre a sus pies y le encantaba la lluvia. Pero más se amaba a sí mismo, aunque su verdadero yo casi nunca estaba a la altura del que le gustaba tanto.

Esta era la verdadera causa de su temblor. Confrontado con su adivinanza veinticuatro horas al día, siete días a la semana, su cuerpo estaba en constante estado de rebelión. Ser al mismo tiempo tanto bueno como malo podría confundirle la mente si lo permitía, y Red lo había permitido.

Estiró hacia abajo una mano enguantada y agarró por el cabello al viejo, luego lo arrastró por el pasillo hasta la puerta trasera. No había sangre, porque lo mató con un pollo del congelador. Más tarde habría mucha sangre. La paciencia era la única virtud que apreciaba, a pesar de saber que en realidad tenía muy poca.

Red abrió la puerta trasera y cargó al hombre en el hombro para no dejar marcas en el fango. Caminó por el sendero de piedras hasta el cobertizo de herramientas. Adentro había un tonel vacío, en el cual Red metió al viejo antes de asegurar fuertemente la tapa. Cuando el cuerpo empezara a pudrirse, su olor estaría contenido hasta que abrieran el tonel.

Red caminó de vuelta a la casa, hambriento por el ejercicio. Con frecuencia trataba de imaginar cómo sería en realidad Lucifer. Creer que podría ser de veras como Dios.

Red pensó que eso llevaría a grandes conflictos. Sin duda Lucifer parecía más que borroso con todos sus temblores. Debía tener tantos conflictos con su propia incoherencia que se volvería añicos cualquier forma física que intentara tomar.

Todo aquel que trataba de ser bueno y malo a la vez sabía que eso era demasiado estresante para la mayoría de los mortales. Por eso Red trataba de ser tan coherente como podía en todo sentido. Aunque no siempre funcionaba muy bien. Por eso siempre le servía a un solo amo: él mismo.

En esta manera Red estaba mejor que todos los demás. Cada vez que pensaba en matar a alguien le daba hambre. Ahora, al haber matado a cuatro personas en menos de media hora, tenía un hambre canina. Miró el reloj en la pared de la cocina, vio que tenía un poco de tiempo y se dirigió al refrigerador.

Adentro encontró una variedad de alimentos: pizza empacada, aceitunas, leche, jugo de naranja, sobras y los condimentos comunes. Partiendo el elástico en los guantes quirúrgicos en cada mano, sacó un envase plástico amarillo de mostaza y un frasco de mayonesa. Caminó hasta la sala y se sentó en el sofá.

Cuando las autoridades respondieran al angustiado llamado que planeaba hacer en algunos minutos, llegarían aquí y encontrarían a la dama que ahora yacía muerta en su poltrona rellena en demasía. Pero no encontrarían al viejo. No todavía.

Inclinó la cabeza hacia atrás y llenó de mostaza la boca. El sabor suave y agrio lo calmó. A continuación sacó una gran porción de mayonesa con los dedos y los chupó. Dos porciones más de cada artículo y se sintió bastante satisfecho. Si hubiera tenido más tiempo podría haber acabado con los dos frascos.

No podía matar solo a Colt, por supuesto. En eso no habría nada de justicia. Esta vez tenía que ser diferente, o no serviría de nada todo lo que había hecho hasta este momento. Y la verdad sea dicha, de todos modos no estaba seguro de que pudiera matar a Colt. El hombre se había vuelto muy diestro.

Red volvió a poner los condimentos en el refrigerador y agarró el teléfono. Llamó a la policía.

—Departamento de policía de Summerville —contestó una recepcionista nerviosa después de diez timbrazos.

—Hola encanto. He matado algunas personas en cinco, tres, cuatro de Summerset.

La línea quedó en silencio.

Red colgó, recogió su máscara y salió en medio de la lluvia sin molestarse en cerrar la puerta.

5

La tormenta había amainado casi por completo cuando entraron al pueblo. Nicole aún estaba en el asiento trasero, y Carey esperaba con ansias que lo peor ya hubiera pasado.

Wendy disminuyó la velocidad del Accord hasta el límite de velocidad señalado de cuarenta kilómetros por hora, y pasó con el auto las primeras edificaciones que conformaban el pueblo desierto.

Calles oscuras, sin energía. Excepto una poco alumbrada estación de gasolina que estaba adelante al lado izquierdo.

—¿Ves algo? —preguntó ella.

—¿Por qué hay luz en la gasolinera aunque el pueblo está oscuro? ¿Será por ahorrar energía?

Se acercaron a una oscura intersección. Wendy observó a ambas direcciones y no vio carro aproximándose, pasó el cruce bordeando la gasolinera a la izquierda.

Wendy se estacionó al lado de un gran ventanal que prometía café caliente y cerveza fría. Una luz de neón indicaba que la gasolinera estaba abierta.

—Volveré al instante.

Wendy entró a la estación. No vio a ningún empleado. Corrió hacia el mostrador.

—¿Hola? —exclamó haciendo sonar una campanilla.

Un cigarrillo encendido en un cenicero se había quemado hasta el filtro, dejando un largo rastro de ceniza aún adherida. En el radio al pie de la caja registradora solo se oía interferencia estática. Emanaba un olor que ella no podía evadir, algo medicinal quizás o productos químicos de limpieza, aunque el sitio estaba asqueroso. Como si alguien hubiera restregado el lugar con desinfectantes dejando muestras de un trabajo mal hecho. Extraño.

—¿Hola? ¿Hay alguien aquí? —preguntó esta vez en voz más alta.

La campanilla en la puerta repicó y ella giró rápidamente. Carey estaba parado en la puerta con Nicole aturdida y dijo:

—Ella vomitó.

La prueba le bajaba por la quijada.

—Tenemos que llevarla a un médico. Sostenla un momento mientras busco algo para limpiarla.

Wendy corrió a los baños, revisó tanto el de hombres como el de mujeres, buscando a quienquiera que fuera que estuviera fumando y, sin hallar a nadie, agarró un poco de papel higiénico.

—Algo anda mal —dijo volviéndose—. Esto no está bien. No solo esto, sino todo. ¿Has visto a alguien, además de ese policía, desde que entramos?

—Hay una tormenta...

—Sé que hay una tormenta, pero esto no tiene sentido, ¿verdad? No es como si un tornado recorriera la calle principal.

Como en respuesta la ventana se zarandeó con una ráfaga tan fuerte como para destruir árboles pequeños.

A través de la puerta del frente vieron una segunda patrulla en dirección a ellos con las luces encendidas.

Wendy le dio el papel a Carey.

—Espera aquí —le dijo y salió corriendo por el estacionamiento, saltó un seto que recorría el perímetro de la gasolinera y se metió en la calzada agitando las manos.

La sirena de la patrulla sonó una vez, luego dos cuando Wendy no se hizo a un lado. Ella se paró en medio de la calle y se movió a la izquierda para cortarle el camino a la patrulla. No había manera de que el policía pudiera oírla, pero de todos modos gritó.

—¡Deténgase!

A ella se le ocurrió que parecía una tonta, una porrista escapada de donde encerraban a las que habían enloquecido.

La patrulla frenó hasta detenerse bruscamente. La puerta se abrió de golpe. El hombre que se asomó no estaba vestido en uniforme como ella habría esperado. Usaba una gorra NASCAR de béisbol, una camiseta negra y jeans azules, todo empapado. Solamente el arma en la cadera lo revelaba como agente de la ley.

Parecía la clase de hombre que se sentía cómodo usando el arma.

Las manos de Wendy aún estaban en el aire. Las bajó.

—Lo siento señora, pero debo apurarme.

—Tenemos una muchacha muy enferma que necesita atención médica inmediata —explicó la mujer, jadeando.

—¿Hay aquí un hospital o una clínica?

—La tormenta ha cerrado la clínica —anunció el policía mirando como si estuviera tratando de juzgar la sinceridad de la afirmación de ella.

—¿Qué ocurriría si alguien saliera herido por esa tormenta? ¡Ustedes no pueden cerrar una clínica!

—Cierto. El doctor Hansen se ocupa de todas las llamadas a su clínica después de cerrar.

—Bueno, ¿puede llevarnos donde él?

—Yo... no creo que ustedes entiendan nuestra situación aquí —balbuceó el policía.

Wendy pensó que él mediría poco más de un metro setenta y cinco centímetros, y que el cabello crespo debajo de su gorra era castaño. Facciones duras. No apuesto, sino fuerte.

—Sé que se les viene encima una tormenta —indicó ella—. Nosotros, por otra parte, tenemos una joven que se podría morir si usted no nos lleva de inmediato donde el médico. ¿Es muy difícil entender eso?

El policía miró por sobre el auto de ellos, luego volvió la mirada.

—No se trata solo de la tormenta. Tenemos problemas con un asesino. Nuestro jefe y otro policía fueron asesinados, y acabamos de recibir una llamada acerca de un tercer asesinato. En realidad tengo que irme.

—Entonces podría ser el mismo asesino que nos disparó.

—¿Les dispararon a ustedes?

—A mí no, pero choqué contra una camioneta a la que le dispararon. Fueron dos agujeros de bala en el parabrisas...

Sonó la radio, y el policía volvió a la patrulla. Intercambió varias frases cortas con otro auto, luego regresó.

—Está bien.

El policía acercó su patrulla al lado de la puerta del frente, entró, vio la escena de un vistazo, aspiró y ayudó a Carey a sacar a Nicole. La colocaron en el blanco y negro asiento trasero. Wendy sintió el roce con ellos, aceptando el contacto incidental sin ninguna respuesta emocional. Al menos su terapia la había ayudado mucho en eso, gracias a Dios.

Ella rodeó aprisa la patrulla y se sentó en el asiento de adelante. Solo entonces observó que el auto tenía dos agujeros en el parabrisas, ahora cubiertos con dos pequeños cuadros de cinta de conducto. La ventanilla lateral estaba abierta, y ella trató de cerrarla mientras salían de la gasolinera.

—La ventanilla está rota —informó el oficial.

—Ah.

—¿Cuál es su nombre?

—Wendy.

—Colt —dijo él sin mirarla.

¿Tímido? ¿O quizás algo de mal augurio? O tal vez muy dulce. Imposible decirlo.

Arrancaron en medio de la lluvia.

Colt se dirigió al norte, volando sobre las calles húmedas, ansioso de encontrar al médico, dejar a estos tres en lugar seguro, y volver a Red, que estaba tras él por razones que no comprendía.

Colt calculó que ella medía poco más de un metro sesenta. Delgada, cabello castaño de tamaño mediano, vestida en jeans Lucky con una camiseta verde sin mangas sobre una blusa blanca que le acentuaba la figura aunque no estuviera empapada. Botas negras diseñadas para calles de ciudad, no para montar a caballo.

Ella se volvió y se encontró con la mirada de él, y él se volvió a enfocar en la vía adelante.

Las luces de la calle titilaban. La energía fallaba por la tormenta.

—¿Están bien allá atrás? —preguntó Colt, mirando por el espejo retrovisor.

—Yo estoy bien. No sé Nicole.

—¿Cuánto falta? —preguntó Wendy.

—Es en el extremo norte del pueblo, en la biblioteca.

—¿No están generalmente las bibliotecas en el centro de la ciudad?

—No cuando el buen doctor es quien las paga. Díganme qué sucedió en la carretera.

Wendy le contó rápidamente, haciendo que él levantara una ceja cuando ella describía los disparos en el parabrisas de la camioneta.

—¿Parecía a esta la distribución de los orificios en el parabrisas? —preguntó Colt señalando con la cabeza los dos huecos tapados con cinta de conducto en su propio parabrisas.

—En realidad... —afirmó Wendy, observándolo—. En realidad son casi exactos a esos.

—¿Cuánto tiempo hace que ocurrió eso?

—No sé, tal vez una hora.

—El cálculo del tiempo podría ayudar. Lo cual significa que él vino del oeste.

—¿Y mató al jefe de policía de aquí? —preguntó ella.

—Al jefe, a un comisario llamado Eli y a una mujer. Dos de mis hombres acaban de encontrar muerta a Helen Healy en su vivienda al otro lado del pueblo. El asesino mismo llamó.

—¿A qué distancia está la casa del médico? —preguntó Carey atrás.

—Ya casi llegamos.

La lluvia, que había amainado, repentinamente empezó a caer con fuerza otra vez.

—El servicio del clima informa que vienen tres tornados en nuestra dirección, y existe la posibilidad de que se fusionen —anunció Colt—. Eso no sería muy bueno. Se podrían convertir en F5.

—¿Es posible eso? —preguntó Wendy.

—Evidentemente.

—Si está tratando de ponernos nerviosos —indicó Carey—. No creo que necesitemos ayuda.

Él no hizo caso.

—Quiero que ustedes tres permanezcan juntos una vez que lleguemos a la casa del médico. Los haré entrar y se quedarán...

Algo golpeó la cajuela. Luego otra vez. *¡Plaf!*

—¡Agáchense! —ordenó Colt virando bruscamente—. ¡Agáchense!

—¿Qué...?

—¡Nos están disparando! ¡Agáchense!

Detrás de él, Carey se apretó contra Nicole.

—¿Está aquí? —gritó Wendy—. ¿Es ese el asesino?

Colt llegó a una esquina a toda velocidad y voló entre la lluvia, que ahora arreciaba aun más. Una gran edificación blanca surgió a la derecha, maciza en la oscuridad menos por varias ventanas delgadas que brillaban con luz. El letrero iluminado al pie de la amplia entrada decía: *Biblioteca Hansen de Summerville*. Una biblioteca que lucía muy grande para aquel pequeño pueblo. La casa del doctor, por otro lado, estaba oscura. Él debía estar en la biblioteca.

¡Plaf!

—¡Está detrás de nosotros! —gritó Carey.

—No lo veo —señaló Colt—. Podrían ser escombros. Algo en el viento. Simplemente sujétense.

Las llantas izquierdas se salieron del asfalto de la entrada, patinaron por el pasto y luego volvieron al pavimento. El auto dio una sacudida y se detuvo directamente al frente de la biblioteca.

—Salgan y manténganse agachados —les dijo.

—¿Es esta la casa del médico? —averiguó Wendy—. Es una biblioteca.

—Las luces en la casa están apagadas. Él pasa aquí la mitad de su tiempo —informó Colt moviendo la cabeza alrededor, escudriñando la oscuridad—. Solo entren rápidamente.

Colt tenía el arma apuntada en la parte baja de la colina. Ningún disparo. Rodeó agachado la patrulla, deteniéndose para examinar la cajuela. Dos abolladuras mostraban dónde habían golpeado los escombros.

Su pulso se tranquilizó. Levantó la mirada hacia la casa oscurecida del médico a una distancia de una piedra lanzada por la colina. Nada que pudiera ver.

Corrió tras los demás, quienes ya estaban en las gradas que conducían a la entrada principal de la biblioteca. Atravesaron a tropezones con Nicole por puertas dobles de dos metros y medio. Pasaron el vestíbulo. Entraron a la costosa biblioteca de dos pisos que estaría mejor en una ciudad del triple de tamaño que Summerville.

Había mostradores a la derecha de un arco de seis metros. Más allá del arco había doce mesas de estudio, fabricadas con madera de cerezo, cada una con lámparas de escritorio de banquero con resplandor verde. Alrededor del perímetro se destacaban las estanterías llenas de libros.

El espacio por encima de las mesas de estudio estaba abierto al segundo piso, el cual lo bordeaba por detrás una verja en que había aun más estanterías. Tres enormes vigas de madera se extendían a lo ancho del interior.

—¿Hay alguien aquí? —preguntó Colt dando un paso adelante. Su voz hizo eco. Nadie más.

—Este lugar parece una fortaleza —comentó Wendy.

—Lo es —informó Colt—. El doctor asegura que sobreviviría a una explosión de diez megatones. Todo detrás de la madera es acero y concreto.

—¿Para qué?

—El hombre es aficionado a la supervivencia. Construyó este sitio y su casa para sobrevivir a lo peor.

—Como a un tornado —definió Wendy.

—Como a un tornado —convino Colt, creyendo que debieron pensar en evacuar el pueblo a la biblioteca.

Afuera rugía una terrible ráfaga de viento, pero el edificio no mostraba señales de daño. Sin embargo, falló la electricidad que alimentaba la biblioteca, dejando en tinieblas al enorme espacio.

No, no se quedó en tinieblas; no fue así de brusco. Las luces se apagaron más o menos por cinco segundos, y entonces se encendieron luces nocturnas más pequeñas de los receptáculos a lo largo de la pared... suficiente vataje para inundar toda la biblioteca con un fantasmagórico matiz ámbar.

—¿Ahora qué? —preguntó Carey.

Una pregunta sencilla pero obvia a la cual Colt no le encontró una respuesta inmediata. Afuera estaba suelto un asesino. Una tormenta azotaba el pueblo. Una mujer se moría porque la mordió una serpiente. Y allí estaba él, por el momento sin pistas de qué curso de acción debería tomar inmediatamente.

Una cosa era cierta: El doctor Hansen no estaba aquí.

—Síganme.

Los volvió a llevar a la patrulla, ayudó a Carey a sentar otra vez a Nicole en el asiento trasero, y condujo unos metros hasta la enorme casa victoriana del médico. Grandes árboles en el este se inclinaban bajo el huracanado viento.

Esta vez salieron de la patrulla sin hablar; la tormenta rugía y azotaba la lluvia. Carey apartó la vista de la lluvia y cuidadosamente puso a Nicole de pie con la ayuda de Wendy. Colt habría ayudado, pero ellos parecían más competentes. Y no había espacio para él entre los tres.

Colt examinó el perímetro mientras pulsaba el timbre. Nada más que árboles sacudiéndose y lluvia torrencial. Los cables de alta tensión en el costado sur del césped se movían con el viento.

—¿Hay alguien en casa? —preguntó Wendy a nadie en particular.

Colt golpeó el cristal y giró la perilla. El viento empujó la puerta, abriéndola.

Carey arrastró a Nicole, y Wendy entró antes que Colt a la casa iluminada solo por las mismas luces ámbar de emergencia que habían visto en la biblioteca.

—¡Doctor Hansen!

Pero el doctor Hansen no estaba.

Pongámosla en un sofá —insinuó Wendy, ansiosa de liberarse del peso muerto bajo su brazo izquierdo.

Carey parecía tan distraído con la posibilidad de no hallar al médico que dejó resbalar un poco a Nicole.

Una ráfaga violenta sacudió la casa. Toda la edificación crujió tan fuerte que paró en seco a los tres.

Nicole gimió.

—Quizás debimos habernos quedado en la biblioteca —expresó Carey.

Colt volvió a llamar, y luego los enfrentó ante el silencio que siguió.

—Deberíamos volver con ella a la estación de policía.

—Debe haber algo aquí —indicó Carey—. Medicinas. ¡Ella se está muriendo, amigo!

Colt titubeó, luego se dedicó a recorrer la casa, tal vez buscando un armario con medicinas.

Wendy y Carey llevaron a Nicole a la sala y la acostaron en un sofá. Los muebles estaban hechos de cuero, de la clase costosa que sin duda quería el amable médico para proteger de la humedad. Pero ellos no tenían tiempo para preocuparse con tales detalles. La casa era principalmente blanca, un esterilizado refugio de soltero construido de manera desproporcionada. Las paredes tenían pinturas y espejos, pero los sofás de cuero marrón y las mesas de cerezo parecían desinfectados y sin usar.

Carey se inclinó en una rodilla, retiró el cabello del rostro de Nicole y le tanteó las mejillas.

—Está ardiendo de nuevo.

Wendy se arrodilló al lado de él, estiró la mano sobre el brazo de él sin tocarlo y le tomó el pulso a Nicole.

—Tiene pulso. Pero no se recuperará a menos que logremos bajarle la temperatura.

—Pónganle un poco de hielo —señaló Colt entrando al cuarto, y lanzándole a Wendy un frasco de Advil—. No encontré nada más. Agárrelo firme. Tengo que reportar y revisar la situación.

—¿Qué situación? —preguntó Carey—. Esta es la situación, exactamente aquí.

—Entiendo su preocupación, y estoy haciendo lo mejor por ayudarles. Pero también tenemos una tormenta afuera, y a juzgar por cómo se estremece esta casa, está empeorando. Por no mencionar el hecho de que hay un pistolero suelto.

Carey solo se quedó mirándolo.

—Volveré en media hora.

—Tenga cuidado —advirtió Wendy.

Colt asintió. Abrió la puerta del frente, dio un paso en la tormenta, se detuvo varios segundos con la mano aún en la perilla como si revisara algo, luego jaló la puerta y la cerró detrás de él.

—¿Ahora qué?

—Conseguiré un poco de hielo —contestó Wendy.

—No me gusta esto. Estos cerdos nunca hacen nada bueno.

El desencajo de Carey pareció indisponerlo. ¿Cerdos? ¿Los policías? Entonces se le ocurrió a ella pensar: *¿Qué sabía ella realmente de Carey o de lo que concernía a su hermana?*

Carey se volteó.

—¿Sabes qué clase de serpiente la mordió? —preguntó Wendy—. Sin eso no sabemos qué darle. Algo equivocado le podría hacer más mal que bien.

—Está bien... está bien —indicó él poniéndose a caminar.

Pero no iba a haber hielo, no todavía. La puerta se abrió y entró el policía, chorreando agua fresca de pies a cabeza. Cerró la puerta de golpe detrás de él y los miró, pistola en mano.

—Tenemos un problema —comunicó—. Creo que mi patrulla fue alcanzada por un rayo. Está muerta. Igual que mi radio.

—¿Muerta? ¿Qué quiere decir? —preguntó Wendy.

—Quiero decir que no tiene energía. La computadora ni siquiera carga en su propia fuente de energía. El radioteléfono no funciona. Tampoco mi celular. Eso quiero decir con que está muerta.

—¿Y los teléfonos de la casa? —volvió a preguntar Wendy.

Colt cruzó hacia un teléfono y lo agarró de la pared de la antesala. Trató de escuchar el tono de marcar, luego lo volvió a colocar en la horquilla.

—Muertos —comentó.

6

El comisario Luke Preston entró a la sala de Cyrus Healy, con el arma aún desenfundada, mirando el cadáver de Helen con una extraña mezcla de horror y asombro. Steve Wallace observaba el cadáver, mirando más de cerca.

—¿Dijiste que Mark Clifton viene en camino? —inquirió Steve, levantando el cabello canoso de la anciana.

Ella fue esposa de Cyrus Healy más o menos por dos años. Nadie sabía mucho respecto del hombre dado a recluirse, a no ser que había sido alguna clase de científico de cohetes.

Eso, además del hecho de que estaba con su tercera esposa, que ahora evidentemente estaba muerta.

—No te metas con la evidencia, Steve. Sí, él debería estar aquí en algunos minutos.

—¿Cómo llegó aquí tan rápido?

—Estaba en el Rancho Carlisle, pescando. Walton además está enviando dos patrullas, tan pronto como se despeje la carretera, pero al menos tenemos a Clifton. Oí que él es bueno. Esto está todo desordenado, amigo.

—Creo que la mató con un pollo congelado —anunció Steve enderezándose.

41

—¡Caray, no lo creo! No puedes matar a nadie con un pollo.

—Puedes cuando está sólidamente congelado. ¿Qué más está haciendo en el suelo? No ves nada de sangre, ¿no?

—No, pero por todo lo que sabemos ella podría tener en la columna vertebral un agujero hecho por una saeta. Este tipo sabe lo que está haciendo. Un pollo... imbécil.

—¿Qué quieres apostar que se trata del pollo? ¿Y qué es eso en el brazo del sofá?

—¿Qué pasa aquí?

—Luke giró alrededor, con la pistola extendida. Un fornido individuo rubio vestido en jeans empapados estaba en la puerta, mirándolos.

—¡Al suelo! —gritó Steve.

—Tómatelo con calma.

—¿Lo conoces?

—Lo he visto por los alrededores. Es usted el chico Healy, ¿correcto?

—Me llamo Timothy Healy —contestó el hombre, mirando ahora a la mujer que, si Luke estaba poniendo correctamente las cosas, fue su madrastra.

El hombre tenía la mano derecha doblada en la parte de arriba, y se decía que nació así. No le servía para nada más que para mover cosas codeándolas.

—¿Es esta su madre? —le preguntó Luke mirando a la mujer.

—¿Qué pasa con ella? —indagó a su vez Timothy Healy avanzando a tropezones y con los ojos fuera de sus órbitas.

Steve dio un paso para detener al hombre. Timothy se detuvo y miró boquiabierto. Trató de decir algo, pero no logró emitir más que un chillido.

—Señor, lamento mucho lo que le ocurrió a su madre.

—Mi mamá murió hace cinco años. Esa es la nueva esposa de papá —explicó Timothy, y miró alrededor, frenético—. ¿Dónde está mi padre?

—No lo sabemos. No se preocupe, ya aparecerá. Ahora mismo lo mejor sería que usted se fuera a su casa. ¿Vive cerca de aquí?

—Vivo en la calle Rivendale. ¿Está... está muerto mi padre?

—No, señor. Por favor...

—¿Mataron a Helen con un pollo?

Luke miró a Steve, luego enfrentó a Timothy.

—¿Dónde oyó algo como eso? ¿Sabe usted algo que no sabemos?

—Le oí a usted decir que él la mató con un pollo.

—¿Cómo entró usted? —preguntó Luke—. La puerta está cerrada. ¿Cómo es posible eso?

—No sé —contestó Healy—. Yo simplemente estaba manejando y vi la patrulla.

—¿Cuánto tiempo hace que llegó? —preguntó ahora Steve—. ¿Unos cuantos segundos o minutos? Él me oyó hablar del pollo. Eso fue hace como un minuto.

Luke enfrentó al joven comisario. Los habían acusado de vez en cuando de ser campesinos insolentes, y eran momentos como este que Steve hacía que se extendiera esa reputación. Hasta la esposa de Luke, Marla, que los había conocido a los dos desde sus desenfrenados días en el colegio, se quejaba de que Steve estaba arrastrando a Luke al mundo de la sección «muestre su insolencia».

Claro que después del colegio Steve cambió a Marla por Betsy cuando ella regresó de la universidad a casa después de abandonar los estudios en segundo año. Era claro que Marla no había superado los celos. Ella sabía cómo patear a los hombres donde les dolía, incluyendo en ocasiones a Luke. Pero Luke era bastante hombre para admitir que un tipo necesitaba que lo patearan de vez en cuando. Y Marla era la mujer que lo hacía.

—La pregunta es —manifestó Luke—, ¿cómo entró aquí sin que lo oyéramos?

—Estoy de acuerdo. Pero si ha permanecido allí por más de cinco minutos pudo haber entrado mientras estábamos en la cocina, lo cual explicaría porqué no lo oímos.

—¿Estuvo simplemente allí sin que ninguno de los dos lo viera cuando volvimos a la sala? No lo creo.

—Tiene tanto sentido como que no lo oyéramos aquí —insistió Steve.

Eso era muy cierto. Luke enfrentó al hombre que los miró al pasarlos hacia el cadáver.

—Pues bien Timothy, díganos ¿cuánto tiempo ha estado parado allí?

—No lo sé.

—¿Qué quiere decir con que no lo sabe? Usted debe tener algún sentido del tiempo, ¿no? ¿Entró mientras estábamos aquí o cuando nos encontrábamos en la cocina?

—Tal vez estaban en la cocina —contestó el hombre.

—¿Qué quiere decir con *tal vez*? —inquirió Steve—. ¿Nos vio o no nos vio? Vamos, amigo, usted nos está matando aquí. Solo conteste con claridad.

—Tranquilízate, Steve —expresó Luke—. Él acaba de perder a la madre, ¡por el amor de Dios!

—A su madrastra, lo que parece no importarle.

—¿Por qué no lo vimos al volver aquí? —preguntó Luke con voz tranquila enfrentando a Timothy.

—Yo estaba escondido. Oí a alguien.

Luke lanzó a Steve una mirada de satisfacción.

—¿Ves? Hay que hacer las preguntas correctas. Él entró aquí mientras estábamos en la cocina, vio el cuerpo, nos oyó, se asustó y se escondió. ¿Dónde?

—Detrás de la cortina.

—Detrás de las colgaduras, entonces. Luego salió hace un minuto. Misterio resuelto.

—Eso es mayonesa —indicó Timothy, mirando la mancha en el sofá.

—¿Cómo lo sabe? —interrogó Steve.

—Porque parece mayonesa.

Él no se parecía a ningún retrasado que Luke hubiera visto. Ni brusquedad, ni extraños gestos con la mano, ni partes agrandadas del cuerpo. Solo un poco de idiotez y la mano inclinada. Quizás más vivo de lo que parecía.

—A ella le pegaron en la cabeza con un pollo —comentó Timothy, como si fuera una novedosa revelación.

—Esa es una teoría —contestó Luke.

—El asesino comió un poco de mayonesa —siguió diciendo Timothy.

—¿Qué dice? —preguntó Steve.

—¿Por qué mi padre no está aquí? —exclamó Timothy mirando alrededor.

—Lo sentimos mucho, Timothy —indicó Steve con voz suave, después de captar la mirada de Luke—, pero en realidad se debería ir a casa hasta que podamos entender esto. La tormenta tampoco está amainando.

—Espera, Steve —discrepó Luke manteniendo la mano en alto—. Déjalo hablar. Quizás sepa algo que no sabemos.

—Él no es...

—Él tiene desarrollado ese sexto sentido —interrumpió Luke—. Tú sabes, como en la película *Rain Man*. ¿Qué cree usted, Timothy? Díganos qué cree que pasó aquí.

La casa se estremeció con una ráfaga de viento. Luke sostuvo de nuevo la mano en alto, agarró la radio y pulsó el botón.

—Becky, ¿me copias?

—Copio. ¿Están bien, muchachos? —se oyó la voz de ella en medio de interferencia.

—Solo esperamos. ¿Qué se sabe últimamente de la tormenta?

—Los mismos vientos altos, tormentas eléctricas. El servicio meteorológico comunica que se calmaron los tres tornados detectados con anterioridad. Pero que se podrían formar más. Eso es todo lo que sabemos.

—Muy bien. Entonces sí viene ayuda.

—Así es. Están en camino. El detective Clifton debería estar con ustedes en cualquier momento.

—¿No ha habido más señales del tirador?

—No hemos oído nada. Pero no me he podido comunicar con Colt por la radio.

Steve miró a Luke. Este le devolvió la mirada, asintiendo, inseguro de lo que en realidad Steve quería decir. Tal vez que ellos debían arreglárselas a su manera, pero que estarían bien. Se graduaron en la escuela, se abrieron paso en el colegio haciendo de las suyas, y se habían asegurado de igual manera dos de los trabajos más importantes en Summerville.

A su manera.

—¿Me copias? —preguntó la voz de Becky.

Luke se enganchó la radio en el cinturón.

—¿Y usted, Healy? ¿Cuál es su teoría?

El hombre solamente lo miró, estupefacto de que le preguntaran eso. Discapacitado de mano, ¿también de mente?

Steve aclaró la garganta.

—Está bien —habló Luke—. Tenemos algo de tiempo. Díganos lo que cree.

Silencio.

—No mucho tiempo —informó Steve—. Clifton viene hacia acá.

Quizás el hombre no era tan inteligente o tan perceptivo como los de las funciones, que pueden hacer locuras. O tal vez él necesitaba preguntas específicas.

—Díganos entonces esto: ¿cómo entra el asesino?

Una luz pareció prenderse detrás de los ojos del tipo.

—¿Puedo ver?

Luke y Steve intercambiaron miradas. Steve se encogió de hombros.

—¿Por qué no? —contestó Luke—. Por aquí.

Llevaron a Timothy Healy a la cocina.

—Aquí está la cocina. Usted puede ver el piso mojado, por lo que sabemos que él estuvo aquí...

—La puerta trasera —interrumpió Timothy Healy.

—¿Qué, está usted diciendo que el sujeto entró por la puerta de atrás? —preguntó Luke.

—Sí, por la puerta trasera.

—¿Por qué dice eso?

—Hay agua en el piso de la cocina.

46

Otra mirada en dirección a Steve. Bien, o quizás Healy era de veras un idiota sin ninguna habilidad especial.

—Eso está bien, Tim, en realidad muy bien. Vamos, digamos...

—Y había dos de ellos —volvió a interrumpir Timothy con los ojos chispeando de nuevo.

—Dos —aclaró Steve—. El asesino y la víctima.

—Dos personas muertas —explicó Timothy Healy, temblándole el labio inferior—. Dos...

Muy bien, así que esa era una novedad. Locura, quizás, pero novedad.

—¿Qué le hace decir eso?

—Un cuerpo mojado fue arrastrado hasta la puerta. El cuerpo de la señora Helen no está mojado.

Luke miró al piso, tratando de ver dónde vio las marcas el prodigio. Había una docena de marcas húmedas, algunas de las cuales evidentemente eran huellas, algo en que Clifton estaría interesado, pero nada que de otro modo le gritara: «Me arrastraron».

—Eso significaría que la segunda víctima entró desde la lluvia —indicó Steve—. Entonces fue asesinada y sacada a rastras. ¿Es esa su teoría?

—Eso es lo que ocurrió —contestó Timothy Healy—. ¿Dónde está mi padre?

—¿Cómo sabe usted que el asesino no arrastró una chaqueta? ¿O que deslizaba el pie al caminar? ¡Caray! Pudo haber usado aquí un trapeador para limpiar algo de sangre, por lo que sabemos.

—No, usted está equivocado —confrontó Healy, corriendo hacia la puerta trasera; la abrió hacia la tormenta y miró hacia fuera en la densa lluvia—. El asesino no es tan estúpido. Aquí mató a alguien con el mismo pollo que usó con la mujer. Luego lo sacó a rastras antes de volver y celebrar su asesinato comiendo del refrigerador. Eso es lo que sucedió.

Luke no estaba tan seguro de que hubiera correctamente oído todo esto. ¿Era solo él o Timothy había perdido por completo su retardo? El hombre hablaba como si todos los días resolviera esa clase de crímenes.

—Estoy asustado —exclamó Healy cerrando la puerta y enfrentando a los dos policías.

47

En su voz se podía apreciar algo de retardo.

—No lo entiendo —señaló Steve—. Usted no puede llegar a todo eso de...

Lo interrumpió un fuerte golpe en la puerta.

—Ese debe ser Clifton —anunció Luke, dirigiéndolos rápidamente a la sala.

¿Qué pensaría Mark Clifton respecto de ellos al tener a Timothy Healy aquí? Estupideces.

Steve abrió la puerta.

Una ráfaga de viento golpeó la puerta, casi arrancándola de manos de Steve. El detective de Walton entró y se sacudió el agua de sus manos. Sus ojos se posaron en el cadáver, y luego se fijaron en el retardado.

—¿Qué está haciendo él aquí?

—Es el hijo... este... hijastro —balbuceó Luke—. Justamente lo estábamos interrogando. Ya acabamos con él, ¿verdad, Steve?

—Sí, ya tenemos su declaración.

Timothy Healy taladró a Clifton con una mirada que pudo haber derretido hielo. No hizo ningún ademán de salir.

—¿Ha visto usted a mi padre?

—Señor Healy, estoy seguro que si el detective hubiera visto a su padre, nos lo diría. Pero ahora se debe ir —informó Steve agarrando del brazo al hombre y llevándolo a la puerta, sin que se resistiera—. Usted estará bien.

Timothy miró a Clifton. Si Luke no estaba loco, estos dos hombres se miraron como si se hubieran visto en otra vida y tuvieran asuntos sin concluir. Hasta de algún modo parecían iguales: ambos altos, rubios, con muchas carnes.

Timothy Healy cambió su mirada hacia Luke.

—No es lo que usted cree —le indicó—. Algo está mal. Y hay alguien más, exactamente como dije.

—¿Es correcto eso? —preguntó Clifton, con una sonrisa irónica atravesándole el rostro; miró el cadáver, luego caminó hacia el cuerpo y palpó los dedos de Helen—. Murió más o menos hace media hora. ¿Dónde estaba *usted* hace media hora, señor Healy?

—Mi padre no está aquí —contestó Healy golpeándose la nariz con la mano discapacitada.

—Pero usted sí —desafió Clifton—. Y quiero que no salga del pueblo ahora. ¿Está claro?

—Todo está mal —insistió Timothy.

Luego se volvió y se fue caminando hacia el fuerte vendaval, y desapareció.

—¡Ah, caray! —exclamó Luke—. Quizás debimos hacer que se quedara hasta que se calmara el clima.

Hizo una pausa.

—¿Y si tiene razón acerca de su padre? —continuó Luke—. ¿Y si ahora mismo está oculto allá afuera?

El detective Mark Clifton sacó dos guantes quirúrgicos de sus jeans empapados y se los puso con un rápido y diestro movimiento. Él había estado en un viaje de pesca, lo que explicaba la chaqueta militar en vez de una deportiva, pero ningún buen forense deja en casa sus guantes, ¿de acuerdo?

—Un paso a la vez, Luke —expresó el hombre mirando como si hubiera nacido para poner esposas en el primer tipo malo que se pusiera cerca—. ¿La mató con un pollo congelado?

—¿Qué hay entre todos y este pollo? —preguntó Luke—. Tenemos una mujer muerta y un pollo muerto, pero no significa que estén relacionados.

—Una forma interesante de matar a alguien —formuló Clifton, pinchando el pollo con un dedo.

—Colt asegura que este tipo podría estar tras él —informó Luke.

—Mucho problema por un hombre —indicó el detective moviendo el ojo izquierdo.

—Sí, eso mismo es lo que creo —concordó Luke.

Clifton recogió el pollo. Lo agarró por las patas y lo lanzó contra su mano. *¡Plaf!*

Luego lo volvió a lanzar, más fuerte.

—Caballeros —comentó, levantando la mirada hacia ellos—, tenemos un cachorro enfermo.

7

Wendy observó a Colt goteando en la antesala. El hombre parecía perdido. A veces le lanzaba miradas fugaces, pero se negaba a sostenerle la mirada. Ella creyó que él de veras estaba nervioso. No solamente dada la situación, sino con ella. Quizás se sentía tan incómodo con mujeres alrededor como ella con los hombres.

Además, Wendy podría estar malinterpretándolo por completo, motivada por su propia hipersensibilidad.

—¿Tiene un celular alguno de ustedes? —preguntó Colt.

Carey miró a Wendy.

—¿Tú?

Él había dejado el suyo en la furgoneta; ya lo habían comprobado.

—Lo dejé en el Accord —contestó ella—. De todos modos estaba fuera de servicio. ¿Así que no tenemos manera de llamar a nadie?

—No hasta que los teléfonos vuelvan a funcionar. A menos que encontremos un celular.

—Entonces voy a pedir ayuda —señaló Carey.

50

—No —exclamó Colt con voz fría—. Hay una tormenta allá afuera.

—Me arriesgaré.

—Y un asesino suelto.

Eso detuvo a Carey.

Sin embargo, Wendy pudo identificar hasta cierto punto la sensación en Carey de que Nicole estaba en verdadero peligro.

—El asesino se pudo haber ido —indicó Carey.

—No lo creo. Pienso que apenas acaba de empezar. Tan pronto como este viento amaine un poco saldré corriendo a pedir ayuda, pero lo mejor que usted puede hacer por su hermana es quedarse aquí y bajarle la fiebre.

Carey miró al hombre por un momento.

—¿Dónde está el refrigerador? —indagó, y entonces empezó a salir.

—En la cocina —contestó Colt señalando con la cabeza hacia el corredor.

Carey apuró el paso.

La casa se volvió a estremecer bajo una ráfaga de viento. Colt miró las vigas del techo.

—Usted dijo que ese tipo mató a otros dos policías —observó Wendy—. ¿Tiene algo contra los policías?

—Es posible —contestó Colt evitando la mirada de ella—. Él sabe mi nombre. Podría saber más. Se llama a sí mismo Red.

—¿Está usted sugiriendo por tanto que no se trata de algo al azar?

—¿Cómo supo mi nombre?

—Quizás lo oyó en uno de las radios. O tal vez es alguien que lo conozca. Alguien de Summerville.

Él la miró profundo a los ojos, tal vez impresionado con su razonamiento. O con su ingenuidad, ella no podría decirlo.

—¿Lo viste? —preguntó ella tuteándolo.

—Él usaba una máscara.

—Hmm. Quizás no quería que lo reconocieras porque tú *sí* lo conoces.

—Aunque no soy de aquí. Y nunca he visto a alguien por aquí que dispare de ese modo. A no ser Mark Clifton.

—¿Y tú?

Él se ruborizó un poco.

—Tomaré eso como un sí —continuó ella—. Y hago constar mis agradecimientos porque alguien aquí sepa cómo usar un arma.

Wendy miró cuando Carey entraba con una bolsa de hielo y la colocaba suavemente en la frente de su hermana.

—¿Podría este Clifton ser el asesino? —preguntó ella.

—¿Clifton? No.

—¿Por qué no?

—Estuvo con el FBI por años.

—Parece el lugar perfecto para ocultarse.

Colt parpadeó.

La casa tembló.

—El viento está empeorando —comentó él.

Ella asintió.

—¿Qué debemos hacer entonces?

Colt miró otra vez hacia la puerta del frente.

—Si el asesino está allá afuera y sabe que estamos aquí, también sabe que estoy armado. Las alarmas están puestas. Mientras permanezcamos adentro tenemos la ventaja. No creo que pueda entrar sin que lo sepamos.

—¿Esperamos entonces?

—Yo debo regresar a la estación. Aquí soy inútil.

—No para nosotros, nos eres muy útil —negó Wendy.

Ella volvió adonde Nicole, y le puso un brazo por debajo de la nuca.

—Ayúdame a levantarla —pidió ella.

—¿Qué estás haciendo? —preguntó Carey, poniéndose de pie en el extremo del sofá.

—Debemos ponerla debajo del agua fría. Colt tiene razón: tenemos que controlarle la fiebre.

—¿Afuera en la lluvia?

—En la ducha.

Encontraron una enorme ducha en el dormitorio principal, le quitaron a Nicole la ropa interior y el brassiere, y la colocaron en una silla plástica que Colt encontró en el garaje.

—Bueno, creo que ustedes dos tienen esto bajo control —informó Colt, mirando claramente intranquilo.

—¿Nos dejas? —preguntó Wendy mirando el arma de él.

—Tengo que revisar la tormenta. Me debo ir cuando disminuya. Tenemos algunos refuerzos que vienen de Walton, pero no tengo idea de cuándo estarán aquí. Y lo más probable es que ahora mi gente esté preocupada por mí.

Wendy comprendió que quizás Colt había sido muy allegado a los policías que mataron esa noche. ¿Había sido ella tan insensible como para hacer caso omiso del terrible dolor que él estaría sintiendo? Ella asintió, regresó adonde Nicole y abrió la llave de la ducha. El contacto del agua helada en la piel hizo que Nicole se contrajera. Wendy la sacudió violentamente y los dientes le castañearon con fuerza.

—¿Wendy?

—Está bien, Carey. Sostenla. No la dejes caer de la silla.

—¿Estás segura?

—Lo estoy.

Nicole comenzó a llorar cuando Wendy la sacudió, y Carey se le unió con lágrimas en silencio. La vista le provocó a Wendy un nudo en la garganta. Había un vínculo entre los dos que le hizo añorar tal amor. Nada subido de tono, más bien algo completamente correcto y envidiable.

Wendy regresó a mirar a Colt y vio que se había ido. Las contracciones de Nicole se calmaron. Aún se estremecía, pero le estaba bajando la fiebre. Carey hurgó entre el estante de medicinas sobre el lavabo y regresó con un termómetro, el cual rápidamente indicó que la temperatura era de 38° C.

—Todavía está elevada.

—No tanto como antes. Deja que le caiga agua por un minuto más.

Al ver a Nicole relativamente tranquila debajo de la ducha, a Wendy le volvió a llamar la atención su belleza natural. De haberlos conocido bajo otras circunstancias, ella habría mirado a la mujer por segunda vez con un poco de envidia.

Algo golpeó el techo, y Wendy logró oírlo sobre la ducha. No se podía decir cuántos escombros volaban por los aires allá afuera.

—¿Crees que es suficiente? —preguntó Carey.

Wendy miró los bondadosos ojos de él y extendió la mano hacia la llave.

—Ella va a...

¡Bang! La casa se zarandeó.

Wendy lanzó un grito ahogado y retrocedió girando hacia la puerta del baño.

—¿Qué fue eso?

¡Pum! Un trueno resonó alrededor de ellos. Alguien les estaba gritando.

Toda la casa se comenzó a mecer como si Dios mismo la hubiera levantado y estuviera sacudiéndola para ver qué contenía.

El hecho de que Wendy tuviera su mano en la llave de la ducha, lista para cerrar el agua, los salvó a todos de ir a parar a la tina.

—¡Entren al sótano! —gritó Colt detrás de ellos.

Cuando puso las manos súbitamente en los hombros de Wendy la hizo sacudir como una descarga eléctrica. Pero al instante él la pasó, agarró a Nicole en sus brazos, la sacó de la ducha, y salió tambaleándose del baño con ella.

—¡Rápido! —gritó—. ¡Síganme!

Carey agarró a Wendy por el brazo.

Ella instintivamente se soltó.

—¿Estás bien? —cuestionó él confundido por un instante.

Él se fue, Wendy lo siguió por el pasillo. Una palabra le cruzó con gran estruendo por la mente al oír el rugido que recorrió la casa. *Tornado*. Una vez ella estuvo en un terremoto, pero hacía un ruido sordo, no rugía. Este era el sonido de un jet dentro de la casa.

Wendy gritaba, pero no podía oír el sonido de su propia voz.

No era el viento, sin embargo. Hasta ahora, la casa había aguantado. Hasta ahora.

Ella bajó corriendo por el corredor hacia la entrada en que Carey se había detenido. Él le gritó que se apurara, con la mano extendida hacia ella. Ella lo alcanzó y lo pasó por un lado sin tocarlo, haciendo caso omiso de lo que yacía por adelante.

Solo vino a comprender su equivocación cuando voló de veras sobre unas escaleras débilmente iluminadas que descendían en la oscuridad. Lanzarse escaleras abajo no es una manera de escapar de paredes que caen.

Carey llegó en su rescate una vez más, agarrándola de la blusa por detrás y jalándola hacia atrás con tanta fuerza como para desgarrar la tela. Encontró equilibrio en las escaleras, halló las barandillas con las dos manos, se soltó otra vez con brusquedad, y bajó delante de él.

La puerta a espaldas de ellos se cerró de golpe, y el estruendo de arriba se convirtió en un ruido sordo.

—¿Están todos bien? —preguntó Colt.

Carey asintió cansinamente.

—Estoy bien —contestó Wendy; y para su sorpresa también lo estaba Nicole, que parecía haber revivido con un torrente de adrenalina.

—Bien —repitió Nicole suavemente.

Esa fue la primera palabra que Wendy le oyó pronunciar.

Entonces Nicole se puso a llorar.

8

L a única manera en que Wendy logró describir de modo adecuado
el sonido de la casa desintegrándose sobre sus cabezas fue pensando en trenes monstruosos rugiendo por la puerta principal con
tanta fuerza como para provocar un terremoto debajo de sus rieles.

Por suerte ellos estaban en la relativa seguridad de un sótano, el
cual, como el resto de la casa del buen médico, lo habían construido
de manera exagerada.

Wendy se dio cuenta al instante que no sabía nada sobre edificaciones y construcciones exageradas. Que ella supiera, todos los sótanos de este tamaño tenían por encima cinco vigas de acero.

Rápidamente Colt los llevó a la pared más lejana, debajo de una de
las enormes vigas de acero sobre las que colgaban las viguetas del piso
por encima. La puerta por la que habían entrado también era de acero.

—Parece como si el doctor pensó en una bodega subterránea
cuando construyó esto —expresó Colt.

—Gracias a Dios —aseveró Wendy.

—O en un búnker —concordó Carey, que sostenía a Nicole en
los brazos; ella había vuelto a perder el conocimiento.

Permanecieron en silencio, impotentes debajo del feroz estruendo.

La única iluminación era por las luces de emergencia similares a las alineadas en la parte alta.

—¿Cuánto tiempo creen que durará esto? —preguntó finalmente Wendy.

Caía polvo como menuda neblina.

—No lo sé —contestó Colt estirando el cuello.

—¿Se estará derrumbando?

—No sé.

—Pues a mí me parece que sí —respondió Carey.

—La casa aún estaba en pie cuando bajamos —indicó Wendy—. No oigo que se haga añicos ni que colapse. Solo el estruendo.

—Si tenemos suerte, la casa aún permanece en pie —concordó Colt—. Tal vez explotaron las ventanas, quién sabe. O quizás la casa quedó destrozada. Nunca debió soportar algo como esto.

Había algo irresistible al observar el piso por encima de ellos que les servía de techo. Este sistema de vigas y de piso era lo único que impedía que los alcanzara y los destrozara la terrible furia.

El techo temblaba, se estremecía y dejaba caer polvo, pero aguantó por cinco minutos, luego diez y después quince; también soportó la puerta en lo alto de las escaleras.

Entonces, con la misma rapidez que el monstruo había caído sobre ellos, pareció seguir adelante en busca de otras casas a las que debía arrasar.

El viento aún soplaba por encima de ellos; lo podían oír a la distancia, una ráfaga sorda y constante. Pero no el rugido estremecedor de trenes y motores de jet que acababan de escuchar.

Se miraron unos a otros sin moverse. A Wendy le pareció que en realidad ninguno de ellos quería subir y averiguar lo que les esperaba.

Carey observó el techo, como si esperara que el tornado volviera y los golpeara otra vez por si les quedaba alguna duda de sus intenciones. Todos se miraron a los ojos.

Colt se había puesto sobre una de sus rodillas y escuchaba atentamente. En su rostro refulgía el sudor, y su camiseta negra estaba cubierta por una fina capa de aserrín. Miró a Wendy con ojos bien abiertos, su inseguridad anterior había dado paso a una necesidad común de sobrevivir.

—¿Deberíamos revisar? —preguntó ella.

Él se puso de pie y caminó hacia las escaleras. Wendy lo dejó llegar a mitad de camino, aterrada de pronto por la posibilidad de que al abrir esa puerta enfrentaran un cielo negro con viento huracanado. Corrió tras él.

Llegaron juntos a las escaleras. Colt se hizo a un lado para dejarla pasar, como todo un caballero, pero luego lo pensó mejor y levantó la mano.

—Iré adelante.

Las escaleras crujieron, pero por lo demás parecían tan sólidas como debían ser. Aunque cualquier cosa se hubiera destruido, la base había quedado intacta.

Wendy subió detrás de él, mirando por encima del hombro masculino. La espalda de él estaba mojada, tanto de lluvia como de sudor; ella podía oler lo uno y lo otro. La delgada capa de algodón cubría músculos endurecidos. Wendy se censuró por notar eso en un momento como ese.

—¿Vas a tratar de abrirla? —preguntó subiendo detrás de él al pequeño descanso.

Colt agarró la manija de bronce en la mano, la hizo girar y empujó suavemente la puerta. Pero esta no se movió tan fácilmente.

Él dio un paso adelante y empujó con más fuerza. El pasador se desenganchó con relativa facilidad —ellos pudieron oírlo al deslizarse— pero la puerta no se movió.

—Está bloqueada —anunció él, y lanzó todo el peso de su cuerpo contra la puerta.

Aunque no se movió, cedió solo un centímetro antes de trabarse de nuevo.

Wendy se le unió, dolorosamente consciente de la proximidad del hombre. Empujaron juntos, pero muy bien pudieron haber estado presionando un muro de concreto.

—Está completamente trabada.

Colt dio marcha atrás bajando las escaleras y escudriñando el techo.

Carey había dejado a Nicole sobre una caja vacía de cartón que encontraron y aplastaron para ella.

—¿Qué pasa? —inquirió, atravesando el sótano—. ¿No se abre?

—Parece que la casa se derrumbó encima de nosotros —contestó Colt.

—¡Auxilio! —gritó Wendy golpeando la puerta.

Pero ella estaba consciente de que no había nadie cerca que pudiera ayudar. Ninguno se molestó en señalarle su insensatez.

Ella giró de nuevo.

—¿Ahora qué? ¿Nos quedamos simplemente aquí varados? —preguntó bajando las escaleras—. Tendrá que haber otra salida.

—Si estoy en lo cierto, tenemos una docena de toneladas de ladrillo y madera amontonada encima de nosotros —informó Colt—. Revisemos el sótano por si hay huecos de ventanas.

Él señaló dos cuartos a cada lado.

Carey se fue hacia el más cercano. Wendy y Colt corrieron hacia dos de las puertas restantes. El marco de la puerta alrededor de la de ella se debió haber movido levemente con todas las ondas y el derrumbe encima de ellos, porque esa puerta también estaba atascada. Logró abrirla con una fuerte patada.

Sin perder tiempo, Wendy movió el interruptor eléctrico al lado de la puerta. No había electricidad, por supuesto, pero ella no la necesitaba. Era probable que el doctor Hansen hubiera pagado a alguien para equipar la casa con luces nocturnas de respaldo después de tropezarse con algo en la oscuridad, o algo así, y quienquiera que hubiera hecho el trabajo habría sido tan cuidadoso para forrarse los bolsillos. En toda la casa debía haber cientos de esas brillantes luces pequeñas, y una de ellas iluminaría este cuarto con una pálida luz.

Suficiente para ver una manta de construcción sobre el piso. Nada más. Cuatro paredes sólidas sin ninguna ventana.

—¿Algo? —gritó Colt—. ¿Alguna ventana?

Él se dirigía corriendo hacia el último cuarto.

—No.

—Nada.

Un poco más de prisa y de pies arrastrados, y se volvieron a encontrar en medio del espacio sin terminar, respirando con dificultad y mirándose entre sí sin esperanza. Columnas de acero se levantaban hacia las vigas de acero que los rodeaba. En un rincón había un enorme tanque blanco que Wendy supuso que tenía algo que ver con agua, a juzgar por los tubos que salían de él.

Nicole yacía a lo largo de una pared sobre la caja de cartón aplastada. Las escaleras iban a dar a una puerta inmovilizada. Eso era todo.

Estaban atrapados.

—¿No hay conductos de aire? —preguntó Carey.

—Calefacción dentro del suelo —contestó Colt negando con la cabeza.

—¿Geotérmica?

—¿Y qué importa? —interrumpió Wendy—. Estamos atrapados.

Los dos la miraron.

—Lo siento. Lo siento, de veras, sé que la mente masculina tiende a pensar en detalles como algo geotérmico, pero yo estoy imaginando aquí el panorama total. Si no viene a rescatarnos alguna clase de buldózer podríamos quedarnos aquí un buen rato, ¿o no?

—Algo así —contestó Colt.

—Al menos debe haber una rejilla para la ventilación —señaló Carey.

—¿Sabes de casas?

—Mi trabajo de verano.

Wendy observó a Carey y Colt caminar por el sótano de un lado al otro, varias veces, buscando estos supuestos conductos de ventilación. Aunque encontraran uno, ¿no llevaría también a escombros? Lentamente se desvanecía cualquier esperanza que quedara.

Ella los dejó en su búsqueda y se fue hacia la manta de construcción que había visto en el cuarto de otro modo vacío. La llevó donde estaban ellos, la tendió sobre el piso de concreto, y se sentó al lado de Nicole, que dormía, totalmente ajena a la difícil situación en que se hallaban.

Por primera vez esa noche Wendy se sintió total y verdaderamente indefensa. Sola. Antes había estado atrapada y sola, y no le gustaba la sensación.

Pero no estaba sola, ¿verdad? Carey parecía un tipo decente. Era obvio que sentía preocupación por su hermana. Además, Colt, un hombre tímido, muy tímido, que le llamó la atención por ser profundamente de principios. También estaba con Nicole, de quien lo único que conocía era su despampanante belleza.

Sin embargo se sentía totalmente sola.

De manera suave, como para no despertarla, Wendy puso su mano en el brazo de Nicole y comenzó la larga espera.

El comisario Luke Preston nunca había trabajado antes con el detective de Walton, pero Mark Clifton tenía fama de estrella de cine. No se podía ser parte de la ley sin haber oído el nombre de ese tipo. Dejó el FBI por vivir en un pueblo pequeño, pero todo el mundo sabía que podía volver locos a los tremendos inútiles en la ciudad. La gente comentaba que el detective que llegó de Las Vegas a Walton tres años antes era un tipo excéntrico que vivía principalmente para sí mismo.

Luke no sabía si *excéntrico* o *totalmente extraño* describía mejor a Clifton, pero le dio el beneficio de la duda a *excéntrico* porque quedaba mejor con la afirmación de que también era un genio.

Cierto, Luke no podía decir que hubiera visto alguna vez a un genio excéntrico, pero estaba muy seguro de que ahora veía uno.

—¿Dijo él eso? —preguntó Clifton, observando las marcas de agua sobre el piso de la cocina.

—Sí —contestó Steve mirando a Luke.

—¿Se molestaron ustedes dos en preguntarle cómo llegó a esa conclusión?

—Bueno —contestó Luke—, dijo que las marcas lo explicaban. No estoy afirmando que él tuviera razón, pero muy bien pudimos no escucharlo.

—Él no era muy allegado a su madrastra —señaló Steve—. Y creo que Becky dijo que odiaba mucho a su padre.

—No sabemos que su padre estuviera muerto —expresó Luke—. Podría estar en alguna parte.

—Pudo haber sido a quien sacaron por detrás —manifestó Steve.

—Hay más de una explicación posible para estas marcas —indicó Clifton mirándolos con la ceja arqueada—. Ustedes deben preguntarse porqué se fijó en lo que se fijó. Se trata de los *porqués*, no de los qué, cómo, cuándo y dónde. Los porqués.

Los porqués —opinó Steve—. He oído hablar de eso.

—Como porqué Red mató a dos policías y a esta pobre infeliz aquí si supuestamente está tras Colt.

—Sí —concordó Luke—. Mucho problema para alguien que solo va tras Colt.

—Además, la venganza puede enloquecer hasta al asesino más moderado.

Luke asintió con la cabeza. Sin embargo, por dentro se preguntó qué quiso decir Clifton con «asesino moderado».

Clifton fue hasta el refrigerador y observó el contenido. Abrió los dedos que tenían guantes de látex y tocó la leche y las tapas de algunos de los agregados. Saboreó el dedo y se relamió los labios.

—Mostaza —reveló.

—¿Mostaza?

—A este tipo le gustan los pollos, la mayonesa y la mostaza.

—¿En serio?

Clifton deslizó en el bolsillo de su chaqueta el frasco amarillo de mostaza que había probado y uno de mayonesa. Dos grandes bultos. Ahora no se parecía mucho a un detective genio. Jeans azules, chaqueta militar, sombrero de pelo, bolsillos llenos de condimentos.

—Esa es evidencia —señaló Steve.

—Así es —concordó Clifton.

Luego salió de la cocina y se dirigió a la puerta del frente.

—¿Es eso todo? —preguntó Luke corriendo tras él—. ¿Y el otro cadáver?

Clifton abrió la puerta y miró fijamente el estruendoso viento.

—Buscaremos el otro cadáver después de la tormenta —contestó, y cerró de golpe la puerta detrás de él.

—Extraño —comentó Steve.

—¿Y qué hacemos con este? —indagó Luke volviéndose otra vez hacia el cadáver que había sobre el sillón.

—Hacemos lo que él está haciendo —respondió Steve—. Te puedo asegurar que Bob Buncus no va a salir en este clima a meterla en hielo.

—¿Y no se descompondrá?

—No esta noche. ¿Dónde crees que está Colt?

—Lo último que reportó fue que recogió a esos extraños.

—¿Y si uno de ellos resultara ser el asesino?

Les llevó más o menos quince minutos asegurar la sala usando procedimientos que Luke sugirió que también podrían usar, considerando cuán raramente los habían usado. Estaban a punto de salir cuando chilló su radio y llenó el salón con un grito-rugido tan terrible que hizo saltar a los dos hombres. Becky estaba gritando algo. Luke agarró la radio y buscó a tientas el volumen.

—¡Dios bendito! —se oyó clara su voz, luego se entrecortó— ...sobre nosotros. ¿Me copias? Vamos, ¡Contéstame!

—¿Qué dices? Repite.

Cualquier cosa que estuviera sucediendo en la estación de policía sonaba como si una enorme aspiradora estuviera succionando el micrófono de Becky.

—Dije que se pongan a cubierto de inmediato...

La transmisión terminó abruptamente.

—¿Qué? —preguntó Steve corriendo hacia la puerta y volando dentro del viento sobre sus talones hacia la acera donde estaban estacionadas sus dos patrullas —. ¿Dijo ella tornado?

La respuesta llegó antes de que Luke pudiera contestar: Una gran ráfaga de viento, acompañada por un estruendo tan fuerte que Luke pensó que les caía encima un Boeing 747.

Pero él sabía que no se trataba de un jet. Debía ser un tornado, y parecía estar tragándose a todo el pueblo.

Como si el viento tuviera inteligencia y hubiera comprendido que uno de los humanos en su sendero había imaginado sus intenciones, el viento lanzó una rama que golpeó a Luke en un costado. Él se tambaleó hacia la derecha, tratando de agarrarse de algo, pero no encontró nada, y cayó de cabeza.

Quedó sin conocimiento antes de caer a tierra.

9

Nathan Blair se apartó de la ventana desde la que se veía una sala de conferencias donde los otros tres miembros del destacamento especial se sentaban alrededor de una mesa fabricada de cerezo para analizar el asunto con urgencia. Al estar en la sección de Asuntos Internos de esta operación tenían más poder y sin embargo menos que los demás.

Caminó hasta el escritorio y sacó un teléfono rojo que le daba acceso directo al director. Para algunos de sus compañeros el panorama que se desarrollaba ante ellos solo constituía otra perspectiva más entre centenares parecidas: simplemente otra casilla en una hoja de cálculo, otro incidente en un archivo, la última historia de la que no se podía hablar fuera de esas paredes.

Sin embargo, Blair tenía desde el principio sus reservas sobre este caso. Pero nada pudo prepararlo para lo que ahora enfrentaba. Habían seguido los movimientos del asesino hasta que entró a Summerville, esperando el momento adecuado para prenderlo. Pero lo perdieron. Estaba fuera del alcance de Blair.

Aun peor, todo lo que suponían de Sterling Red se vino abajo. Incluso su identidad. No podían hacerse más conjeturas acerca del asesino. Parecía capaz de cambiar el color de su piel como el camaleón. Era como si su antigua identidad nunca hubiera existido.

—¿Sí? —contestó la suave voz del director.

—¿Algo nuevo en el interior? —preguntó Blair.

—Mark Clifton ha asumido la investigación en el lugar de los acontecimientos —contestó el director después de hacer una pausa.

Lo sensible de la operación les hacía dudar de su propia gente. Lo último que podían permitir era a un agente con conocimiento real de la situación que pudiera comprometerse y filtrar la información.

Con algo de suerte Clifton le pondría fin a esta locura antes que se requiera una interdicción. Blair le daría suficiente información para ayudar en la persecución del asesino.

—Es mejor que ores para que encuentre a Red.

El director estaba un poco incómodo.

—Tranquilo señor Blair. Todo está bajo control. Ya lo verá.

Blair dudó, consciente de que su siguiente pregunta no era menos difícil.

—¿Saben algo de Cyrus Healy?

—No.

Volvió a mirar a los demás, cuyos argumentos aún eran sordos por el vidrio a prueba de balas. Como cachorros silenciosos articulando.

—Tengan por favor la cortesía de informarme en el momento en que oigan algo. Y para el acta, no me gusta la dirección en que va esto.

—Entiendo.

Nathan cortó. Había poco más qué decir. Tendrían que esperar y observar. Ahora el caso está en manos del detective Mark Clifton.

O en la mente de Sterling Red, dependiendo de cómo usted lo mirara.

Entonces solo esperamos —expresó Carey volviendo a sostener en su regazo la cabeza de su hermana.

—Solo esperamos —concordó Colt—. En la mañana vendrán cuadrillas de rescate.

—Dudo que esta sea la única casa dañada. Podría pasar mucho tiempo antes de que nos localicen, suponiendo que averigüen que estamos aquí.

—Ellos saben que yo me dirigía hacia acá —informó Colt—. No se preocupen; nos encontrarán. Tal vez no con el alba, pero vendrán.

Se sentaron sobre la manta, inclinándose sobre la pared de los cimientos, los tres en línea con Wendy en el medio. Nicole aún dormía, todavía en otro mundo, sin saber que estaban atrapados debajo de una casa derrumbada. Probablemente inconsciente de todo menos de su propia necesidad de sobrevivir a la oscuridad.

La ducha fría redujo eficazmente la fiebre, y no habían vuelto las convulsiones. Quizás las mordeduras de serpiente eran como alimento envenenado; si se logra sobrevivir suficiente tiempo, el cuerpo procesa las toxinas.

Ninguno pensó en sacar del baño la ropa de Nicole cuando salieron corriendo para salvar la vida. Wendy la cubrió con parte de la manta. Su respiración firme era ahora tan fuerte como el sonido lejano del viento, los dos únicos ruidos en el sótano por el momento.

Carey puso su mano en la frente de su hermana.

—¿Cómo está? —preguntó Wendy.

—No lo sé. Aún está caliente.

Wendy miró a Colt, que estaba sentado cerca de su derecha, con la cabeza inclinada hacia atrás, mirando el techo. Había sacado la pistola de la funda y la tenía sobre las rodillas, como si esperara que el asesino los encontrara aquí y esperara con ellos, o más probablemente porque estuviera incómodo en esa posición.

—¿Tienes hermanos o hermanas, Colt?

—No.

—Tampoco yo. Sin embargo, debe ser bueno tenerlos.

Nadie habló por un momento. Mientras más tiempo pasaba en compañía de Colt, más descubría que le gustaba. Quizás porque él no demostraba ninguna confianza obstinada a pesar de su obvia fortaleza. Debajo de esos músculos había solo otro niño perdido, como la mayoría. Solo que Colt no sabía cómo fingir otra cosa, como la mayoría.

El silencio se hizo incómodo.

—Háblanos de ella, Carey.

—¿De ella? —preguntó él mirándola.

—No vamos a ir pronto a ninguna parte.

Carey se movió en su puesto, y por primera vez en esa noche pareció optimista de verdad. Nicole era su hermana, pero su afecto por ella parecía de otro mundo. Incluso extraño.

—¿Estás segura?

—Por supuesto —contestó Wendy.

—Cuando Nicole tenía un año de edad todos sabíamos que iba a ser una modelo o algo loco como eso cuando creciera. Mi madre nunca logró perder sus kilos extra después de tener a Nicole, y por eso se recriminaba todo el tiempo. Luego dejó de recriminarse y se dedicó a mimar a Nicole. Era como que si ella no podía ser hermosa se aseguraría de que Nicole sí lo fuera, tú sabes.

—No me digas; ya conozco el resto de la historia —manifestó Wendy.

—Lo dudo —indicó Carey.

Le llevó unos instantes volver a continuar.

—Mi mamá puso a Nicole en un concurso de belleza cuando tenía seis años. Ella era hermosa, aun sin todo el maquillaje y las ropas extravagantes. Nicole pudo haber salido a ese escenario a las seis de la mañana, acabándose de levantar, y obtener la decisión unánime de los jueces. Era así de hermosa. Y todos lo sabíamos, incluso ella.

Carey acarició la mejilla de su hermana.

—Creo que comencé a odiarla por eso —continuó—, pero yo mismo era demasiado joven, de once o doce años, para comprender cómo me estaba afectando eso.

—Tu hermana era hermosa, y todos estaban de acuerdo —aseguró Wendy—. ¿Era eso tan malo?

—No era el hecho de que mi hermana fuera hermosa. Era cómo la trataba mi madre. Toda nuestra casa giraba alrededor de esta bellísima reina de seis años. Mamá la llevaba todos los días a sus clases de belleza. Clases de maquillaje, clases de etiqueta, clases de moda. Tuvo su primer empleo a los ocho años de edad.

—¿De veras? —preguntó Wendy inclinándose adelante y mirando a Nicole a la débil luz.

—Nicole era demasiado joven para resistirlo, así que no debí haberla culpado; pero yo era demasiado joven para saber eso. Ella estaba en una dieta estricta a los ocho años. Tenía dentadura perfecta, pero eso no impidió que mamá le hiciera hacer una cirugía dental total. Casi nunca la dejaban salir de la casa, y cuando salía era con mamá.

—Eso es horrible. ¿Nadie intentó impedir que tu mamá hiciera todo eso?

—En realidad nadie fuera de la familia lo sabía. Mi padre no tenía mucho carácter. Nicole aceptaba todo en silencio total. Nunca se oponía, nunca discutía. Pero era una niña triste. Tenía mala cara. En realidad no tuvo una verdadera infancia.

Carey se mordió una uña, y fijó la mirada en algún objeto invisible por delante mientras recordaba la infancia de ellos.

—Nicole tenía quince años cuando papá empezó por fin a entrar en razón. Comenzó a alejar a mamá de ella. Sugirió viajes y vacaciones, todo lo cual mamá rechazó al principio. Finalmente hicieron algunos viajes, pero no sin interminables quejas y escándalos de parte de mamá.

—¿Escándalos por qué? —preguntó Colt.

Wendy miró a Colt, que había cruzado las piernas y se había inclinado hacia ellos, con los codos sobre las rodillas. Estaba más que casualmente interesado.

—Por los líos en que Nicole se podría meter en esos pocos días sin su mirada vigilante. De todos modos, así es como cambió la situación. Como estaba diciendo, mi padre hacía lo posible por alejar a mamá de Nicole; pequeñas cosas, no solo vacaciones. Salidas a comer. Él siempre había querido tener un Jeep, pero todo centavo ahorrado en nuestro hogar iba a la «carrera» de Nicole. Por eso papá llegó a casa muy emocionado cuando Jeff Bolton dijo que ese sábado le prestaría su Jeep. Él insistió en que mamá lo acompañara, solamente los dos. Solo por algunas horas. Ella aceptó.

Carey apartó la mirada.

—Nadie sabe exactamente cómo el Jeep cayó por el precipicio. El camino era angosto, pero no tanto. Quizás una llanta desinflada los sacó. Cayó cuarenta metros abajo y quedó parado sobre las cuatro llantas, pero la fuerza aplastó la columna vertebral de mamá y la mató al instante. Mi padre escapó con moretones y una mano rota.

—Esa es una caída profunda —comentó Colt.

—Estoy muy apenada.

—No era muy profunda —replicó Carey—. En realidad no. Pero el accidente metió a Nicole en una espiral descendente. Cambió por completo. Dejó de comer y tuvo que ser hospitalizada. Yo entendí poco a poco cuán desesperada estaba de verdad. Ella no sabía cómo vivir sin la bestia gorda.

—Ella era tu madre —lo retó Colt—. Debes haber sentido algo de arrepentimiento.

—Supongo —contestó Carey encogiéndose de hombros—. Con el paso del tiempo la extrañé un poco. Pero sentía pena por papá. Él se culpó por la muerte de ella. Terminó suicidándose un mes después del accidente.

La voz de Carey se tensó, y debió tragar saliva.

Wendy pensó que cualquier mujer podía tocarlo y consolarlo con el contacto, pero no se atrevió. En vez de eso repitió esa frase trillada y antigua.

—Lo siento.

De repente los ojos de Carey se inundaron de lágrimas.

—Entonces Nicole y yo enloquecimos. Mi tía nos recogió. Me salí de la academia de música e hice lo que me daba la gana. Estaba amargado de verdad y... bueno, esa es otra historia. Nicole... la pobre Nicole pasaba sus días caminando aturdida sin rumbo fijo y en las noches solo lloraba. Era como un caparazón de sí misma. Luego desapareció y no supe de ella por más de un año.

—¿Cuántos años tenía ella? ¿Dieciséis?

—Dieciséis cuando desapareció, hace casi cinco años. Entré en depresión. Me culpaba por no haberla rescatado antes.

—¿Adónde fue? —indagó Colt.

—No sé —contestó Carey mirando primero a Colt y luego a Wendy.

—¿Qué quieres decir con que no sabes? ¿No te lo habrá dicho?

Carey arrugó el entrecejo, pero no contestó la pregunta de Wendy.

—Ella me encontró en mi academia de música. Cuando entró a la sala de conferencias todos los demás vieron una extraña hermosa y descalza. Pero yo vi un ángel, y se trataba de mi hermana.

Él volvió a tragar grueso ante el recuerdo.

—Ella era diferente. Totalmente cambiada... no en la manera en que se veía, sino por dentro. Le pregunté adónde había ido, y solo dijo que se dedicó a servir a los desfavorecidos. Eso es todo lo que sé. Si ella quiere decirme más, lo hará. Sinceramente no me importa adónde fue.

Ahora más que antes, Wendy pensó que daría cualquier cosa porque alguien la cuidara tanto.

—Hmm.

—Hmm, ¿qué? —le preguntó él.

—Es una hermosa historia.

Él miró a su hermana, que ahora parecía estar respirando mejor.

—Recuerda que dijiste eso cuando ella despierte —expresó Carey.

—Ella es...

Carey buscó la palabra adecuada.

—Muy excepcional —dijo al fin—. Como una niña. La niña más pura que alguna vez he visto. Algo en ella se rompió.

Colt se puso en cuclillas, apartando la vista de ellos. Si Wendy no se equivocaba, él estaba emocionado y avergonzado. Se puso de pie y caminó por el salón. Examinó el calentador de agua.

¿Qué historia estás ocultando, Colt?, quería saber ella.

—Superaremos esto —le manifestó ella a Carey—. Nicole estará bien. Lo verás.

Una premonición sugería que estaba equivocada. Algo acerca de la historia de Nicole la inquietaba. ¿Algo o no era nada?

Pasaron la hora siguiente reseñando exactamente lo que les había sucedido a cada uno esa noche.

Carey explicó su encuentro con la camioneta que les pegó de costado y los sacó de la carretera. Wendy detalló su propia colisión con esa misma camioneta, su descubrimiento de la furgoneta y su viaje a Summerville. Colt les habló del encuentro con el asesino que se hacía llamar Red, y luego de una llamada de la despachadora respecto de un tercer asesinato al cual estaba respondiendo cuando Wendy le hizo señas de que se detuviera.

—Ese asesino también tiene que ver con esta tormenta —señaló Wendy—. Quizás deberíamos estar agradecidos por ella.

—Con algo de suerte, él dio un golpe directo —manifestó Colt.

—Venganza de Dios.

—Por la mañana este pueblo hervirá de noticieros y equipos de rescate. La verdadera pregunta es: ¿Cuántos resultaron heridos o muertos por la tormenta?

Era el final de una conversación que dejaba poco más para decir.

Carey fue el primero en sugerir que durmieran un poco; entonces se acostó al lado de su hermana. Sin nada más que hacer que mirar las vigas del techo, se acomodaron como les fue posible.

Pasaron veinte minutos sin más compañía que su propia respiración. Hasta el viento se había calmado afuera.

Pero al yacer allí en la oscuridad Wendy no lograba liberarse del miedo que el optimismo de ellos con relación al asesino había hecho desaparecer momentáneamente. Él había llegado en la tormenta; ¿por qué perseguiría a Colt?

Colt estaba cerca de ella a su derecha, respirando a ritmo constante. Ella se preguntó qué clase de mujer podría acudir a él en busca de consuelo. Y si él le brindaría alguno. Una palabra suave. Una mano en la de ella. El calor de su cuerpo. ¿Qué paciencia necesitaría un hombre para tratar con la inestabilidad de ella?

No soy la que parezco, Colt. Soy una sobreviviente, cierto, pero por dentro me encuentro en una zanja, temerosa de que alguien me toque.

—¿Colt?

—¿Sí?

Él estaba despierto. Ella inmediatamente se arrepintió de pronunciar su nombre.

—¿Crees que saldremos bien de aquí?

—Sí —contestó él titubeando.

En ese momento Wendy se sentía tan sola, tan frágil, tan indigna que no pudo impedir que su mente hablara.

—Tengo miedo.

Esta vez él se quedó en silencio por todo un minuto antes de contestar.

—Yo también —asintió.

11

endy despertó bruscamente a un categórico silencio, como si algo la hubiera sacudido de un fatigado sueño, pero ahora, totalmente despierta, lo único que quedaba eran los sonidos de las respiraciones.

Rodó sobre su espalda y miró arriba a las vigas del techo. Los acontecimientos de la noche anterior llenaron su mente como si los hubiera vertido un enorme balde. Estaban atrapados en un sótano.

Se volvió para mirar a Colt, que aún dormía a su derecha. ¿Habrá amanecido ya? Todavía las únicas luces eran las amarillas nocturnas. Ella pudo oír a Carey respirando a su izquierda.

Se sentó y parpadeó, su mente estaba atestada de interrogantes.

—Hola.

Giró hacia el sonido de la voz femenina. Nicole estaba de pie a su izquierda, sonriendo. Vestía una camisa blanca de hombre que le caía por debajo de la cintura.

—¿Nicole?

Carey despertó bruscamente.

—¡Nicole! —exclamó él mientras se ponía en pie con dificultad—. ¡Estás bien! Estás...

—¿Dónde conseguiste la ropa? —preguntó Colt, levantándose.

—¿Qué pasó? —preguntó Nicole, ahora su rostro no estaba colorado, tenía el cabello seco y estaba tranquila.

Lo que Wendy vio como belleza natural la noche anterior había cobrado vida por completo.

—Te deberías sentar —sugirió Carey—. ¿Segura que estás bien?

—Este... ¿no me veo bien? —contestó Nicole mirando alrededor del salón—. Este no era el lugar más cómodo para dormir, pero estoy segura que ustedes me podrán explicar eso.

Les sonrió y se acercó a Wendy.

—¿La conozco?

Un oscuro rayo de luz cruzó los ojos de Nicole, como un barco surcando el negro océano. *Había algo raro con ella*, pensaba Wendy.

La mirada punzante de Nicole se fijó en Wendy, escrutándola con tal franqueza que sintió acelerarse su corazón.

—Imagino que no —dijo Nicole al fin.

—¿Dónde encontraste la camisa? —volvió a preguntar Colt.

Los ojos de la mujer se dirigieron hacia Colt. Su expresión tenía cierta inocencia, pero también irradiaba seducción como si fuera perfume. Transparencia sin nada que ocultar. Wendy pensó que en el cuerpo de esta mujer no parecía haber ni pizca de presunción.

Algo malo hay con ella.

—La encontré en el clóset de uno de los cuartos —contestó Nicole, señalando la camisa.

Se acercó más a Colt.

—¿Quién es usted?

—Soy Colt Jackson —contestó titubeando—. Se te fue la fiebre.

—Entonces también le debo mis agradecimientos, señor Jackson —afirmó poniendo la mano en el hombro de él, haciendo que le cayera un poco de polvo.

—Está roja ahora, pero más tarde se le bajará.

Wendy miró a Carey, que guiñó como si dijera: «¿Qué te dije?»

Nicole retrocedió, sonriéndoles otra vez, y mirándolos de uno en uno. Lentamente la sonrisa tomó matices de preocupación.

—¿Está... está todo bien? —averiguó—. Todos ustedes parecen como si hubieran visto a un fantasma.

—Lo hemos visto —contestó Carey—. ¿No recuerdas nada de lo que pasó anoche?

—Solo que me mordió una serpiente y que alguien nos ayudó. ¿Por qué, qué sucedió?

—Llegamos a creer que te ibas a morir. No pudimos encontrar un médico a causa del tornado, así que...

—¿Tornado? —inquirió Nicole, mirándolo con gran inquietud—. ¿Salió alguien herido?

—No sabemos. Pero sin duda fue algo horrible. Por eso estamos aquí abajo.

—Son las ocho de la mañana —informó Colt mirando su reloj—. ¿Oye alguien algo afuera? No entra luz por ninguna grieta.

Se dirigió hacia la pared de concreto y pegó el oído contra ella.

Wendy se le unió, seguida por Carey y, después de titubear un poco, por Nicole.

—¿Qué estamos escuchando? —preguntó Nicole.

—Nada —contestó Wendy.

—No oigo nada —expresó Nicole.

Carey la agarró de la mano y la retiró de la pared. Las luces amarillentas irradiaban un brillo extraño y tenue sobre los dos.

—Yo estaba muy preocupado. ¿Recuerdas algo más?

—No —contestó Nicole, y pasó la mirada de Wendy a Colt, que con discreción evitó el contacto visual.

Wendy quiso decirle a Nicole que dejara tranquilo a Colt. La mirada de ella era como un toque, y era claro que Colt se sentía tan incómodo con tal contacto como le pasaba a Wendy. Pensó que Nicole estaba expresando claramente sus emociones en la única manera que sabía, aunque de modo totalmente extraño para Wendy. *Di la verdad*, se dijo Wendy, *estás sintiendo una punzada de celos.*

—Dios mío, mi ropa —exclamó Nicole, y se fue corriendo hacia las escaleras.

—¿Qué ropa? —preguntó Carey corriendo tras ella.

—Está en el baño, ¿no es así? No puedo andar en esta facha —aseguró, y señaló la camisa de hombre—. Tengo que meter la ropa en la secadora.

—¿Secadora? Tú... no, no entiendes. Estamos atrapados aquí abajo.

—¿Por qué dices eso?

—El tornado...

—Pero yo encontré esta camisa en el cuarto principal —indicó ella señalando hacia arriba.

—Eso es imposible —declaró Colt.

Por un momento todos se miraron unos a otros, estupefactos por lo que implicaba la afirmación de Nicole.

Colt la pasó de un salto, subió las escaleras de dos en dos, agarró la puerta en lo alto, y empujó con fuerza.

La puerta salió disparada, golpeando la pared adyacente. El sótano se llenó de luz.

Colt quedó enmarcado por una tonalidad suave, perfilado como un pistolero.

Wendy y Carey salieron corriendo hacia las escaleras a la vez, pasando a una asombrada Nicole, que los siguió.

—¿Estuvo antes trabada la puerta? —preguntó.

Ella había subido y entrado a la habitación principal. Eso significaba que aún había una habitación principal. Wendy llegó a lo alto de las escaleras en el mismo instante en que Colt entraba a la casa más allá de la puerta. Y simplemente era eso. Una casa. Intacta. Sin montones de escombros. Solo una silenciosa casa erguida en una mañana de viernes. Era viernes, ¿no es cierto?

—No entiendo —afirmó Carey, mirando alrededor.

Una pintura grande de Napoleón con uno de sus perros estaba torcida sobre una pared, pero aparte de eso difícilmente había indicios de que la casa hubiera resistido tal sacudón la noche anterior.

—¿Así que ya estuviste aquí arriba? —preguntó Colt a Nicole.

—Sí, me pregunté qué había pasado con mi ropa, y la estaba buscando cuando creí oír a alguien... riendo o burlándose. Encontré la camisa y volví a bajar las escaleras.

Hizo una pausa.

—¿Me están diciendo ustedes que todos creyeron que el tornado había destruido de veras la casa?

—Este... este —balbuceó Carey—. El lugar era anoche una zona de guerra y...

—Pero no *vimos* caer nada —expresó Wendy.

—En realidad no —concordó Colt—. Parecía el choque de un tren de carga, pero solo supusimos que estaba destruida.

Él se fue por el pasillo hacia la antesala como un hombre en una misión. *Otra vez en su zona cómoda*, pensó Wendy.

—¿Por qué no pudimos abrir la puerta? —preguntó Wendy.

—Tal vez el cuadro la estaba bloqueando —notificó Nicole.

—¿Cuadro? —inquirió Colt regresando.

—Estaba aquí en el piso—contestó ella señalando un cuadro de un perro al final del pasillo—. Lo puse contra la pared. Pero es bastante grande como para mantener acuñada la puerta.

—Pero la puerta no estaba acuñada esta mañana —observó Carey.

—El viento la pudo haber liberado —afirmó Colt—. Después de que tratáramos por última vez.

—¿Qué viento? —preguntó Wendy—. ¿Había algún viento dentro de la casa? No recuerdo ninguno.

Una suave ráfaga de viento sopló a través de ellos en dirección a Colt, como si hubiera venido de la antesala a la vuelta de la esquina. Se fueron como uno solo hacia el origen, menos Nicole, que era evidente que no participaba de las mismas preocupaciones de ellos. En realidad no tenía motivos para hacerlo.

Pensar que pasaron la noche en el sótano porque una pintura se había acuñado entre la puerta de acero y la pared opuesta. Asombroso. Pero Wendy sabía qué presión podía soportar un madero colocado longitudinalmente. Ella mantuvo a los miembros de la fraternidad fuera de un cuarto el día que escapó acuñando una tabla de diez centímetros de ancho por tres de espesor entre la manija de la puerta y la pared. Ellos golpearon, empujaron y lanzaron cientos de amenazas mientras ella lentamente se armaba de valor para deslizarse hacia fuera por la diminuta ventana del baño.

Otra pequeña ráfaga le dio en el rostro mientras daba la vuelta a la esquina. Se agitaba polvo a su paso. Vio que la gran puerta blanca de entrada estaba entreabierta. Eso explicaba el viento.

—¡Qué desorden! —exclamó Carey.

El viento también explicaba el montón de arena que había soplado contra una pared durante la noche. Mucha arena. La luz centelleaba en tonos rojos y azules a través de los gruesos prismas en los paneles de cristal a cada lado de la puerta. Colt tenía la mano en la puerta, pero se detuvo antes de abrirla por completo.

Wendy se paró detrás de él, consciente de su aroma. Sintió una compulsión breve pero fuerte de ponerle la mano en la espalda como cualquier otra mujer común y corriente podría hacer, pero en vez de eso miró por encima de su hombro desde una distancia segura.

—¿Qué pasa? ¿Colt? —preguntó ella al comprender que él se había quedado helado.

Él jaló la puerta a través del pequeño montón de arena que le impedía abrirse por completo. Wendy entrecerró los ojos a la luz del día. Luego se acercó a la puerta.

Al principio Wendy no estaba segura de lo que estaba viendo. Nunca había estado de día en Summerville. Sabía muy bien que era un pueblo desierto, pero esperaba algo más que solo arena y rocas. Arbustos y árboles... ¿no había visto lo uno y lo otro anoche en este mismo...?

Instintivamente Wendy dio un paso atrás. Algo acerca del paisaje desértico frente a ella estaba mal. Muy mal.

—¿A qué distancia estamos del pueblo? —preguntó ella.

—El pueblo ha desaparecido —le notificó Colt, mirándolos pálido.

12

¿Qué quieres decir con que ha desaparecido? —inquirió Wendy—. Eso es imposible.

Ella fue hasta la cerca del porche y miró hacia el desierto. Eso es todo lo que era: desierto de arena y rocas que se empalmaba con algunas mesetas en el horizonte.

—Quiero decir que desapareció —contestó Colt.

Menos un edificio blanco cuadrado casi a la izquierda, en la misma colina pequeña. La biblioteca, si Wendy estaba en lo cierto. Ninguna otra edificación que ella pudiera ver. Los únicos indicios de que alguna vez hubo aquí un pueblo eran algunos postes torcidos de acero que se levantaban del suelo. Ellos se distribuyeron en el porche y boquiabiertos miraron el desierto, pasmados por la incredulidad. El horizonte era rojo... un atardecer o un amanecer, pero el sol estaba alto en el cielo.

—¿Hubo aquí un pueblo? —preguntó Nicole.

—Está enterrado —contestó Colt—. Esta casa y la biblioteca están un poco por encima del pueblo sobre esta colina. La tormenta debió...

—Eso es una locura —interrumpió Carey—. Qué raro que un tornado pueda enterrar con arena a todo un pueblo. ¡Por el amor de Dios!

—Desapareció —añadió sencillamente Colt—. ¿Lo ves?

No hubo respuesta.

—No estoy diciendo que pueda explicarlo, pero a menos que los vendavales hayan hecho volar al pueblo, lo cual es completamente absurdo, está enterrado.

—¿Puede hacer eso el viento? —indagó Wendy.

Ella no lograba imaginar una enorme tormenta de polvo barriendo con suficiente fuerza para enterrar a un pueblo.

—El tornado más salvaje registrado fue en Wilber, un torbellino en Nebraska que dejó un sendero de destrucción de cuatro kilómetros de ancho... según informó el canal del clima. Este pueblo solo tiene cinco kilómetros de ancho. Yo...

Colt aún estaba pasmado.

—Vientos F5 de más de quinientos kilómetros por hora podrían, supongo.

—¿Pueden llevarse sencillamente todo?

—Sin embargo, esos postes de energía no tenían luces. Nada que el viento se pudiera llevar —aseveró Colt, bajando a saltos las gradas.

Corrió hacia el patio, se apoyó en una rodilla, y cavó en la arena. A no más de cinco centímetros jaló algo. Pasto.

Los árboles que Wendy viera la noche anterior habían desaparecido, menos el del costado occidental, sin hojas y con las ramas peladas, pero aún enraizado en el suelo. La casa lo había protegido.

—Esto no es posible —comentó Carey.

—¿Cuán grande era este pueblo? —preguntó Nicole.

—Aproximadamente setecientas casas —contestó Colt, bajando por la suave ladera.

Los demás lo siguieron por la arena, acallados por la magnitud de la destrucción. Era como entrar a lo desconocido.

—¿Por qué la biblioteca aún está de pie? —inquirió Wendy.

—Está construida como un tanque. El doctor y su ingeniería. Pero aún...

Colt giró en un círculo mientras caminaba. De todos ellos solo él sabía qué desapareció. Había vivido entre casas, negocios y parques que ahora simplemente ya no estaban aquí. Wendy estiró el cuello para tratar de divisar algo que le pudiera señalar la gasolinera en que se detuvieron la noche anterior.

La única señal de que una vez hubo algo en el lugar eran escombros esparcidos, un semáforo que yacía en un costado, la llanta de un tractor, y una lavadora de ropa medio enterrada. Pero aun entonces, no muchos escombros.

—Aquí —expresó Colt, deteniéndose y mirando atrás a lo que ahora eran los únicos dos claros monumentos: la casa y la biblioteca más o menos sesenta metros directamente al oriente de la casa—. Exactamente aquí había una edificación anexa de ladrillo en la propiedad del médico.

—¿De ladrillo? —preguntó Carey.

—Como ya dije, el doctor era analítico respecto de la ingeniería. Se podría creer que pensaba que vendría algo.

Colt comenzó a cavar en la arena, y Wendy se dio cuenta de sus intenciones. Se le unió, excavando la arena en busca de alguna señal de algo.

—¿Por qué tan seca?

—La ventisca de arena no es húmeda. Por lo que sabemos vino de donde no había lluvia. Por eso este desierto puede absorber agua de prisa y no mostrarlo. ¿Algo?

—No —contestó ella, sacando más arena, como un perro cavando por un hueso.

—¿No deberíamos estar hablando de cómo salir de aquí? —preguntó Carey.

—Vamos, habla —señaló Colt—. Yo solo quiero tratar de entender qué pasó acá.

—¿Vas a excavar todo el pueblo ahora?

Nicole había permanecido en silencio, asombrada, durante todo esto.

—Cava, Carey —pidió Wendy.

—No veo el punto...

—El punto es que sería útil saber si todo está enterrado por arena, o si todo voló lejos. Los autos, por ejemplo.

—¿Vas a tratar de desenterrar un auto? —preguntó Nicole por primera vez desde que salieron—. ¿No sería mejor encontrar una radio o algo así?

—Lo sería —expuso Colt, mirándola—. Esa es una buena idea. Excepto que la radio estaba muerta anoche. Sin embargo...

—¡Encontré algo! —exclamó Wendy al dar contra algo inamovible.

Ella cavó alrededor. Expuso ladrillo rojo cubierto con argamasa gris irregular. Se puso de pie.

—Voló —indicó Colt, arrodillándose sobre el hoyo de cuarenta y cinco centímetros que ella cavó—. ¿Pero cuánto voló?

Él cavó más mientras los otros tres observaban. No pasó mucho tiempo en llegar al fondo, porque el piso de concreto estaba a solo sesenta centímetros más abajo.

—Eso es todo —señaló Colt poniéndose de pie y sacudiéndose las manos en sus jeans.

—Por tanto la base del pueblo está enterrada bajo un metro de arena —concluyó Wendy.

Colt escudriñó el horizonte. Aún tenía su arma y un cuchillo en el cinturón, pero nada más que lo identificara como un policía. La camiseta negra cubría la mitad de una rosa roja tatuada en su brazo izquierdo. Wendy no la había visto hasta ahora.

—Una serie de tornados arremeten contra el pueblo, quiero decir gigantescos tornados, se mezclan dentro de un ensordecedor F5 de más de cinco kilómetros de ancho, y arranca todo de la tierra. Casas, autos, todo. Solo Dios sabe dónde cayó todo. Lo único que quedó atrás es arena del desierto y unos cuantos postes de acero que no dieron al viento nada de qué agarrarse.

—Además de la biblioteca y una casa.

Colt miró otra vez las dos estructuras.

—Solo porque el doctor construyó la biblioteca para algo más que contener libros. En realidad pretendió usarla como un refugio antibombas. Por eso es que no se ven muchas ventanas. Ese vidrio tiene varios centímetros de grueso.

—¿Crees que el médico podría estar allí ahora? —inquirió Wendy.

Colt no había pensado en esa posibilidad.

—Quizás —contestó—. Pero de algún modo lo dudo. Creo que habría llamado por teléfono a Becky. Ella no dijo nada cuando le informé que me dirigía a la casa del médico con ustedes. Además, su auto no estaba en el garaje.

—¿Entonces la casa permaneció porque la biblioteca la protegió del viento? —preguntó Carey.

—La casa fue construida del mismo modo. Quizás la biblioteca le ayudó a desviar algo de viento.

—Esa es una teoría —alegó Wendy.

Colt caminó lentamente en un círculo, con las manos en las caderas.

—Ah, ¡vaya!... Esto es absolutamente increíble.

—¿Están todos muertos? —indagó Nicole.

Wendy había estado tan enfocada en entender los *cómo* de esos acontecimientos aparentemente imposibles que no había pensado en la cuota humana.

—Voló —insistió Colt.

—Eso es... eso es terrible.

Wendy no podía decir en realidad cuán genuina era Nicole. Estaba juzgándola, lo sabía; pero algo en esta delicada flor que fijaba sus ojos en Colt, punzaba su cráneo. —¿Cuántos? —preguntó Nicole.

—Casi dos mil.

—¡Eso es espantoso! ¿No podemos hacer nada? ¿Podría haber sobrevivientes?

—Muy pocas de las casas aquí tenían sótano. La mayoría estaban construidas sobre losas. No encontraremos sobrevivientes. De todos modos no tengo idea de cómo empezar a buscar.

Nicole aún estaba vestida con la descomunal camisa, la que aleteaba cuando ella caminó hacia el sur, alejándose de la casa, hacia un poste metálico que sobresalía de la arena.

—Debe haber una manera —expresó, y de pronto salió despedida hacia atrás, tropezando y cayendo sobre sus nalgas—. ¡Ay!

—¿Qué? —exclamó Wendy corriendo hacia delante.

—No... no sé. ¡Hay algo aquí! —exclamó Nicole mirando al aire directamente frente a ella—. Sentí como si golpeara una pared.

Carey corrió al lado de su hermana, seguido por Colt en acompasadas zancadas.

—¿Estás bien? —preguntó Carey—. ¿Qué sucedió?

Nicole se puso en pie y sacudió sus posaderas. Wendy la pasó, dio tres pasos, y sintió el borde anterior de la sacudida de una corriente eléctrica a través de la pierna que tenía adelante.

—Electricidad...

—¡Retrocede! —gritó Colt bruscamente.

Retrocedieron como diez metros y miraron la arena.

—Debe haber una línea de alto voltaje enterrada en la arena —advirtió Colt.

—¿Y la corriente atraviesa la arena? ¿Cómo es eso posible?

—No soy electricista, pero te tiró al suelo, por tanto es posible. Líneas de alto voltaje atravesaban el extremo sur de la propiedad del doctor, directamente a través del pueblo, y luego al sur.

—¿Estamos atrapados? —preguntó Wendy.

—No. Puedes ver dónde está la línea —contestó, y señaló a lo largo de la pequeña depresión en la arena que corría justo al occidente—. La corriente quizá fundió la arena debajo. Hagamos lo que hagamos, permanezcamos a este lado de esa línea.

—¿No la romperían ellos?

—Delgado y fuerte, lo único que pudo resistir los vientos extremos —dijo él.

Ellos miraron en silencio, abrumados por el amplio cambio en su mundo.

—Por consiguiente, ¿qué debemos hacer? —indagó Carey—. ¿Por qué todavía no ha venido nadie?

—Buena pregunta —contestó Colt protegiéndose los ojos del sol y escudriñando el horizonte al oriente.

—¿Cuán extendido crees que está esto? —preguntó Wendy.

Se miraron unos a otros.

—Casi parece más una explosión atómica que un tornado —siguió diciendo ella—. No lo estoy afirmando, pero ¿y si cualquier cosa que hubiera ocurrido aquí tuviera un impacto mucho mayor del que nos damos cuenta?

—Pueblos en todo el desierto quedaron arrasados —manifestó Carey.

—Podría ser —dijo ella—. Eso explicaría porqué aún no ha llegado ayuda.

—No lo puedo ver —argumentó Colt—. Pero otros pueblos pudieron haber sido golpeados. Toma tiempo organizar operaciones de rescate. En la casa tenemos agua y comida. Creo que la sugerencia que Nicole hizo antes tiene mucho sentido. Deberíamos tratar de encontrar una manera de comunicarnos.

Un zumbido apenas audible atravesó los oídos de Wendy. Duró varios segundos y luego desapareció.

—¿Oyó eso alguien más?

El zumbido regresó, más fuerte.

—¿Qué es eso? —preguntó ella.

Huuummm...

Esta vez el sonido fue muy fuerte, y ella no distinguió si parecía provenir de la casa porque estaba mirando en dirección a ella o porque el sonido de veras venía de esa dirección. Sea como sea, un frío le recorrió la columna vertebral.

—Bueno, ¿qué fue eso?

—¿Qué es eso? —indagó Carey, señalando hacia arriba.

Una fina raya negra se extendía a través del cielo, tan alto o más de lo que vuelan los jets. No solo una raya —al menos una docena, apenas visibles— pero allá, arriba, era la única que podían ver claramente.

Huuummm...

Se volvió a oír el sonido, esta vez desde el cielo, parecía. Atravesó la carne de Wendy y le revoloteó en el cráneo. Por breves instantes el mundo se volvió negro.

Wendy lanzó un grito ahogado, entonces de inmediato comprendió que no era su mundo sino su propia visión lo que se había vuelto negro. Pinchazos de luz revoloteaban en el horizonte. Estaba perdiendo la vista...

La oscuridad perdió intensidad. El pulso de Wendy casi se duplicó.

—¿Qué? —preguntó Carey.

—Yo... Todo se hizo negro —contestó Wendy, luego miró a Colt—. ¿Viste eso?

—No —aseguró él.

Igual que un ataque de pánico, pensó ella. La mente le estaba diciendo que nada de eso era posible. Ella deseaba que su corazón se calmara.

—Quizás deberíamos salir de este lugar —susurró Nicole.

—Se fueron —informó Carey.

Las rayas negras habían desaparecido. O si estaban allí, eran tan tenues que Wendy no lograba identificarlas.

—Estelas de humo —comunicó Colt.

—¿Estelas negras de humo? —cuestionó Carey—. ¿Crees que podrían ser misiles?

—Por favor, no estamos en un intercambio nuclear con los chinos —comentó Wendy—. Olviden lo que dije antes acerca de una explosión nuclear. Esto fue hecho por una tormenta muy fuerte y muy extraña. El ruido pudo haber estado en el viento, y esas rayas negras allí... no sé nada al respecto, pero aquí tenemos suficientes problemas.

Era una diatriba motivada emocionalmente, pero Wendy no tenía valor para mantener la calma y la serenidad en el momento. Tenía el derecho de decir lo que quisiera.

—Creo que tienes razón —concordó Colt—. El horizonte rojo es del polvo.

Él la pasó dirigiéndose a la casa.

La única razón de que todos vieran abrirse la puerta de la biblioteca fue debido a que en ese momento miraban a Colt, que parecía haber preparado su mente acerca de lo que debería hacer a continuación.

Se oyó un portazo y un hombre alto vestido con camiseta blanca salió volando a toda velocidad, y gritando a voz en cuello. Los vio y viró hacia ellos, sosteniendo una mano como si estuviera herida, y las rodillas le golpeaban la barbilla.

El hombre, que parecía un joven sano y limpio, corrió por delante de ellos antes que le pudieran advertir, golpeó el invisible campo eléctrico sobre la arena, se sacudió convulsivamente, y voló hacia atrás cayendo de espaldas con la mirada fija en el desierto, anonadado.

13

Su nombre era Jerry. Jerry Pinkus. Y Jerry Pinkus había perdido parte del dedo índice.

Salió gritando de la biblioteca porque despertó con un dedo amputado, que sangraba profusamente sobre la alfombra.

Eso ya lo tenía paralizado. Por si fuera poco, descubrió la desaparición del pueblo y sufrió la descarga de alto voltaje.

Le pareció poco razonable que ellos lo llevaran a toda prisa a través de la arena hacia la casa del médico.

Pinkus usaba jeans de tubo, apretados en traserotas caderas y los muslos, al estilo Emo. Su camiseta era blanca con rayas habanas y suelta en la parte de atrás. Le rodeaba la cintura una correa negra con balas de plata en el centro. Tenía puestas botas negras. Definitivamente parecía un citadino.

Incluso su corte de cabello rubio muy corto estaba agresivamente peinado, y Wendy pudo oler a un metro de distancia el producto que usaba en el cabello. Por si fuera poco, también una fuerte colonia.

—¿Es seguro allí? —preguntó; esto era lo primero que decía con algo de sentido.

—Por supuesto que es seguro —contestó Wendy.

Colt presionó el dedo de Pinkus. Carey le ayudó con el hombre herido.

—Porque hay alguien en la biblioteca.

—Conseguiré gasa del botiquín —expresó Nicole; todos se quedaron mirándola—. Lo vi en la habitación principal.

Carey y Colt condujeron al hombre a la cocina. Wendy los siguió.

—Se los estoy diciendo, amigos —insistió Jerry con el rostro contraído por el dolor—, él está en la biblioteca y nos matará a todos si no salimos de aquí.

—¿Quién está en la biblioteca? —preguntó Colt.

—No sé. Pero me cortó el dedo. ¡Por gritar así de fuerte me cortó el dedo!

—Anoche entramos a la biblioteca. ¿Por qué usted no contestó nuestros llamados?

—¡Porque estaba inconsciente! Por favor, amigos. Estoy sangrando aquí sobre el piso.

—Vendémosle primero el dedo —dijo Wendy.

Nicole entró corriendo con una botella marrón de desinfectante, un rollo de gasa, y alguna clase de ungüento... Dios quiera que sea un antibiótico.

—Permíteme vendarlo —pidió ella.

Wendy no protestó.

—Por favor, Jerry. Necesito que se enfoque por un momento —dijo Colt—. ¿Vio a esa persona?

—Estaba noqueado —su cabeza cayó como aturdida—. Me golpearon por detrás, desperté con mi dedo amputado. ¿Me pueden creer? ¡Él de verdad me cortó el dedo!

—¿Cómo sabe que lo hizo alguien más?

—¿Cree usted que yo mismo me corté el dedo? —preguntó Jerry a Colt como si el policía fuera un idiota—. ¿Por qué? Él estaba adentro, amigo. Lo oí. Dice llamarse Red, y asegura que nadie escapará esta vez.

—¿Dijo que él lo golpeó por detrás?

—Después él habló por el intercomunicador y dijo que nadie escapará esta vez.

—¿Esta vez? —preguntó Wendy—. ¿Qué quiere decir con esta vez?

—¡Diantre! —exclamó Pinkus mirándose la mano que le estaban vendando—. No lo sé... ¿Puede usted creer que él hizo eso?

—Jerry —expresó Colt—. Necesito su ayuda. Sé que está herido, pero si lo que está diciendo es verdad...

—Por supuesto que es verdad.

—Alguien que dice llamarse Red mató anoche en Summerville a dos policías y una anciana. Si en la biblioteca hay un asesino llamado Red...

—No se trata de *si* —interrumpió Pinkus, con el rostro lívido—. Él está allí, y está tras todos nosotros. Nadie escapará esta vez. Eso es lo que dijo.

Colt se volvió a Carey.

—Carey, anda a la puerta y no quites los ojos de la biblioteca.

—¿En serio?

—Sí.

—¿Y si ese tipo tiene un rifle?

—Mantente cubierto, pero quiero que vigiles continuamente la biblioteca. Ya iré allí.

—¿Y si...?

—¡Anda! —le gritó Colt.

Carey asintió y fue.

—Dígame todo —ordenó Colt.

—Esperen —manifestó Nicole dirigiéndose al baño y regresando con sus jeans, zapatos y un frasco de Advil.

Se empezó a poner la ropa.

—Disculpen.

Jerry se tragó las pastillas para el dolor y habló rápidamente, explicando cómo quedó en encontrarse con un tipo llamado John Potter entre Vegas y Carson City, en Summerville. Igual que Pinkus, Potter era jugador. Profesional en juegos computarizados, y uno de los mejores en el mundo. Parece que tipos como Jerry y su amigo comen mucho, duermen mucho y viven para jugar. Y en casos raros en realidad se ganaban decentemente la vida haciendo eso.

Sin jactarse, Pinkus afirmó tener un coeficiente de inteligencia bien elevado, 150. Se había dedicado a las computadoras, Playstations y similares. Por eso es que su herida era tan terrible, dijo. El asesino le amputó su dedo «ratón».

De todos modos, se suponía que Potter se iba a encontrar con Pinkus en la biblioteca de Summerville, pero la tormenta lo debió alejar.

Eso fue cuando el tipo que lo llamó se llamó a sí mismo Red, hablando por los altavoces. Sabía de algún modo que él era jugador. Hasta conocía su nombre. Entonces ¡troc! Lo siguiente que supo fue que estaba caminando sin su dedo.

Jerry se quedó en silencio por primera vez desde que salió de la biblioteca.

—¿Es eso todo? —preguntó Colt.

—¿Es eso todo? Me cortó el dedo que uso como ratón —se quejó Pinkus—. ¡Es toda mi vida!

—Lo siento. Solo quería decir: ¿es eso todo lo que ocurrió, el final de la historia? —se disculpó Colt, que no quería ser malo; solo estaba presionando, como cualquier policía bueno.

—¿Qué quiere decir que nadie escapará? —preguntó Nicole—. ¿Cree usted de veras que él está tras nosotros?

—¿Cómo llama usted a esto? —desafió Pinkus mostrando su muñón sangrante.

—Pero lo dejó vivo.

—Es más como si estuviera jugando con nosotros —aseveró Colt caminando de un lado al otro y jugueteando distraídamente con su arma.

Por primera vez les habló del mensaje pintado. Hora de la venganza.

—¿Ninguno de ustedes tiene una idea de quién es él? —curioseó Wendy—. ¿O por qué podría estar tras de ti?

—No. Me he estado reventando la cabeza por esto —afirmó Colt—. No tengo la más leve idea.

—Yo tampoco —concordó Pinkus.

—Deberíamos atrincherarnos hasta que llegue ayuda aquí —opinó Wendy—. ¿Sobrevivió a la tormenta ese asesino? ¿Encontró en realidad el único lugar en todo este pueblo que permaneció en pie y sobrevivió con nosotros?

—¿Así que el resto del pueblo se esfumó de veras? —preguntó Pinkus—. Yo tenía esperanzas de que solo me hubiera tropezado o algo así.

—Es evidente que él conoce este pueblo —anunció Colt, volviendo al tema de Red—. Quizás es alguien que se crió aquí. O cerca de aquí. Sabe bastante como para conocer acerca de la biblioteca y refugiarse allí.

Se dirigió entonces al jugador.

—Usted dijo que vino de Vegas. ¿Vive allá?

—Henderson, en el lado sur.

—Yo también vivía allá. Él conoce nuestros nombres.

—Creo que deberíamos irnos —opinó Pinkus.

—¿Irnos a dónde? —preguntó Wendy—. No existe *allá*.

—¡*Él* está aquí! —gritó Pinkus—. ¿No lo entienden ustedes?

—¿Qué pasa? —indagó Carey entrando a la cocina.

—¿A eso llamas vigilar la puerta? —desafió Colt.

—Tengo la puerta cerrada. ¿Qué pasa?

—Estamos tratando de decidir si dejar que nuestro asesino llamado Red venga y nos mate mientras dormimos o si permanecer despiertos y dejar que nos liquide como pollos —señaló Pinkus levantándose tembloroso—. Yo tengo que escapar.

El jugador desapareció por el pasillo.

—¿Hablas en serio? —inquirió Carey.

—¿Nada en el frente? —le preguntó a su vez Colt.

—No. La biblioteca aún está asentada allá.

Colt abrió de un jalón la puerta de un aparador y le cayeron encima algunos platos que se estrellaron en el suelo. Cerró la puerta.

—¿Tiene alguien un bolígrafo?

—¿Bolígrafo? ¿Para qué? —le cuestionó Carey.

—Para que si decidimos salir ustedes sepan adónde ir.

Wendy no entendía porqué Colt buscaba un bolígrafo en el aparador... a veces era un poco cerrado en sus ideas, y otras veces era muy inteligente.

Ella agarró un lápiz del escritorio y se lo pasó.

—¿Papel?

—Debería estar en el mismo lugar en que estaba el lápiz —contestó ella.

Él asintió, atravesó la cocina, fue al escritorio, y regresó con una servilleta que dejó sobre el mueble de la cocina.

—No estoy seguro de que deberíamos tratar de llegar a la seguridad, pero en caso de que algo suceda todos deberían conocer la disposición de la tierra que nos rodea —anunció poniendo el arma cerca de la servilleta—. Estamos aquí.

Marcaba la servilleta a medida que hablaba.

—Los dos ranchos más cercanos están aquí y aquí. Uno más o menos a ocho kilómetros al oriente, el otro a la misma distancia al occidente. Este está en un pequeño valle, y este otro en un cañón más pequeño, en su mayor parte de tierra plana. Es posible que uno o los dos escaparan a la fuerza total del viento. Si nos vemos en problemas diríjanse a uno de los ranchos. El del oriente o el del occidente, ¿me hago entender? El Rancho Stratford y el Rancho Bridges.

—¿Ir solos?

—Vayan adonde tengan que ir. Cualquier camino que sigan está a algunos días de camino del pueblo más cercano. Si Dios quiere, ustedes lograrán que los levante alguien.

Permanecieron allí tranquilamente, aceptando que tendrían que caminar.

—¿Y mientras tanto? —preguntó Wendy.

—Mientras tanto tenemos que tomar una decisión —contestó Colt recogiendo el arma y sobando distraídamente el percusor con el dedo.

—¿Muchachos? —llamó la atención Pinkus, parado en el corredor, pálido del susto.

—¿Qué? —indagó Nicole.

—¿Dijo usted que cerró la puerta del frente? —averiguó Pinkus mirando hacia su derecha.

—Sí —contestó Carey.

—Ahora no está cerrada. Está abierta.

A pesar de su altura, de repente Pinkus pareció muy pequeño.

—Él está en la casa.

14

*T*odos quedaron inmóviles.

Colt dejó de manosear el percutor de su arma.

Carey dejó de hablar.

Wendy dejó de respirar.

La única persona que no dejó de hacer algo fue Pinkus, que a pesar de que ya los había horrorizado parecía tener algo más que decir.

—Él es...

Colt lo acalló con la palma de la mano. Ellos hicieron ademán de escuchar.

Una voz baja y con fuerte respiración llegó, pero Wendy no logró saber de dónde venía.

—Hora de la venganza...

Ella contuvo un repentino impulso de correr, ¡comprendiendo que ni siquiera sabía dónde estaba la puerta trasera!

—¿Colt? —susurró Wendy tan suavemente que apenas se pudo oír. Los ojos de él atrajeron los de ella, enormes pozos azules, y articuló con los labios algo que ella no pudo captar porque estaba muy concentrada en los ojos de él. Entonces gesticuló lo mismo a los demás y ella lo captó.

—Síganme. Silencio. Síganme.

Más que caminar o andar de puntillas, él se escurrió por el piso de la cocina, a través de un pequeño rincón para desayunar. Por una puerta lateral que conducía a un garaje vacío.

Suavemente guió a los demás y cerró la puerta con facilidad. Al oír en el oscuro garaje un golpe que venía de alguna parte en el profundo interior de la casa se detuvieron en silencio por unos instantes.

—Por aquí —informó Colt sacándolos por una puerta trasera que luego cerró detrás de ellos.

—Está bien, debemos movernos —pronunció en tono rápido y silencioso—. Cada segundo cuenta. Él comprenderá que hemos salido, y si nos agarra aquí en campo abierto estamos fritos.

Colt pasó la servilleta a Wendy.

—Carey, Wendy, Jerry... necesito que corran al occidente, hacia el Rancho Bridges que les dibujé en esta servilleta. Simplemente diríjanse al occidente hacia el risco —les indicó señalando un risco en el horizonte—. ¿Ven la hondonada en él?

—Sí —contestó Wendy.

—Manténganse al norte de la línea de electricidad. Una vez que salgan estarán en campo abierto, por tanto muévanse tan rápido como puedan. Las líneas de electricidad se dirigen al sur desde el occidente del pueblo; luego pueden cortar hacia el sur occidente. El rancho está como a tres kilómetros de distancia.

—¿Y tú? —preguntó Wendy.

—Iré al oriente con Nicole. Es más difícil encontrar...

—¿Nos estamos dividiendo? —interrumpió Carey.

—Sí. Para duplicar las oportunidades de que ustedes escapen.

—¿Por qué no puedo ir con Nicole?

—Necesitamos equilibrio. Los más fuertes con los más débiles. Y ustedes tres juntos.

—¿Por qué...?

—Por favor. Si algo ocurre, diríjanse al norte hacia la carretera.

—Espera...

—Está bien, ve —intervino Nicole yendo hacia su hermano, besándolo en la frente y acariciándole la mejilla.

Wendy casi mencionó su desconfianza de Nicole, aunque no tenía nada que su intuición le diera como razón. La idea de Colt solo con Nicole todavía la inquietaba. Hasta la enfurecía.

Estás celosa Wendy.

No, eso era ridículo. Poco conocía a Colt.

—Vamos —instó Wendy a Carey—. No tenemos tiempo para esto.

No se le escapó el hecho de que Colt no la viera como la más débil en el grupo, pero no estaba segura de creerlo. Que sobreviviera a la fraternidad no significaba que se le ocurriera la mejor idea de cómo sobrevivir a la cacería de un asesino en un desierto alejado de la mano de Dios.

Llegaron al final de la casa, y Wendy regresó a ver. Colt había esperado y ahora le hacía una señal de que todo estaba bien. Ella hizo un círculo con el índice y el pulgar.

Nicole tomó la mano de Colt entre las suyas... una imagen que llenó de envidia a Wendy, y la avergonzó. Luego dieron vuelta en la esquina y se dirigieron hacia la biblioteca.

—Vamos —expresó Wendy, arrancando.

—No puedo —aseguró Pinkus.

—¿Qué? Me imaginé que...

—He perdido mucha sangre. No puedo correr. Apenas me puedo mover. Especialmente aquí en este calor. Miren —contestó, mirándolos a los ojos—. Es tan seguro volver aquí como estar allá afuera una vez que él vaya tras ustedes.

—Él tiene razón —concordó Carey—. Alguien se debería quedar en caso de que llegue alguna clase de ayuda.

Wendy tomó la rápida decisión de que no podría discutir con Pinkus al respecto. Y sin duda ella no arrastraría por el desierto de Nevada a alguien que no estaba dispuesto a ir.

—Está bien. Buena suerte —manifestó ella y se volvió hacia el occidente—. ¿Listo, Carey?

—No, en serio —contestó él.

Sin mirar hacia atrás salieron corriendo por el desierto plano, eludiendo la línea eléctrica.

Colt encontró que la arena estaba sorprendentemente compactada, cubierta con centenares de piedras, no lisa como había esperado. Sin embargo, el aire era caliente y olía a caucho quemándose, sin que tuviera idea de dónde venía.

Trató de no pensar en la mujer sujeta de él. Confiando en él.

Ni en el loco detrás de él que había matado a su madre.

Ni en su propia infancia, que le había provocado gran inseguridad. Era consciente del hecho de que sin ninguna sombra de duda la mujer más hermosa y sensual que alguna vez había visto lo agarraba fuertemente de la mano.

Habían pasado muchos años desde que sostuviera la mano de una mujer. Sin embargo, las de ella lo agarraban instintivamente, sin vacilación, por simple necesidad. Ella lo necesitaba.

Él esperaba que la fe de ella en él estuviera bien fundada. Debería estarlo. La única habilidad que Colt había llegado a dominar era ser policía. Todo estaría bien mientras él se enfocara en el trabajo a la mano. En ese momento, Red era su trabajo. Detener a Red. Salvar a Nicole. Nicole era su trabajo.

Él resopló.

—¿Qué? —susurró ella.

—Corre —expresó él.

Corrieron, se metieron al desierto, manteniendo la biblioteca entre ellos y la casa. Él luchaba una batalla mental sobre si debía soltarse de la mano de ella. A juzgar por cómo lo sujetaba, ella no parecía interesada en soltarlo. Pero él sabía que iban a poder correr más rápido con las manos libres, así que finalmente abrió la suya. Ella lo soltó y mantuvo el paso.

Enfócate, Colt.

Sí, enfócate, Colt. ¿Cómo podría un hombre sensato estar pensando en una muchacha en medio de una situación angustiosa como esa? Colt Jackson. ¿Así que Colt Jackson era un desbarajuste enredado y patente que hasta este momento se las había arreglado más para sobrevivir que para enfrentar la parte justa de sus desafíos? Sí.

Un prodigio de monstruosidad, como diría alguien como Pinkus. *Dos* prodigios de monstruosidad de Las Vegas.

¡Enfócate!

Corrieron a toda prisa más o menos doscientos metros antes de que Colt aminorara un poco la veloz carrera hasta convertirse en rápida carrera. Él no estaría satisfecho hasta estar por lo menos a mil metros de la biblioteca, pero a toda velocidad no lo lograrían.

—¿Estás bien? —preguntó respirando con dificultad.

—Sí.

Él miró hacia atrás. Vio dos pequeñas figuras corriendo en dirección opuesta. ¿Dos? Entonces una se había quedado atrás.

Nicole siguió la mirada de Colt y se detuvo, jadeando.

—Solo hay dos. Están afuera en campo abierto.

—Igual que nosotros. Es probable que Wendy haya dejado a Pinkus debido a su mano. No te preocupes; ahora podría estar seguro. No podemos detenernos, vamos.

—¿Crees que ellos estarán bien? —resolló Nicole—. Parecen demasiado expuestos.

—Con algo de suerte, Red aún estará en la casa.

—¿Qué le impide salir tras ellos?

O tras nosotros. Ella no dijo eso. Él imaginó que ella pensaba en ellos. Ahora ellos eran los desamparados, que tenían la desventaja por no tener la biblioteca que les ayudara a escapar. Ni el policía y su arma con ellos.

—Él entró a la casa y dejó la puerta abierta —le indicó Colt a Nicole—. Lo que significa que deseaba hacernos saber dónde estaba. Tan pronto como nos quedamos en silencio supo que nos llamó la atención. Pero él también sabe que tenemos una pistola, así que no puede andar simplemente jugando a las escondidas. Tenía algo más en mente.

Él se detuvo para recobrar el aliento.

—Pero corrimos, y corrimos rápidamente. Él se tiene que mover despacio porque no sabe que corrimos. Y por eso es que corrimos.

Ella se quedó en silencio por un momento.

—¿Funciona en realidad así tu mente?

Él la miró y vio sinceridad en sus ojos bien abiertos.

—¿Pensaste todo eso en los pocos segundos antes de correr?

—Más o menos —contestó él, que no estaba acostumbrado a esa clase de conversación con una mujer.

—Te he observado —indicó ella—. Eres un hombre fuerte, pero no me daba cuenta de lo inteligente que eras. Creo que ellos estarán bien.

—Red también es fuerte. Quizás más rápido que yo. Y probablemente más listo.

—Lo veremos —contestó ella después de una pausa.

Corrieron más allá de la marca de mil metros que él tenía en la mente, y disminuyeron la velocidad hasta reducirla a un paso rápido. Los dos estaban resollando. Sudados. Ella caminaba muy cerca de él. Anormalmente cerca, considerando todo el desierto vacío a su alrededor.

Pero esa era la Nicole que él estaba llegando rápidamente a conocer.

—¿Se ha encontrado antes alguien con Red además de Jerry Pinkus? —preguntó ella cuando menos lo esperaba.

—Yo. ¿Por qué?

Pero él no necesitaba que Nicole le explicara la razón. Ella lo preguntó por Pinkus, no por Red.

—Te estás preguntando si Pinkus pudiera ser Red.

—Solo un pensamiento loco —manifestó ella.

—¿Se cortó él su propio dedo?

—No me puedo imaginar eso. Pero fue Pinkus quien encontró la puerta abierta, y parece como si Pinkus estuviera detrás. Solo parece...

Ella no terminó

—No creo eso.

Pero él no podía explicarse la conclusión a sí mismo, mucho menos a Nicole. Había visto a Red en la oscuridad con una máscara puesta. Se podría tratar de la misma persona. Más o menos de la misma altura que Pinkus, aunque más pesado. Toda la historia de la biblioteca podría ser una mentira.

De cualquier modo, él está detrás de nosotros, ¿verdad?

—Así es —asintió ella.

Pero de alguna manera él creyó que ella se consolaba más en él que en su respuesta.

15

Wendy y Carey bajaron la velocidad hasta ir caminando cuando ya no pudieron correr más, lo cual debió ser como a ochocientos metros.

—Ahora desearía haberme especializado en pista en vez de música —admitió Carey—. ¿Crees que él nos vio?

—Si lo hizo, no nos ha disparado. Pero vendrá tras nosotros. Encontrará las huellas que se dirigen al oriente y al occidente y vendrá tras uno de nuestros dos grupos.

Wendy miró hacia atrás. Aún nada. Una vez lograron ver a Colt y a Nicole, pero la mayor parte del tiempo la biblioteca les impedía verlos. Luego desaparecieron, demasiado pequeños para divisarlos.

—No veo nada. Creo que lo logramos —comentó ella.

—No puedo creer que no haya helicópteros buscando sobrevivientes —señaló Carey mirando a su alrededor y luego por encima de ellos—. ¿Cómo nos pudo haber sucedido esto?

—Tu hermana fue mordida por una serpiente, ¿recuerdas? Así es como empezó todo.

—Por lo tanto, si no la hubiera mordido aún estaríamos en las montañas, resguardados de esta estupidez.

—Y yo no me habría detenido a levantarlos. Estaría lejos de aquí.

—La culpa es de la serpiente.

—La culpa es de la serpiente —concordó ella.

—¿O de un psicópata demente llamado Red? ¿Ambos en la misma noche? ¿No lo encuentras un poco loco?

—Empieza a correr; tenemos que llegar a ese rancho —indicó ella. Él lo hizo.

—¿Sabes qué se dice acerca de las tormentas anormales? —preguntó ella.

—No, ¿qué?

—Que sacan los monstruos.

—¿De veras?

—No, pero sí una luna llena. Supuestamente. De todos modos, no es culpa nuestra.

Carey pensó en el comentario de ella.

—Es culpa de la serpiente. Sin la mordedura de la serpiente no habríamos ido a la casa del médico ni sobrevivido a la tormenta solo para tener detrás de nosotros a un sicópata demente.

—La culpa es de la serpiente.

—Estoy de acuerdo —comentó él con una risita burlona—. ¿Y no fue finalmente derrotada la serpiente?

—¿En un sentido espiritual? —preguntó ella mirándolo—. No lo sé; en realidad no soy una persona espiritual.

—¿Cómo?

—Me crié en una secta —contestó ella vacilando—. Una mala experiencia.

—Oh. Lo siento.

—No lo sientas. Ya lo superé.

—¿De veras?

—Sí, de veras.

—Pues no creo que alguna vez superemos de verdad nuestra infancia. Siempre está allí, esperando.

—Como una serpiente —señaló ella.

—Como una serpiente —concordó él, e hizo una pausa—. Una vez estuve en el *ocultismo*. Muy fuerte. Después de la desaparición de Nicole.

Parecía como si Carey confundiera *secta* con *ocultismo*, pero Wendy no se molestó en corregirlo.

Ellos sabían que estaban cerca cuando llegaron al cañón que Colt había mencionado, el cual difícilmente era más que una depresión.

—¿Y si está enterrado? —preguntó Carey.

A pesar de su parloteo positivo, ella no sentía más esperanza que él. Corrieron durante otros diez minutos.

—Él dijo ocho kilómetros, ¿verdad? —preguntó Wendy jadeando, completamente sin aliento—. ¿Cuánto es eso corriendo?

—No sé. ¿Una hora?

—La oscuridad le volvió a pegar, haciendo que casi cayera de rodillas. Estrellas danzaban en sus ojos.

El aire se hizo más espeso. La cabeza le daba vueltas.

Y luego le volvió a pasar lo que ya le había ocurrido.

—¿Estás bien?

Solo entonces Wendy comprendió que Carey había puesto la mano en el hombro de ella.

Por un instante no supo qué hacer. Nunca sabía muy bien qué hacer.

—¿Estás bien? —le volvió a preguntar dejando que su mano se acercara más a la nuca femenina y presionándole suavemente los músculos.

Ella le quitó de golpe el brazo con tanta fuerza como para enviarle un claro mensaje.

—Vamos —exclamó Wendy comenzando a correr de nuevo.

—¡Oye! —expresó él—. ¿Por qué te pones así?

Ella fingió no oírlo, demasiado humillada para contestar, y manteniéndose delante de él sobre la arena.

—Hemos estado corriendo más de una hora —señaló ella disminuyendo el paso y luego deteniéndose—. ¿Y si nos perdimos?

Carey miró alrededor, luego al sol en lo alto.

—Occidente, ¿de acuerdo? —preguntó, señalando al occidente.

—Pero fácilmente pudimos perder unos cuantos edificios en estas montañas.

—Creo que el punto era que las montañas habrían protegido el rancho —indicó él—. Por tanto está pasando las montañas, en un amplio valle o algo así.

Wendy subió corriendo una pequeña inclinación y se detuvo de repente en la cima.

No sabía qué era más sorprendente; el hecho de que Carey diera en el clavo con su conjetura, o la vista de la casa de un rancho sobre el suelo del valle, aproximadamente trescientos metros adelante.

Además de la casa y del establo, como a cincuenta metros se levantaba una edificación anexa de madera sobre una leve pendiente a mitad del camino a la casa.

—¿Ves a alguien?

Ella investigó la solitaria casa del rancho. Una cerca formaba un corral, pero no había animales. Tampoco vehículos. Si el rancho había escapado al impacto total de la tormenta, ¿dónde estaban las señales de vida?

—Está abandonado —admitió Carey, que debió haber observado lo mismo.

—Así parece. No tiene sentido.

—Vamos.

Siguieron corriendo, y a mitad de camino Carey viró hacia la edificación anexa.

—¿Carey?

—Solo una mirada.

Rodearon el pequeño cobertizo y encontraron la puerta principal.

—Probablemente no es más que un cobertizo para herramientas —expresó ella.

—Como donde los rancheros guardan jeeps y tractores viejos. Vale la pena mirar —dijo él poniendo la mano en la manija y jalando.

—Ha sido abierta —exclamó Wendy, retrocediendo—. Hay marcas en la arena donde se abrió la puerta.

Él ya tenía medio abierta la puerta, pero se detuvo, miró las marcas en la maleza debajo de sus pies, y luego levantó la mirada hacia ella. Bueno, así que alguien estuvo aquí después de la tormenta. El pulso de ella se aceleró.

Carey volvió la mirada hacia el cobertizo. Abrió del todo la puerta. Observaron el oscuro interior.

Él tenía razón. Un viejo tractor verde estaba encerrado en las sombras, era de los que tenían cabina cerrada. Wendy ni siquiera estaba segura para qué usaban tractores en estas partes, pero con el calor del verano se debería necesitar aire acondicionado. Nada más, excepto viejas herramientas contra la pared.

—Vamos.

—No, espera —señaló Carey agarrándola del hombro y mirando la cabina con los ojos bien abiertos—. ¿Hay alguien aquí?

Ella entrecerró los ojos en la tenue luz, petrificada repentinamente por la idea. La gente no se asoma por las cabinas de un tractor a las diez de la mañana.

Carey subió y abrió la puerta de un jalón. Miró adentro y retrocedió lanzando un grito tan fuerte como para inundar las venas de Wendy con más adrenalina de las que podían contener.

Ella gritó y se replegó de un salto.

Carey se había estrellado contra la pared a su espalda, pero no pareció hacer caso. Miró adelante, dentro de la cabina.

—¿Qué?

—Es un hombre —contestó él.

—¿Qué quieres decir? ¿Un hombre? —volvió a preguntar ella, podía oír su pulso latiéndole.

—Creo que está muerto.

Wendy se obligó a seguir adelante y mirar dentro de la cabina. Un hombre estaba arrodillado sobre el asiento, con los brazos atados a la espalda, con la cintura inclinada como si hiciera una reverencia, pero tenía la cabeza espantosamente echada hacia atrás con algunas grapas fijadas a su cabello. La nuez de Adán le sobresalía como un gran nudo.

Tenía abiertos los ojos.

Wendy se llevó una mano al pecho y por un momento pensó que iba a vomitar. Del cuello del hombre colgaba un pedazo de cartón sobre el que el asesino había garabateado unas cuantas palabras.

La cabeza de ella le comenzó a dar vueltas. No tenía idea de cómo alguna persona cuerda podría hacer algo como eso. Cualquier persona, en realidad. Ella ni remotamente había visto algo tan inquietante. Al mirar el cuerpo contorsionado en el asiento del tractor le pareció sin sentido todo lo que había aprendido acerca de la vida.

—¿Crees que ese es Bridges? —inquirió Carey—. ¿Cuándo crees que hizo esto?

El asesino había previsto que vendrían aquí. *Probablemente mató al ranchero anoche después de la tormenta*, pensó Wendy. Pero no llegaron palabras.

—¿Qué dice? —preguntó Carey dando un paso adelante.

Pero Wendy no le prestó atención a lo que decía la nota. Giró y salió corriendo al sol, aspirando una bocanada de aire fresco.

Algo en el cobertizo cayó haciendo ruido, y Carey soltó una palabrota. Salió corriendo, agarrando la nota. A la luz del sol brillaron las letras rojas garabateadas.

Es hora de la venganza, bebé

¿Me recuerdas?

Vuelvan sus pellejos a la biblioteca o los otros morirán.

P.D. ¿Has calculado cuántos de ustedes ya están de mi lado?

—Va a matarlos —exclamó Carey.

—¿Venganza? ¿Quiere decir nosotros?

Una voz gritó en el viento, imperceptible, pero evidentemente debajo de ellos.

Carey corrió a la esquina y miró alrededor, luego rápidamente le hizo señas a Wendy de que se pusiera a su lado. Ella miró abajo hacia la casa del rancho.

Alguien vestido con una camisa amarilla estaba entre la casa y el cobertizo, con los brazos extendidos, gritando algo. El hombre los vio y con frenesí les hizo señas de que se acercaran.

Él se volvió y corrió hacia la casa del rancho.

—¡Está vivo! —exclamó Wendy.

—Evidentemente.

—Necesita nuestra ayuda.

Ella salió corriendo.

—Espera, ¿y si es *él*?

—¿Te pareció ese un asesino?

—Nunca parecen serlo.

—Ese es un sobreviviente, y por lo que sabemos tiene una manera de salir.

Carey la siguió, lanzando un gruñido. Bajaron juntos la pendiente a toda velocidad hacia la casa.

16

Esa es —manifestó Colt, mirando la casa del rancho que ahora era un punto en el horizonte—. Al menos la casa permaneció.

Escudriñó el desierto. Aquí a unos tres kilómetros del pueblo el terreno había cambiado poco, por obvias razones. No había pueblo qué arrasar. Sin embargo, él casi había esperado ver que el paisaje tuviera otra forma. Nuevos barrancos, y elevaciones aplanadas.

En vez de eso hasta la casa del rancho había escapado de los tornados, los cuales debieron tocar tierra como a kilómetro y medio del pueblo antes de destruir todo a su paso.

—Por lo que eso es bueno, ¿de acuerdo? —indagó Nicole.

—Significa que tal vez haya otros sobrevivientes. La propiedad de Smith está a kilómetro y medio al sur de aquí. Quizás nos dirijamos allá si encontramos transporte.

—¿Es seguro, verdad? —preguntó ella tocándole el hombro.

—Lo averiguaremos.

Él sacó el arma de la funda mientras caminaban y giró la pistola en la mano una vez antes de que la fría culata de acero volviera a caerle en la palma de la mano.

—Muy bien —asintió Nicole sonriendo burlonamente.

Él inmediatamente se arrepintió de la exhibición. Es más, no tenía idea de qué lo llevó a realizar algo tan desacostumbrado. No fue una necesidad de impresionar a Nicole. En realidad habría preferido que lo colgaran desnudo de un árbol antes que hacer algo tan infantil como hacer girar su pistola para impresionar a una mujer.

Y sin embargo, sabía que acababa de hacer precisamente eso.

—Vamos —declaró, sintiendo que el rostro le brillaba de rojo por la vergüenza.

Él volvió a caminar, y había dado más o menos diez pasos cuando sintió la mano de ella en el hombro. Pudo aceptar la distracción. Es más, quizás se habría desilusionado si ella no lo hubiera tocado.

Les tomó otros diez minutos a paso firme llegar a la casa del rancho. No había autos, animales, ni señales de Gene Stratford, que casi nunca salía de casa. Extraño.

—¡Gene! —llamó Colt varias veces, sin obtener respuesta.

—Espera aquí afuera —le dijo a Nicole pasándole el cuchillo.

—¿Para qué es esto?

—Es un arma. Siempre deberías estar armada.

—Aunque supiera cómo usarlo, no creo que podría —declaró ella mirándolo.

—Entonces finge. Les hará tomarse las cosas con calma hasta que comprendan que no sabes cómo usarlo.

—¿Quién se tomará las cosas con calma?

—Sostenlo, por favor.

Ella se encogió de hombros y se puso en cuclillas, con el cuchillo en la mano.

Colt subió al porche y puso la mano en la puerta, con la pistola pegada a su oído derecho. La puerta no estaba trabada. Él miró hacia atrás, vio a Nicole mirándolo desde donde estaba agachada como a veinte metros de la casa, donde la había dejado, y abrió la puerta de un empujón, con el arma extendida.

No había luces ni energía eléctrica, las persianas estaban cerradas, una taza de té sobre la mesa, el control remoto en el piso, la puerta del baño destrozada. Pero fue su subconsciente el que captó estos detalles.

Su nivel de conciencia más elevado fue atraído hacia Gene Stratford, que estaba sentado en su silla reclinable con una pequeña lámpara saliéndole por la boca.

Había perdido la mano derecha, cercenada en la muñeca, y clavado en el pecho tenía un pedazo de cartón.

Es hora de la venganza, bebé
¿Me recuerdas?
Vuelvan sus pellejos a la biblioteca o los otros morirán.
P.D. ¿Has calculado cuántos de ustedes están ya de mi lado?

Colt retrocedió y cerró la puerta de golpe. Giró alrededor y enfrentó a Nicole.

—¿Qué? —preguntó ella levantándose lentamente.

Todo acababa de cambiar, eso contestaba la pregunta de ella. Quienquiera que fuera Red, había planeado esto con meticulosa precisión. Y no solo estaba tras Colt.

Por *todas* partes se veía obligado.

—Tenemos que regresar —expresó yendo hacia Nicole.

—¿De qué estás hablando? El *asesino* está allá.

—El asesino mató a este ranchero y dejó una nota diciendo que matará a Carey y a Wendy si no volvemos a la biblioteca.

Nicole se llevó las dos manos a la boca mientras se iba a pique su comprensión. Los dedos le comenzaron a temblar.

—Ellos están en problemas —comentó ella.

—Vamos.

Wendy estaba tan desesperada por encontrar a otra persona viva, tan repelida por lo que había visto en el cobertizo, tan resuelta en su deseo de ser rescatada, que no consideró la posibilidad de que entrar corriendo a la casa podría ser una equivocación, hasta que fue muy tarde.

Se precipitó por la puerta principal y miró alrededor en el oscuro interior, momentáneamente desorientada. Allí fue que le llegó el pensamiento. Pero se le fue tan rápido como había llegado, porque aquí no había nada malo.

Alfombra marrón tupida. Una araña de luces de resina amarilla sobre una enorme mesa de roble oscuro. Había vigas de madera a lo largo de la sala.

—¡Hola!

—¿Dónde están? —resolló Carey detrás de ella.

—¡Hola! —volvió a llamar Wendy, más fuerte esta vez—. ¿Hay alguien aquí?

Aún sin respuesta.

—Él simplemente entró corriendo —señaló Carey—. Tiene que estar aquí.

—Pues bien, revisemos los teléfonos. Busquemos un arma. El garaje —indicó Wendy poniéndose en movimiento.

Ella arrancó el teléfono de la pared.

Muerto.

—Voy a revisar el pasillo.

Carey la rozó al pasar y entró a la cocina.

Ella corrió por el pasillo, revisando puertas. Un baño. Habitación principal.

—¡Hola!

Wendy creyó oír un gemido que venía de alguna parte de la casa.

—¿Hay alguien aquí?

El baño de la habitación principal era pequeño, no los de cinco piezas que tenían la mayoría de casas modernas. Las cuatro paredes estaban cubiertas de papel tapiz con rayas amarillas. Extraño, pero ella podía jurar que había visto antes ese mismo papel tapiz en un baño. El baño en que se encerró al escapar de la fraternidad.

Sencillamente se quedó mirando por un momento, sorprendida por los sentimientos de nostalgia. Y temor.

—¡Wendy!

Ella dejó de mirar y volvió corriendo por donde había venido.

—¿Wendy? Aquí adentro.

Ella supo por el sonido de la voz de Carey que algo estaba mal. Comprendió que se había hecho añicos cualquier esperanza que tuvieron de ver otro sobreviviente. Supo que no debía entrar a la cocina.

—¿De qué se trata?

—Él... él está aquí adentro.

¿Red?

Ella retrocedió, temblando bruscamente. Cómo pudo...

—Wendy, ¡entra aquí, ahora mismo!

Wendy dio un paso adelante y giró entrando a la cocina. El hombre con camisa amarilla a quien acababan de ver unos minutos antes yacía sobre la mesa de la cocina. Un hilillo de sangre caía de la mesa al piso, encharcándose allí.

Lo acababan de matar. Otra nota en cartón, estaba fijada al pecho con el mismo cuchillo que supuestamente le había cortado la garganta.

Con este son siete. Ahora podemos empezar.
Estoy esperando.

—¿Estaba él sencillamente *aquí*? —indagó Wendy, mirando aterrada a Carey.

Ella vio que la mente de él giraba detrás de esos ojos redondos. Le sangraban las manos, como si hubiera tratado de detener la hemorragia o algo así.

—¿Cómo es posible eso? —exigió saber ella—. Lo dejamos atrás en el pueblo.

—Él llegó aquí más rápido que nosotros —consiguió expresar Carey agarrando una toalla y limpiándose frenéticamente las manos—. O lo hizo alguien más.

Wendy volvió a la sala, se sentó pesadamente sobre el negro sofá de cuero, y se apretó la frente.

—¡Tenemos que regresar! —exclamó Carey entrando a la sala, limpiándose aún las manos con esa toalla.

Sí, pensó Wendy. Pero era un poco más complicado que eso.

—¡Tenemos que regresar ahora!

—Espera, nosotros...

—Va a matar a Nicole —interrumpió Carey, y se dirigió a la puerta.

—¡Ya basta! —gritó ella, y el tono de su voz le sorprendió hasta a ella misma; Wendy se levantó—. ¡Tranquilízate! Tenemos que pensar en esto.

—¿Pensar qué? ¿Que él acaba de estar aquí; que podría estar afuera ahora mismo?

—Para empezar, sí. Pero si nos quisiera muertos aquí, nos habría matado. No nos quiere muertos todavía; nos quiere detrás, en la biblioteca.

—Y si no lo hacemos matará a Nicole —dijo Carey.

—Nos quiere atrás en la biblioteca. Por eso dejó vivo a Jerry. Nos quiere vivos en la biblioteca.

—¿Está diciendo que ha matado a siete? —preguntó Carey.

—Dos policías, dos aquí, al menos otro en el pueblo... por lo que sabemos, Colt se está topando con algo. Eso tiene que ser lo que eso significa.

—Pero Nicole está...

—Ella está con Colt. ¿Crees que estaría más segura contigo?

No hubo respuesta.

Ella extendió la mano y abrió la persiana. No había movimiento de ninguna clase.

—Sencillamente cálmate —expresó quizás más para ella que para él, pero no se molestó en confesarlo.

—No podemos esperar aquí —manifestó Carey caminando sin rumbo.

—No, él probablemente no reaccionaría tan bien a eso.

—Lo más probable es que mate a uno de nosotros, solo para hacer las cosas a su manera.

—Tal vez lo haría.

—Por eso tenemos que ir a buscar ayuda o regresar.

—Ir a buscar ayuda lo enojaría aun más, suponiendo que tuviéramos idea de dónde conseguirla.

—Colt dijo que al sur. No podemos ir al sur. No hay nadie allí, o estarían buscando sobrevivientes.

—Por consiguiente solo nos queda regresar —asintió ella.

—Exactamente.

—En camino a un sicópata.

—No precisamente —negó Carey mirando la puerta, luego al piso, pensativo—. La nota preguntaba si estábamos listos. Ya estamos en esto.

Si ella tenía razón, Red tenía al menos un cómplice... alguien que ellos conocían. ¿Era posible que Carey estuviera trabajando con Red? Ella no podía imaginarlo. ¿Colt? Ni por casualidad. ¿Nicole? Por favor. ¿Pinkus? Tal vez. ¿Y si Pinkus *fuera* en realidad Red?

Improbable. Ella esperaba.

—Está bien —concordó Wendy aspirando hondo—. Revisemos la casa por si encontramos algún arma. Él no dice que no debe haber armas. Busquemos una pistola.

—Debemos apurarnos.

—Entonces empecemos.

17

Wendy no se pudo quitar una horrible premonición de que ahí había más de lo que era obvio. Haciendo a un lado todo un reflejo medio lleno de pensamientos, ahora ya se hacía ilusiones acerca de una rápida salvación de lo que de pronto se convirtió en una pesadilla.

Ella y Carey caminaron por más de una hora entre un viento suave, en silencio a no ser por sus fuertes respiraciones. No habían encontrado las armas del ranchero, quizás porque el asesino se las llevó. No había vehículos. Nada que no les pudiera dar la casa del médico.

—Allí están otra vez —indicó Carey, señalando varias estelas negras y largas en lo alto del cielo de la tarde—. Eso tiene que ser alguna clase de jet, ¿no? ¿No nos ven?

—Nunca he visto estelas de humo negro —indicó Wendy—. Les pareceremos como manchitas.

Dos veces vieron una delgada cortina de arena levantándose del desierto hacia el norte.

—Viento —señaló Carey.

Gracias a Dios por el viento, que les soplaba suavemente en el rostro.

Ella se detuvo en la cima de una pequeña elevación y estudió el brillante desierto adelante. La biblioteca y la casa del médico parecían como dos pequeños ladrillos de adobe sobre una cama de arena.

Ella solo pudo divisar la pequeña hondonada en la arena formada por una línea de alto voltaje enterrada debajo. Tendrían que mantenerse al norte de la línea, al norte mismo del pueblo.

Carey miró con ella el horizonte.

—Debe haber una equivocación. Esto no puede estar sucediendo. ¿Cómo podría el asesino volver del rancho al pueblo delante de nosotros? ¿Crees que hizo eso?

—Quizás el polvo que vimos venía de un camión, no del viento. ¿Lo puedes creer?

—¿Es eso lo que pensaste? ¿Por qué no dijiste nada?

—Fue solo un pensamiento —contestó ella.

Y él no está trabajando solo, pensó. La idea la puso nerviosa. Por demente que pareciera, ¿y si Carey era el asesino? ¿Y si se hubiera escabullido anoche del sótano, hubiera ido al rancho de donde acababan de venir, y hubiera matado al hombre que encontraron en el tractor? Improbable, pero no imposible. ¿Y si hubiera cortado la garganta al hombre de camisa amarilla mientras Wendy estaba en la habitación principal? De nuevo, improbable pero no imposible.

—Vamos.

Lo peor de regresar al rancho era saber que a menos que Colt hubiera visto una nota similar de Red, había desaparecido. La sola idea de seguir en esto sin él la estremeció. Era terrible.

Se detuvieron como a doscientos metros de la casa y la biblioteca. Era casi imposible imaginar en ese momento los cimientos de edificios enterrados en arena como a un metro debajo de ellos.

—¿Ves a alguien? —preguntó Carey—. ¿Pinkus?

—No —contestó ella; los demonios de arena danzaban—. Mantén baja la voz.

—¿Por qué?

—Creo que deberíamos ir a la casa y tratar de pensar bien las cosas.

—Él dijo que fuéramos a la biblioteca.

—Preferiría ir con Colt y Nicole.

—¿Y si ellos ya están en la biblioteca?

—Correremos ese riesgo.

Ella caminó hacia la casa, seguida rápidamente de Carey a su derecha.

La puerta estaba abierta como la dejaran, o como Red la había dejado. Aún no veían señales de Pinkus. Se le hizo un fuerte nudo en el estómago de Wendy. Ella miró alrededor antes de subir levemente las gradas del porche.

—¿Estás segura de esto? —susurró Carey.

No, no lo estaba.

Ella atravesó tranquilamente la puerta y miró dentro de la casa vacía.

—¡Hola!

Aún no había señales de alguien. ¿Y si Red hubiera encontrado y matado a Pinkus? A menos que Pinkus fuera Red. Ella dudaba de que se hubiera matado a sí mismo.

—¿Colt? —llamó Wendy entrando a la cocina.

—No están aquí —anunció Carey—. Él dijo que fuéramos a la biblioteca. Nicole podría estar allí. Deberíamos ir a la biblioteca.

—Espera. ¡Sencillamente no puedes entrar allí muy campante y preguntarle a un asesino enloquecido si quisiera cercenarte el dedo! Deberíamos esperar a Colt.

—¿Quién dijo algo acerca de cercenar mi dedo? No tenemos idea si Colt viene hacia acá.

—Si Colt no viene, entonces tampoco vendrá Nicole.

Carey vaciló, miró atrás hacia la puerta.

—Entonces te quedas aquí por si vienen. Yo...

Se detuvo, reconsiderando lo que había estado a punto de sugerir.

—¿Irás allá solo?

—Sí —contestó, giró, se dirigió a la puerta y se fue.

Ella no entendía por completo la determinación de él de dirigirse a la biblioteca... le parecía una insensatez. Pero tenía sentido que al menos revisaran la biblioteca, y si él estaba dispuesto, ella no lo detendría.

El silencio envolvía la casa otra vez. El cuadro que anoche les acuñó la puerta estaba ahora contra la pared. Napoleón la miraba estoicamente. Wendy consideró su razonamiento para volver al pueblo. Una amenaza hecha por un asesino sin rostro llamado Red los había obligado a regresar. Una amenaza respaldada por la brutal matanza de dos rancheros.

Pero en primer lugar, ¿por qué estuvo el asesino antes que ellos? ¿Y a cuántos de ellos conocía él?

De repente se oyó un grito por la puerta principal. Carey. Ella no entendía lo que él trataba de decir, pero acababa de ocurrir algo.

Wendy salió corriendo de la casa, saltó del porche, y corrió hacia la biblioteca. La puerta estaba abierta. Otro grito provino de adentro.

—¡Wendy!

—Ella estaba a medio camino hacia la puerta cuando dos personas atravesaban corriendo la esquina del edificio. Colt y Nicole.

Sintió alivio en sus venas. En ese momento simplemente habría tirado toda precaución al viento y abrazado al hombre, así de agradecida a Dios estaba ella de que él hubiera vuelto.

Se encontraron en la puerta principal, resollando. Colt tenía su pistola y entró primero, asintiendo con complicidad. Ambos sabían porqué los otros estaban aquí: Red los había obligado a regresar a todos.

Wendy entró a la biblioteca delante de Nicole. La luz de una claraboya en el techo llenaba el espacioso salón. El centro estaba lleno de mesas de cerezo con lámparas de banco, rodeadas por estantes de libros.

Carey había encontrado a Jerry Pinkus, que permanecía temblando en las mesas más cercanas. Había algo en la mesa, un desorden de algo, y le tomó a Wendy algunos segundos reconocer un dedo que había sido cercenado. Supuestamente el que Red había cortado anoche de la mano de Pinkus.

Entonces vio la sangre en la boca de Jerry, y supo lo que había ocurrido. Él se había mordido su propio dedo.

Carey puso una mano sobre el hombro de Jerry; un débil intento por consolar al hombre.

—Me hizo masticarlo —indicó Jerry, sollozando—. Me lo metió a la fuerza en la boca...

—¿Cuándo? —preguntó Colt, examinando el salón.

—Ahora. Exactamente ahora, amigo. Yo estaba aquí, esperando y el psicó...

—¿Lo viste?

—No.

—¿Cómo no pudiste ver que alguien te metía tu propio dedo en la boca? —preguntó Colt dando algunos pasos alrededor, sin quitar los ojos de los rincones oscuros.

—Porque llegó por detrás de mí. ¿No me crees? Trata de mascar tu propio dedo después de que alguien te lo corte.

—Él yacía boca abajo en el piso cuando lo encontré —informó Carey.

Colt le lanzó una mirada, luego bajó lentamente la pistola.

—¿Qué te dijo?

—Dijo que si no hacemos exactamente lo que dice —indicó Pinkus mirando primero a Carey y después a los demás—, empezará a cortar.

—¿A cortar qué? —dijo Colt—, esa es la pregunta.

Colt rozó al pasar al flacucho jugador, con los ojos aún escudriñando las sombras. Como lo sospechara, Red había obligado a

Wendy y Carey a volver a la biblioteca, lo cual tal vez significaba que también habían encontrado un cadáver.

Eso a la vez significaba que el asesino o los asesinos habían planeado esto con sorprendente precisión. Si este asesino llamado Red lo quería muerto, ¿por qué simplemente no lo mató en el callejón en Vegas? Sostuvo el revólver con firmeza, abrió bien los ojos, y dejó que la pregunta le revoloteara en la mente como un gallinazo hambriento.

Hasta donde él podía ver, aquí no había cambiado nada. Aún una docena de mesas de estudio rodeadas por estantes repletos de libros. Por encima de las mesas, a dos pisos de altura, varias vigas de madera para apoyar el techo. Una verja recorría el perímetro del segundo piso. Ninguna señal de un asesino.

—¿Encontraste un cadáver? —preguntó a los otros.

—Dos —contestó Wendy.

—Y una nota.

—Algo así como: «Es hora de la venganza. Recuérdame. Vuelvan sus pellejos a la biblioteca o los otros morirán. P.D. ¿Has calculado cuántos de ustedes están ya de mi lado?»

Él asintió.

—Por tanto ahora sabemos que nos ha involucrado a todos. Lo cual tal vez significa que tengamos algo en común.

Una voz rechinó de repente por el intercomunicador.

—Gracias, gracias, muchas gracias por venir. Si se mueven les meteré una bala en la cabeza. Por favor, vayan a rincones separados y cierren los ojos; si los abren les meteré una bala en la cabeza. Y, créanme, estoy listo para atacar. Dejen sus armas sobre la mesa.

Se oyó su respiración, tres inspiraciones.

—Ahora.

Permanecieron inmóviles. —Nosotros somos cinco —susurró Nicole—. Él solo es uno.

Ella deslizó la mano sobre la de Colt, en busca de consuelo. Él no estaba seguro de cómo responder con los ojos de los otros sobre ellos. Afuera en el desierto, sin público, le había aceptado sus muestras de afecto a pesar de que lo incomodaban. En su camino de vuelta a la propiedad del doctor Hansen se detuvieron tres veces para examinar el viento y explorar, y cada vez ella se había inclinado contra él, le había agarrado la mano entre las de ella, para tranquilizarse. Cada vez él se había sentido más cómodo con eso, olvidando casi la situación en que estaban.

—No veo la alternativa —advirtió él en voz baja—. Lo he visto disparar.

Colt se movió para colocar su pistola sobre la mesa, obligando a Nicole a soltarlo.

—No podemos —susurró Wendy—. Debe haber algo que podamos hacer.

—Por lo que sabemos, él tiene un arma sobre nuestras espaldas mientras hablamos. Sigámosle el juego y esperemos la oportunidad adecuada. Si nos hubiera querido muertos, ya nos habría matado.

Se miraron en silencio mientras asimilaban la lógica.

—¿Está bien? —preguntó él.

Ella asintió de mala gana.

—¿Debemos ir simplemente y esperar? —preguntó Nicole, lanzando miradas furtivas alrededor.

Él miró hacia los altísimos estantes. Los estaban observando; él podía sentir la mirada fija en la nuca.

—Solo ir y esperar. Ahora.

Colt se dirigió a la pared occidental, hacia un estante al lado de un mostrador que brindaba buena protección en caso de que decidiera llevar a cabo la sugerencia de Wendy de hacer algo.

Algo como lanzarse de cabeza para protegerse; correr a agarrar la pistola con ilusiones desesperadas y equivocadas de llegar antes de que lo alcanzara una bala; y enfrentarse a Red, cara a cara.

Algo como suicidio.

Dando una última mirada alrededor, cerró los ojos.

Completamente indefenso. Humillado.

No tenía alternativa. Ninguno de ellos la tenía.

Sterling Red pensó en ponerse la máscara y acechar alrededor de la biblioteca, pasar a varios centímetros de cada uno, olerlos, respirarles en los oídos, quizás hasta tocarlos y hacerlos saltar.

Pensó en obligarlos a todos a desvestirse hasta quedar en cueros aunque con los ojos vendados, con ningún otro propósito que mostrar su completo dominio sobre ellos.

Pensó en quitarse la ropa y andar desnudo entre ellos, para mostrar su total confianza en su propia piel. Su propio poder.

Pensó en hacerlos marchar afuera con los ojos vendados, y obligarlos a cavar hoyos en la arena dentro de los cuales pudieran luego poner sus cabezas para ser enterradas. Ese pensamiento particular en realidad era muy tentador, no porque fuera juvenil como algunos podrían concluir sino porque era perfectamente representativo de lo que estaba ocurriendo aquí.

Durante toda la noche pensaría en muchos caminos intrigantes por los que los obligaría a andar, pero al final habría decidido apegarse a su plan original. No tenía todo el tiempo. El juego terminaría pronto. Después de lo que les habría hecho, Red saborearía su posición dominante. El destino de ellos ya estaba decidido, por supuesto, pero lo que más le interesaba no era tanto sus destinos como los medios para lograr sus destinos. La biblioteca se había vuelto satisfactoriamente silenciosa. Red caminó por un pasillo, recorriendo al pasar los dedos por los lomos de los libros.

—¿Colt? —la voz de Nicole resonó suavemente en el silencio, ceñida y llena de miedo, como si esperara que Colt la salvara del silencio.

Red acalló cualquier respuesta.

—Shh... shh... shh.

Y repitió, porque le gustó el modo en que resonó alrededor de la biblioteca.

—Shh... shh... shh.

Una tercera vez por si acaso.

—Shh... shh... shh.

Caminó hasta el inmenso escritorio que había escogido para su posición estratégica, levantó una botella plástica de mostaza que había sacado de la refrigeradora de la casa, y chupó de la boquilla. Una satisfactoria cantidad de mostaza ácida llenó su boca, y se la tragó.

Bajó la botella y se puso la gorra de béisbol y la máscara, solo para representar el personaje. Luego agarró el megáfono y presionó el botón de hablar. Había elegido el megáfono porque era fuerte e inquietante, y tenía la ventaja adicional de distorsionar su voz.

Presionó los labios contra el micrófono.

—Gracias —expresó, luego esperó un momento.

Podía oler la mostaza en su propio aliento. Los brazos le empezaron a temblar, y los calmó sin mucho esfuerzo.

—¿Cómo se siente esto? ¿Ser atacados en un grupo como este?

—¿Qué...?

—¡Cierra el pico! —exclamó—. Todos ustedes han tenido mucho que decir hoy; ahora es mi turno.

Los miró a todos, parados como buenas marionetas, alejados de él, ciegos para el mundo.

Lo que tenía que decir solo le llevaría un minuto, y se vio arrepintiéndose de este descuido en su planificación. No había motivo para no saborear su superioridad en oportunidades como esta.

—Dicen que la belleza es según el color del cristal con que se mira —comenzó—. El amor es ciego. Pero todos sabemos que eso es mentira. Lo único que odio más que a las personas que aseguran amarme es a la gente fea. Y no soy el único. Si todos ustedes escudriñan profundamente sus corazones comprenderán que también odian a los feos. Si solo lo admitieran.

Dejó que asimilaran eso por un momento.

—Voy a jugar la parte para la que todos ustedes creen que nací. Voy a matar muchas y muchas personas. Siete hasta el momento... nadie ha encontrado al viejo que metí en el cobertizo de la dama. Siete porque es el número de la perfección y la belleza.

Un temblor le recorrió la espalda. Lo calmó.

—Estoy aquí por venganza, y si ustedes simplemente matan aquí a la persona que es la más fea, entonces consideraré que se me ha cumplido.

Un ligero movimiento vino desde donde estaba Pinkus.

—Les voy a dar seis horas para elegir a la persona en la que pienso. Seis porque es el número del diablo, el cual ustedes evidentemente creen que yo soy. Fracasen, y empiezo a matar otra vez.

Levantó la botella de mostaza y se sirvió otra porción.

—Sé cuán difícil será esta decisión, por lo que he ideado una solución. Cada una de las dos mujeres pasará quince minutos a solas con cada tipo. Luego cada una escogerá a su hombre preferido. Después reprenderán y colgarán al que no escogieron con la soga que les di. El más feo del grupo.

Red volvió a levantar la botella de mostaza.

—Y entonces —concluyó, yendo hasta la mesa para recuperar la pistola y el cuchillo—, rueguen porque yo esté de acuerdo.

18

otas de sudor bajaban por la frente de Wendy. Sus dedos temblaban continuamente. Le crispaba los nervios eso de mantener los ojos cerrados mientras una voz distorsionada le decía que la iban a matar.

Pero más que un inminente temor a morir, lo que la enfermaba era el simple pensamiento que le retumbaba en la mente: *Está desquiciado. Está completamente loco. Se ha puesto tanto como una fiera que no sabe que todavía existe la sensatez.*

Estuvo atenta por si captaba algo conocido en la voz de Red, pero aparte del obvio hecho de que era hombre, no logró encontrar nada. ¿Podría ser uno de ellos? ¿Carey? ¿Pinkus? Incluso Colt, en realidad. Había pasado suficiente tiempo para que alguno de ellos se escabullera, agarrara un micrófono oculto y les hablara a todos. ¿Por qué otra cosa insistía Red en que cerraran los ojos?

Nicole expresaba esta pregunta en la mente: «¿Se habrá ido?»

Por un momento los demás estaban evidentemente tan renuentes a responder como ella.

Entonces alguien atravesó caminando la biblioteca.

—Se fue —señaló Colt.

Wendy abrió los ojos y corrió hacia el centro, eludiendo mesas y revisando los estantes mientras andaba.

—También tu pistola —informó Pinkus.

—¿Qué hacemos ahora? —preguntó Carey.

—Para empezar, salir de esta biblioteca.

Nicole se puso al lado de Colt y le puso la mano en el hombro. Ella podría haber convencido a Colt de que era inocente como una paloma recién nacida. Wendy no pudo mostrar su molestia, parecía que estaba creciendo.

—¿Por qué hacemos eso? —inquirió Nicole a Colt.

—Porque aquí somos como vacas en el corral de una carnicería —dijo vacilando.

—¿Y cómo sabemos que él no es uno de ustedes? —averiguó Carey.

¡Listo! Ya estaba sobre el tapete.

—¿Qué quieres decir? —preguntó Nicole.

—Quiero decir que todos tenemos los ojos cerrados. ¿Cómo sabemos que no estuvo hablando Colt o Pinkus?

—Este... ¿porque no soy un monstruoso asesino? —contestó Pinkus—. ¿Y qué sabemos respecto de ti?

—¿Vienen ustedes muchachos, o se van a quedar aquí a discutir lo obvio? —indagó Colt.

—¿Qué es lo obvio? —preguntó Nicole.

—Que técnicamente hablando, Red o quienes están trabajando con él, suponiendo que está trabajando con alguien, podría ser cualquiera aquí. Él nos está perturbando. Nos ha atrapado y está husmeando, tras algo más. Prueba con algunos ganchos y golpes cortos como un boxeador tanteando a su adversario.

Esta vez no los esperó. Simplemente se soltó de Nicole y salió por la puerta principal.

Colt los condujo por el hoyo que revelaba los profundos cimientos, luego subió y se puso a caminar. Wendy miró el horizonte a su alrededor. Una nube roja se levantaba del cálido desierto, distorsionando un cielo que de otro modo sería totalmente azul. No había señales de vida.

—Clarifiquemos lo que sabemos acerca de este tipo —indicó Colt.

—¿Y si se aburre de nuestra discusión sobre lo que sabemos de él? —preguntó Carey, mirando alrededor—. El reloj está andando, ¿no?

—Por el tiroteo de ayer —continuó Colt haciendo caso omiso del comentario—, sabemos que es muy eficiente con una pistola.

Es natural que piense primero en pistolas, pensó Wendy. De algún modo esto la hizo sentir mejor.

—Le gusta matar para destacar algo —aportó Wendy—. El ranchero que encontramos en el tractor fue brutalmente asesinado.

—Lo motiva el control y el poder —añadió Colt—. Además está obsesionado en eliminar lo que es feo.

—O en verse hermoso a sí mismo —expresó Wendy—. Tal vez odia la fealdad porque está tan obsesionado con ser hermoso que le molesta cualquier clase de fealdad.

—Bueno —objetó Pinkus—. Esto no nos está llevando a ningún lado.

—Si no hacemos lo que dice, cumplirá su palabra —explicó Colt.

—A menos que primero lo podamos detener —agregó Wendy.

—Así es. Y esa es nuestra alternativa en este momento.

—¿Qué? —gritó Pinkus—. ¿Están ustedes chiflados? No lo pueden detener.

—Esta es la última vez que te digo esto —advirtió Colt, caminando hacia Pinkus y tomándolo de la mano, deliberadamente cerca de su dedo herido—. Mantén la voz baja. Nos estás poniendo en peligro a todos.

Soltó la mano del jugador, que parpadeó sorprendido.

—No creo que yo pueda preferir que muera uno de ustedes —afirmó Wendy mirando a Nicole, que parpadeó y estuvo de acuerdo rápidamente. *Muy rápidamente*, pensó Wendy

—No, por supuesto que no. Eso es ridículo. Ella tiene razón.

—Técnicamente no te pidió que eligieras a alguien para que muriera —manifestó Carey—. Solo por hacer notar eso.

—¿Por qué no nos vamos? —consideró Wendy—. En serio, ¿qué nos impide dirigirnos al norte a pie? Todos juntos, para que no nos pueda obligar a regresar como hizo la última vez.

Colt no respondió de inmediato, lo cual significaba que no podía encontrar un motivo para no disentir. ¿Podría ser tan sencillo?

—Él vendría tras nosotros —razonó Pinkus, esforzándose por mantener la voz baja—. Dijiste que sabía disparar. Nos eliminaría como si practicara tiro al blanco.

Colt analizó la casa del médico, pensando.

Nicole se acercó a Colt y le puso la mano en la espalda.

—¿Y...? Dinos que tienes un plan —indicó ella, acariciándole suavemente la espalda.

Prácticamente ella se adueñó de él en poco tiempo. ¿No podía Wendy estar molesta con razón? ¿Y por qué Colt no la apartó de sí, ¡cielos!?

Porque él estaba tan herido como ella. Aunque no estaba engañado, pensó Wendy. *Él es tan inocente como los demás*. Pero, ¿Nicole? Wendy no la pasaba. No hay que olvidar que ella era la menos calificada para juzgar la conducta apropiada de alguien.

Sin embargo, una cosa sabía ella: *No me gusta esta mujer. No me gusta del todo.*

—¿Tienen ustedes algo, o no? —Maldijo el momento en que pronunció esas palabras. Los demás, sin duda, oyeron aquellas palabras de celo que dijo.

Nicole la fulminó con su mirada rápida, le quitó la mano y aparentó inocencia, sin decir palabra alguna. Colt se hizo el desentendido y fingió no haber oído.

—Podría haber una manera —explicó Colt, con los ojos aún fijos en la casa. Luego los enfrentó y se alejó de Nicole con delicadeza—. Es arriesgado. Carey tiene razón: nos podría atrapar y matar a todos. Pero tal vez funcione.

—¿Qué? —preguntó Carey.

—Tendrán que confiar en mí —contestó Colt apartando la mirada.

—¿Cómo podemos hacerlo si no sabemos si eres fiable? —indagó Pinkus.

—Desafortunadamente no tengo alternativa.

Porque él sabe que Red podría estar de pie aquí en este mismo momento, pensó Wendy, *y no puede arriesgarse a darle una advertencia por adelantado. Hombre listo.*

—Estoy de acuerdo —convino ella.

—Yo también —señaló Nicole mirando a Wendy.

—¿Es en realidad así de práctico? —preguntó Carey—. Este tipo ha demostrado que puede matar a voluntad. Si no hacemos lo que quiere nos podría matar a todos. Si hacemos lo que dice morirá solo uno. No estoy diciendo que sea una decisión fácil, pero al menos debemos pensar en ella.

—¿Te ofreces como voluntario? —desafió Colt.

—No hay garantía de que elijamos a la persona que él quiere —ayudó Wendy—. ¿Es eso obvio?

Si por «¿Es eso obvio?» quería decir «¿Quién es el más feo aquí?», ella tendría que decir Colt. Quizás Pinkus. Pero ella sospechaba que Red quería que mataran a Colt porque era la mejor esperanza que tenían de sobrevivir... y la única amenaza verdadera para Red.

Wendy desechó el pensamiento.

—Y entonces tendríamos que matar a esa persona. Solo que no podemos matar adrede a alguien; ya pusimos eso en claro.

—Solo me estoy asegurando que sepamos en qué nos estamos metiendo —manifestó Carey levantando las manos.

—Estamos perdiendo el tiempo —advirtió Colt—. ¿Estamos todos de acuerdo?

Pinkus asintió a regañadientes con un movimiento de cabeza. Sin duda habría concluido que si los obligaban a escoger, él era un buen candidato para ser ejecutado.

Carey también asintió. *Considerando que evidentemente era aquí el hombre más guapo, merecía algún crédito*, pensó Wendy.

—Síganme a la casa —indicó Colt—, y hagan exactamente lo que digo.

19

La casa estaba adelante, maltratada por la tormenta de la noche anterior, pero sin daños en su estructura, hasta donde Wendy lograba ver. Asombroso. Detrás de ellos la biblioteca parecía un enorme mausoleo.

—¿Puedo hablar contigo un momento? —le preguntó Wendy a Nicole, tocándole el brazo.

—¿Sí? —contestó Nicole abriendo los ojos desmesuradamente y haciéndose a un lado.

Los demás voltearon a mirar, y Wendy evitó sus miradas inquisitivas. Esto no duraría mucho.

—¿Qué estás tratando de hacer con Colt?

—¿Qué quieres decir?

—Tú sabes lo que quiero decir. Rondas a su alrededor como una cachorra. Lo necesitamos, y con mente clara. Tal vez deberías alejarte de él.

—¿Alejarme? —preguntó Nicole con una insinuación de pánico en la voz—. Yo... no entiendo.

—Míralo —susurró Wendy—. Él no sabe qué hacer contigo. Lo estás acosando, y él se está desmoronando.

—¿Lo está?

—Le pones las manos encima en toda oportunidad que se te presenta.

—¿Verdad?

—Por favor, esto ya no es gracioso. Déjalo solo, por el bien de todos.

—Pero... no estoy tratando de hacerle daño —balbuceó Nicole, mientras una lágrima le rodaba por la mejilla—. De veras...

Wendy quería abofetearla.

¿Y qué si Nicole hubiera entrado de verdad en un estado de inocencia por la muerte de su madre? ¿Y si era como Wendy, desesperada por amor y encontrándolo en el consuelo del contacto físico? Pero aun más inocente que Wendy. Una niña atrapada en un cuerpo de mujer.

Se acercaban a la casa y se les acababa el tiempo. Wendy no podía quedarse con la duda.

—¿Me estás indicando que no hay nada sexual en tus insinuaciones?

—¡No! —susurró Nicole—. Por supuesto que no.

El tono de su voz, la mirada en el rostro y los ojos... nada que sugiriera algo más que total sinceridad.

—¿Pero te gusta?

Una corazonada.

—Sí.

Wendy no le creyó una palabra.

—Está bien.

Entraron al garaje por la misma puerta que salieron antes, en la parte de atrás. Colt abrió un inmenso clóset que obviamente conocía bien.

El buen doctor era casi un experto en supervivencia, de los que «nunca se puede estar muy seguro». Había construido una casa y una biblioteca que podían resistir más que cualquier otra estructura en el pueblo. Y había abastecido ese clóset con alimentos enlatados, agua y un surtido de artículos para acampar, entre ellos dos tiendas, tres sacos de dormir, una pala, cuerda de nylon, equipo ligero para la lluvia, una mochila marrón y botas de excursionista.

Pero Colt no se interesó en el equipo de acampar sino en los dos chalecos antibalas con la ropa de camuflaje tras los que iba.

—¿Eso es todo? —preguntó Pinkus—. Somos cinco.

—Wendy, asegúrate de que nadie esté portando armas —ordenó Colt.

Él quería que Wendy los registrara.

—Yo registraré a Nicole; tú a Carey y a Pinkus.

Sus miradas se encontraron, y ella silenciosamente le dijo que dejara de estar tan cerca de Nicole. Pero él no lo captó.

—Solo regístralos.

Así que ella lo hizo, empezando con Nicole, luego Pinkus y Carey, rápida, suave y nerviosamente. *La mente en el asunto*, se dijo. Por Dios, no hubo un solo pensamiento romántico en su mente dirigido a ninguno de ellos.

—¿Por qué no quieren ustedes que tengamos ningún arma? —exigió Carey mientras Wendy le palpaba los costados.

—Por si uno de ustedes está trabajando con Red.

Wendy terminó y retrocedió.

—¿Así que ahora tenemos la política de no armas?

—¿Qué vas a hacer con eso? —preguntó Pinkus agarrando uno de los chalecos—. Esto no servirá de nada.

—Me estás empezando a molestar con tu negativismo —advirtió Nicole haciendo un gesto de ofendida—. No más, por favor.

¡Ya, niña!

Dos minutos después se pusieron en fila de adelante para atrás por la puerta trasera como instruyó Colt. Primero Wendy, luego Carey, después Pinkus, en seguida Nicole y por último Colt. Se puso uno de los chalecos y sostuvo el otro en las manos.

—Conserven la formación tan apretada como sea posible. Esto le ayudará a bloquear la vista de él si está observando desde la biblioteca. Debemos alejarnos alguna distancia de él antes de que sepa que nos fuimos. Permanezcan directamente frente a mí, en una sola fila. Si alguien recibe una bala seré yo, y yo tendré los chalecos. ¿Alguna pregunta?

—Esto es una locura —comentó Pinkus.

—Eso es retroceder —expresó Wendy—. Vamos.

Colt se puso el segundo chaleco sobre la cabeza y lo sostuvo alrededor del cuello como si fuera una toalla.

—Al noroeste por el barranco, Wendy. Mantén la casa entre nosotros y la biblioteca.

—¿Listos? —asintió ella.

—Vamos.

Wendy salió a paso rápido, con Carey prácticamente respirándole en la nuca. Se tropezaban los dedos de los pies y los talones, y casi se caen algunas veces en los primeros cincuenta metros, pero encontraron un ritmo.

Entraron firmemente al desierto como un ciempiés con coraza.

—¿Qué pasa? —preguntó Pinkus—. ¿Nos está siguiendo?

—Cállate y camina —susurró Colt.

Sus zapatos se arrastraban por la arena, respiraban pesadamente bajo el ardiente sol, y el sudor oscureció rápidamente sus camisas. Pero lograron llegar a los cien metros sin una mirada detrás. Luego doscientos.

Después trescientos.

—¿Estamos suficientemente lejos? —quiso saber Pinkus.

—Cállate y camina —volvió a decir Colt.

Cuatrocientos metros y ninguna señal de persecución.

Wendy estaba manteniendo fija la mirada en una pequeña elevación en la inerte arena rocosa que sobresalía más adelante, sabiendo que si lograban llegar a ella y entrar a la depresión que le seguiría, tendrían en realidad una oportunidad.

Ahora estaban a menos de cien metros de ese barranco, y ella estuvo tentada a salir corriendo. Reanimó su paso.

Los demás parecieron entender su razonamiento y siguieron su ejemplo.

Cincuenta metros.

Iban a lograrlo. Al menos llegarían hasta la primera depresión.

Treinta metros.

Desde allí se dirigirían corriendo hacia el suroeste a lo largo del barranco, sin necesidad de coraza.

Wendy se echó a correr mientras coronaba el borde del barranco, con el corazón latiéndole con esperanza.

—¡Corran! —gritó con un ronco suspiro.

Nadie objetó. Rompieron la fila y corrieron. Subieron la cima. Bajaron por el otro lado.

Directamente hacia la camioneta negra estacionada en el fondo del barranco.

Wendy gritó sorprendida y se detuvo. Al principio creyó que podría ser algo bueno: verse dentro de una Dodge Ram negra con ventanas oscuras que había escapado a la tormenta. ¡Podría llevarlos a la libertad!

Pero este pensamiento fue rechazado de inmediato y con energía por los vestigios de humo negro de diesel que salía del tubo de escape. La camioneta estaba prendida, lo cual significaba que había alguien en su interior. Aquí afuera eso solo podía significar que esta camioneta era cualquier cosa menos buenas noticias.

Se detuvieron hombro a hombro, jadeando, mirando fijamente adelante. Asombrados.

—Red —exclamó Carey.

—Así parece —expresó Colt.

La camioneta los enfrentó en ángulo, con sus relucientes llantas anchas negras alrededor de sus aros cromados. Se movió unos metros hacia delante con un ruido suave, luego se volvió a detener, como un toro desafiándolos a entrar al ruedo.

—¿Ahora qué? —preguntó Wendy dando instintivamente un paso atrás.

—¿Cómo habrá llegado aquí? —inquirió Pinkus.

—¿No lo sabes? —objetó Carey lanzándole una mirada de costado.

—Basta, Carey —pidió Nicole—. ¿Qué hacemos?

—¿Cómo debería saberlo yo? —quiso saber Pinkus mirando a Carey.

—Esa camioneta pertenece al rancho al que fueron Wendy y Carey —informó Colt—. Ellos lo sacaron del cobertizo y lo ocultaron aquí.

Él nos vio salir y nos cortó el paso. En este momento ya no importa. Regresemos.

—¿Ellos? —cuestionó Wendy.

—¿Regresar a la casa? —preguntó Nicole con voz débil, de incredulidad.

—No tenemos alternativa —explicó Colt.

La ventanilla de la camioneta se bajó silenciosamente algunos centímetros.

—Atrás. ¡Retrocedan! —advirtió Colt.

Nicole gritó y se agarró el rostro. La arena a sus pies saltó mientras varias balas silenciadas golpeaban la tierra.

Ellos giraron y salieron corriendo como uno solo, cuesta arriba, sobre la cima, hacia la casa.

Nicole corría en silencio, pero su mano derecha aún cubría parte de su rostro. Colt miró hacia atrás, luego rodeó a Nicole y corrió hacia atrás.

—Muéstrame. Disminuye la velocidad. Él no va a dispararnos. Muéstrame.

Nicole bajó el ritmo hasta caminar a paso rápido, como hicieron todos. Entonces ella retiró la mano. Le brilló sangre en la mandíbula derecha, pero no estaba fluyendo. La había rasguñado una bala, pero no más.

Colt le puso la mano en la mejilla buena, aún caminando hacia atrás.

—Solo es un rasguño. Estarás bien.

Por la manera en que él pronunció estas seis palabras Wendy supo lo que Colt Jackson sentía profundamente por esta hermosa mujer que ahora lo era un poco menos.

—Todo saldrá bien, lo prometo —señaló limpiando algo de la sangre en ella.

La camioneta negra retumbó detrás de ellos. Avanzó sobre la cima, luego se detuvo como un perro guardián.

—Volvamos a la casa —ordenó Colt.

La próxima vez que Wendy miró por sobre su hombro ya no vio la camioneta.

Colt corrió al botiquín de medicinas, agarró el mismo desinfectante y la gasa que Nicole había utilizado en el dedo cercenado de Pinkus, y regresó a la cocina, desesperado por hacer esa pequeña acción por Nicole. Era culpa suya que le hubieran disparado a ella.

Se detuvo a mitad de camino de la cocina. Wendy sostenía en las manos un pedazo de papel. Otra nota de Red.

—¿Qué es?

Ella la giró para que él lo leyera.

¿Crees ahora que soy hermoso?

Colt dejó caer desinfectante en un trozo de gasa y tiernamente limpió la sangre en la mejilla y el cuello de Nicole. La bala había partido la piel, a suficiente profundidad para requerir puntos a cualquier juicio. Ella tendría una cicatriz si no la llevaban a un médico que cosiera eso de modo adecuado.

—¿Por qué está este tipo tan obsesionado con la belleza? —preguntó Wendy—. ¿Se supone que debemos conocerlo?

—Debemos —señaló Colt creando rápidamente una venda para la mandíbula de Nicole—. Algo nos une a todos. Quizás cada uno de nosotros ha hecho algo que lo fastidió. Cada uno o todos.

Wendy miró a Colt con tristeza en los ojos. Si hacían lo que quería Red, Colt sería el perdedor. Él lo sabía tan bien como cualquiera de ellos.

—No podemos hacer eso —indicó Nicole, tocando la mejilla de Colt.

—Tenemos que hacerlo —afirmó Carey—. Simplemente te disparó. Y sabemos que ella no es la más fea, así que aún quiere que escojamos a alguien más.

Caminó de un lado al otro frenéticamente.

—Al menos tenemos que fingir como si estuviéramos siguiéndole el juego.

Pinkus mantuvo un silencio desacostumbrado.

Tendría que haber un modo de salir de esto, pero la mente de Colt se negaba a darle alguna alternativa. Terminó de vendarla y se alejó de Nicole, temiendo mirarla a los ojos.

—Se nos acaba el tiempo.

Nadie discrepó. Todos lo sabían. Tenían que seguirle el juego a Red, y debían hacerlo ahora.

Colt dio media vuelta y salió de la casa. No miró hacia atrás, pero podía oírlos siguiéndolo a la biblioteca. El sol ya se estaba ocultando dentro de un horizonte rojo en el occidente. Ahora era obvio que la tormenta había devastado mucho más que a Summerville. Esta era la única explicación para la ausencia de equipos de rescate todo un día después de pasar el tornado.

El mismo sonido prolongado y apenas perceptible que habían oído antes se les filtró por los oídos. Colt levantó bruscamente la cabeza. Más estelas negras de humo. Nada más.

—¿Qué fue eso? —preguntó Pinkus desde atrás.

—Lo oímos antes —contestó Carey—. El viento o algo así.

Uno de ellos era Red, pensó Colt. O Pinkus o Carey estaban trabajando con Red, o peor, eran Red. Las piezas encajaban.

También podría estar equivocado, y allí estaba el problema. Las piezas encajaban, pero no a la perfección. Había pensado concienzudamente el asunto, y aún le fastidiaban algunas contradicciones. Simples preguntas acerca de quién estaba dónde cuando ocurrieron esas contradicciones. La mayoría de ellas se podrían explicar con algo de pensamiento creativo, pero algunas habrían requerido un cómplice, el cual la nota de Red en el rancho insinuaba que tenía.

La mayor de estas contradicciones recaía sobre Carey, que estaba conduciendo con Wendy hacia Summerville cuando Red disparó en el pueblo. Pero eso no significaba que no estuviera trabajando con Red.

Y Pinkus... un candidato aun más probable.

Sin embargo, ambos podrían ser inocentes. Víctimas como el resto de ellos. Toda la evidencia seguía siendo circunstancial, al menos.

Colt le hizo una señal a Wendy para que se apartara con él por un momento.

—Ya que estarás hablando con ellos, si es que hacemos lo que él desea, trata de encontrar una contradicción en la historia de Pinkus. Dónde estaba la noche de los asesinatos. Cualquier cosa.

Ella puso cierta distancia entre ellos. Colt se preguntó si ella se sentía intimidada por su presencia, o por su proximidad. Ahora que lo pensaba, ella se había mantenido alejada de todos. Expresó preocupación cuando le pidió que revisara a Carey y Pinkus, ¿tendría asuntos sin resolver con los hombres? Quizás no muy diferentes a su propio problema con las mujeres.

—No le creo a ella, Colt —dijo Wendy, dando un vistazo en dirección a Nicole.

—Ella no tiene nada que ver con Red, estoy seguro.

—Tal vez no, pero aún dudo de ella. Solo a usted se lo digo.

Celosa, pensó Colt, rechazando la idea. Ninguna mujer lo había celado tanto.

—Dígales cualquier cosa —le dijo.

Se unieron a los demás para recibir miradas desafiantes y una acusación de parte de Pinkus.

—¿De qué hablaban?

Colt hizo caso omiso al hombre y entró a la biblioteca. Red les había dado instrucciones explícitas. Ahora era evidente que debían seguirlas con exactitud.

—Está bien, haremos exactamente lo que él dice —manifestó deteniéndose ante el primer juego de mesas y enfrentándose a ellos—. Tanto Wendy como Nicole pasarán quince minutos a solas conmigo, con Carey y con Jerry en cuartos separados.

—¿Haciendo qué? —preguntó Pinkus.

—Cualquier cosa que quieran.

—¿Y qué se supone que hagamos, sentarnos allí con nuestros pulgares...?

—Se supone que tratarás de convencerlas de que te dejen vivir —interrumpió Carey—. ¿No tienes un interruptor para eso?

Colt pensó que Carey se refería a la boca de Pinkus.

Pinkus no respondió.

—Recuerden, ustedes no están escogiendo a la persona que podrían querer que viva —les indicó Colt a las dos mujeres—. Están eligiendo a la persona que ustedes creen que Red escogería. Él está buscando al más feo, a ojos de él, algo que él afirma que no es un factor porque la belleza es según el color del cristal con que se mira.

—¿Qué se supone que significa eso? —inquirió Wendy.

—Que la opinión no debería variar de una persona a otra —contestó Colt encogiéndose de hombros—. Eso es obvio.

—Es muy juvenil —opinó ella.

—Bueno, él lo está haciendo real.

—¿Estás seguro de que no hay otra manera? —preguntó Nicole.

—Sí, estoy seguro.

—Entonces empezaré contigo —expresó, acercándosele.

—Y yo empezaré con Carey —indicó Wendy.

Colt se sintió como imaginó que se sentiría una vaca mientras la llevaban al matadero. Hasta donde podía ver, el juego de Red no le brindaba ninguna esperanza. Todo el asunto era muy sencillo: Red lo quería fuera del camino, así que estaba obligando a los demás a matarlo. Si no lo hacían —o si escogían a la persona equivocada— por decir Pinkus, que no era tan feo como Colt... entonces ellos pagarían un precio aun mayor.

Nicole debió haber sentido el sufrimiento de Colt, porque le sonrió suavemente y le apretó la mano.

Entraron a un salón pequeño con una mesa en el centro y sillas marrón muy afelpadas en una de dos esquinas. Muros beige, alfombra gris, sin ventanas. Luces de emergencia parecidas a las amarrillas que brillaban en la casa del médico.

Nicole cerró la puerta detrás de él, luego lo guió con determinación a una de las sillas.

—Siéntate —manifestó.

Él se sentó.

Ella jaló una silla de la mesa y se dejó caer frente a él. Por un instante ninguno de los dos habló. Ella lo miró fijamente, pero él no podía sostenerle la mirada.

—¿Cómo te sientes? —averiguó ella.

—Como un preso en el pabellón de los condenados a muerte recibiendo su última voluntad —contestó él.

Ella no rió y ni siquiera sonrió.

—Carey me dijo que les había contado mi historia —confesó ella—. Él no conoce todo, por supuesto. Pero estoy seguro que lo hizo bastante bien. ¿Cómo eso te hizo sentir respecto de mí?

¿Respecto de qué partes pudo haber estado Carey equivocado?, se preguntó Colt.

—Me... me dieron ganas de llorar —contestó.

El mundo de Colt se fue a pique a su alrededor con sus propias palabras. La desesperanza del lío en que estaba, su incapacidad de ayudar a cualquiera de ellos, la pérdida del jefe y del pueblo, las innumerables muertes, las asombrosas implicaciones... todo eso se lo estaba tragando entero. Pero había más, y Nicole estaba profundizando en ello.

A Colt se le hizo un nudo en la garganta, y se debió esforzar al máximo para evitar lanzarse a llorar en los brazos de ella.

La ola de angustia que sintió no vino de la historia de Nicole sino de la propia; con la que había luchado mucho por sepultar. La que ya ni siquiera consideraba suya. Pero ahora, exigido al máximo por este rompecabezas, no sabía cuán fuerte podría ser para todos ellos.

Los ojos de Nicole le brillaban con lágrimas... sin siquiera haber oído una palabra.

—Desde el momento que te vi supe que eras especial —lo consoló estirando la mano y acariciándole el mentón—. Tenemos en común alguna clase de vínculo, ¿no es así?

Los ojos de él se llenaron de lágrimas.

—Háblame. Cuéntame tu historia.

Nunca en un millón de años pudo haber imaginado que una mujer le diría esas palabras. Encerrado en ese salón con Nicole sintió que podía hablarle de cualquier cosa. Y lo hizo.

—Tuve una infancia difícil. Creo que Red tal vez la conozca.

—Cuéntame.

—Mis padres se divorciaron cuando yo tenía siete años —confesó—. Vivíamos en Las Vegas. Mi madre me dejó en la estación de autobuses y me dijo que comprara un boleto para Albuquerque, Nuevo México, porque mi padre vivía allá y me quería. También me dijo que su novio no me quería. Él en realidad era su proxeneta. Cuando traté de comprar el boleto me dijeron que era demasiado joven. Tardé dos días en encontrar el camino a casa, porque no lograba recordar por dónde había ido el taxi.

—Pero tu madre no te recibió de nuevo —aseguró Nicole.

—Me cerraron la puerta. Su novio me amenazó con golpearme si me volvía a ver. Pero yo no sabía a dónde ir, así que esperé en el pasillo fuera del apartamento. Los oí hablar y reír adentro.

—¿Qué decían?

—El novio de mi madre señalaba que yo era el muchacho más feo que había visto, y que tal vez deberían hacer negocio con el circo. Mi madre no estaba de acuerdo con eso. Esa noche casi toco a la puerta cien veces, y creo que si lo hubiera hecho, él me habría matado.

—¿Qué hiciste? ¿Qué *podías* hacer?

—Me quedé en la calle.

—¿A los siete años de edad?

—Finalmente me las arreglé para subir a ese bus hacia Albuquerque. Amabilidad de extraños, y todo eso. Cuando encontré a mi padre una semana después, me pegó. Aseguró que le había dicho a mi madre que me pegaría si alguna vez trataba de embarcarlo conmigo.

—Eso es horrible.

—Bueno, regresé a Vegas en el mismo bus, y esta vez fui al club de mujeres desnudas donde trabajaba mamá, e hice un trato con el administrador. Si me daba comida, yo haría todo lo que él quisiera. Estuvo de acuerdo en dejarme fregar los pisos entre bastidores y lavar los disfraces una vez a la semana. Fue el mayor error que cometí, pero no sabía qué más hacer. Solo quería estar cerca de mi madre.

—¿Lo permitió ella?

—No le quedó alternativa, pero no me hizo la vida más agradable. Todas las mujeres se burlaban de mí. Decían que yo era feo. Me llamaban zurullo.

—¿Todas?

Él asintió con la cabeza.

—Yo no era el muchacho mejor parecido.

—¿Cuánto tiempo duró eso —preguntó Nicole poniéndose los dedos en los labios y con los ojos abiertos de par en par.

—Hasta que fui adolescente.

—Tú... así que de las mujeres no recibiste más que humillación. De mujeres que otros hombres deseaban y buscaban. Creciste pensando que las mujeres deseables se indignan por tu culpa. Y aún sientes eso.

Nadie lo había explicado nunca de manera tan clara.

—Avancemos un poco —continuó Colt recostándose y hundiéndose en el tapizado—. Tres meses antes de dejar Vegas un hombre me dijo que iba a matar a mi madre porque era tan fea como yo. Dos noches después la encontraron con las muñecas cortadas. Creo que se trata del mismo asesino que nos está haciendo esto. Me quiere muerto.

—¿Por qué? —exclamó ella, aparentemente sorprendida por la revelación.

Colt no pudo expresar lo que tenía en la mente. No porque no tuviera sentido sino porque de repente la garganta se le había hinchado de dolor.

—¿Porque eres feo? Porque él odia a las personas feas y por alguna razón entraste en su línea de visión.

Dentro de las entrañas de él surgió una tristeza que le inundó el pecho.

—Entonces si estás en una posición donde no puedas ayudar a otros, como esta, ¿qué hace eso de ti?

Despreciable. Ella tenía razón. Pero él no tenía el valor de ser tan brutalmente sincero, incluso ahora.

Nicole se puso de rodillas y colocó la cabeza contra el pecho de él. Comenzó a llorar con él. Luego más fuerte que él. Llorar y llorar, tanto que Colt se preguntó si ella se haría daño.

Ella se aferró fuertemente de él y le mojó la camisa con sus lágrimas. Solo entonces se le ocurrió que ella era una mujer en sus brazos, necesitándolo, siendo consolada por él. Para ella, él no era despreciable.

Ella le había devuelto la pelota a él.

Colt puso los brazos alrededor del cuerpo femenino y la agarró torpemente.

—Shh... shh, está bien —la consoló.

Nunca antes había hecho esto.

Nicole se tranquilizó lentamente.

—Imagino que tenemos algo en común —expresó ella, aún sobre el pecho de él; echó la cabeza hacia atrás y lo miró a los ojos—. Cuando yo tenía siete años mi madre me dijo que yo era la niña más hermosa del mundo.

Ella le recorrió los labios con un dedo.

—Cuando tenías siete años te creías el más feo —gimoteó ella, y luego le sonrió—. Se dice que los opuestos se atraen...

—Aún eres la criatura más hermosa del mundo —indicó él.

Entonces Colt hizo algo que solo había hecho dos veces antes en su vida, ninguna de las dos satisfactoriamente. Se inclinó hacia delante y besó a una mujer en los labios.

Ella lo apretó hacia sí y ansiosamente le devolvió el beso. Ya no importaba lo que él pudiera haber pensado acerca de la tendencia en ella de utilizar el toque en maneras puramente platónicas. Ese beso era tan apasionado y romántico como se había imaginado los besos.

Nicole se detuvo primero. Su respiración era difícil, y él pudo olerle el aliento, almizclado como lápiz labial aunque ella no lo usaba.

Ella se puso de pie y caminó hacia la puerta, entonces se volvió.

—Tengo que decidir —señaló.

Colt se frunció. Recorrió las dos manos por su cabello. Anoche perdió su sombrero en la tormenta, y tenía el cabello totalmente enmarañado. Un pensamiento ridículo le cruzó por la mente. Una imagen de sí mismo despertando con el cabello enmarañado en la cama al lado de una esposa.

Él sabía que Red tenía otras ideas, pero si Nicole lo escogía por sobre su hermano, quizás él podría salvarla. A todos ellos. Era una idea ridícula, pero aun así, de pronto Colt quiso vivir. No solo debido a su propio instinto de conservación sino porque había encontrado en el salón que algo le suplicaba vivir.

—Así es —contestó él.

—¿A quién crees que escogerá Wendy? —preguntó ella, mirando la puerta.

—A Carey —repuso él; a menos que ella concluyera que Carey estuviera trabajando para Red.

—¿No a ti?

—Podría hacerlo, imagino —asintió, perplejo por la pregunta.

—¿No se te ocurre que es muy extraño que todos seamos tan insensibles acerca de esto?

—Lo hacemos porque no nos queda alternativa. Tu mandíbula es evidencia de eso. No creo que siga siendo... insensible... por mucho tiempo.

—Todo parece muy seguro en este salón —comentó ella yendo hacia él y volviendo a ponerle la cabeza en el pecho; le rodeó la cintura con los brazos—. Parece tan seguro aquí.

—Sé lo que quieres decir. Pero al otro lado de esa puerta el peligro es real. Y tengo la sensación de que se va a volver aun más real en algunos minutos.

21

Wendy pasó diligentemente quince minutos con Carey y luego con Pinkus, tiempo durante el cual no aprendió nada nuevo acerca de Carey y solo un poco respecto de Pinkus. Ahora estaba con Colt y aprendía mucho.

Ella no estaba segura en cuanto a porqué Red había insistido en que pasaran tiempo juntos; si en realidad quería que escogieran a la persona más fea pudieron haber tomado simplemente esa decisión sin toda esa charla.

Lo único que ella se podía imaginar era que Red deseaba que se enredaran emocionalmente más de lo que estaban, haciendo el asunto aun más agonizante de lo que ya era.

Y *estaba funcionando*, pensó ella.

Ella no había aprendido nada nuevo acerca de Carey, porque él pasó casi todos sus quince minutos tratando la lógica de lo que les estaba sucediendo y porqué. Hasta tal punto que ella empezó a preguntarse si él lo estaba haciendo para engañarla.

Si Carey era Red o trabajaba con él, lo que a ella le costaba imaginar, ¿no haría entonces exactamente eso? ¿No trataría de probar que *no era* Red al parecer decidido a desenmascararlo?

Carey cantó algunas líneas de un poema acerca del bien y el mal, lo cual le pareció extraño a ella. Él tenía una voz hermosa y profunda, pero ella tenía poca idea de lo que pasaba dentro del cráneo de él.

En cuanto a Pinkus, Wendy obtuvo principalmente una serie de argumentos enérgicos y nerviosos de que ella debía escogerlo a él porque ambos sabían que no era tan feo como Colt, el policía. No quería ofender, pero esto era cuestión de vida o muerte para todos, y si ellas no hacían exactamente lo que deseaba Red todos terminarían muertos. Ya lo había demostrado, ¿no? Quizás Pinkus tenía razón al decir que estaba más cerca que los demás de comprender eso. Como él dijo, que le cercenaran el dedo y luego lo obligaran a masticarlo era una manera de hacer méritos.

—Sabes que Nicole escogerá a su hermano. Así que déjala. Eso significa que debes escogerme. Si escoges a Colt, a Red le dará un ataque. Si esto se tratara de alguna estupidez de belleza interior podrías tener alguna clase de explicación, pero es más obvio que eso, y tú lo sabes.

—¿Lo sé?

Pero ella debía admitir que la lógica de él era fuerte. Le puso un peso de plomo en sus intestinos. Pinkus salió del salón siendo el mismo que había entrado, en parte sospechando y en parte un pésimo jugador débil en empatía y fuerte en lógica.

Por otra parte, Colt parecía haber encontrado mucha empatía durante sus quince minutos con Nicole. Había una luz en sus ojos, por lo que supuso que el cambio implicaba más que una sensación de comprensión mutua.

Sin duda no parecía un hombre a punto de enfrentar la horca. El peso en los intestinos de Wendy se le subió al pecho.

Entonces él le narró la misma historia que le contó a Nicole. El corazón de ella se quebrantó por él. Para ella era un misterio cómo una madre insensata podía tratar tan cruelmente a un hijo. El único modo en que logró entenderlo fue equiparando la vida en un burdel con una secta. Las personas que sacrificaban a sus hijos sobre altares de egoísmo, como la madre de Colt, estaban motivadas por una profunda ideología, más que como un culto.

O quizás más exactamente, por una profunda *falta* de ideología. Vacío total en el corazón y el alma.

Wendy estaba a punto de decirle lo parecidas que eran sus historias cuando él le habló de su excepcional lazo afectivo entre Nicole y él.

—¿Qué lazo afectivo? —preguntó ella.

—Cuando ella tenía siete años era la niña más hermosa en el mundo. Cuando yo tenía siete era el más feo —manifestó él como si la confesión fuera una insignia de honor.

—¿Dijo ella eso?

—Es cierto. Luego lloró en mis brazos. Sé que es difícil de imaginar, pero eso nunca antes me había ocurrido.

—Con tu pasado, no es difícil imaginarlo. Pero no hay autenticidad para ello. Comprendes eso, ¿verdad?

—¿Qué quieres decir?

—No eras el niño más feo en el mundo a los siete años de edad. Solamente te dijeron esa mentira.

Él pareció considerar el punto de ella, luego lo descartó.

—Así no es como lo ve Red.

—¿De veras? ¿Cómo?

—Él me conoce —señaló Colt, acercándosele, y ella temió que estirara la mano para tocarla—. Él sabe toda mi historia, y la está utilizando en mi contra. Red me quiere muerto.

—Pero ahora crees que Nicole te escogerá.

—Eso creo. Deberías escoger a otro.

—¿Qué pasaría si ella escoge a su hermano?

Colt se asombró.

—No creo que lo haga.

—Está muy apegada a él.

—Carey no es feo. Ella sabe que lo escogerás a él.

—¿Por qué lo escogería antes que a ti?

—Porque ya sabes que ella me escogería —le dijo.

Ella pensó que el razonamiento de él tenía fallas. Surcado por esa nueva emoción que Nicole le introdujo. Pero ningún razonamiento salvaría a ninguno de ellos en ese momento.

—¿Acabaron allí? —se oyó la voz de Carey, después de tocar a la puerta.

—Vamos, Colt —dijo él, y luego la sacó del salón.

Pinkus, Carey y Nicole estaban alrededor de una mesa de cerezo en medio de la biblioteca, mirándolos en silencio cuando se acercaron. El polvo estaba oscureciendo el lugar. *Absurdo*, pensó Wendy. *Todo es surrealista.*

Surrealista o no, ella y Colt ocuparon sus lugares para formar más o menos un círculo alrededor de la mesa. Juez, jurado y brigada de ejecución. Uno de ellos había colocado en la mesa dos libretas de papel blanco y lápices.

—Bueno —manifestó Carey asintiendo con la cabeza—. Debemos hacer esto. Todos lo sabemos. Las seis horas casi terminan.

—¿Debemos? —inquirió Wendy, no porque creyera que había una alternativa sino solo para romper el surrealismo en que habían entrado.

—Por lo que sabemos, en este mismo instante podría haber una pistola apuntada sobre uno de nosotros —informó Carey—. Sí, todos sabemos eso. Cada uno escribirá sus respuestas en el papel.

—¿Así de simple? —cuestionó Wendy con el ceño fruncido—. ¿Como si fuera solo otro consejo tribal al final de un episodio de la serie *Survivor*?

—Wendy, no hagas esto más difícil de lo que debe ser —le reprochó él—. Si tienes una sugerencia mejor, excelente. Si no, sugiero que nosotros, sí, hagamos esto sencillo, como si fuera otro consejo tribal. No tenemos alternativa.

Él resaltó la última frase, exagerando su pronunciación de cada palabra.

Nicole estiró la mano para agarrar un lápiz y una de las libretas. Wendy siguió su ejemplo.

—Por favor, hagan lo correcto —suplicó Pinkus dirigiéndose a ellas con una última apelación, juntando las dos manos como si estuviera orando—. Si fallan, él empieza a matar de nuevo, así que recuerden eso. No se trata de lo que ustedes crean, sino...

—Cállate, Jerry —interrumpió Nicole.

—Sí, Jerry, cierra el pico —concordó Wendy.

Y entonces Nicole acercó su cuaderno y escribió un nombre en él.

Le llevó a Wendy unos instantes comenzar en realidad a escribir después de que el lápiz hiciera contacto con el papel. Nunca antes la habían obligado a hacer algo tan necio, tan cruel y tan espantoso como lo que estaba haciendo ahora. Peor aun, todo el asunto le pareció un ejercicio sin sentido. No tenía planes de matar a alguien, a pesar de qué nombres aparecieran en la hoja.

Pero ella sabía que Carey tenía razón. El asesino los vigilaba, complaciéndose en el dilema que tenían.

—¿Terminaron? Dejen los papeles sobre la mesa —indicó Carey.

Nicole miró a Colt con ojos bondadosos. Deslizó su voto sobre la mesa. En ella había un nombre escrito.

Carey.

Colt parpadeó. Sus ojos se levantaron hasta encontrarse con los de Nicole.

Pinkus traspasó a Wendy con la mirada, pero le tomó a Colt algunos instantes apartar la vista de Nicole y enfocarla en Wendy.

Wendy depositó su voto sobre la mesa.

Colt.

—¿Qué? —gritó Pinkus—. ¿Qué?

Colt le lanzó una mirada vidriosa. Ella se encogió de hombros. *Traté de decírtelo, Colt. No sabes nada acerca de cómo funciona el corazón de una mujer.*

Ella no estaba segura de qué quería decir con eso, solo que estaba obligada a mostrarle que creía en él, no en alguna estrategia que podría dejarlo muerto. Nicole, sin duda, había imaginado que Wendy elegiría a Colt, así que había decidido salvar a su hermano en vez de Pinkus.

Pinkus dio un paso atrás.

—Ustedes están equivocadas, ¿saben?

Su mirada saltaba alrededor de la biblioteca.

—Él te va a freír, amiga. Por no ser honesta. Y de todos modos matará a Colt.

Todos sencillamente se quedaron mirándolo.

—¿Por qué lo hiciste? —preguntó él volviéndose a Wendy.

—Porque imaginé que Nicole escogería a Carey —contestó ella—. Y porque no creo que ni Carey ni Colt sean capaces de matar a un ser humano inocente. Tú, por otra parte, sí podrías.

Ella dejó que su lógica hablara.

—¿Ves, Jerry? Estás seguro. En realidad no creo que alguien aquí te mate.

Ella miró a Carey, cuya mirada estaba enfocada en su hermana. Ella no estaba muy segura de su juicio respecto del carácter de Carey, pero ahora eso no estaba en sus manos.

—¿Y si... y si él simplemente nos mata a todos? —tartamudeó Carey—. Él dijo que empezaría a matar otra vez si no matábamos al más feo. Si no lo matamos, el asesino nos matará.

—Si matas a Pinkus, entonces te convertirás en asesino —advirtió Wendy.

—Con toda honestidad —manifestó Colt por primera vez desde el voto—, creo que él se refería a mí cuando dijo el más feo.

—Así que, mátenme —concluyó.

Carey los miró de uno en uno, perplejo. Ella tenía razón; él no tenía que decidirse a matar. Pero tampoco lo ponía feliz la posibilidad de ser cazado.

—Entonces dejemos que él nos mate —expresó Wendy sacando una silla, sentándose y cruzando los brazos.

—Estás loca —señaló Pinkus.

Pero a su voz le faltaba convicción. Tragó saliva, agarró una silla y se sentó. Igual hicieron Colt y Nicole. Luego Carey.

Nadie habló por un instante. Nicole miró a Colt con cargo de conciencia, pero él no le devolvió la mirada. Se había convertido de nuevo en un policía por necesidad. La fantasía de Nicole terminó.

Tanto Pinkus como Carey examinaron la biblioteca por cualquier señal de ataque, y cuando no llegó, Pinkus habló más fuerte.

—Por consiguiente, ¿qué hacemos?

—Esperar —contestó Colt.

—¿Solo esperar? Ya pasaron las seis horas.

—Entonces mátame.

—Él va a venir por todos nosotros.

—Probablemente ahora nos está observando —señaló Colt—. Por lo que sabemos, él está en este salón. De todos modos, este no es el día de las alternativas.

—Está oscureciendo afuera —informó Pinkus mirando las puertas—. Tal vez podríamos hacer otro intento de huir.

—Él no es tan tonto. Aquí sucederá una de dos cosas: o finalmente llega un equipo de rescate y nos saca de aquí, o Red hace su próxima jugada y nosotros hacemos lo que tenemos que hacer en ese momento. Mientras tanto estamos aquí varados.

—Muchachos, yo no creo...

Colt golpeó la mesa con la palma de la mano. Todos saltaron.

—¿Te podrás quedar callado por favor? Esperemos.

—Yo iba a decir algo más —expresó Pinkus volviendo a mirar hacia la puerta.

—¿Qué? —exigió Colt—. ¿Qué podrías decir que posiblemente nos ayude ahora?

—Está oscureciendo, ¿no es así? Quiero decir, pensé que así era, y debería ser. Sin embargo, ¿está aclarando ahora, o solo me parece?

Wendy se sentó en su silla. Pensó que ahora los gruesos paneles de vidrio deberían estar negros. No lo estaban.

Ella se levantó. Es más, estaban llenos de luz.

Colt también se levantó, mirando.

—Estaba oscureciendo —afirmó.

—¿Cómo es eso posible? —declaró Carey.

Ahora todos estaban de pie, y se dirigieron hacia la puerta principal. A lo lejos ladró un perro. Todos se quedaron paralizados como uno solo.

—¿Fue eso un perro?

Colt corrió primero, rodeó la caja y se fue directo hacia la puerta principal.

—Perros de rescate —gritó Carey—. ¡Están aquí!

¡Deberían ser! Y eso explicaría porqué el asesino no los mató como prometió. Se quedó paralizado al ver acercarse el personal de rescate.

Colt estaba solo un metro delante de Wendy cuando agarró el enorme pasador de bronce de la gruesa puerta de la biblioteca y abrió de un jalón.

El vestíbulo se llenó de luz. Mucha luz.

Pero ella pudo haber jurado que había estado oscureciendo. El perro ladró de nuevo, a lo lejos.

En grupo salieron corriendo de la biblioteca y se pararon en seco, paralizados en la entrada de mármol. Se quedaron boquiabiertos por la escena que tenían ante ellos.

Wendy palideció. ¿Cómo... cómo era eso posible?

—¿Volvió? —preguntó Pinkus.

Pero no podía ser una pregunta, porque la respuesta era demasiado evidente.

El pueblo había regresado.

Todo.

22

El teléfono rojo sobre el escritorio de Nathan Blair sonaba estridentemente. Ahora sería bueno un descanso. Una siestecita de una o dos horas para aclarar la mente, pero en ese momento estaban ocurriendo tantas cosas cada hora que perderse aunque fuera una lo podría arruinar.

Clifton confirmó antes que era cierto que mataron a una segunda víctima en la casa y luego la habían sacado arrastrada como sugirió Timothy Healy. Encontraron el cadáver en el cobertizo, metido en un tonel. Cyrus Healy, padre de Timothy.

—¿Sí? —contestó levantando el auricular.

—Colt Jackson y los demás están en la estación de policía —informó Beth Longhorn.

—¿Por tanto los encontró Clifton?

—No, ellos simplemente llegaron caminando.

—¿Qué implicaría eso?

—Que parecen estar cooperando con Clifton. Él está en posición de derribarlos.

—Eso es bueno. ¿No tienen todavía pistas sobre la identidad de Red?

—Aún no. Pero será cuestión de tiempo. Clifton es bueno. Con algo de suerte hará salir a Red y todos podremos dejar esto.

—No tenemos tanto tiempo —indicó Blair—. Hemos visto lo rápido que puede obrar Red. Y el hecho de que haya matado a Cyrus Healy no puede ser una coincidencia. Él sabe exactamente lo que sucedió, y está en Summerville para limpiar la casa. Si los asesinatos continúan, creo que deberíamos pensar en intervenir. No confío en ellos. Y no estoy convencido de que el director me esté diciendo todo.

—Comprendo, señor, pero una intervención hará que todo el asunto se conozca de par en par. Podría ser... peligroso. ¿Está usted seguro de querer arriesgarse a eso? En realidad creo que deberíamos darle a Clifton una posibilidad en esto.

—¿Está usted seguro de que podemos confiar en Clifton?

—No, pero él es nuestra mejor posibilidad —llegó la respuesta con un intervalo de unos segundos—. ¿No es así?

Qué quieres decir con que el pueblo fue arrasado por el tornado? —resonó la voz de Steve por la radio.

—No sé —contestó Luke, regulando su transmisor—. Eso es lo que Becky manifestó que habían informado. Qué chiflados, ¿eh? Es evidente que Colt se perdió. Y no logro comunicarme con él. Ahora me dirijo a recoger a Timothy Healy. Te veré en la estación.

—Entendido.

Luke depositó la radio en el asiento del pasajero y condujo la patrulla por la calle Cuarta, dirigiéndose al mismo barrio pequeño en que había pasado la mitad de la noche. *El pueblito había visto más acción en los últimos dos días que en los veinte años anteriores*, pensó.

Pasó la casa en que habían matado a Cyrus y Helen Healy. Al viejo lo habían encontrado metido en un tonel dentro del cobertizo. Todavía era un misterio porqué el asesino creyó conveniente sacar de la casa a cuestas el cadáver de Cyrus.

La mañana siguiente a la tormenta habían llevado los dos cadáveres a la morgue. El césped del frente estaba lleno de ramas, incluyendo la que lo dejó inconsciente por algunos segundos antes de que Steve hubiera llegado a ayudarlo.

Sin duda se trató de una tormenta fenomenal. El tornado en realidad no llegó a tocar tierra, pero era evidente que pasó exactamente sobre la casa de Healy. Los daños en el pueblo fueron considerables, pero nadie salió herido por el vendaval. No, solo que su asesino en serie se las había arreglado para matar a algunos.

Aún tenían media docena de oficiales extra apostados alrededor del pueblo en caso de que el asesino volviera a aparecer, pero ayer estuvo tranquilo.

Surgió más de una teoría acerca de lo sucedido. Quizás se trataba de un maníaco errante que entró armado al pueblo al abrigo de la tormenta, y luego siguió su camino. Se decía que las tormentas sacaban a relucir la locura en algunas personas.

A Luke le pareció muy fortuito, y si interpretó bien la mirada del detective Clifton, a él también. Y no se podía explicar cómo había desaparecido Colt después de dirigirse a la casa del médico.

La sabiduría imperante —y quería decir la creencia del detective Clifton, si es que Luke lo interpretaba bien, lo cual era muy horrible por lo bien agarradas que el tipo mantenía sus cartas— era que el asesino aún estaba aquí, esperando. Quizás incluso era alguien que ellos conocían.

Luke se detuvo en la casa de Timothy Healy y tocó la bocina. El chico Healy, como lo llamaban aunque tenía más de treinta años, estaba actuando muy bien ante la muerte de su padre y su madrastra. Muy bien. No era de sorprender, ya que su padre, Cyrus, lo sacó a patadas de la casa cuando el muchacho tenía dieciocho años, a pesar de su incapacidad; y también era evidente que no le caía bien a su madrastra, Helen.

Le dieron un motivo, afirmó Clifton. Pero descartó a Healy después de pasar una hora con él. Mantuvieron la vigilancia sobre el chico, pero según el detective no olía a asesino. Parecía más un idiota erudito.

Timothy apareció un minuto después. Al verlo caminar por cualquier calle uno nunca imaginaría que no estuviera totalmente bien de la cabeza. Pareció tan normal como cuando llegó. Robusto, aunque un poco pálido. Solamente su mano inclinada mostraba algo anormal. Y tal vez, al mirarlo bien se podía ver que tenía la boca un poco inclinada, pero eso podría ser imaginación de Luke.

El policía despejó el asiento del pasajero y le hizo señas a Timothy de que se sentara al frente con él.

—Gracias, señor —manifestó el joven metiéndose a la patrulla—. Gracias.

Protegió su mano discapacitada manteniéndola cerca de él.

—Gracias por venir. Como dije por teléfono, el detective solo desea hablar con usted por unos minutos. ¿Está bien?

—No, no lo creo —negó Timothy mirando un poco avergonzado.

—Lo siento. La pérdida de su padre...

—No por eso. Sin duda que me entristece la muerte de mi padre. Pero... usted sabe que nunca fuimos muy unidos.

—Sin embargo... —opinó Luke, que podía decir que el pobre muchacho estaba más afectado de lo que mostraba; posiblemente en shock—. No le hizo usted daño a su padre, ¿verdad, Timothy? Es decir, sé que él no fue bueno con usted...

—No, no lo fue —contestó Timothy, volviéndose—. No fue bueno en absoluto. Pero no les hacemos daño a las personas porque nos hieran. ¿En qué clase de mundo estaríamos si eso ocurriera todo el tiempo, eh?

—Así es. Eso es lo que pienso. Sé que el detective Clifton ya le preguntó todo eso, pero debí preguntarlo. Por mí.

—Papá fue muy miserable conmigo. Y yo no le caía bien. Pero ¿cómo podría hacerle daño?

—Exactamente.

Luke dio marcha atrás, mirando por el retrovisor.

—¿Encontraron a Colt Jackson? —preguntó Timothy.

—¿Cómo sabe usted de él?

—Lo sabía, Luke. Yo sabía que iba a volver.

—¿Volver de dónde?

—No sé de dónde, pero sé que se había ido. Y sé que usted lo necesita. Usted lo necesita desesperadamente.

—¿Tiene alguna clase de premonición o algo así? Porque esta es la segunda vez que menciona cosas que no tiene porqué saber. Una, la otra noche en casa de su padre acerca de lo que hizo el asesino, y ahora respecto de la repentina aparición de Colt.

—No sé.

Lo que hacía a Timothy muy interesante para Luke era que hablaba mucho y actuaba como un hombre común y corriente. Luego de repente se hacía el misterioso.

—Debería decirle esto al detective. ¿Está bien?

—Seguro —dijo Timothy—, claro que sí.

Cuando entraron a la estación diez minutos después vieron en el estacionamiento dos patrullas de policía de Walton. Steve aún estaba fuera patrullando. Habían recuperado la patrulla de Colt Jackson de la entrada en la casa del médico la mañana siguiente a la tormenta, con las partes electrónicas fundidas por lo que parecía ser la caída de un rayo.

Adentro, Mark Clifton se había establecido en la oficina del jefe, no porque pareciera darle importancia a la jerarquía sino porque era el único espacio privado en la estación. En el momento estaba sentado en el borde de un escritorio en el salón principal, con los brazos cruzados, mirando a Colt y a cuatro extraños que parecían haber estado en una guerra.

—¿Qué está haciendo él aquí? —preguntó Clifton moviendo la cabeza hacia Timothy.

—Usted me dijo que lo trajera para interrogarlo más.

—No sabes de qué estás hablando, Luke. Dije pruebas, no interrogatorio. Lo menos que en el momento necesito a la mano es un imbécil. O dos, en realidad. Solo obtén sus huellas, Luke.

—Si usted lo dice.

No había manera de que Luke contestara a Clifton con un «sí, señor», especialmente después de ese comentario.

Timothy observó a Colt Jackson con tan impávida parsimonia que hizo mirar dos veces a Luke. De repente se hizo silencio en el salón.

—Él no se detendrá hasta que todos ustedes estén muertos —manifestó Timothy.

—¿Luke? —indicó Clifton poniéndose de pie—. Ya. Por favor.

—Vamos, Timothy —le dijo Luke tomándolo del brazo.

—¿Lo vieron en el cielo?

—¡Luke!

—Hay más —volvió a hablar Timothy.

—¿Más qué?

—Todo el cielo está negro —expresó Timothy.

—Vamos, Timothy —indicó Luke.

—Como un mar negro.

Entonces Timothy se volvió hacia la puerta y dejó que Luke lo llevara al pasillo y le tomara las huellas digitales usando uno de los equipos del salón de almacenaje. Le dio algunas toallas de papel y lo llevó al auto antes de dirigirse a él.

—¿De qué demonios está usted hablando ahora? Dijo estupideces allá adentro.

Timothy simplemente miró adelante, con la vista fija en algún objeto distante.

—¿Timothy?

—¿Me puede llevar a la biblioteca, Luke?

—Creo que usted debería ir a casa.

—¿Pero podemos parar primero en la biblioteca?

Luke hizo una pausa, pensando en la llamada telefónica a su celular que le pedía que fuera por Timothy Healy y lo llevara de inmediato a la estación para una segunda ronda de interrogatorios. En realidad pudo haber sido cualquier persona. Él había supuesto que el número en el identificador de llamadas era del celular de Clifton, pero en realidad no sabía.

—¡Parezco un servicio de taxi?

—Por favor, Luke. Es importante. Solo necesito algunos minutos en la biblioteca.

—¿Para qué?

—Hay algo que debo ver. Algo extraño allá adentro.

Hay algo poderosamente extraño aquí mismo, chico. Qué extraño era que a Luke le cayera bien el tipo. No estaba seguro porqué, pero en realidad así era.

—Esas son estupideces.

Timothy se quedó mirándolo.

—Él va a matar otra vez —comentó, tan suave como si en verdad anunciara algo sencillo—. No ha terminado ni mucho menos. Y no está solo en esto. Hay suficientes de ellos para arrasar este pueblo con un simple grito de sus gargantas malignas. Ustedes no saben con qué están tratando aquí.

—¿Pero *usted* sí? ¿Por qué habla locuras?

—Yo sé.

—Lo cual hace que el detective a su derecha lo considere sospechoso. Vamos, amigo, su parloteo tan chiflado hasta me pone nervioso, y usted me cae bien.

Luke hizo una pausa, pensando en sus propias palabras. La realidad era que Timothy Healy podría muy bien ser su mejor sospechoso. Quizás no debería caerle tan bien el chico. Tal vez todo era una actuación, y bajo ese aspecto aparentemente manso Timothy era un brutal asesino.

Tuvo una idea. Lentamente, como para no llamar demasiado la atención, extendió la mano hacia su pistola en la funda.

—¿Por qué lo dice Timothy? ¿No tenemos ninguna razón para tenerle miedo, o sí?

—Usted debería tenerle miedo a la amarga verdad.

Luke apenas oyó la respuesta, porque estaba demasiado enfocado en su propia maniobra. Sabiendo que el seguro estaba puesto, le lanzó la pistola a Timothy tan pronto la sacó de la funda. El arma golpeó a Timothy en el estómago y cayó a la alfombra. Timothy miró el arma abajo.

—¡Uy! —exclamó Luke tragando saliva—. Lo siento mucho. Solo estaba revisando para asegurarme que estuviera en calma.

¿En calma? Estupideces, si Steve hubiera visto ese truco, él estaría en el piso.

—¿Podemos ir a la biblioteca? —preguntó Timothy, parpadeando, y luego le pasó la pistola.

—Está bien. Pero solo por un minuto.

24

Wendy observó cuando sacaban del salón a Timothy Healy, y sintió que el hombre con la mano lisiada era además de Colt el único en quien podía confiar de verdad.

Ellos habían salido a tropezones de la biblioteca y encontraron el pueblo exactamente como había sido el día anterior, todo cubierto con ramas por una fuerte tormenta. Y luego bajaron corriendo la colina hacia una calle peatonal que Colt llamó Stewart, y se enteraron que todos los habían estado buscando desde que pasó la tormenta. Se imaginaron que estaban muertos.

Una enfermera había limpiado la herida en el rostro de Nicole y aplicado más ungüento antibiótico —demasiado tarde para coserle algunas puntadas, según ella— pero Pinkus aún usaba su antiguo vendaje.

Ninguno de ellos estaba muy hablador. Incluyendo a Pinkus, que caminaba de un lado al otro rascándose la cabeza con la mano buena. Estaban cansados, hambrientos e impresionados, pero sobre todo confundidos.

El detective Clifton, por otra parte, parecía estar hablando con sorprendente tranquilidad y discreción de la repentina aparición de ellos. Había escuchado imperturbable su historia, a no ser por un fruncimiento de ceño cuando Colt habló de la muerte de su madre y la amenaza anterior. Pero al final nada de eso pareció impresionarlo.

Cuando ellos terminaron, él se dirigió hacia un tablero verde.

—Aquí van a tener que ayudarme porque no estoy entendiendo todo —señaló, luego trazó una raya en el tablero y un círculo grande encima—. Esta es la carretera; este es Summerville. Aquí está la casa del médico.

Marcó el lugar con un seis.

—¿Todo esto, incluyendo la carretera, según ustedes desapareció simplemente?

—Le estoy diciendo lo que vimos —contestó Colt—. O creímos ver, o lo que sea. Salimos la mañana siguiente a la tormenta y todo había desaparecido. Lo que nos lleva a la pregunta obvia...

—Excepto por la casa del doctor y la biblioteca, de dónde llegó Jerry —interrumpió Clifton—. ¿De acuerdo?

—De acuerdo. Pero vimos lo que vimos. ¿O cree que no? ¿Teníamos que estar drogados o algo parecido? Debería estar curándonos, no interrogándonos como sospechosos.

—¿Sospechosos? ¿Quién dijo algo así? —Clifton miró a uno de los hombres del pueblo—. Traiga a la enfermera para que le limpie la sangre a la señorita.

—Sí señor.

—¿Cree usted que *esto* es producto de mi imaginación? —preguntó Pinkus agitando en el aire su mano con la venda ensangrentada—. ¿Es eso lo que está tratando de decir? ¿Quiere que me quite el vendaje, amigo? Él me obligó a mordisquearlo.

—Estoy seguro de que todo ha sido muy traumático —indicó Clifton brindándole una sonrisa superficial—. Y precisamente estoy aquí para descubrir la verdad. Atrapar al asesino. Meter en el pozo al asqueroso. No se asuste, Jerry.

El hombre era como ningún otro detective que Wendy hubiera visto antes, ni en la vida real ni en películas. Que ella supiera, *él* era el asesino. La única clave para averiguar que el pueblo no había sido arrasado era que dejara cien veces tantos Red posibles andando por los alrededores.

Ella misma se sorprendió. Por otra parte, tal vez no había ningún Red.

—¿Está bien? —preguntó Clifton, fulminando a Pinkus con la mirada.

—Necesito que esto cambie —contestó Pinkus.

—Tomaré eso como un acuerdo —dijo, y luego se dirigió a los demás—. El hecho es que les creo. No todo, cuidado. En este momento hay más de una mentira flotando alrededor de este lugar, pero sí creo que algunos de ustedes creen de veras que despertaron con el pueblo desaparecido, exactamente como aseguran que pasó.

—¿Por qué no todos creeríamos eso? —preguntó Wendy.

—Porque no necesitan creerlo si saben lo que en realidad pasó.

—¿Y qué es?

—Estoy tratando de imaginarlo.

—Pero lo que creemos que sucedió, no ocurrió —presionó Colt—. Eso es obvio.

—Está bien. Sucedió aquí —señaló Clifton tocándose la cabeza—. Les puedo asegurar que el pueblo no fue arrasado por un enorme tornado ni enterrado en arena. Lo que sucedió fue que un asesino que se hace llamar Red entró al pueblo aparentemente a la caza de Colt y mató a cuatro personas en el espacio de una hora antes de tranquilizarse. Mi trabajo es encontrarlo, y el único interés que tengo en ustedes es que eso termine. Aparentemente ustedes desaparecieron por un día. Creo que lo uno y lo otro puede estar relacionado. ¿No?

La enfermera entró, arregló una bandeja mientras los demás observaban y empezó a quitar la sangre, empezando con Colt, que ansiosamente le tendió su brazo.

—¿A cuáles cuatro mató? —preguntó Wendy, pensando que podrían haber más; pero si todo fue imaginado ayer, quizás también lo fueron los asesinatos en los ranchos—. ¿El chofer de la camioneta?

—Encontramos al chofer de la camioneta baleado en el hombro pero vivo en la Ruta Noventa y Nueve, cerca de su camioneta...

—Eso nos pasó a nosotros —espetó Carey—. Así es como llegamos aquí. Mi hermana fue mordida por una serpiente y veníamos a buscar un médico cuando la camioneta nos golpeó por un costado y sacó a nuestra furgoneta. Wendy nos encontró y nos trajo. ¡Eso fue lo que nos pasó! ¿Dónde está la furgoneta?

—Mordedura de serpiente, ¿eh? —cuestionó Clifton mirando a Carey y a Nicole—. Supongo que aún tiene esas marcas.

—Aquí —contestó Nicole levantando el pie y quitándose el zapato y la media—. Vea, estas dos marcas rojas.

Ella señaló los dos pinchazos que le ocasionaran tantos problemas la noche anterior.

—¿Acampando?

—Sí. ¿Cómo lo supo?

—Algunos campistas al occidente de aquí reportaron ayer la pérdida de un hermano y una hermana.

—Bob y Demitri —exclamó Carey poniéndose de pie—. Tenemos que decirles que estamos bien.

—Siéntese. Se les dirá.

—Pero estamos libres para irnos, ¿verdad? Sin ofender, pero en realidad no vinimos a este basurero a pasar vacaciones. Mientras más pronto salgamos de aquí, mejor.

—Ustedes se irán cuando haya terminado con ustedes. ¡Sién... tese!

Carey se sentó lentamente.

Wendy pensó que Carey tenía razón. Todos tenían que seguir con sus vidas. Ella no solo había perdido un día sino dos en su viaje a encontrarse con su madre. Le dijeron que su auto aún estaba en la gasolinera.

La enfermera se acercó a Pinkus, que vio la aguja pero no dijo nada.

—¿Cuánto tiempo planea *usted* detenernos? —preguntó ella tan cortésmente como le fue posible—. Me dirigía a Utah cuando ocurrió esto. Tengo a mi familia esperándome.

—Entonces le sugiero que los llame. Aún tengo algunas preguntas más.

—¿Por qué nosotros? —terció Colt, cruzando hacia lo que parecía ser su escritorio, o al menos uno que compartía—. ¿Cómo nos metió en esto? ¿Cree que esto que experimentamos todos no fue real en verdad?

—Siéntese por favor, señor Jackson.

Colt lo miró, desconcertado por el tono frío del detective. Se sentó inclinado, en su escritorio y cruzó los brazos.

—Gracias. Volvamos ahora al asunto de cuántos ha matado Red —continuó Clifton, caminando sin rumbo fijo mientras les daba la información—. Los disparos a la camioneta concordaban con los del parabrisas de Colt. Todavía no sabemos cómo entró al pueblo.

Clifton los miró uno por uno, y ella comprendió que en la mente de él todos eran sospechosos.

—Él fue a pie a la Calle Principal, disparándole al pueblo, y cuando el jefe respondió cayó abatido. Luego Eli. Después de su intercambio con el señor Jackson escapó por el callejón trasero y se fue directo a la casa de Cyrus y Helen Healy, donde reportó su último asesinato a la despachadora. Posteriormente Helen Healy fue encontrada muerta con varios golpes en la cabeza.

—¿Golpes en la cabeza? —indagó Pinkus—. ¿Y a Cyrus Healy? ¿Cómo lo mataron?

—¿Dije que lo hubieran matado?

Pinkus miró a Colt.

—Solo estoy diciendo...

—No hemos hecho pública esa información. ¿Cómo sabe que él fue asesinado?

—Todos lo sabemos —señaló Colt—. Red nos dijo que mató a un viejo y escondió su cuerpo en el cobertizo.

—Red en realidad no habló con ustedes ayer, señor Jackson. ¿Recuerda? Nada de eso sucedió. Por tanto, debo preguntarme: ¿Cómo todos ustedes saben cosas que no les corresponden saber?

—No pensarán que tuviéramos nada que ver con ellas, ¿verdad? —negó Nicole.

—Para averiguarlo es que estoy aquí.

—Eso es ridículo —señaló Colt.

—Lo ridículo de esta historia es lo que me han dicho.

El rostro de Colt se oscureció.

—Le estoy diciendo, van a hallar rastros de drogas en nuestra sangre. Algo pasó con nosotros. Podemos imaginar que el pueblo desapareció, pero que Jerry Pinkus perdió su dedo y que Nicole se cortó su mejilla, nada de eso es imaginación. Red nos amedrentaba.

—Drogas. Un estupefaciente parecido a la morfina quizás... Podría ser lógico. Aunque no responde la pregunta en realidad. Veamos algo más.

—¿Qué pregunta?

—¿Quién la hizo? ¿Por qué la hizo él? ¿Cómo está él haciendo eso? ¿Cómo introdujo drogas en sus sistemas?, para empezar.

La enfermera terminó con Wendy y se dirigió a Nicole.

—Por ahí debió empezar —dijo Colt—. Les digo, van a encontrar algo en esa sangre.

—Así que empiece. ¿Dónde pudimos haber caído todos a la misma vez?

—En la casa. En la biblioteca.

—Ambos han brindado muchas pistas a medida que hablamos. ¿Algún otro lugar?

—Los ranchos —dijo Carey.

—Yo no estuve en otro rancho —dijo Pinkus meneando su cabeza.

—¿O en la estación de gasolina? —dijo Colt.

—Es cierto —dijo Wendy.

—Meditemos en eso, la estación de gasolina me llama mucho la atención —señaló Colt. —Había una clase de olor allí.

Wendy asintió concordando, recordaba lo mismo.

Clifton tomó algunas notas, y entonces habló por su radio:

—Jim lleva a un equipo a la estación de gasolina Diamond Shamrock. Examina el ambiente, cada rincón de ese lugar. Todo.

La mente de Wendy aún seguía la cuenta de cadáveres del detective.

—Así que incluyendo al doctor, eso da cinco cadáveres.

—Hasta ahora. Pero no creo que él haya terminado

Colt le lanzó una mirada impasible a ella. Era difícil imaginar que solo unas horas atrás ese hombre hubiera estado llorando en el hombro de Nicole. La escueta diferencia entre lo acontecido en la biblioteca y la clara realidad con ellos aquí era incomprensible.

—Cinco cuerpos —asintió él.

—A menos que ustedes sepan de más —soltó ella.

—¿Cómo es eso?

—Creo que se está refiriendo al Rancho Stratford —terció Colt.

—¿Está usted afirmando que hay otro cadáver en el Rancho Stratford?

—No sé. Todo depende de si de veras sucedió aquí —aseveró Colt tocándose la cabeza—. Si Stratford está muerto, lo asesinaron con una lámpara.

Clifton sostuvo la mirada de Colt.

—Además hay dos cadáveres en el otro rancho —afirmó Carey.

—¿Dos más?

Ellos le contaron.

—Esperen aquí —ordenó Clifton entrando al pasillo, donde trabajaba la despachadora, habló con Becky, y luego regresó.

—La patrulla de carreteras está a kilómetro y medio del Rancho Stratford en la Ruta Cincuenta y Seis. Tendremos información en un par de minutos.

Wendy pensó que si Clifton era Red no habría hecho eso. Por otra parte, eso es precisamente lo que haría para librarse de cualquier sospecha. Si el detective tenía derecho de sospechar de ella, ella también lo tenía de sospechar de él.

Así que despidió a la enfermera con órdenes de volar al laboratorio de sangre, en Vegas, para un análisis inmediato de toda esa sangre. Estaba buscando pruebas de cualquier alucinógeno o droga. Quería resultados en la siguiente hora.

—¿Y qué tal si encuentran los cadáveres? —preguntó Pinkus—. ¿Qué implicaría eso? ¿Que imaginamos todo eso, que no sucedió en realidad? Esto es una locura, ¡una simple locura!

—¿Hablé de alucinaciones, Jerry? —preguntó Clifton—. No. ¿Le gusta la mostaza, Jerry?

—Creo que sí.

—¿Y la mayonesa?

—¿Qué se supone que quiere decir?

—Es una pregunta. Estoy tratando de lograr que se enfoque. ¡Así que enfóquese! —explicó Clifton, gritando la última palabra, y ellos se sobresaltaron—. ¿Le... gusta... la... mayonesa?

—Seguro —contestó Pinkus rápidamente.

—Así lo pensé.

—¿Qué se supone que quiere decir?

—Creo que Pinkus tiene bastante razón —intervino Wendy—. ¿Qué pasa si encuentran esos cuerpos?

—Entonces tenemos que preguntarnos quién mató a esas personas.

La puerta se abrió, y Becky apareció en el marco.

—Encontraron a Stratford en su sala —informó—. Está muerto. Le falta la mano derecha.

—Está bien —asintió Clifton.

Becky lo miró, como si esperara más.

—¿Tienen algo en el otro rancho? —preguntó.

—Este... no.

—Está bien entonces.

Ella cerró la puerta detrás de sí.

—Como estaba diciendo, ahora tenemos que preguntarnos quién mató a esa gente.

—¿Cree usted en serio que tuvimos algo que ver con eso?

—Simplemente pasábamos por ese lugar de mala muerte cuando esa tormenta se nos vino encima —expresó Wendy—. Después de lo que hemos pasado, ¿quiere lanzarnos ahora estas estupideces? Y no me diga que no me asuste.

—Cerdo.

Wendy no estaba segura de haber oído correctamente. Miró a Carey, que había dicho la palabra. Carey miró al detective sin mostrar ninguna señal de que estuviera satisfecho o arrepentido por hacer el comentario. Quizás no lo estaba.

Clifton sonrió burlonamente. Fue al refrigerador, extrajo una bolsa y se dirigió hacia ellos. De pronto jaló de la bolsa un objeto blanco, lo hizo oscilar sobre su cabeza y lo estrelló sobre un pequeño escritorio de madera a algunos metros de ellos.

¡Crack! El escritorio se rajó.

Algo frío roció el rostro de Wendy, que retrocedió bruscamente. El bulto blanco sobre el escritorio descansaba sobre una delgada grieta que corría a lo largo.

—¿Qué es eso? —preguntó Pinkus—. ¿Un pollo?

—El pollo congelado que mató a dos de los siete cuerpos muertos que ahora tenemos en nuestras manos —indicó Clifton.

—¿Quién hizo eso?

—¿Le gustan los pollos, Jerry?

—¿Había una nota sobre el cadáver? —preguntó Colt.

Todos lo miraron.

—Red nos dejó una gran nota que nos obligó a regresar a la biblioteca. También afirmó que tenía cómplices. ¿Hallaron la nota?

Se abrió la puerta y entraron dos hombres con trajes oscuros. Saludaron a Clifton con la cabeza, luego miraron a los demás.

—¿Encontraron algo? —les preguntó Clifton.

—Sí señor. Encontramos al doctor. Su cuerpo está totalmente amarrado en un tractor en el Rancho Bridges, al occidente de aquí.

Clifton frunció el ceño a Colt.

—Hay más, señor —informó uno de los agentes—. Sugiero que vea esto usted mismo. Tal vez el señor Pinkus se moleste también en acompañarnos.

—¿Yo? ¿Por qué?

El agente permaneció mirando a Clifton sin contestar a Pinkus.

Aunque los dos hombres estaban vestidos y acicalados como superiores de la gran ciudad, parecían estar bajo las órdenes de Clifton. O al menos lo respetaban.

—¿Cuándo llegó aquí el FBI? —cuestionó Colt.

—Ahora tenemos siete —anunció Clifton haciendo caso omiso de la pregunta de Colt—. Quiero un trabajo forense completo en ambas escenas.

—Eso nos tomará demasiado tiempo —comentó asintiendo el hombre de cabello negro.

—Entonces dígale a Bill que envíe más hombres en helicóptero. Quiero que esto esté terminado antes de que acabe el día —ordenó, y agarró por las patas el pollo medio congelado.

—Sí, señor. La prensa...

—Dígale a la prensa que vayan a orinarse entre ellos.

—No solo es la prensa. El despacho del gobernador está pidiendo algo a gritos.

—¿Espera usted algo diferente?

—No solo son los homicidios múltiples —contestó el hombre, luego miró a Colt y a los demás como si estuviera inseguro de que debía continuar.

—Dígalo —ordenó Clifton.

—Es el hecho de que Cyrus fuera asesinado. Evidentemente el hombre tenía un pasado.

—¿Pasado?

—Ni uno está hablando.

Clifton los miró por un instante, ninguno demasiado contento, luego se fue hacia ellos, con el pollo colgando en la mano derecha. Enfrentó a Colt.

—¿Tiene usted algo en su baúl que no le pertenece, Colt?

—¿Como qué?

—Solo pregunto.

—No.

Extraña pregunta. Pero es que Clifton era un hombre raro. —Lleve su auto a la casa del doctor y encuéntreme allá —ordenó el detective.

—Todos ustedes se pueden ir —informó a Wendy, Nicole y Carey—. Por ahora. No salgan del pueblo.

—Vaya con Colt y síganme —le dijo a Pinkus.

—¿Por qué no podemos salir del pueblo? —protestó Carey.

—Cállese la boca o lo tendré que meter en una celda. ¿Me oyó? No. Salgan. Del. Pueblo.

Wendy ya se estaba arrepintiendo de haber hablado con Clifton. Quienquiera que fuera, tenía más poder y respeto del que posiblemente podría tener cualquier detective de pueblo pequeño. Se decía que las personas muy poderosas o muy inteligentes tendían a menudo al lado excéntrico. Clifton satisfacía los requisitos.

—Entreguen esto en el despacho del gobernador —anunció el detective, mientras al pasar dejaba caer el pollo en las manos del agente—. Dígales que es una clave crítica y que la guarden con mucho cuidado.

Colt los siguió.

Con una rápida mirada a los demás, Wendy siguió a Colt.

—Cerdo.

Esta vez parecía que era de parte de Nicole. ¿O fue la bisagra de la puerta chirriando?

25

Pinkus siguió diligentemente al detective dentro del auto. Clifton no reaccionó al mirar por encima y ver a Wendy subiendo a la patrulla de Colt. Sin duda ella prefería ir con él y no con alguno de los otros.

Todos sabían que podrían seguir sus caminos tan pronto cuando Clifton estuviera satisfecho de que no eran los asesinos. Carey y Nicole continuarían su extraña relación, Pinkus iría a esconderse detrás de su computadora en Vegas y Wendy saldría a encontrarse con su madre.

Colt encendió el auto. No había señales de Nicole y Carey.

—La radio está dañada, pero al menos el auto funciona —expresó Colt.

—¿Quién era esa persona con la que hablaron adentro? —inquirió Wendy.

—Es el chico Healy. No lo he conocido personalmente, pero dicen que parece un sabio. Lento pero muy inteligente.

—Él estaba diciendo que vio lo que vimos nosotros.

—Parecía igual. El hecho de que su padre fuera una de las víctimas de Red es lo que me conmueve; además del hecho de que las autoridades parecieran establecer alguna importancia en eso.

—¿Estás diciendo que el viejo que encontraron en el tonel era su padre?

—Sí.

Wendy no sabía qué pensar. Era evidente que el hijo de una de las víctimas de Red que había visto las rayas negras en el cielo. Sin embargo, una locura más para dañarle la cabeza.

—Red no está acabado —opinó Pinkus—. Eso es lo que significa todo esto.

—No lo está, a menos que lo pongamos tras las rejas.

—Al menos sabemos que no es infalible —consideró Wendy—. Lo pusimos en evidencia y salimos vivos.

—Cierto —contestó Colt con el ceño fruncido.

Continuaron en silencio, mirando por fuera el pueblo. Edificios pintados en que ondeaban banderas estadounidenses a media asta por el jefe y por Eli, calles alineadas con algo de pasto pero en su mayor parte con matorrales de roble y rocas del desierto, postes telefónicos inclinados con pájaros alineados en las cuerdas, pequeñas casas de ladrillo a lado y lado. Solo otro pueblo pequeño del oeste. Pero aquí no había cambiado mucho, desde el año pasado, y el antepasado, y el año en que ella nació.

Pasaron la gasolinera con el Honda Accord de ella, y ahora la furgoneta de Carey, estacionados. Un equipo de investigadores, algunos en traje blanco, listos. Clifton y su gente estaban atentos. Cualquier cosa que ocurriera era suficiente para ir tras Red.

—Surrealista, ¿verdad? —preguntó Colt.

Wendy asintió distraídamente.

—Podría jurar que todo esto desapareció ayer —comentó—. Quiero decir, si me cayera, me golpeara la cabeza, y despertara pensando que estuve en Marte, eso habría sido una cosa. Pero nada como lo que ocurrió.

—Lo sé, lo sé, pero... —no terminó.

Evidentemente no sabía qué.

—Cinco de nosotros, Colt. Todos vimos lo mismo. ¿Cómo llaman a eso? ¿Histeria colectiva?

—Tal vez. Ahora mismo estamos viendo el pueblo, ¿no? ¿Es *esto* histeria colectiva?

—Otras mil personas también están viendo esto —indicó ella.

—Exactamente, ese es mi punto. Solo cinco vimos desaparecer ayer el pueblo. Los otros mil vieron que el pueblo no desapareció. ¿Así que fue nuestra mente? Listo.—Evidentemente.

—Correcto. Fin de la historia.

—No, no es el fin de la historia. No hasta que sepamos porqué vimos lo que vimos.

—Histeria colectiva —opinó él—. Como en una de esas sectas del día del juicio final.

—Tal cual.

Él no sabía que ella se crió en una secta, pero ahora que había surgido la idea se preguntó si él iba tras algo. Ella lo consideró.

—Algo así me ocurrió —informó Wendy—. Somos un grupo único. Quiero decir, los cinco tenemos experiencias similares.

—¿De veras? ¿Crees que soy único? —sonrió burlonamente.

—Parece que todos tuvimos madres terribles.

—Habla por ti misma —cuestionó Pinkus.

—¿Y qué contigo? —le preguntó Colt a ella.

Helo aquí. Ella rápidamente decidió contarle la más corta de todas las versiones posibles.

—¿Yo? Me crié en una secta que creía en el aislamiento estricto. Me golpearon con dureza siempre que toqué a alguien fuera del grupo, cualquiera que fuera el motivo. La limpieza está al lado de la santidad, pero no se puede ver a Dios a menos que estés limpio. Ah, y el líder de la secta es más o menos Dios. Se le dejaba tocar mucho.

—¿Cómo puede alguien permitir eso? —preguntó Colt mirándola, horrorizado.

—¿Cómo le permitieron a tu madre hacer lo que te hacía? Mi punto es que los cinco fuimos producto de una ideología profunda, o de falta de ella. Los extremos, los extremos de los padres, nos moldearon en lo que somos.

—¿Qué somos?

—Personas capaces de ver lo que no hay allí.

—O lo que sí hay allí —expresó Colt.

—Recuerdo muchas veces en que todo el grupo «veía» algo en conjunto. Una luz del cielo, una paloma, una vez un caballo.

—¿Lo viste tú?

—Pensaba que sí en ese entonces.

—Por tanto crees que todo esto pudo haber sido alguna clase de histeria colectiva en que participó un grupo de gente rara con infancias terribles.

Allí es a donde ella estaba yendo, pero no parecía correcto.

—Demasiados puntos débiles, ¿eh?

—No lo sé, no sé mucho de todos modos. Pero no nos imaginamos esos cuerpos muertos, ni a Red. Esperemos que haya pasado cualquier cosa que nos ocurrió ayer.

Adelante apareció la casa del médico. El auto negro que llevaba a Clifton y a los agentes del FBI se detuvo en la entrada. El detective salió y lanzó la puerta.

—Hablando de personas raras —comentó Wendy.

—¿El detective? —preguntó Colt siguiendo la mirada de ella.

—El señor Pollo. Tal vez sea él.

—Ahora estás hablando —expresó Pinkus.

—No nos precipitemos a sacar conclusiones —pidió Colt—. Dada su reputación es difícil imaginarlo siendo Red.

—Pero eso le da la pantalla perfecta. Él es...

Rayos de luz irrumpieron en la visión de Wendy. El mundo perdió poco a poco su intensidad hasta volverse negro. Ella se quedó perfectamente quieta en la repentina oscuridad, anhelando no dejarse llevar por el pánico. Ya pasaría. Esta era la tercera vez que su mente había empezado a cerrarse sobre ella, una condición sin duda ocasionada quizás por el estrés.

Pero esta vez su respiración pareció verse directamente afectada. Se sintió ahogar. Como si estuviera en un capullo claustrofóbico. Los dedos le hormiguearon; el pecho se le tensó.

Ella parpadeó. Con ese parpadeo volvió el día.

—¿Estás bien? —preguntó Colt, observándola.

—Fue algo misterioso. Todo se oscureció —dijo, y su voz titubeó—. Es como... es como si estuviera perdiendo la vista.

Se quedaron quietos por un momento antes de que él le brindara el único consuelo que podía.

—Todos estamos bajo tensión —señaló él.

—Sí —concordó ella; histeria colectiva y todo eso—. Podrías asegurarlo.

Se pusieron de nuevo en camino y siguieron al detective dentro de la casa, donde les salió al paso un hombre con nariz delgada y cejas pobladas. Se quitó los guantes de látex y los metió al bolsillo de su bata blanca.

—Brent Chambers —se presentó, tendiendo la mano—. Bill creyó que podríamos usar algo de psicología en esto y me trajo.

Clifton le agarró brevemente la mano y la soltó sin estrecharla.

—Lo sé; le pedí que lo hiciera.

Sus ojos ya estaban escudriñando la casa.

Chambers le tendió la mano a Wendy, y ella la agarró diligentemente sin hacer contacto visual, observó Colt.

—Por aquí —informó Chambers, señalando con la mano.

Una cinta amarilla acordonaba el pasillo con las escaleras que llevaban al sótano. El cuadro de Napoleón que supuestamente había obstruido la puerta del sótano ahora estaba sobre la pared... Wendy llegó a dudar de que se hubiera caído.

—A primera vista parece como cualquier otro sótano sin terminar —estaba diciendo Chambers, guiándolos escaleras abajo.

Varios técnicos estaban reunidos a lo largo de la pared a su derecha. No había señales de la manta sobre la que habían dormido.

—No vieron el salón cuando examinaron ayer, pero hoy encontramos una puerta falsa en uno de los clósets.

Entraron a uno de los cuartos en que Carey había buscado una ventana durante la tormenta. Aún estaba sin ventana. Pero el clóset estaba abierto, y habían empujado la pared trasera hasta revelar un pequeño cuarto. Chambers se escabulló a través de este y los condujo a lo que había denominado «la oficina».

No había ventanas. Paredes con paneles negros y parlantes empotrados. Un escritorio puesto contra la pared más lejana, y sobre el escritorio un monitor de computadora. La silla era como las de malla de nylon biotecnológico diseñado para comodidad a alto precio.

Aparte de una torre de computadora que iba pegada al escritorio, no había más elementos en el sitio.

—¿Un cuarto de computación? —preguntó Colt.

—Un salón de juegos —opinó Pinkus—. ¿Era jugador el médico?

Él miró boquiabierto el escritorio, costado derecho. Colt vio entonces lo que lo había detenido.

Un dedo humano estaba delicadamente puesto en lo alto del ratón inalámbrico, preparado para pulsar el botón del ratón. Pero este dedo no iba a hacer ninguna pulsación pronto. Estaba cortado en el nudillo.

—¿Es... es ese...?

—¿Su dedo? —terminó Clifton—. Usted nos lo dirá.

Pinkus caminó hacia el escritorio, y luego se detuvo a mitad de camino, tragando saliva.

—¡Ese es mi dedo cercenado! —exclamó girando hacia Clifton—. ¡Tenemos que volverlo a coser!

—Creo que es demasiado tarde para eso —comunicó Chambers—. ¿Está seguro de que es suyo?

—Tiene que ser —contestó Pinkus mirándose la mano vendada.

Clifton pasó a Pinkus y sacó un libro de entre diez o doce que se alineaban en el único anaquel de la computadora. *El autoritario mundo del arte bélico: La guía de mayor autoridad.* Por Jerry Pinkus.

Colt examinó los demás libros en el anaquel y vio que al menos ocho de ellos eran guías de juego escritas por nadie más que Jerry.

—¿Escribiste estos libros? —preguntó Wendy—. Así que eres todo eso, ¿eh?

—Les dije que era un jugador.

—No dijiste que eras el vocero de mayor autoridad en el juego —señaló Colt.

—¿Y qué?

—Así que a juzgar por el ratón y tu dedo faltante, el asesino sabe más que nosotros respecto de ti. ¿Qué no nos has dicho?

—Se los dije, soy de talla mundial.

—¿Por qué el buen médico aquí estaría interesado en un jugador? —indagó Clifton.

—Todo el que toma en serio el juego tiene uno o dos de mis libros —contestó Pinkus encogiéndose de hombros—. No sé. Quizás él conoce mi conexión médica.

—¿Conexión médica? —preguntó Clifton arqueando la ceja.

Pero Pinkus no parecía ansioso de decir algo que debía callar.

—Del modo en que interpreto todo esto —anunció Clifton, señalando el ratón y el dedo—, usted ahora es el principal sospechoso. Esto lo vincula directamente con el médico. Necesitamos un motivo, pero lo encontraremos. Le sugiero que empiece a hablar.

—Allí está mi dedo —se defendió Pinkus alargando su mano vendada hacia el escritorio—. ¿Cree usted que yo mismo me lo cercené?

—Posiblemente.

Silencio, silencio sepulcral.

—Bien. Les contaré —manifestó Pinkus—, pero preferiría que no abrieran la boca, porque no quiero que esto se sepa.

El ceño de Clifton no prometía tal cosa.

—Hasta hace aproximadamente siete años yo en realidad no era jugador en absoluto. Jugaba, por supuesto, pero en ningún sitio cerca del nivel en que juego ahora. Tenía epilepsia del lóbulo frontal, ELF, una enfermedad que no era propicia para juegos prolongados, como usted se puede imaginar. Pero cuando a mis dieciocho años de edad mis padres, que eran un fracaso completo —y no los cansaré con todos los detalles— me ofrecieron de voluntario para un estudio clínico dirigido por un laboratorio de investigación bajo la condición de recibir cincuenta mil dólares, los cuales recibieron; al menos, las pruebas se encargaron de la epilepsia.

Pinkus pareció haber terminado.

—Epilepsia del lóbulo frontal —intervino Chambers—. Eso a veces lleva a psicosis y esquizofrenia interictal. Conducta disociada. ¿Está usted insinuando que eso tiene algo que ver con su habilidad de... jugar?

—Quizás. Me conectaron al ambiente de juego más interactivo del mundo con electrodos en mi cráneo, una visera con pantallas concebidas en tres dimensiones, medidores de sensación en mis dedos... de todo lo habido y por haber, y lo mantuvieron en secreto. Yo estaba totalmente inmerso en el ambiente. Estamos hablando de realidad virtual en esteroides. Pero fueron los fármacos psicotrópicos y la estimulación del lóbulo frontal a través de pulsaciones de microonda los que lo hicieron.

—¿Hicieron qué? —preguntó Wendy.

—Me discontinuó, amiga. Quiero decir que me discontinuó *de veras* —continuó él abriendo bien los ojos, como un niño por primera vez en la feria—. Ellos no lo idearon para curar la epilepsia. Estaban tratando de encontrar una manera de inducir un estado hipnótico totalmente absorto en el cual el sujeto, yo en este caso, entraba de lleno al ambiente de juego. Calcularon que sujetos con afecciones como epilepsia del lóbulo frontal se podrían disociar más fácilmente si se les estimulaba de manera adecuada.

—¿Hace cuánto tiempo fue eso?

—Siete años.

—¿Y funcionó? —preguntó Colt.

—Pasé seis días debajo, si eso es lo que quieres. El juego y yo éramos uno. Algo me sucedió durante ese tiempo, porque cuando salí yo era natural. Quiero decir natural, serio. Es como que sé cómo se va a desarrollar un juego antes de que se desarrolle.

Se encogió de hombros.

—Creo que funcionó.

Clifton fue hasta el dedo cercenado y lo acarició levemente, desde la uña al nudillo.

—Así que al ser alguna clase de prodigio epiléptico en juegos de computación usted se compensa. ¡Um! ¿Es eso lo que cree?

—No dije eso. No es como si hubiera querido algo de esto. Lo único que sé es que mis padres estaban cincuenta mil dólares más ricos, y que yo salí del experimento como un jugador natural.

—Sin epilepsia —observó Chambers.

—Más o menos. De vez en cuando me dan pequeños ataques, pero están controlados en su mayor parte. Francamente, no me importan mucho. Los veo como un recordatorio del conflicto que todos enfrentamos.

—¿Qué conflicto?

—Entre mundos, usted sabe —contestó Pinkus después de titubear—. Todo. Lo viejo y lo nuevo. Lo que sabe bueno y lo que no. Lo que es real y lo que no lo es.

Él los miró uno a uno, como si estuviera inseguro de ponerse más al descubierto.

—Todo.

—¿Cómo comías? —preguntó Wendy—. ¿Estuviste en realidad durante seis días en algún juego computarizado sin saber que no era real?

—Me alimentaban de manera intravenosa.

—Forma interesante de facilitar la disociación —comentó Chambers, más para sí mismo que para cualquiera de los demás; había un brillo en sus ojos, como si se hubieran encendido las luces—. Encontrar un sujeto propenso a psicosis marcadas con ideas de referencia, trastornos paranoicos, alucinaciones, tales como en individuos con epilepsia del lóbulo frontal, y estimular la sección del cerebro donde se origina el ataque, provocando de este modo, y no limitando, las sinapsis que arden para crear un episodio epiléptico normal. Control de los efectos físicos, el ataque y aprovechamiento de los trastornos.

Él se enfrentó a ellos.

—Podría funcionar.

—¿Pero cuántas personas conoce usted que tengan epilepsia del lóbulo frontal? —indagó Pinkus—. No demasiado práctico, si me lo pregunta.

—¿Pero sin complicaciones?

—No —contestó Pinkus titubeando—. ¿Parezco una complicación?

Colt pensó que podría discutir lo afirmativo.

Clifton puso el libro sobre el escritorio.

—Quiero que espolvoreen el cuarto y que se comparen las coincidencias con los sospechosos. ¿Algo de la biblioteca?

Chambers meneó su cabeza.

—Estamos revisando todo. Nada aparte de sus huellas y algunos pelos. Algunas huellas de zapatos que coinciden. Todo en orden.

—¿Sospechosos? —cuestionó Colt.

—Todos ustedes.

—¿Y qué acerca del tipo que me amenazó en Vegas? —preguntó Colt.

—¿Cuál? ¿El tipo que está tras usted por ser feo en Vegas? ¿Mató a su madre en ese entonces como anticipo de lo que planeaba ahora? ¿Es esa la profundidad de sus poderes deductivos? Eso no nos ayuda a determinar *porqué* lo quiere a usted. Y sin duda no lo absuelve.

—Comprendo que usted es alguna clase de genio, señor Clifton —interrumpió bruscamente Wendy—, pero estoy cansada de sus inclemencias. No somos asesinos, usted lo sabe. Colt tiene razón; ¡esto es imposible!

—No —negó él—. En vez de eso usted despertó en un desierto sin pueblo. No me crea estúpido.

Se volvió hacia la puerta.

—Por favor, cooperen con los técnicos. No salgan del pueblo. Tengo algunos asuntos que atender y volveré al inicio de la tarde.

Salió con un gesto de aprobación a Brent Chambers, que dio instrucciones a Pinkus de quedarse para interrogatorio adicional.

—No toque nada, por favor. Volveré.

El hombre salió.

—Ese salió bien —comentó Colt.

—No muy listo, ¿eh? Traté de contenerme, y lo logré de veras. Pero él simplemente es muy testarudo.

—Nada de esto explica porqué todos vimos el desierto —opinó Colt analizando el dedo.

—Tal vez sí —objetó Pinkus—. ¿La histeria colectiva de la que ustedes estaban hablando? Este es un fenómeno probado. Quizás él nos drogó con alguna clase de psicotrópico que nos hizo ver...

—Eso no explicaría cómo todos vimos lo mismo —interrumpió Wendy.

—En realidad todo el punto de la histeria colectiva es la parte colectiva. Todos ven lo mismo. Y hay cierto número de fármacos alucinógenos que presentan estímulos comunes en todos los que los consumen.

—Me parece que está más detrás de ti que de nosotros —aseveró Colt asintiendo con el dedo—. ¿Algún maniático que venciste en un juego en el casino?

Pinkus rió nerviosamente, pero no descartó de inmediato la posibilidad.

Wendy se fue al escritorio y fijó la mirada en el monitor negro.

—¿Creen que es posible?

—¿Que todos vimos lo mismo? —preguntó Colt—. No solo es posible, ocurrió.

—No, peor aun. Que hicimos algo allá afuera.

—En este momento cualquier cosa es posible. Algo sucedió mientras estábamos afuera. Encontramos los cuerpos que Red mató; esa no fue histeria colectiva. Al menos ya acabó.

—¿Estás seguro de eso?

—Tan seguro como puedo —contestó.

—Y ¿cómo podemos detener esto?

—Hallamos lo que hay dentro de nosotros —dijo volviéndose a la puerta

—Ahora a encontrar a Red.

Era mediodía, y Sterling Red estaba temblando de nuevo, peor que la última vez, aunque como siempre, se sentía peor que la última vez.

Debía detener el temblor porque necesitaba entrar por la puerta trasera de esa casa amarilla que había seleccionado al azar, hacer algo desagradable y luego escabullirse antes de que alguien se imaginara quién era.

Se detuvo ante la puerta trasera y estiró los dedos enguantados, queriendo calmarlos. Pensó que el temblor era algo así como la orina. Solo se puede contener por algún tiempo en público, y cuando finalmente se está solo para soltarla, mientras más tiempo se haya contenido es más difícil hacerla salir.

También pensó que los temblores eran como el infierno. Todo el mundo merece un poco. O mucho.

Teología sindical.

Uno de los jugadores estaba empezando de veras a imaginar cosas; eso era bueno y malo. Lo vergonzoso era que los demás fueran tan incompetentes.

Casi todos los individuos estaban atrapados en un entendimiento tan mundano de las cosas pequeñas que se perdían los más fabulosos elementos de la realidad. No es que los culpara. Todos también tendrían temblores si supieran la realidad como él la sabía.

Por eso a Sterling Red le gustaba comer mostaza. El sabor ácido lo subyugaba, le picaba y le recordaba que no se volviera tan cómodo como todos los babosos a su alrededor.

Esto es lo que sabía acerca de la gente: Pocos prescinden alguna vez de sus dulces porciones de delirio personal para saborear el amargo sabor de la verdad.

Él sabía que las porciones más generosas de delirios personales en que estas mismas personas se engordaban era la creencia de que, entre muy pocas otras, vivían en el amargo sabor de la verdad.

Sabía que casi todas las personas merecían pudrirse en el infierno.

No él, por supuesto, estaba por encima de todos. El mundo sencillamente estaba celoso de su alta condición, por lo que los menospreciaba. En realidad, difícilmente seguiría perteneciendo a este mundo; por eso es que tenía los temblores. Por eso es que era tan miserable. y para recordarse a sí mismo que su estómago era lo peor de esta injusticia, comía grandes cantidades de la amarga pasta amarilla que tanto odiaba.

El hecho de que fuera tan ingenioso con su propio sufrimiento de ninguna manera disminuía la amarga verdad de él.

Pero tenía esperanza de que estos pocos que lo habían traicionado enfrentaran su propio sufrimiento.

Red dejó que un temblor final le estremeciera el cuerpo; luego calmó las manos con dominio practicado. Encontró cerrada la puerta, pero esto no lo detuvo ni lo retrasó. Destrozó la ventana con el codo, alcanzó por dentro el pasador y entró a lo que parecía ser un cuarto de lavandería.

Esperaba que una alarma añadiera algo de emoción, pero era evidente que quienquiera que poseyera esa casa había consumido tantas porciones de delirio personal que ya no pensaba en la posibilidad de ser víctima de un delito.

Había una docena, o quizás cinco, de maneras de quitar una vida, y Red las conocía todas. Pero esto no era acerca del modo en que él mataba. Era acerca de *porqué* mataba.

En realidad era muy malo que no hubiera alarma. Si hubiera habido una, entonces su velocidad en matar, no su ingenio, habría sido su reto.

Red decidió entonces fingir que había desactivado una alarma. O mejor aún, dar por sí mismo la alarma. Su pulso empezó a latir con fuerza.

Los temblores habían desaparecido.

Red invadió la casa, sin tratar de tener sigilo. La alarma primero, ese era el trato. Esa era la manera en que debería mostrarles que no había acabado, que apenas había comenzado. Esa era la horrible verdad que les atiborraría por las gargantas.

El teléfono estaba en la pared, uno de esos conectados a un cable. Un teléfono amarillo. Agarró el auricular y pulsó 911.

—Servicios de emergencia, ¿le puedo ayudar?

—Sí, sí puedes, encanto. Habla Sterling Red. Soy quien está aterrorizando a Summerville. Estoy en una casa amarilla vieja en la Calle de las Suturas, nombre que por cierto es muy malo para una calle. La escogí porque pensé que podría ser agradable suturar a alguien, pero ahora que te estoy dando la alarma no tendré tiempo para eso. Diles además que de nuevo encontrarán a siete, exactamente como la última vez.

Hizo una pausa. Tomó un largo aliento, se desbordó con el entusiasmo de saber que ella probablemente ya estaba en una segunda línea levantando un infierno.

—¿Captaste todo eso?

—Estoy...

Volvió a poner el auricular en su horquilla.

Era una casa pequeña. Una sala vacía con una chimenea nueva. Un cuarto vacío de huéspedes con una máquina de coser que estaba en proceso de hacer el dobladillo a algunos jeans viejos. Una habitación principal con tapetes sobre el tocador y encajes en el cubrecama. Un baño con un hombre y una mujer escondidos detrás de una cortina de baño.

Mató a cada uno con sendos golpes.

Red caminó; se negó a correr. No podría salir sin terminar su ritual... se debía recordar cuán amargo era todo.

La mostaza estaba en uno de esos frascos de vidrio, no en las nuevas botellas plásticas que hacían salir más fácil la pasta amarga. Además, el refrigerador estaba demasiado frío, lo que hacía espeso el condimento.

Echó la cabeza hacia atrás y sacudió la botella en la boca, pero no salió mostaza.

Ellos se aproximaban. Pero él, igual de terco que la mostaza, no quiso poner en peligro una jugada de otro modo ejecutada a la perfección. Si ellos llegaban antes que él saliera tendría que matarlos. Había dicho que mataría siete, no había dicho solo siete.

La mostaza cayó precipitadamente, inundándole la boca con un ácido amargor que lo llenó de satisfacción. Tragó una vez pero se dio cuenta que su boca aún estaba casi llena. Por un instante pensó que le produciría náuseas.

Dejó caer al piso el frasco de vidrio, donde se hizo añicos. Luego escupió el resto de la mostaza. Al haber perdido el apetito decidió que se privaría de cualquier otro condimento. A diferencia de la mostaza, el único propósito de los condimentos era el placer.

Llegó hasta él el sonido de llantas rechinando los frenos. Estaban aquí.

Red salió por detrás, rodeó la esquina, saltó sobre el seto, caminó a lo largo de la casa adyacente y, poniéndose la máscara, miró detenidamente la calle.

El primer policía en la escena era Luke Preston, que había dejado prendido su auto. Era una sorpresa inesperada y muy agradable.

Los temblores volvieron tan pronto se puso detrás del volante y cerró la puerta con facilidad. Las ventanillas estaban oscurecidas y nadie notaría, por lo que dejó que sus músculos temblaran por algunos segundos antes de dejar atrás la casa amarilla en la Calle de las Suturas.

Mataría a otros cinco ciudadanos feos de Summerville después que tratara con Nicole.

La dulce y tierna Nicole.

Nicole se sentó en la cafetería, sin gente, a excepción de Daisy, la mesera de cincuenta años que hablaba más de lo que ella esperaba. Pero a Nicole le agradó la distracción con una ligereza que había hecho sonreír a Daisy. Nunca se había sentido tan contenta de estar viva, tan encantada por una simple taza de café, tan ansiosa de enfrentar lo peor de la vida como lo hacía ahora, al haber sobrevivido a un suplicio mortal.

Al no tener nada mejor que hacer después de que en el FBI le hicieran una curación, ella y Carey encontraron la cafetería en que estuvieron horas atrás y hablaron mientras comían.

Esa mañana solo entraron otros dos a la cafetería. Daisy hablaba sin parar acerca de los perturbadores sucesos en el pueblo que tenían a todos temerosos de salir de sus casas y llevar vidas regulares. Afirmó que eso es lo que quería la escoria de la sociedad. Aterrar a toda la gente buena para que se ocultara en sus sótanos. Bueno, ella moriría antes de entregarse a algún psicópata.

Pero Nicole sabía que Daisy era la clase de mujer que se derretiría llorando si tal psicópata entraba a la cafetería.

Una llamada de la policía los localizó cerca de una hora antes, y le pidieron a Carey que fuera a reunirse con uno de los técnicos de laboratorio respecto de algunas irregularidades en su prueba de sangre o algo por el estilo.

Volvería en cualquier momento.

—¿Otra taza, niña? —preguntó Daisy, levantando la cafetera para que ella la viera.

—No gracias. Una más y me ahogo.

—Me imagino. ¿Así que cuándo se van tú y tu hermano? Las carreteras ya están abiertas.

—Esperemos que esta tarde, pero debemos hacer tiempo hasta que nos arreglen la furgoneta.

—No debería ser muy difícil. ¿Ya fueron al taller de Mike? He conocido a Mike Almond toda la vida.

—La policía la remolcó a la estación de gasolina Diamond Shamrock. Carey se está encargando del asunto.

Nicole le había contado a Daisy acerca de la mordedura de serpiente y de que les chocaron la furgoneta por un costado, pero no le contó la desaparición por todo un día. No quería pensar en eso, mucho menos hablar de toda esa locura; no le importaba si era negación.

—Si ellos no te la dan, diles que quieres llevarla al taller de Mike. Yo podría llamarlo.

Un puño tocó en la puerta trasera. Daisy se limpió las manos en el delantal. Afuera se oyó un chirrido de llantas.

—Entregas —señaló ella—. No esperábamos el camión hasta más tarde.

Atravesó la cocina hacia la parte trasera. Una patrulla negra y blanca paró en seco en la acera del frente y tocó la bocina.

Gracias a Dios, Carey había regresado.

Por la ventanilla del pasajero del frente una mano le hizo señas de que saliera.

Nicole depositó un billete de diez dólares para Daisy sobre el mostrador y salió corriendo hacia el auto policial, que ahora esperaba con la puerta del pasajero abierta. Sin pensarlo dos veces se sentó adentro y cerró la puerta. Simplemente lo hizo.

Entonces miró al policía y lo pensó dos veces. La segunda vez fue como un puño en el rostro. El hombre detrás del volante no era un policía; no a menos que los policías en ese pueblo usaran máscaras y se uniformaran con jeans.

Pero Nicole no tuvo tiempo de comprender quién era este o qué estaba haciendo, porque él le golpeó la cabeza con tanta fuerza como para dejarla inconsciente. Sintió un dolor punzante en la sien y que se le fue el mundo.

Un fuerte olor sacó a Nicole de una pesadilla acerca de un hombre que usaba una máscara. La imagen de ese rostro fue breve, y no logró ver quién estaba detrás de ese enorme bigote negro y esa nariz prominente.

Abrió los ojos, agradecida inmediatamente de que hubiera sido una pesadilla. El salón estaba tenuemente iluminado. Luz amarilla. Se sentó. La cabeza le martilleaba.

—¿Carey?

—Hola, Nicole.

Ella se volvió hacia la suave voz. Su secuestrador estaba sentado en una silla muy abollonada, una pierna cruzada sobre la otra y balanceándose lentamente. Hacía girar un cuchillo en la mano —ella podía ver eso— pero allí no había suficiente luz para distinguir su rostro detrás de la máscara.

Entonces comprendió que en realidad le ocurrió la pesadilla. Red se la había llevado en una patrulla de la policía y la había desmayado.

El miedo se apoderó rápidamente de ella. Por todo el cuerpo le recorrió un calor. Intentó levantarse, pero la cabeza le daba vueltas y le martilleaba, y ella no parecía capaz de incorporarse lo suficiente para ponerse de rodillas.

—Siéntate, cariño. Por un buen rato no irás a ninguna parte.

—¿Qué está sucediendo? —gritó ella—. ¿Qué está usted haciendo?

—No me digas que aún no lo sabes —contestó él dejando de girar el cuchillo.

—¿Saber qué? —chilló, a punto de ponerse a llorar.

—Es la hora de la venganza. Pensé que había clarificado eso. Y no finjas que eres la peor del grupo. Incluso me enfermas.

Ella miró alrededor. Algunas cajas estaban amontonadas a lo largo de una pared. ¿Una bodega?

—¿Estás todavía confundida con eso? —preguntó él.

—¿Qué quiere?

—Empecemos con lo que *no* quiero. No quiero una mujer lloriqueando que me pregunta qué quiero cuando sabe exactamente bien lo que quiero.

—¡Pero yo *no* sé!

—Deseo que te pongas la banda. Que juegues tu parte. Podrás tener engañados al resto de ellos, pero Sterling Red no deja pasar nada.

De repente él empezó a temblar.

—¿Ves lo que me haces?

—¿Quién es usted?

—Soy la bestia, ¿recuerdas? ¿O cambiaste de opinión? ¿Te gusta la mostaza?

Por un instante ella pensó que él le pareció conocido, pero luego recordó que el detective le hizo a Pinkus esa pregunta. Estaba estableciendo una asociación.

—No tengo mucho tiempo, así que iré al grano. No mataste al más feo, por tanto mataré a siete más. Eso significa que la segunda ronda es para mí. Supongo que ganaste la primera ronda, y por eso es que estoy aquí. Pero ganar esa ronda no significa que fueras lista, inteligente o cualquier cosa, sino muy tonta. ¿Estás captando todo esto?

Ella no sabía qué decir.

—Di sí.

—Sí.

—Bien. Como ganador de la segunda ronda subo la apuesta inicial, de modo que te tengo una pequeña sorpresa a ti en particular, solo para mostrar mi reconocimiento por tu belleza. ¿Suficientemente justo?

—¿Por qué está haciendo esto?

—No te hagas la tonta. Sabes exactamente porqué estoy haciendo todo esto. Tal vez deba limpiarte la boca con mostaza. ¿Crees que no sé lo que ocurrió en tu dulce y querida familia?

¿Lo sabía él?

—Quizás más tarde —siguió diciendo—. El juego continúa. Cuéntales a todos que si no hacen en otras seis horas lo que he pedido, aumentaré el daño. Otras siete personas morirán en este pueblito encantador. Y no pararé hasta que hagan lo que pido.

—Usted... usted no puede andar simplemente matando personas inocentes porque guarda algún rencor.

—¿Rencor? Ah, es mucho más que un rencor.

Él inició una respiración regular.

—Porque eres tan hermosa decidí darte un respiro —continuó—. Te estoy reclutando. Como mi fiel recluta, destruirás al horrible policía. Mastícalo y escúpelo, y te asegurarás de que esté muerto.

—Eso es...

—Porque podrías descubrir que el honor de ser mi recluta no provee suficiente motivación para llevar a cabo mi demanda —la interrumpió—, te estoy suministrando una motivación menor pero más poderosa. Si no haces lo que he pedido te voy a destruir el rostro y a hacer de ti una perra horrible.

Nicole se quedó paralizada.

—Pensé que captaría tu atención —expresó el hombre levantándose y yendo hacia la puerta.

—Usted... usted no puede hacer eso —balbuceó Nicole.

—No lo haré, no puedo hacerlo —señaló él, abriendo la puerta—. Entérate de tus palabras. No lo haré porque tú harás lo que quiero. Y si no lo haces, entonces yo sí. A tu rostro, eso es.

—¡No lo haré!

—Entonces yo sí lo haré —indicó.

Luego clavó el cuchillo en la pared y echó el cerrojo a la puerta detrás de él.

28

Colt estaba en el cobertizo de Cyrus Healy cuando se cerró de golpe el mosquitero de la casa, y un policía de Walton que nunca antes había visto atravesó corriendo el césped hacia él.

—¿Colt Jackson?

—Sí.

—Tengo una llamada para usted, señor —dijo el hombre mientras le pasaba un receptor de radio—. Luke Preston está tratando de comunicarse con usted.

La radio de Colt aún estaba muerta y no había comprado un teléfono celular. La despachadora sabía que él había llevado a Wendy a la casa.

Colt agarró la radio y vio que estaba sintonizada en un canal privado.

—¿Qué pasa, Luke?

—Encontramos otros dos cadáveres. Él le dijo a Becky que hallaríamos un total de siete. He estado tratando de contactarme con alguien que sepa qué diablos está pasando, pero tú desapareciste, el detective desapareció...

—¡Cálmate! Dos más, ¿estás seguro? ¿Dónde?

—Claro que estoy seguro. Estoy aquí, en la casa esa, amigo. He estado aquí media hora.

—¿Dónde?

Luke se lo dijo. Colt sintió que el mundo le daba vueltas.

—El FBI está allá. Tú los llamaste, ¿verdad?

—El detective Clifton está aquí. Hay mostaza por todo el piso de la cocina. El asesino llamó atribuyéndose las muertes.

—Estaré allá en cinco minutos —aseguró Colt empezando a caminar.

—Él está cumpliendo su promesa —opinó Wendy, pálida—.

—Quiere hablarte —dijo Luke.

El detective Mark Clifton habló en esa familiar manera lenta que mantenía a Colt adivinando sus intenciones.

—¿Señor Jackson?

—Sí, señor.

—¿Quién está con usted?

—Wendy.

—Voy a necesitar que ustedes dos, querida parejita, se hagan un examen médico completo de inmediato.

—¿Por qué? ¿Halló algo?

—Un par de cadáveres —dijo Clifton.

—Quiero decir, en nuestra sangre. ¿Qué encontró?

—Ellos lo hallaron. El análisis espectral encontró una molécula que no existe en el catálogo de Aldrich.

—Yo... lo siento, ¿qué significa eso? ¿En todos nosotros?

—Todas las muestras de sangre contienen trazas significativas de una droga desconocida que tiene a los especialistas desconcertados. Se trata de un psicotrópico. Una droga alucinógena similar a partes de las moléculas que forman el LSD.

—¿El estupefaciente LSD?

—Parecido, aunque un poco diferente.

—¿Qué significa eso?

—Es una droga de una clase que influiría en sus percepciones.

—¡Eso es todo! —Colt se quedó viendo a Wendy.— Estábamos drogados.

—No es eso realmente, no —dijo Clifton—. Eso no explica en qué manera tuvieron los cinco las mismas percepciones. Tampoco explica cómo fue introducida la droga en su sistema. Eso no nos da motivos. Tampoco resucita a ninguno de los cadáveres.

Colt había estado pensando lo suficiente como para sospechar algo cuando oyó eso.

—Ustedes no pueden sugerir seriamente que eso nos involucre a nosotros.

—Tampoco los exime. ¿Estarían ustedes más propensos a matar bajo la influencia de la droga que sobrios por completo?

—Ese no es el punto.

—¿Piensa él que nosotros lo hicimos? Inquirió Wendy. ¿Estuvimos todos drogados?

Colt la apoyó. A Clifton:

—Entonces manténganos bajo llave y vea qué sucede. Estas dos víctimas que ahora tiene usted son resultado de no haber seguido los requerimientos de Red. Usted nos encierra y morirán más personas. Pudimos haber estado drogados, pero este asesinato es real, detective. Él está cumpliendo sus amenazas.

Ninguna respuesta.

Colt respiró profundamente. Al menos estaban avanzando algo, de cualquier forma eso de que estuvieran drogados era un desatino.

—¿Y ahora qué?

—Busquemos un recurso. Ya vimos la biblioteca. También la casa. Estamos enfocados en la estación de gasolina y en los ranchos. Te necesitamos examinado.

—Bien. Nos encontraremos en la estación de gasolina.

—Luce razonable.

Colt cortó la conexión.

—Bien, allá vamos.

—Sé que lo vi, Colt. Era real.

—¿Era? ¿Y lo es ahora?

Ella se apartó.

—Vamos.

Salieron corriendo por el frente, entraron a la patrulla, y arrancaron con un chirrido de llantas. Doblaron en la esquina siguiente, luego a la izquierda en la Calle Locus.

—¿Está matando a otros a causa de nosotros —dijo Wendy— ¿y no lo va detener?

La suposición de ella cayó sobre él como una niebla negra.

—Está eliminando a otros porque no estamos dispuestos a matar al más feo. Y no nos mata a nosotros —concordó él.

Ella no contestó. Ese más feo era él. Los dos lo sabían.

Él no estaba seguro de qué era peor: la ira que sentía por la manipulación de Red, o la desesperanza de su propio conflicto.

Colt condujo la patrulla a ciento treinta kilómetros e hizo aullar la sirena al girar por la Calle Principal, donde Sterling Red había clarificado primero sus intenciones.

—¿Colt?

Colt pensó que ella se refería a la velocidad, pero su atención se dirigió inmediatamente hacia la patrulla de policía que venía directo hacia ellos a dos cuadras de distancia, y volando tan rápido como una urraca suicida.

—¡Colt!

Él corrigió el resbalón y se lanzó hacia su propio carril.

La patrulla que se acercaba viró bruscamente hacia el mismo carril, ahora en rumbo a una colisión.

—¡Colt! —esta vez Wendy chilló.

—¿Qué está haciendo él?

—¡Es él!

Entonces Colt vio el perfil de la máscara, y su primer instinto fue aumentar la velocidad. Chocar a Red de frente. Nada tenía más sentido.

Su segundo instinto fue lo contrario. Tenía que salvar a Wendy. Este maniático intentaba matarlos a los dos a la vez.

Colt se cerró, dividido entre estos impulsos en competencia.

—¡Hazte a un lado! —gritó Wendy— ¡Hazte a un lado!

Ella captó su atención. Él mantuvo hundido el acelerador un poco más, hasta que los dos vehículos estaban solo a quince metros uno del otro; entonces giró bruscamente a la izquierda. El otro auto ni espabiló.

Al pasar los autos se hicieron borrosos, a centímetros de rozarse, pero Colt vio el rostro enmascarado que los miraba inexpresivo a través de su ventanilla bajada, como si el impacto, por poco evitado, hubiera ocurrido en cámara lenta.

Colt pegó un frenazo y se deslizó en la mitad de la cuadra antes de detenerse en ángulo. Detrás de ellos el neumático chirrió. Red estaba girando.

—¿Por qué te detuviste? —preguntó Wendy.

Él no podía decirle exactamente el motivo. Su instinto les piloteaba ese torrente de adrenalina.

Colt hizo girar el volante y sacó su pistola mientras el auto giraba sobre sí mismo. Humo de neumático quemado se levantó ante ellos.

—Vamos, Feo. Sabes que quieres hacerlo —resonó la radio policial en el tablero de mandos—. Una vez más.

Red estaba en la radio, el mismo canal privado por el que Luke lo había llamado unos cinco minutos antes.

Los dos autos estaban frente a frente a una cuadra de distancia, como dos campeones en una justa, pero cada uno sobre trescientos caballos de fuerza y no sobre una sola montura.

—Colt Jackson, gira este auto inmediatamente —ordenó Wendy con tanta calma como le era posible—. Él va a matarnos.

—No lo creo. ¿Puedes confiar en mí?

Ella reflexionó, con los nudillos blancos sobre el apoyabrazos.

—¿Qué vas a hacer?

—A mostrarle que en este juego puede haber dos jugadores.

—¿Qué juego?

—Confía en mí.

De repente surgió humo blanco de las llantas traseras de la patrulla de Red. Se les venía encima.

—Tengo un mensaje para Carey —resonó la voz en la radio.

Colt hundió el acelerador hasta el piso. Wendy apoyó el rostro en las manos y gimió. Los dos «blanco y negro» rugieron de frente.

—Dile que si no le hace a su hermana una cortada de quince centímetros en la mejilla izquierda, yo la voy a desfigurar permanentemente. Tienes siete minutos para encontrarla y sesenta para terminar la operación.

Colt no viró muy bruscamente en el carril opuesto al frenar en él. Giró las llantas con tanta fuerza como pudo hacia la derecha y jaló el freno de emergencia cuando ya estaba a treinta metros del bólido que se acercaba. Si Colt ejecutaba mal la maniobra los mataría a todos, pero él no sabía cómo hacerlo mal.

La parte trasera de la patrulla osciló hacia la izquierda en el carril opuesto. Colt soltó el freno y volvió a aplastar el acelerador. Las llantas siguieron deslizándose hasta dar toda la vuelta de tal modo que ahora el auto enfrentaba la misma dirección de la patrulla de Red.

Él tomó la delantera. Entonces la patrulla de Red los alcanzó, yendo a no más de treinta kilómetros por hora. Pero treinta kilómetros por hora no contribuye a un disparo imposible, y Colt ya tenía su pistola lista cuando salió un rugido por la cabina del otro piloto.

—¡Agacha la cabeza!

Wendy no necesitó que la animaran a hacerlo.

Dispararon a la vez, él a Red y Red a él, dos disparos cada uno —*bang-bang, bang-bang*— en la mente de Colt se grabó la mirada de Red en su máscara y la gorra de béisbol echada hacia atrás.

Treinta kilómetros por hora no contribuyen a un disparo imposible. Pero treinta kilómetros por hora sí ayudan a un cañón que te devuelve el plomo que le lanzas.

Los dos fallaron.

Red frenó en seco y Colt disparó, ya a ochenta kilómetros por hora.

—Cinco minutos, Feo. —resonó la radio—. En la biblioteca, sin armas, sin otros policías, sin FBI. Nicole tiene el cuchillo. Su hermano va para allá.

Colt frenó de súbito. Giró el auto. Pero la otra patrulla ya estaba a dos cuadras de distancia, volando en una dirección que los alejaría de la biblioteca.

Wendy se sentó impresionada al lado de él.

Colt soltó una vulgaridad e hizo retroceder el auto.

—Te dije que no podíamos confiar en ella, Colt. Deberíamos llamar.

Él la miró. Quizás no tan impresionada como la había imaginado.

—La va a matar —dijo—. Tenemos que llegar a la biblioteca.

29

Era evidente que los ciudadanos de Summerville habían oído de los cadáveres descubiertos hoy, pensó Wendy, porque las calles estaban vacías, y no se debía a que se avecinara alguna tormenta.

—Tenemos tres minutos más —informó Colt.

Él parecía más hecho polvo y con los nervios crispados de lo que Wendy lo había visto. Comprensible... ella estaba tan aterrada como él por la amenaza de Red de desfigurar a Nicole.

—¿No es esto como ceder ante terroristas? —preguntó Wendy—. Sin duda no puedes estar pensando que Carey en realidad debería cortarla.

—¿Sugieres que Red haga el trabajo?

—No. Pero...

¿Pero qué? Los dos sabían que Red seguiría adelante. Una cortada era una cosa. Fuera lo que fuera que Red interpretara como desfiguración sería algo peor.

—Así que estábamos drogados. Pero todo lo que vimos sucedió, en realidad ocurrió. ¿Es eso lo que estás diciendo?

—Sí. Hicimos lo que hicimos, no solo fue la manera en que lo vimos... —él movió su cabeza—. O lo sé, esto es una locura. Todo lo que sé es que ese Red es real y que cuando corta es de verdad.

—Al menos ya pasó.

—El pueblo volvió. Red no terminó.

No había más autos estacionados en la calle frente a la biblioteca cuando ellos llegaron rugiendo. Igual con la casa del doctor Hansen. Desierta.

Condujeron hasta el fondo y subieron.

—¿Está siempre así de vacía? —preguntó Wendy.

—Probablemente él ya la vació; solo Dios sabe cómo. Una orden de evacuación de la estación. Parece tener acceso a todo lo que quiere.

—No sabemos dónde está ella.

—¡Vamos!

Las puertas principales estaban cerradas, pero Colt corrió al costado norte, donde el hueco de una escalera llevaba a una puerta verde metálica. Abierta.

El sótano de la biblioteca estaba iluminado por las conocidas luces amarillas en que ya habían pasado tanto tiempo. A lado y lado había pilas de cajas y canastas llenas de periódicos.

Carey estaba de pie en la tenue luz, resollando.

—¡Nicole!

Llegó un sonido apagado a su izquierda. Luego otro grito más lejano.

—¡Aquí adentro!

Carey oyó pasos en el concreto detrás de él, y vio a Pinkus que entraba jadeando. Se paró en seco, mirando a los tres.

—¡Ustedes aquí!

—¿De dónde vienes? —exigió saber Colt.

—Él se me arrimó desde una patrulla y dijo que tenía cinco minutos para traer aquí mis nalgas o me metería una bala en la cabeza. Yo acababa de terminar con los policías.

Colt agarró al vuelo esta nueva información y se fue corriendo hacia el sonido de la voz de Nicole.

—¿Nicole?

—¡Colt! —sollozó ella detrás de la puerta.

Él abrió un cerrojo en una de las bodegas laterales. Nicole salió y lo abrazó.

—Todo saldrá bien —la tranquilizó dándole torpemente palma-ditas en la espalda.

—Lo siento mucho, Colt.

—Shh, está bien.

—Él me dijo que te comunicara que ganó la segunda ronda. Y que si no lo hacemos esta vez matará a siete más.

—¡Oh, no! —exclamó Wendy, palideciendo.

—¿La segunda ronda? —preguntó Colt, caminando de un lado al otro.

—Ganamos la primera —continuó Nicole—. Yo... yo no sé qué quiere decir, pero no ha terminado.

Ella también caminó sin rumbo fijo, mordiéndose una uña, y mirando distraídamente.

—No podemos dejar que eso ocurra —anunció Colt—. Tan pronto nos reagrupemos, salimos de este pueblo lo más lejos que humanamente sea posible. No podrá jugar si no estamos aquí para participar en su necio juego.

Wendy pensó que la idea en realidad tenía sentido. En cuanto Carey corte a Nicole. Ella se preguntó cuándo iría Colt a decírselo.

—Estás loco —intervino Pinkus—. ¿Cuándo comprenderás que no puedes huir de este sujeto? Vas al rancho y, *pum*, gente muerta. Nos sacas con esos chalecos antibalas, y *pum*, camioneta negra. Te niegas a hacer lo que él exige, y *pum*, otras siete personas muertas. ¡No puedes huir!

—Ese último *pum* fuiste tú, Pinkus —recordó Wendy—. No qui-simos matarte. ¿Estás insinuando que eso fue una estupidez?

—No, pero no puedes decir simplemente que salgamos del infierno hacia algo peor.

—¿Entonces qué?

—No sé.

Gracias, Pinkus.

—Creo que podemos lograrlo —animó Colt—. Creo que él se fortalece en la confrontación, en el juego. Él no tiene que jugar con nosotros a ver quién es el más gallito, Wendy. Sencillamente pudo habernos dejado su mensaje en la radio sin exponerse. Por tanto, ¿qué pasa si le quitas el juego?

—Se enfada mucho y mata a cincuenta personas —contestó Pinkus.

—Creo que Colt tiene razón —indicó Wendy—. Está jugando con nosotros. Todo esto es una retribución. Venganza.

—¿Pero por qué? —inquirió Nicole.

—Porque es un psicópata —respondió Pinkus.

—Porque uno o más de nosotros le hicimos algo, es obvio —añadió Colt.

—Algo de lo que ninguno de nosotros está consciente —amplió Wendy—. O que no estamos dispuestos a confesar. Mientras tanto se nos acaba el tiempo.

Ella intercambió miradas con Colt en la penumbra.

—Él dijo que tenemos seis horas —informó Nicole.

Eso era nuevo. Pero por el momento a Wendy le preocupaban más los sesenta minutos.

—Él nos aseguró que si Carey no te hace una cortada de quince centímetros en el rostro con un cuchillo que dejó aquí, él mismo te desfigurará.

—¿El cuchillo? —exclamó ella abriendo lentamente la boca, impresionada.

—Nos dio sesenta minutos.

—No lo haré —indicó Carey.

—¿Cortarme el rostro? —balbuceó ella, con los ojos vidriosos.

Nicole levantó la mano y se tocó la mejilla. Lentamente su mirada cambió de asombro a desconcierto, y luego a temblor con furia.

Ella juró amargamente.

—Ese cerdo, ese...

Se contuvo, pero el tono que había usado para esas pocas palabras estaba inundado de un odio que hizo correr un frío por el cuello de Wendy.

—No lo haré —protestó Carey; caminó hasta donde Nicole y la abrazó—. No puedo.

—No seas tonto, Carey —contestó Nicole poniéndole la mano en el hombro—. No te queda alternativa.

Los nervios de Wendy se oprimieron al ver ese tormento. Se sintió violada.

—No podemos permitir eso, Colt.

—Tienes razón. Pero...

Otra vez ese *pero*. ¿Pero qué? ¿Qué alternativa tenían?

—¿Por qué no huimos ahora? Afuera tenemos un auto; cabemos todos.

—La última vez que usamos esa lógica lo que obtuvimos fueron personas asesinadas —recordó Pinkus.

—¡Cállate! —gritó Wendy—. Entonces te quedas y lo enfrentas.

—Y tú huyes como una cobarde.

—¡Tu valentía es a expensas de la vida de Colt! —exclamó ella.

Detestó pronunciar eso en voz alta, pero ya no soportaba a este sujeto a quien ahora creía que estaba vinculado con Red.

—Te diré algo: ¿Por qué no terminamos el juego que iniciamos? —continuó Wendy—. Estoy segura que a Red le encantaría. Matamos a la persona que condenamos anoche, la cual serías tú, Pinkus. ¿Sigues aún tan deseoso?

Wendy no esperó que él contestara, porque no lo haría. Ella se dirigió a la salida y agarró la manija, sabiendo que ahora parecía necia y no comprensiva. La puerta estaba cerrada.

Ella se dio media vuelta.

—¿Tienes una llave, Colt?

—¿Está cerrada? —preguntó él, corriendo y tratando de abrir la puerta—. Está cerrada.

—¿Qué dije?

—Cierra la boca, Pinkus —expresó molesto Colt.

Él subió corriendo un tramo de escaleras que llevaban a la planta alta e intentó abrir la puerta.

—Está cerrada.

—¿No hay otra manera de salir de aquí?

—No —contestó Colt, lanzando una palabrota.

—Pinkus tiene razón —expresó Nicole—. Tienes que cortarme el rostro, Carey.

—De ninguna manera tendré que hacer eso. No lo haré.

—Entonces *él* lo hará —respondió ella bruscamente—. ¿Quieres eso? Yo no.

—Aquí estamos luchando por nuestras vidas —señaló Wendy—. Opino que debemos sacar ventaja de la situación.

—Ya dijiste eso antes —le recordó Nicole—. Pero no eres tú quien él va a desfigurar.

Ella tenía razón. Pero eso aún enfurecía a Wendy.

Nicole entró a la bodega y regresó con un cuchillo. Se lo extendió a su hermano.

—Córtame, Carey.

—Nicole...

—Agarra el cuchillo. Solo una cortada, como él dijo.

—Nicole...

—¡Córtame! —gritó ella.

—Tenemos tiempo.

—Hazlo antes de que pierda el valor. Solamente la piel. ¡Hazlo!

Carey agarró el cuchillo con una mano temblorosa. Wendy se apartó, reprimiendo otra vez las olas de furia. Colt había desaparecido en la oscuridad. Pinkus se sentó con las rodillas levantadas hasta la barbilla. Nadie habló por unos instantes.

Cuando Wendy volvió a mirar por sobre el hombro, Carey sostenía el cuchillo en la mejilla de su hermana, temblando. Nicole lloraba con silenciosos sollozos y los ojos apretados. Wendy volvió a apartar la mirada. De pronto los sollozos se convirtieron en gemidos de horror, y ella creyó que habían cortado a Nicole.

—No puedo, ¡no puedo! —gimió Carey—. Lo siento, sencillamente no puedo.

Wendy giró. Nicole se apoyó en la pared.

—¡No dejen que Red lo haga! —chilló ella, con las manos en la cara.

Su clamor le sacó el aire, y cayó de nalgas a lo largo de la pared.

Colt salió corriendo de donde había estado oculto y deslizó las rodillas al lado de ella. Con una mano le alisó el cabello; con la otra le acarició la mejilla.

—Escúchame, Nicole. Solo respira profundo y óyeme. Todo saldrá bien. Te lo prometo.

En la penumbra Wendy solo podía ver a Colt por detrás, pero no le veía los rasgos. Al ver que la acariciaba con tanta ternura, que le hablaba con tanta suavidad, Wendy se sintió desgarrada. Furiosa y solidaria a la vez.

Nicole se echó hacia atrás y se calmó.

—No permitiremos que cualquiera te arruine el rostro —volvió a hablar Colt, en voz muy baja—. Una cortada sanará como dijiste. Serás tan hermosa como siempre has sido. Una cortada te herirá por un minuto, pero el dolor desaparecerá gradualmente.

Ella no objetó.

—Lo siento, Nicole. Lo siento mucho.

Red tenía razón en un aspecto: La belleza no solo es según el color del cristal con que se mire. Tenía una cualidad universal reconocida por todos, y Nicole la tenía. Esta era la belleza de la que Colt hablaba. Y al hacerlo la estaba honrando.

—Está bien —contestó Nicole.

—¿Está bien?

—Sí, está bien —asintió ella—. Apúrate, por favor, Carey. Sé fuerte por mí. Solo córtame la mejilla y déjame llorar.

Carey vaciló, luego dio un paso adelante con el ánimo de Colt. Ella no se movió cuando él le puso la hoja en la mejilla. La recorrió hacia abajo y ella hizo un gesto de dolor. Temblando, Carey dejó caer el cuchillo y retrocedió.

Colt presionó un trapo blanco contra la mejilla de Nicole para que dejara de sangrar.

Y luego se acabó.

Por un momento nadie habló.

—Oigan, muchachos.

Pinkus estaba en lo alto de las escaleras, bañado en luz. La puerta que daba a la biblioteca estaba abierta delante de él.

—Hice saltar la cerradura —comentó—. Lo juro, salté la cerradura con una tarjeta de crédito.

—¡Vamos! —exclamó Wendy, sintiendo que se le partía el corazón.

Colt miró por encima de ella. Pareció estar de acuerdo.

—Está bien —asintió Pinkus mirando la puerta, luego las escaleras—. ¿Adónde vamos entonces?

—A Vegas. Entremos todos en mi auto, y salgamos de aquí antes de que él se dé cuenta que nos hemos ido —opinó, y luego enfrentó a Nicole—. ¿Qué crees, Nicole? ¿Estás dispuesta a ir? Allí se encargarán de tu rostro, no hay problema.

—Está bien. Vamos.

—¿Y el detective? —inquirió Carey—. ¿No le decimos nada?

—Nadie le dirá nada. Por lo que sabemos, él es uno de ellos. Simplemente nos vamos. ¿De acuerdo?

—Vamos —concordó Wendy, corriendo por las escaleras.

Salieron sin hacer ruido, en fila india, escaleras arriba. La biblioteca ahora estaba en silencio, iluminada con luz amarilla, clausurada por el FBI después que hicieron sus investigaciones. Colt los guió alrededor de las mesas, hacia la enorme entrada de puertas que se abrían empujando barras que tenían la longitud de cada puerta.

Él puso la mano en el riel y regresó a ver.

—Está bien, tendremos cuidado. Saldremos si veo que está despejado. Aún hay actividad policíaca en la casa; no podemos arriesgarnos a que nos vean, así que debemos esperar.

Él señaló con la mano varias direcciones, en caso de que hubiera alguna confusión hacia dónde se dirigirían.

—Izquierda, hacia el fondo. Caminen, no corran. Nicole, Carey, Wendy, vayan al asiento trasero de la patrulla. Pinkus, tú adelante conmigo.

Respiró profundamente.

—¿Listos?

Colt abrió un poco la puerta sin esperar respuesta. Un delgado rayo de luz iluminó el hueco. La abrió más y se quedó petrificado. Wendy le oyó lanzar un grito ahogado, débil pero claramente, lo cual no era algo que Colt hiciera en cualquier momento. Ella imaginó la razón: el asesino inclinado contra un auto esperando con una pistola. El detective Clifton y su pequeño ejército del FBI, con los brazos cruzados y el ceño fruncido. Fuera lo que fuera, no podía ser bueno.

—¿Por qué la demora? —rompió Pinkus el silencio.

Pero entonces todos lo supieron, porque Colt abrió del todo la puerta y vieron por sí mismos a qué se debía la demora.

El pueblo había desaparecido.

Luke Preston se sentó frente al escritorio que a veces compartía con Colt, y observó al detective Clifton sin quitarle los ojos de encima. Steve se había llevado a uno de los policías de Walton para traer la patrulla de Luke. La encontraron escondida detrás del edificio de Sears dos horas después de que desapareciera, notándosele los efectos de aquello por lo que la hiciera pasar el asesino, suponiendo que hubiera sido el asesino, al utilizarla.

Luke estaba aquí con los trajeados a causa de su participación directa en el asesinato de Bob y Stacey Wrinkles, pues los encontró muertos en la bañera. Luego hallaron muertos a Eunice y Marty Ballworth sobre su propio césped. Y a un jardinero, Pedro González, en el patio adyacente. A Julie Gray y Mary Wolmark los asesinaron en su auto después de un viaje al almacén. Con ellos eran catorce. No quedaron huellas, cabellos o fibras latentes.

Luke había estado nervioso, aun asustado, cuando todo empezó dos días atrás. Pero al mirar ese dedo sobre el escritorio en frente de Clifton quedó petrificadísimo.

Los otros dos agentes del FBI trajeados de negro y Paul Winters, el gurú forense que habían hecho volar desde Vegas, andaba de lado a lado o se quedaba parado, todos ellos evidentemente tan perplejos como Luke.

—Así que desertaron —dijo Clifton—. Otra vez.

—No pueden haberse esfumado —indicó Winters—. Estamos buscando el crucero de Colt, como dijimos. Hay que revisar todo.

—¿La biblioteca?

—No, ni en la casa, ni en ningún lugar del pueblo que sepamos.

—Enfoquémonos en los ranchos. Revísenlos todos.

Todos lo vieron, tan distraído como Luke. Este asunto con las drogas los dejó perplejos.

—De manera que drogas.

—Olvida las drogas —señaló Clifton—. Eso solo nos dice que estaban bajo la influencia de narcóticos cuando llegaron. Aún tenemos cadáveres y un asesino que capturar. Seguimos con las evidencias.

Levantó la bolsa que contenía el apéndice medio mutilado y lo miró bajo la luz.

—Marcas de dientes humanos, diría usted.

—Sí, señor.

—¿Ninguna otra evidencia?

—Solo el dedo.

—Jerry Pinkus —expresó Clifton—. Al menos esa parte de la historia concuerda. Se necesita un estómago muy fuerte para mascarse uno su propio dedo. En particular si no lo han obligado.

—Sin embargo, a él lo obligaron —opinó Luke—. ¿No es así? Eso es lo que usted dijo.

—Dije que él afirmó que el asesino lo obligó a mascar su diente.

—Exactamente.

—A menos que él sea Red... —empezó Luke, pero se detuvo.

—Dije *si* —resaltó Clifton lanzándole una mirada.

—De acuerdo.

Así que Clifton creía que Jerry Pinkus podría ser el asesino. Pero también creía lo mismo de Colt Jackson, y de Carey, Nicole y Wendy, y de todos los que se habían perdido. Otra vez.

—El gran punto aquí es que sabemos que esto no es solo un cúmulo de caos en la mente de alguien —se arriesgó a hablar Luke—. Es algo real.

—A menos que haya otra explicación parecería ser eso —admitió Clifton, y entonces abrió la bolsa y sacó el dedo ensangrentado.

Al menos la sangre estaba seca, ya no supuraba. Ahora caminó de un lado al otro, enfocado en ese dedo, sosteniéndolo en la mano derecha como una salchicha, como si estuviera pensando en darle una mordida. En vez de eso lo devolvió a la bolsa, agarró una toalla de papel para limpiarse la mano.

—Síganme.

Ellos observaron a Clifton hacer lo suyo. Sintió el aire, lo olió, lo saboreó. Quizás *excéntrico* era una buena palabra, pero *fantasmagórico* era mejor. Luke captó la mirada de Winters, pero el forense la apartó. Probablemente estaba de acuerdo.

Clifton caminó alrededor del escritorio y miró a uno de los agentes que estaba a su izquierda.

—¿Por qué se demoran esas carpetas que pedí? —le preguntó.

—Jackson tiene una gruesa carpeta en el departamento, pero conseguir información de él antes de su paso por la academia se ha vuelto un desafío. Con los demás no es mejor. Un grupo muy extraño, si desea mi opinión.

—Ese es el punto. Habrá que investigarlos más a fondo. Tengo la sensación de que esos cinco están relacionados más íntimamente de lo que nos cuentan.

En la mente de Luke centellearon imágenes de Charles Manson. No se podía imaginar a Colt siendo parte de una secta. Y nadie estaba insinuando que esto tuviera algo que ver con una secta.

Al mirar a su alrededor le volvieron a la mente los pensamientos acerca de una secta. Nunca se sabe. Colt siempre había sido tranquilo. Las personas más dementes siempre fueron tranquilas, retraídas y tímidas, hasta que un día, bum, actuaron bruscamente y entraron a la oficina postal con un M16. O, en este caso, por la Calle Principal con una máscara.

Por supuesto, Colt había sido el único en enfrentarse a Red. A menos que se tratara de alguna clase de organización, Colt no podía ser Red.

—En el sótano de la casa del médico hallamos cabellos que concuerdan con los de los sospechosos —comentó Clifton, caminando de arriba para abajo.

Winters asintió.

—Junto a la pared. Concordaban con las muestras que esta mañana les tomamos. Yo diría que durmieron allí. La cantidad de cabello que encontramos sugiere que sus cabezas estuvieron en contacto con las superficies adyacentes.

—Ninguna evidencia de pelea.

—Ninguna.

—Y nada en el cuarto con computadora —añadió Clifton.

Él estaba comprobando detalles, no haciendo preguntas.

—No señor. Ninguna evidencia de que hubieran entrado para nada en ese cuarto.

—Así que la evidencia apoya su historia.

—Sí, señor.

—Lo que convierte en pista falsa al asunto de la computadora —concluyó—. Alguien dejó abierta la puerta simulada, sabiendo que encontraríamos el cuarto de computación y supondríamos que tendría algo que ver con los asesinatos.

—Evidentemente.

—Muy bien, reconstruyamos esto una vez más. Hasta hace un año ninguno de los cinco sospechosos vivía en Summerville; entonces un policía con un misterioso pasado es transferido de Las Vegas después de que a su madre la liquida un asesino que encaja en el perfil de nuestro hombre. Por lo que mejor se le conoce a Colt es por el manejo de su pistola, no muy diferente a nuestro hombre.

—Y su manera de conducir —señaló Luke—. Él es capaz de destrozar el infierno con un juego de neumáticos.

—Buen uso de pistola y conducción. Nuestro hombre hace muy bien las dos cosas.

—De acuerdo.

—Dos de los extraños, Carey y Nicole, se criaron en esta región. Acampaban cerca de aquí cuando les vino muy bien que una mordedura de serpiente los obligara a acudir al médico más cercano, que vive en... Summerville.

—Así que están muy relacionados —expresó Luke.

—El cuarto de los cinco es un jugador que ahora también vive en Vegas —continuó Clifton haciendo caso omiso del comentario de Luke—. Lo atrajo a Summerville alguien que supuestamente no aparece. Eso deja a Wendy Davidson, que fue llamada por su madre a encontrarse con ella en un tiempo y un lugar coherente con el viaje de Davidson por este lugar en este tiempo. ¿Vienen estos cinco a parar aquí en la misma noche y se extravían por casualidad? No lo creo.

—Demasiado fortuito —concordó Luke, buscando apoyo en Winters con la mirada; el hombre asintió.

—Los cinco se pierden al mismo tiempo y reaparecen drogados con cuentos parecidos que hacen dos cosas —siguió Clifton sosteniendo los dedos en alto mientras contaba—. Una, nos dirigen a tres cadáveres más. Y dos, empiezan a tender una trama para una trastornada defensa.

Luke entrecerró los ojos. Primera vez que había oído eso.

—Posible —manifestó Winters—. Nada que pruebe...

—No me interesa probar nada —interrumpió Clifton—. Simplemente sigo el curso de la historia hasta donde vemos, y busco explicaciones verosímiles para lo que no podemos ver. Una de esas explicaciones verosímiles es que todos los cinco están trabajando juntos como el asesino o con el asesino.

—Ellos no actúan así —cuestionó Luke.

Los tres lo miraron como si hubiera estado fuera de lugar, así que lo convirtió en una pregunta.

—¿Correcto?

—Correcto. No actúan así. Eso también me ha estado molestando —aceptó Clifton tocándose la cabeza.

Luke se sintió útil por primera vez.

—¿Están ustedes insinuando que ellos no actúan como si fueran asesinos porque ni siquiera saben que son los asesinos? —indagó Winters.

Todo era bastante confuso, pero Luke pensó que él empezaba a ver la conexión que hacía el detective. Cinco personas con pasados similares, enredados de algún modo en algo que ni siquiera saben que son.

—Las drogas —opinó uno de los agentes.

—Decepción —indicó Clifton.

—Por tanto, lo que aquí decimos es que ellos simplemente están haciendo todo sin comprender que lo hacen —apoyó Luke—. En realidad crearon un individuo perverso llamado Red, pero son ellos quienes cometen de veras los homicidios. Y lo hacen de modo subconsciente, de tal forma que tienen un enemigo común que es la fuente de todos sus problemas.

Los demás lo miraron. *Impresionados*, pensó Luke. Él también podía hacer esto. Quizás debería volver a la escuela y obtener la educación requerida para unirse al FBI.

Clifton caminó hacia el refrigerador, sacó la bolsa de la prueba y la sostuvo.

—¿Qué es eso? —preguntó Luke.

—El ranchero perdió una mano —dijo Winter—. La hallaron en el baúl del auto de Colt.

Clifton lo miró.

—Esto, viejo Luke, es la razón por la que no confío en ellos.

No! —gritó Carey—. ¡No aceptaré esto! Esto *no* está sucediendo.

Vociferaba caminando de un lado al otro en las gradas de mármol de la biblioteca.

Wendy se solidarizó con él, y en diferente compañía quizás hubiera reaccionado igual que Carey y Pinkus ante el absurdo total del aprieto en que estaban. En esta situación ellos expresaban los sentimientos de ella. Cualquier cosa que ella hiciera de más solo sería superflua.

—*No* estoy loco —exclamó Carey, como si pronunciara un mantra.

Nicole se sentó en los peldaños a mirar sin emoción a su hermano. Colt estaba agachado en la arena y miraba hacia el desierto. Ni siquiera Pinkus reaccionó al momento. Todos aún estaban confundidos e incrédulos.

—¿Me está escuchando alguien? —gritó Carey—. No tengo idea de qué está pasando, pero ya no aceptaré esto.

—Ah, eso hará que en realidad Red huya y se esconda —comentó Pinkus.

—Y tú, ¡cállate! Estoy harto de tus lloriqueos y tus cínicos ladridos.—En contraste con tus palabras de brillantez.

—¡Cierra la boca!

Wendy miró a Colt.

—¿Vas a decírselo?

—¿Qué? ¿Decirnos qué? —demandó Pinkus.

Colt volteó lentamente hacia ellos.

—Hallaron rastros de una droga alucinógena en nuestras muestras de sangre.

Carey observó:

—¿Qué?

Colt les contó lo poco que sabía.

—¿De manera que lo que estamos viendo no es real? —indicó Carey, viendo en dirección al pueblo.

Pinkus habló en su usual tono cordial:

—Bien, es bastante obvio.

—Cállate Pinkus. No puedes decir eso. Estoy viendo todo ahora mismo, en este mismo minuto. No es una alucinación. Eso es una locura.

Nicole observó el panorama desértico.

—Tiene razón. Esto no tiene lógica.

Wendy avanzó hacia el hueco hecho por la caída de la línea eléctrica.

—Aunque esto sea una alucinación, ¿cómo puedo ver lo mismo que vi la última vez?

—Ni lo mismo que todos los demás estamos viendo —indicó Colt apurándose tras ella—. Ten cuidado.

Ella sintió que la estática le erizaba la piel a unos metros del cable caído. Se detuvo. Un paso más y él estaría sobre ella.

—Es una pared —dijo ella.

Colt avanzó hacia ella con un brazo extendido.

—Exactamente como antes. Esto es más que drogas. Tiene que haber otra explicación.

Pinkus estaba parado al lado de ellos, viendo hacia el sur. El pueblo restaba tras la barrera, y si lo que veían era resultado de alguna alucinación entonces los edificios todavía estaban allí.

—Es casi como que alguien no quisiera que pasáramos esta línea y entráramos al edificio —indicó Pinkus reflexivamente.

Por el momento estaban en términos iguales, unidos por lo imposible.

Nicole y Carey avanzaron hacia la línea.

—¿Pueden ellos vernos? —preguntó Carey—. Nosotros no podemos verlos a ellos, pero si una patrulla pasara por ahí podrían vernos, ¿te parece?

—Tendrían que pasar —acotó Wendy—. Pero por lo que sabemos, esto no está ni siquiera al frente del jardín de la biblioteca. Estamos en un estado de enajenación. Lo que hacemos puede que sea real, pero el ambiente podría ser completamente diferente de lo que vemos.

—Inmaterial —señaló Pinkus.

Carey lo desaprobó.

—Eso es valioso.

—Una filosofía que proclama que podemos dar por cierto que lo que vemos es real. Ves una cucharita sumergida en el agua que flota torcida pero, ¿es eso real? ¿O hay algo que en verdad la torció? No hay manera de saber lo que distorsiona nuestra perspectiva.

Algo respecto a esas palabras hizo recelar a Wendy.

Carey dio una vuelta y avanzó hacia la biblioteca.

—Tu filosofía no parece firme. Red no es una alucinación.

—Yo no dije que lo fuera.

—Entonces, ¿en qué nos ayuda?

—Dejen ya de discutir —señaló Colt, siguiéndolos—. Ninguno de nosotros se ofreció como voluntario para esto. Mientras más se quejen ustedes dos, menos tiempo pasaremos buscando la manera de salir de esto.

—¿Y sugieres que mantengamos las manos en círculo y meditemos hasta despertar? —aclaró Pinkus—. Buenos días. Oigan, miren aquí, mi dedo no está cercenado. Mi rostro no está hecho jirones; mi vida no pende de la sensatez de algún loco.

Miró a Nicole, que frunció el ceño.

—Está bien, nada de jirones, pero captas lo que quiero decir.

Huuummm...

Miraron hacia arriba al unísono. Las estelas negras en el cielo, ahora había varias docenas. ¿Era aquello parte de una alucinación?

Wendy reprimió un escalofrío. Las estelas no parecían ser amenazadoras, pero nada que hiciera ese sonido podía ser bueno; ni algo que la molestara casi tanto era la nube gris a lo largo del horizonte rojo. Como una distante tormenta de polvo, invadiendo lentamente.

Niebla tóxica, sugirió Colt, pero esto no era Los Ángeles o Las Vegas.

—Vamos, ¿fue eso imaginario? —preguntó Pinkus.

—Nadie está diciendo que algo de esto sea imaginario. ¿Qué pasaría si el pueblo fue arrasado por un tornado y su reaparición solo es una alucinación? —objetó Wendy.

—No lo animes, por favor —intervino Colt mientras se inclinaba en una rodilla, recogía una manotada de arena, y se la metía en el bolsillo.

—¿Para qué es eso? —preguntó Pinkus—. ¿Evidencia de que estuviste aquí? ¿En caso de que alguna vez *salgamos*?

Pero entonces él también procedió a meter arena en su propio bolsillo.

Colt regresó a las gradas.

—Hasta donde sé, esto es real —anunció, llegó al descansillo y extendió las manos, girando—. Todo esto es muy real. Esa es la manera en que es. Verdadera arena, cielo real, carne y sangre de verdad, verdadero asesino. No lo entendemos, pero lo sentimos. Algo menos y estamos atados a la muerte.

Nicole se puso de pie y fue hacia él. La cortada la hacía lucir como un monstruo. Un hermoso monstruo, pero monstruo al fin.

Sencillo, Wendy, estás juzgando. Juzgando a una mujer herida que es tan inocente como cuando nació.

—Hasta donde nos consta, el pueblo ha desaparecido, devastado por los tornados, y sencillamente imaginamos que todo regresó —siguió diciendo Colt—. Eso tiene más sentido ahora que esto que no es real. De cualquier modo, Red está aquí, por tanto tenemos que estar aquí.

Él se puso el dedo índice en la sien.

—Enfoquémonos.

Nicole deslizó la mano en la parte interior del codo de Colt y observó el vacío paisaje. Parecían dos aventureros mirando sus nuevas tierras. Era surrealista.

—¿Por qué él no viene? —preguntó ella.

Esa era la pregunta sin respuesta que todos se preguntaban. La patrulla policial había desaparecido. También el dedo de Pinkus.

Y así, parecía, pasó con Red.

—Porque él no está bien ni preparado —contestó Pinkus—. Créanme.

—Pero nada ha cambiado —señaló Nicole negando con la cabeza—. Él me lo clarificó. Si no hacemos lo que pedía en un tiempo razonable, mataría a otras siete personas. Luego catorce. Matará a todo el pueblo a menos que alguien lo detenga.

Colt lucía como un cachorro castigado al lado de ella. Todos sabían qué estaba pidiendo Red. Al más feo. Colt.

—Mientras no cercene el resto de mis dedos, amiga.

—Él dio muerte a personas inocentes por causa de nosotros —señaló Wendy mirando a Pinkus—. Ha prometido matar más, quizás muchas más, ¿y tú te preocupas por tus dedos?

—No veo que estés ofreciendo los tuyos.

—Deberías tener cuidado, Pinkus —objetó Carey—. Él nunca dijo que la fealdad se detiene debajo del cuello.

—Ah, ¿ahora eres experto acerca de Red?

—Juro que ustedes dos son tan infantiles como cuando llegaron —indicó Wendy.

Pero incluso al expresarlo comprendió que no se trataba tanto de ellos como de Red. Él fue quien los forzó a entrar en esa senda. Si él continuaba, a ella no le sorprendería que todos se volvieran locos. Se estaban destrozando por intereses y por realidades competentes.

El más feo muere. Pero el más feo es el más fuerte. El mejor hombre. El más amable, el más dulce, el más rápido... Ella lanzó una rápida mirada a Colt, y a Nicole, que se había vuelto a pegar de él. Nadie merecía morir, pero ella misma se encontró anhelando que si Red exigiera la vida de alguien, que fuera la de Jerry Pinkus.

Vamos, lo habría pensado. A ella no le gustaba Jerry Pinkus.

O Nicole, que ahora tenía su mano sobre el hombro de Colt.

Nicole fijó su vista en los ojos de Colt.

—¿Podría hablar contigo en privado?

—Si tienes alguna idea, particípanosla, ¿no? —dijo Pinkus

—Por favor, Colt —insistió Nicole—. Es importante.

Él asintió y la condujo a la biblioteca.

Wendy miró aterrada por él, por ella, por todos.

Colt no estaba seguro de cuánto tiempo podría sostener este enigma fingiéndose fuerte mientras se sentía tan enredado. Todas esas discusiones en el desierto con sus vidas en la balanza. ¿Qué más podían hacer? Habían hablado de salir huyendo, pero todos concordaron en que era inútil.

La mano de Nicole lo jaló hacia las sombras detrás del mostrador. Regresó a mirar hacia la puerta.

—Colt... —empezó ella alargando la mano hacia la mejilla de él y tocándola suavemente.

Un estremecimiento seguido de calor le recorrió a ella por las yemas de los dedos. Su mirada buscó la de él. Ella se inclinó hacia delante y lo tocó con los labios.

Él permaneció simplemente allí porque aún no tenía la capacidad de devolverle su afecto como haría un hombre normal. Su madre lo confundió, lo sabía.

—Colt. Tenemos que hacer algo.

—Tienes razón —asintió él siguiéndola hacia la puerta—. No podemos esperar por siempre.

—Tengo miedo —confesó ella con voz resquebrajada—. Él me agarró, Colt. Me golpeó. Cuando desperté, estaba sentado allí haciendo girar su cuchillo, hablando como si nada estuviera mal. Él lo hará. Matará a esas personas exactamente como aseguró que lo haría. Y luego nos matará a nosotros.

—No creo que nos mate. Si planeara matarnos no se habría molestado ocultando su rostro.

—¡No! Nunca nos dejará ir.

—Creo que es a mí a quien quiere. Estoy muy asustada.

Él se sintió obligado a ponerle la mano en la espalda.

—Este no es un crimen pasional; es un juego morboso y retorcido. Pero hasta quienes participan en juegos morbosos se atienen a las reglas. De otro modo no hay compensación.

—Colt, ¿te puedo decir algo?

—Sí —contestó él tragando saliva.

—Nunca antes me había enamorado de veras —sollozó ella—. Quiero decir, he... amado a la mayoría de las personas. Pero nunca he amado a un hombre. No en la manera en que con gusto me le entregaría. No del modo que me hace palpitar el corazón y sudar las manos. Nunca había estado tan interesada en un hombre que no dejara de pensar en él.

Ella lo enfrentó. Sus ojos brillaban por las lágrimas. La venda en la mejilla solo parecía acentuar su belleza; esos suaves labios curvados que lo habían acabado de besar.

—Sé que la mayoría de las personas no creen eso. Suponen que puedo tener al hombre que quiera, y tal vez podría. Pero no es ese mi deseo. Quiero un hombre con un corazón de oro, alguien que me ame por quien soy debajo de esta piel. Un hombre que muera por mí, no por lo que ganaría de mí sino simplemente porque me ame.

—Eso está bien. Creo que es la clase de...

—Shh... —ella le puso el dedo sobre los labios para acallarlo—. No digas nada. Creo que es una cruel torcedura del destino que haya encontrado ahora ese hombre. Creo que me estoy enamorando de ti.

El rostro de Colt se inundó de calor. Ella lo expresó con tanta sencillez, con una falta total de encanto seductor, con tanta naturalidad que hasta creyó que podría ser cierto.

Y no tenía idea de qué hacer con esta novedosa información.

—Prométeme algo —presionó ella.

—¿Qué? —contestó tranquilamente con voz ronca.

—Cuando salgamos de esta situación, *si* salimos de ella, dejarás este pueblo para siempre.

—¿Por qué?

—Porque yo no podría vivir aquí. Ha sucedido demasiado.

Colt no podía confundir lo que ella quería decir. Él estaba reaccionando en forma exagerada, siempre reaccionando en forma exagerada, pero no le importó. No trataría de detener el temblor en sus manos. Ella las tomó entre las suyas, luego lo volvió a besar.

Colt sintió extenderse el temblor. No tenía nada que ver con el beso de ella. Su cuerpo reaccionaba a la conclusión a la que llegaba ahora su mente. Por primera vez en su vida había encontrado significado y propósito, cara a cara ahora con la mujer de sus sueños.

Había encontrado el amor en la mismísima cuna de la muerte. Sabía que Nicole no podría estar consciente de la total profundidad de sus palabras. Pero al final ella había expresado la verdad más pura y perfecta.

Y le había hecho temblar los huesos.

—¡Colt! —gritó la voz de Wendy desde el frente; afuera—. ¡Colt!

—Algo pasa —dijo él y corrió hacia la puerta, la abrió, y se detuvo en seco.

El horizonte rojo parecía haberse oscurecido aun más.

Caminando hacia ellos desde el horizonte, erguido pero a la vez arrastrando de algún modo los pies, venía Timothy Healy.

El mundo según Timothy Healy era absurdo y sencillo. Manifestó que ellos habían atravesado la piel de ese mundo dentro de este. Habían dejado la dimensión de lo sencillo y abrieron los ojos al otro lado de la realidad.

—¿Mediante drogas? —preguntó Pinkus—.

—Quizás. Pero puede ser mediante Red —informó Timothy—. Él les está permitiendo verla.

Colt miró al hombre, ahora totalmente confundido respecto de qué creer. Por una parte era consoladora la presencia de otra persona parada en la arena donde no había habido césped desde hacía una hora.

Por otra, comprender que sus circunstancias estaban más bien dadas hizo sentir desesperado a Colt. Se decía que algunos eruditos en realidad podían ver cosas que la gente común no veía, pero el resto de ellos no eran eruditos. ¿Cómo entonces podían confiar en la opinión de este individuo que esencialmente les había dicho que cayeron por la madriguera de un conejo y fueron a parar al país de las maravillas?

—¿Cómo puedes vernos? ¿Y cómo nos pueden ver los demás? —preguntó Wendy.

—Yo puedo verlos porque estoy aquí.

—¿Y estás drogado?

—No.

—¿Cuándo fue la última vez que te vimos? —preguntó Wendy, probándolo.

—En la estación de policía.

—Por tanto, eres real. ¿Y estás diciendo que todo esto es real?

—Por supuesto.

—Lo creo —manifestó Carey—. Todo este asunto es espiritual. He estado aquí. Solía confundirme un poco con lo oculto. Esto podría ser en verdad real.—Esto es químico, tarado —replicó Pinkus—. Químicamente inducido, lo más probable. Mételo en la cabeza, ¿eh?

—Pero es real —señaló Timothy—. La mayor parte de las personas no pueden verla.

—¿Y Red es real?

—Seguro.

—¿En ambas realidades?

—Sin duda.

—Sin embargo...

Wendy pareció quedarse sin preguntas.

—Si es real, entonces no importa si es espiritual —intervino Colt—. El punto es que es real. No solo estamos viendo cosas. Ese es el punto, ¿de acuerdo?

—Ese es el punto —contestó Timothy—. Eso y el hecho de que puedo sacarlos de aquí.

—¿Cómo? —preguntó Pinkus, ahora totalmente absorto.

—Tienen que derrotarlo en el juego. Él se rige por las mismas reglas que ustedes, ¿de acuerdo? Ustedes creen que pueden simplemente expulsar a Lucifer sin luchar, ¿no?

Colt parpadeó. ¿De dónde venía esa última declaración?

—¿Qué se supone que signifique eso? —inquirió Carey, el recién confeso ocultista.

—Pienso que es como él se ve a sí mismo —contestó Healy—. En realidad hay una conexión entre todos ustedes y Red. Tiene que haberla.

Él miró alrededor del vacío desierto.

—¿Creen ustedes que el pueblo existe de veras?

—Por supuesto que existe —respondió Wendy—. Usted afirmó saber cómo salimos de aquí. De este lugar, no del pueblo. Si eso es cierto... si es cierto que puede sacarnos de aquí e impedir que Red nos mate... entonces díganos.

—El juego —informó Timothy, atrayéndola con una suave mirada—. Tiene que morir el más feo.

—¿Literalmente?

—Literalmente. Piensen en la manera en que Red piensa. La misma en que Lucifer podría pensar. Dicen que una vez llegó a ser el más hermoso. Pero esa belleza se convirtió en su perdición y fue expulsado. Ahora deambula por la tierra tratando de arrastrar con él hasta la última alma.

—¿Cómo las arrastra? —preguntó Wendy.

—Eso es lo lindo de todo. Él no necesita hacerlo. Ellas se arrastran solas. Se confunden a sí mismas mientras más hermosas sean, cuando en verdad son tan feas como él siempre fue.

—Majaderías de belleza interior —comentó Pinkus.

—No creo que él vea la diferencia. De alguna manera le pincharon un nervio a Red. Ahora él vuelve obligándolos a hacer cosas de las que ustedes nunca se creyeron capaces. Mostrándoles lo que son en realidad. Díganme si me equivoco.

—¿Cómo entonces? —presionó Wendy—. ¿Cómo sobrevivimos a este desastre?

—O siguen sus reglas o frustran las esperanzas de Clifton de poner fin a esto de inmediato

—A menos que Clifton —balbuceó Colt.

—A menos que Clifton sea Red —concluyó Timothy—. O, por lo mismo, a menos que cualquiera de ustedes sea Red o lo seamos todos —mirándolos a todos e inquiriendo en sus ojos—. Lo mejor es jugar según sus reglas

—El más feo tiene que morir —afirmó Nicole.

—Yo —manifestó Colt.

El enigmático individuo que en parte era bobo, y en parte mucho más inteligente que cualquiera de ellos, le lanzó a Colt una mirada entre lista y tonta.

—Hace diez minutos era usted.

—¿Usted, entonces? —preguntó Carey.

—Quizás —expuso Timothy—. Tengo que ir al baño.

El comentario fue tan inoportuno que nadie respondió de inmediato.

—Eso es fabuloso —exteriorizó finalmente Pinkus—. Nuestro defensor tiene que orinar. Esto devuelve las cosas a la tierra, ¿no lo creen?

Entraron a la biblioteca como una tropa, entonces Pinkus y Timothy se encaminaron al baño en busca de alivio. —¿Qué crees? —preguntó Wendy, mirándolos desaparecer tras los letreros del baño.

—Creo que él tiene razón —contestó Nicole—. Debe morir el más feo. Esa es la única manera de salir de esto. Como tú dijiste, Colt, Red cumplirá su palabra porque está motivado por el hecho de que para él todo esto es un juego, y los juegos tienen reglas.

—¿Crees que él desea que lo matemos? —preguntó Carey.

¿Qué?

—Bueno, ¿para qué más nos dejó aquí solos? —continuó Carey—. No lo tenía que explicar en detalle.

—¿Es eso lo que hay en tu mente? —reprochó bruscamente Wendy—. ¿Imaginándote quién es el más feo y cómo podemos matarlo? ¡Eso es lo que él quiere!

—¿Tienes una mejor idea? —preguntó Nicole.

Colt no estaba seguro de que la estuviera oyendo bien.

—No estoy hablando de Timothy, por Dios —dijo ella parpadeando rápidamente—. Pero él tiene razón, esto no va a terminar hasta...

Un grito a lo lejos de la biblioteca la dejó helada. Luego otro.

Por un instante ninguno de ellos se movió.

Una figura oscura corrió hacia ellos desde el extremo opuesto. Pinkus gritaba a voz en cuello, pálido, la boca abierta por completo.

Los pasó a toda velocidad como si no estuvieran allí, golpeó la puerta haciendo un fuerte ruido metálico, luego se lanzó dentro de la luz. La puerta parecía sellada.

Colt vio entonces lo que había acontecido, mientras Pinkus regresaba. Se estaba agarrando las manos. Manos rojas. Ensangrentadas.

Había perdido parte de otro dedo.

Nicole también lo debió haber visto, porque lanzó un grito ahogado.

—¿Dónde está Timothy? —gritó Colt—. ¿Pinkus?

—¡Está muerto! En el baño. ¡Está muerto!

Colt salió corriendo hacia el baño, pistola en mano. No le importaba el peligro, lo sabía a cada paso, pero ya no le importaba. La ira había reemplazado a la prudencia.

Entró ruidosamente en el baño y movió la pistola de lado a lado. Dos sanitarios, dos urinales, una ventana. En el piso había un charco de sangre y manchas a lo largo de la baldosa, pared arriba, fuera de la ventana, la cual estaba abierta hacia el brillante y blanco desierto diurno afuera.

Colt se apoyó en una rodilla y revisó debajo de las puertas de cada sanitario. Pero el baño estaba vacío.

Red había matado a Timothy Healy y se lo llevó a rastras a través de la ventana.

Colt se trepó al alféizar de la ventana y miró hacia fuera. Sangre mezclada con huellas y marcas sobre la arena por donde habían arrastrado el cadáver de Timothy. Terminaban a tres metros del edificio donde era evidente que Red levantó el cuerpo y desapareció.

Se volvió hacia el piso ensangrentado, haciendo girar la cabeza.

Solo se podía hacer una cosa. Si Red había intentado recordarles lo que enfrentaban, lo había conseguido. Solo había una salida, la que reposaba en manos de Colt.

Volvió corriendo a la biblioteca principal, vio que solo quedaba Nicole. La llevó hacia la puerta.

—¿Colt? ¿Qué estás haciendo?

Solo había una salida a esto. Pinkus gimoteaba mientras Wendy y Carey le envolvían tela alrededor de la mano en un intento por detener la hemorragia. Habían rasgado las mangas de su camiseta.

—¡Él está allá adentro! —gritaba Pinkus, pálido—. ¡Mató a Timothy y después me cortó! Esto es increíble... prácticamente estoy sin dedos.

—¿Viste a Red? —preguntó Nicole.

—Sí, sí lo vi.

—Tengo un plan —anunció Colt. Él trató con la puerta de nuevo, pero Red los encerró. Es un sinsentido. El juego siguió.

—¿Puedes detener la...?

Ninguno estaba escuchando.

—¿Puedes detener la sangre? —repitió Pinkus.

—Creo que sí —contestó Wendy—. Debemos llevarte a la casa.

—La puerta tiene el seguro puesto.

—Hay un botiquín de primeros auxilios en la cocina —señaló Colt.

Huuummm...

Por un breve momento se le oscureció la visión a Colt. Lo único que lograba ver era negro, exactamente como Wendy había descrito.

Y entonces volvió la luz.

Extraño.

Los ojos de Colt otearon el horizonte. ¿Podría hacer esto? Habría creído que Nicole estaría allí, encargándose como la enfermera residente. Pero los ojos de ella estaban abiertos de par en par mirándolo. ¿Lo supo ella?

—Tengo un plan —volvió a señalar.

Todos lo miraron esta vez.

—Tenemos que darle a Red lo que quiere.

—Ya obtuvo lo que quería —indicó Wendy.

—Sabes que ese no era el trato. Él dijo uno de *nosotros*. El desierto aún está allí.

—¿Tú? —inquirió Pinkus.

—Sí. Yo —contestó Colt después de esperar unos instantes.

—¿Quieres decir que te matemos? —preguntó Wendy, incrédula.

—No —gritó Nicole—. No, ¡eso es imposible!

—¿Conoces alguna otra manera de impedir que Red mate más personas? —indagó Colt dirigiéndose a Wendy, y haciendo caso omiso de Nicole.

—Sí, detenerlo. ¡Espantarlo! Encerrarlo, cortarle la lengua, cas-
trarlo... cualquier cosa que hoy hacen los individuos horribles.
Deberíamos ir tras él, en vez de matarte. ¡Eso es absurdo!

Nicole le agarró el brazo a Colt.

—No puedes hablar de este modo. ¡No puedes!

—Por favor, Nicole. Por favor —rogó él, cerrando los ojos, poco
dispuesto a resbalar ahora dentro de esas emociones.

Él no podía permitir que flaqueara su resolución.

—Necesito que hagas algo —manifestó mirando los ojos suplicantes de Nicole—. Todo saldrá bien; ni hablar de eso. Pero ahora
mismo necesito que Carey lleve a Pinkus a la cocina y le vende la
mano antes de que muera desangrado. Tú le vendarás la cortadura.
Eso es todo, por favor.

Ella le escudriñó los ojos.

—¿Puedes hacer eso? Pinkus aún está sangrando.

—¿Por qué no vienes conmigo? —preguntó Nicole.

—Debo hablar con Wendy.

—¿Por qué?

—No te lo puedo decir. Por favor...

—¡Dime! ¿Por qué tú...?

—Porque ella es la única en que confío que me mate —contestó
él.

icole caminó hacia la cocina sobre unas piernas que se le estremecían desde los talones hasta la cadera, y sin hacer caso de los quejidos de Pinkus. Destellos helados le bajaban por los costados y la espalda. Algo estaba mal; ella lo sentía como sentía el piso bajo sus zapatos. No lo identificaba, pero ya lo había sentido antes, durante uno de aquellos necios rituales satánicos en los que Carey la obligaba a sentarse cuando él tenía catorce años y ella diez. Pareció atravesarla una palpable sensación de que aquí estaba sucediendo más de lo que se veía.

¿Había en realidad ofrecido Colt morir por el bien de ellos? ¿Era ella capaz de permitirle hacer eso? Sin duda, todos eran capaces; ella lo supo tiempo atrás. ¿Pero Wendy? ¿Matar a Colt? Parecía inconcebible.

Y terriblemente esperanzador.

Si era brutalmente sincera, no sabía quién era de veras. Estaba consciente de lo que había hecho, y de los pensamientos que tenía, y nada de eso era tan malo como para que le hirviera la sangre a los otros cuatro.

Sin embargo, ella aún no sabía quién era. ¿Se le podría redimir de este desorden llamado vida? ¿Se podría arrastrar alguna vez de este horrible castillo de naipes que se había derrumbado sobre ella?

—Si salgo de esta... —susurró para sí misma, entrando a la cocina.

—¿Qué?

—Nada —contestó a su hermano lanzándole una rápida mirada, y comprendiendo solo ahora que había hablado en voz alta—. Encuentra las vendas, rápido.

Se volvió para mirar por la puerta principal cuando ingresaba al pasillo. No había señales de Colt ni de Wendy.

—¿Lo hará ella? —preguntó Pinkus—. Amigo, tienes que darme algunas pastillas para el dolor. Me estoy muriendo.

—Por supuesto que no lo hará —contestó bruscamente Carey.

Pero no brindó explicación para su conclusión. Se dirigió al baño.

—Carey —llamó ella; su hermano se volvió en la esquina—. Deberías saber...

Una repentina mezcla de angustia y pánico le inundó el pecho a Nicole. Por un momento creyó que se pondría a llorar. Contuvo las lágrimas, pero no logró evitar el temblor en la voz.

—¿Qué? —preguntó Carey yendo hacia ella.

—Creo que si no hacemos lo que él quiere, me eliminará.

—¡No dejaré que eso suceda! —exclamó Carey con el rostro rojo de ira.

Él se paró frente al gabinete y lo abrió, con las manos empuñadas.

—Nunca —continuó, conteniéndose—. No podría vivir con eso.

Pero él no la pasó corriendo ni salió hacia la biblioteca para asegurar las cosas. Se volvió y buscó algunas vendas.

—Se está confundiendo —comentó Pinkus débilmente; recorrió la casa con la vista—. Todos nos estamos confundiendo. Esto es malo, amiga. ¿Por qué no están aquí los policías?

Carey regresó con las vendas.

—Dame tu mano —contestó simplemente ella.

—Me duele —afirmó él.

—¡Basta! —exclamó ella, y se puso a trabajar en la mano de modo mecánico pero rápido, desgarrada por pensamientos ahora tan fragmentados que no le permitían retomar el hilo de la conversación.

—¡Ay, cuidado! —gritó Pinkus—. Se supone que me estás ayudando, no rompiéndome la mano.

Le tomó solo unos minutos vendar ambas manos de Pinkus y ponerse una en su mejilla.

—¿Qué le sucedió a Timothy? —preguntó Nicole poniendo sobre la mesa el rollo de esparadrapo—. ¿Viste cuando Red lo mataba?

—¿Quieres los detalles? Estábamos allí, y él entró, le cortó la garganta por detrás antes de que yo comprendiera lo que pasaba. Me agarró la mano y me cortó, luego me dijo que saliera. Yo salí. ¿Qué esperabas que hiciera, pelear con él?

Un alarido atravesó el repentino silencio.

Como uno solo corrieron a la puerta de la cocina.

—*Noooooo...*

—Wendy —exclamó Nicole.

Ella fue la primera en reaccionar.

Nicole pudo oírla ahora llorando en la biblioteca.

—No puedo, no puedo.

—¡Hazlo! —gritó Colt.

Nicole pasó a su hermano por un lado, corrió hacia el mostrador, se deslizó hasta detenerse al lado de la primera mesa de cerezo, y lanzó un grito ahogado. Wendy estaba en la mesa del centro sosteniendo la pistola de Colt con manos temblorosas. Apuntada hacia arriba.

Colt estaba agarrado de la verja del segundo piso, inclinado hacia adelante sobre las mesas de abajo. Tenía puesta una soga de ahorcado alrededor del cuello. El otro extremo de la cuerda se extendía hacia una enorme viga que atravesaba sobre sus cabezas.

—¿Colt? —gritó Nicole con el corazón martillándole.

Él no quiso mirarla.

—Por favor, Wendy. Sabes lo que ocurrirá si no lo haces.

—No puedo —lloraba Wendy con el rostro retorcido por la desesperación.

—Entonces moriré lentamente —gritó Colt—. ¡Hazlo!

Él en realidad ya lo estaba haciendo.

—No, Colt —rogó ella, dio un paso adelante y se detuvo—. Encontraremos otra manera.

Ella miró a Wendy.

—¡No puedes hacer esto! ¡Sencillamente no puedes dispararle a sangre fría!

Hazlo Wendy, hala el gatillo.

—Sí puede —indicó Carey—. Tiene que hacerlo.

—Tiene que hacerlo —susurró Pinkus—. Si no lo hace, él matará a medio pueblo. Tiene que hacerlo.

—Él te lastimará si ella no lo hace —advirtió Carey.

—Hazlo —susurró Nicole en un tono que casi nadie pudo oír.

Pero Wendy la miró, le centelleaban los ojos.

—¡Hazlo! —gritó Colt—. ¡Hazlo ahora!

Wendy gritó. Un fuerte trueno retumbó en los oídos de Nicole, y ella se estremeció. Colt se agarró el pecho con ambas manos, los ojos abiertos de par en par con terror.

Por un momento se tambaleó. Descorrió las manos ensangrentadas. Inclinó el torso hacia delante, y luego cayó del balcón balanceándose como un saco de arena. La cuerda crujió bajo el peso.

Wendy dejó rodar la pistola por el piso. Cayó de rodillas, se cubrió el rostro con las dos manos, y lloró debajo del cuerpo que se balanceaba.

Está muerto, pensó Nicole. *Oh, no, ¿qué hemos hecho? Está muerto de veras. Obligó a Wendy a dispararle amenazándole con tener una muerte más dolorosa al final de la cuerda si ella no lo hacía.*

Nicole tropezó con ella, con los ojos fijos en el cuerpo inerte encima de ellos, desgarrada por emociones mezcladas. Colocó la mano en el hombro de Wendy.

Entonces comenzó a llorar con ella.

—Lo... lo siento por...

—Aléjate de mí —gruñó Wendy.

Ella se levantó de la mesa y se alejó.

athan Blair se paseaba inútilmente por su oficina, con el teléfono al oído buscando las palabras correctas. El momento en que conoció que Mark Clifton se había encargado de Summerville supo que habría que dar alguna explicación, aunque no esperaba que fuera tan pronto. Nuevamente estaban frente a un misterioso asesino y lo único lógico era que un extraño sabueso, como Clifton concluyera el caso rápidamente.

O había otra posibilidad. Que Clifton fuera tan rápido que ya lo supiera.

—Le digo que lo sé. Va a ignorar el hecho de que esperé tanto para dar esta información. Tengo mis razones.

Clifton respiró profundamente.

—Usted sabía que encontramos muestras de estupefacientes en la estación de gasolina y en la sangre de ellos. No esperaba que preguntara porqué oculté los hechos. Este no es el juego del gato y el ratón.

—Francamente me sorprende que llegue a esta conclusión tan rápido. Y me molesta que esté con eso del gato y el ratón mientras ellos llegan, Clifton.

Aquello le hizo detenerse.

La cantidad de personas que temían el desarrollo de drogas exóticas que pudieran dirigirse a ciertas áreas del sistema cerebral era demasiada para contarse. Cualquiera que tuviera suficiente conocimiento para entender la probabilidad extremadamente alta de que solo fuera cuestión de tiempo temía el día en que llegara.

El número de los que sabían que ese día había llegado era muy poco. Y ahora Mark Clifton estaba entre esos pocos.

—¿Cómo… actúa esta droga? —preguntó Clifton.

—Lisergida, mejor conocida como LT por los atletas de las drogas. Las drogas son tontas. Solo van donde el cuerpo les permite. Al nivel más básico muchas no pueden pasar la barrera de la sangre cerebral que protege la mente de los químicos no deseados. A un nivel mucho más avanzado algunas no solo no pueden pasar fácilmente sino adherirse a moléculas específicas en el cerebro y afectarlas de maneras específicas. LT se basa en una nueva proteína sintética que encuentra moléculas muy específicas en el hipocampo, se une a esas moléculas para producir un efecto muy específico. ¿Me sigue?

—En realidad no. No me está diciendo nada útil para mi investigación. Dígame lo que lo inicia, lo que le hace al cerebro y cómo se detiene. ¿Puede lidiar con eso?

Por un momento Blair se imaginó que Red acababa de hablarle. Tratando de no sonar como Red, por supuesto. Era más en la respiración que en la elección de palabras de Clifton. O era más en la imaginación de Blair.

—La mayor parte de la percepción sensorial de la mente, vista, olfato, audición, emoción, etcétera, está contenida en la parte posterior del cerebro. Controlada por el sistema límbico. El hipocampo es como un centro de retransmisión que afecta directamente la percepción sensorial del cerebro. Las drogas que alteran la mente disparan retransmisiones que resultan en percepciones específicas. Lo que la mente ve, por ejemplo.

—Demasiados detalles —el regaño fue comedido, pero aun así Blair quedó desconcertado—. Lo que ellos están viendo está controlado por este hipocampo; ese es el punto, si me abro camino entre su jerga. Lo que los ojos ven al frente de la cabeza es interpretado por la sinapsis en la parte posterior del cerebro. Eso llamado sistema límbico.

—Correcto, sí.

—Y alguien ha creado una droga poderosa que crea percepciones muy específicas cuando se introduce en este fajo de sinapsis.

—Correcto. Simula ciertas experiencias sicóticas.

Clifton respiró.

—Sabe que hay más, doctor. No me está diciendo todo.

—No soy doctor. Le estoy diciendo lo que sé.

El teléfono sonó.

—¿Así que ellos están asesinando sin darse cuenta de que están asesinando?

—Posiblemente —dijo Blair—. O están siendo forzados a jugar un juego y Red está utilizando LT para hacer un lío con sus mentes, como lo afirman ellos.

—Dígame cómo, doctor —dijo Clifton suavemente—. ¿Cómo fue que un carnicero, retorcido amante de la mostaza, puso sus manos en esa droga suya?

Blair se sentó en su silla y trató de sonar tan natural como pudo.

—Esa es la pregunta que enfrentamos, detective. No usted. Su trabajo es encontrar al asesino antes de que sea demasiado tarde. Antes de que el mundo descubra lo que sucedió en Summerville. Déjenos la droga a nosotros.

Dos largos suspiros y entonces la línea hizo clic.

Clifton había colgado.

Algo acerca de Clifton había cambiado, pensó Luke. Él les había dicho que la droga había sido identificada pero eso no cambiaba nada. Negocios, como de costumbre. Ellos tenían que enfocarse en el asesino. Dónde, qué, cuándo, por qué, cómo. Todavía no había señales de Colt, de su patrulla ni de los otros cuatro. Clifton había ordenado una revisión casa por casa. Ellos cambiaron las técnicas de vigilancia en todos los caminos que conducían a Summerville y que salían de allí, así como en las principales calles dentro del pueblo. Red, quienquiera que fuera, había matado a otras siete personas. Eso totalizaba catorce. Clifton no quería que nadie saliera. En particular Red ni los cinco sospechosos que parecían pensar colectivamente que eran Red.

—Por otra parte, la mano cercenada sí pertenece al ranchero. Y hemos confirmado que las huellas en ambos ranchos corresponden a las tomadas hoy en la mañana a los sospechosos. Wendy Davidson y Carey Swartz estuvieron tanto en el cobertizo como en la casa del rancho oeste. Tenemos huellas de Colt Jackson en el otro rancho. Ninguna huella de Nicole Swartz, pero eso concuerda con su historia.

Luke y Steve los observaban, aprendiendo. Luke le dijo a Steve que el FBI no estaría para siempre en Summerville. Serían tontos si no se empapaban de todo como esponjas. Por lo que presenciaba Steve, era claro que tal vez no entendía el significado, pero estaba allí igual, observando el trabajo de mentes brillantes.

—Si ellos fueran los asesinos, ¿por qué nos dirían que estuvieron en las escenas? —preguntó Fred Olrude, el agente que estaba exponiendo.

—Por dos razones, Fred —contestó Clifton, volviéndose—. Una, solo un idiota no se iba a dar cuenta que de todos modos encontrarían los cadáveres en poco tiempo. Al revelarlos desviarían las sospechas. Y dos, quizás no estén totalmente conscientes de lo que están haciendo.

Clifton recorrió con su dedo un montón de archivos que contenían los antecedentes de los cinco sospechosos, recién entregados por la oficina de Las Vegas.

—Hay más aún.

Luke asintió. Él ya había hablado esto con Clifton. Sin embargo, se topó con la mirada de Steve.

—No veo cómo podrían todos estar locos.

—¿Quién habló de locura? —preguntó Clifton.

—Este... Usted lo hizo. Bueno, fui yo. Drogas.

—Estaba diciendo que hay algo más —dijo Clifton lanzándole una mirada—. Resulta que al menos cuatro de ellos se vieron antes. Aún estamos buscando los detalles, pero creo que averiguaremos que no existe nada al azar respecto de estas supuestas víctimas. Hay mucho más de su compañero Colt de lo que ustedes conocen.

Luke intercambió otra mirada con Steve, luego al detective parpadeó.

—¿Qué?

—Esa es la pregunta, ¿verdad?

—Pero usted lo sabe, ¿qué tienen por consiguiente en común?

—Por lo pronto, algunas personas en posiciones más altas que yo están rastreando todo esto como si sus vidas dependieran de eso. En sus mentes, ninguno de nosotros está seguro. Yo soy tan sospechoso como Colt. O usted, Luke. ¿Le gusta la mostaza, Luke?

—Demonios, no.

—Tenemos para escoger una reina de belleza, un celoso hermano cantante con dudosas ataduras religiosas, una sobreviviente de una secta, un jugador computarizado de talla mundial, el hijo de una prostituta haciéndose el bueno, un pueblerino atrasado y un idiota. Cuadre usted todas las piezas y mi opinión recae sobre el muchacho del prostíbulo.

—¿Quién es el pueblerino atrasado? —preguntó Luke.

—Usted.

Ah. Mejor que el idiota, supuso. Considerando que el detective lo estaba involucrando, Luke preguntó algo más en que había estado cavilando.

—¿Por qué no los vimos?

—Usted los vio —contestó Clifton.

—Yo vi a Red y a Colt emprendiéndose a tiros.

—Lo cual solo nos dice que Colt no jugaba el papel de Red cuando usted los vio juntos. Hay cinco de ellos, después de todo.

—Yo creo...

—¿Le gusta la manera en que levanto polvo, Luke?

—Este...

—Muchísimo. Volviendo a porqué usted no los ve en el pueblo, considere que la hora de la muerte de cada víctima corresponde a períodos durante los cuales no había vigilancia activa. Una noche en la tormenta, por ejemplo.

—Les sería difícil ahora pasar inadvertidos dentro del perímetro.

Clifton lo miró, y Luke no estuvo seguro si el detective trataba de entender cuán estúpido fue su comentario, o si andaba tras un pensamiento que había traído a la superficie.

—Lo único que ahora sería más difícil para ellos salir del pueblo o andar por la calle principal. Es de noche. Al pensar en la capacidad que ha demostrado este asesino o estos asesinos, podrían matar esta noche a una docena de personas sin que ninguno de nosotros vea algo.

—Así de bueno, ¿eh?

—Mejor que bueno.

Clifton se dirigió hacia el perchero y agarró un impermeable... por las posibilidades de lluvia anunciadas en el pronóstico del tiempo.

—Voy a despejar la cabeza —decidió, yéndose a grandes zancadas hacia la puerta.

Luke lo vio irse. Algunas personas en posiciones mucho más altas que Clifton sospechaban de Clifton. Ahora *eso* era algo en qué pensar.

El débil y lejano zumbido hizo brotar sudor fresco de los poros de Wendy. Ella se había encerrado en uno de los salones de estudio durante los primeros quince minutos porque no podía interactuar con los demás tras la ejecución.

Imaginó que había pasado media hora, y empezó a inquietarse en el punto de los quince minutos cuando salió y vio que más allá de una oscuridad que surgió con una rapidez sorprendente, el desierto aún estaba allí.

Nada del pueblo.

Nada de Red.

Nada de Timothy.

Entonces Wendy permaneció afuera sobre las gradas, combatiendo un temblor. Escudriñó un par de veces, y luego entró.

¿Qué dirían? Habían hecho lo que Red exigía y aún estaban atrapados. Lo único que había cambiado era el zumbido. Venía con mayor frecuencia, llegándole hasta el pequeño salón a través de las rejillas de ventilación. Cada gemido parecía hacerle explotar los huesos, como horquillas afinadas resonando con demonios del infierno.

Esto y la ausencia de cualquier otro cambio hacían que la frente de Wendy se humedeciera. Se puso de pie y caminó sin rumbo fijo, sabiendo que debía entrar y consolar a los demás. Red les había mentido.

¿Lo había hecho? Sin duda él no podía saberlo.

Una nota pura y alargada flotó en el aire nocturno por detrás de ella. Se volvió. La nota fluía en un tono melancólico. ¿O era un grito? No, definitivamente era un cántico. Si ella no estaba equivocada, Carey estaba cantando.

Wendy abrió la puerta y entró en la biblioteca ahora llena con ese tono inquietante. Se dirigió rápidamente hacia el mostrador y se detuvo en seco, sorprendida por lo que yacía ante ella.

El cuerpo de Colt colgaba por el cuello, ya sin moverse. Directamente debajo de él habían echado hacia atrás las mesas a fin de hacer espacio para las velas blancas que Carey había sacado de una docena de candelabros en la biblioteca. Usando libros como líneas, había diseñado en el piso una gran estrella invertida de cinco puntas. Carey estaba en el centro, extendiendo y bajando los brazos, mirando hacia arriba el cuerpo de Colt, entonando su canto fúnebre.

Lo absurdo de la escena dejó a Wendy en silencio por unos treinta segundos mientras Carey cantaba. Pinkus no se hallaba donde se le pudiera ver. Nicole estaba sentada en una mesa a diez metros de su hermano, con una pierna doblada sobre la otra, y las manos desplegadas en su regazo.

Él estaba cantando en una lengua extraña, quizás latín, pero el sonido de la suave canción junto con las velas y la estrella invertida de cinco puntas dejaron a Wendy sin saber qué hacer. Nunca se había imaginado esto de Carey, incluso después de su comentario de antecedentes satánicos.

Definitivamente el hombre se había chiflado.

Y entonces algo más enloqueció. Alguna grieta entre el cielo y el infierno que liberó un zumbido similar al que habían escuchado toda la tarde, solo que ahora *dentro* de la biblioteca.

El cántico de Carey se le atoró en la garganta. Pasó sobre una vela y miró alrededor. Silencio.

Entonó otra nota, caminando lentamente hacia su derecha, pasando sobre los libros que formaban la estrella invertida. Se volvió a oír el zumbido, como si saliera de la canción de Carey.

Él se detuvo. El escalofriante zumbido cesó.

Wendy tembló.

Sterling Red ni se inmutó por el hecho de que el pequeño y pésimo comedor de la biblioteca tuviera todo lo necesario para satisfacer las urgencias de una bibliotecaria cuando se le vaciaba la panza, pero no brindaba lo que la mayoría deseaba. Sí, había mayonesa, y una saludable cucharada le calmó en algo la desilusión. Había salsa de tomate, mucha salsa de tomate, y él no era el único en el edificio interesado esa noche en la salsa de tomate. También encontró salsa para condimentar, pan para salchichas, lechuga e incluso rebanadas de tomate en una pequeña bolsa transparente.

Pero no la repugnante mostaza amarilla.

A su vez, él mantuvo sus temblores en un mínimo y sostuvo el cuchillo pinchándose el índice con su punta afilada, y dejando que el dolor le entretuviera la mente. Llegaría a un punto en que sus amigos —sí, él creía que ellos eran como amigos porque amigos eran aquellos que hacen más feliz tu mundo, y Red nunca había sido tan feliz— empezarían a entender quién era él, qué era él, porqué era y dónde era. No, no *cuándo* era porque eso ya lo habían entendido.

Él era ahora.

Debió usar toda su capacidad para atrapar a estos cinco que una vez conspiraron contra él. Ahora estaba mostrándoles satisfactoriamente que eran tan negros como él era Red, es decir, rojo. *¿No es eso correcto, Timothy Healy?*

Ellos estaban incumpliendo. Y aún sin una clave de lo que él les pedía hacer. Los cuerpos se pudrirían en las calles de Summerville aun antes de que entendieran el peligro en que estaban.

Sus amigos lo sabrían mejor; en realidad deberían considerar lo que habían hecho. Pero como la mayoría de personas cegadas a las realidades que gobernaban el monótono trajín diario, ellos aún no habían atado cabos.

Quienes no atan cabos son como peces que se niegan a saltar del tonel de agua y caer en un tonel de mostaza, donde se podrían ocultar de la pistola que esperaba dispararles. Estúpidos.

Él se dio cuenta de que la analogía misma también era estúpida, pero la había provocado sus ansias de engullir mostaza.

Ah, bueno. Era el momento de ir al grano.

Algo zumbó por el aire por encima de ellos, como las alas de un murciélago. Un gran cuchillo de carnicero voló hacia la cuerda que sostenía a Colt, la cortó, y este cayó como un saco de piedras.

Wendy contuvo el aliento.

Él estaba a medio camino del piso de la biblioteca cuando voló otro objeto y golpeó la alfombra con un fuerte golpe.

Colt revivió con ese golpe. Flexionó las piernas y extendió los brazos para equilibrarse, aterrizó en el centro de la estrella invertida de cinco puntas, reduciendo hábilmente el impacto de su caída, y cayó de pie, aparentemente sin lesiones por el uso de la horca en el cuello durante media hora.

Nicole se puso de pie lanzando un grito ahogado. Carey solo atinó a mirar.

Colt rompió la cuerda del cuello y dos lazos adicionales que había rodeado debajo de cada brazo para apoyar el peso de su cuerpo. Tiró la cuerda al suelo y recorrió el balcón con la vista para ver quién había lanzado el cuchillo.

—¿Qué? —se sorprendió Pinkus—. ¿No estás muerto?

—Pero te vimos morir —expresó Nicole, corriendo hacia él.

Él le había prometido a Wendy que soportaría la presión en el cuello mientras se balanceara y no se cayera. Las cuerdas debajo de sus brazos habían cargado noventa por ciento del peso, y la ocultaban muy bien su camisa.

El disparo de Wendy llegó de un cartucho de fogueo que él apresuradamente formó de una bala verdadera. Esto, junto con la ayuda de un poco de salsa de tomate del pequeño comedor de la biblioteca, completó la ilusión. Lo importante había sido que los demás no pudieran revisarle el pulso o la respiración. Colgar a cinco metros en el aire logró eso.

Pero Red no se había tragado su falsa muerte. Se logró enterar. Pero ¿cómo?

Wendy corrió hacia él y estuvo a punto de echársele al cuello, lo cual lo hubiera rasguñado en carne viva.

—¿Estás bien?

—Viviré —contestó—. Él está aquí.

—¿Nos *engañaste*? —inquirió Carey—. Ahora sin duda él nos matará.

—Gracias a Dios que estás vivo —expresó Nicole, llegando hasta él.

Él le permitió que le tocara el rostro. Wendy se molestó.

—¿Lo oyeron? —dijo Wendy en una voz muy baja.

—¿Qué? —dijo Nicole mirándola.

—Yo oí que me dijiste que lo matara.

Colt parpadeó.

—Por favor… —dijo Colt evadiendo el tema tan bien que ella se sintió sin fuerzas para continuar.

Colt buscó los estuches de los libros.

—Él está oyendo. Estamos encerrados aquí con él.

Nicole retrocedió unos pasos y observó la biblioteca. Todos estaban ahí. Colt tenía razón, Red estaba sin duda observándolos en ese preciso momento. Pero serían unos tontos si lo miraban. Él era el dueño de la situación aquí.

Carey caminó hacia el otro objeto que había caído. Un libro, Wendy veía ahora.

—Él va a matarnos —manifestó Carey, mirando hacia abajo—. No se va a hacer el tonto.

Mientras más se debilitaban los nervios de Carey, más se asemejaba su comportamiento al de Pinkus.

Nicole comenzó a caminar nerviosamente sin rumbo fijo.

—¿Qué es lo que él desea? Date cuenta, Carey.

—¿Y si eso fue una metedura de pata?

De pronto Nicole se encontró al borde del pánico. Ahora se parecía un poco a Pinkus.

—¿Qué piensas que él quiere? Ábrelo, Carey. ¡Ábrelo!

¿Dónde estaba Red? Él los estaba observando, ¿no?

Colt alargó la mano y la colocó en el hombro de Nicole, calmándola suavemente. *Si ella tenía en mente los mejores intereses de Colt, era obvio que él no lo veía*, pensó Wendy.

Carey se inclinó y levantó el libro. Le examinó el lomo, luego la cubierta.

—¿Qué es? —preguntó Pinkus.

—Un libro.

—Sé eso. Pero él lo arrojó, ¿de acuerdo? —averiguó el jugador, investigando las vigas del techo—. ¿Qué dice?

Carey caminó hasta una mesa y lo depositó con cuidado. Ellos se reunieron alrededor de él.

—Ábrelo, Pinkus.

—¿Yo? Tengo dos manos vendadas, amigo. ¿Cuál es tu problema? Ábrelo tú.

—Tienes dos dedos vendados; los demás están bien. Ábrelo.

—No sé porqué tú no puedes...

—¡Basta ya! —gritó Nicole—. ¡Ábrelo! Abre el libro, Carey. Él quiere que nos leas algo, así que sencillamente ábrelo.

Carey respiró hondo y luego miró a Colt.

—Esto es culpa tuya. Lo sabes, ¿no es así?

Wendy dio un paso hacia Carey, furiosa por la crueldad de él. Abrió la cubierta. *Moby Dick*. Una antigua copia de *Moby Dick*.

Ella levantó el libro y abanicó las páginas. Se abrió en un pliegue hecho por una tarjeta. Ladeó el libro hasta que la tarjeta sobresalió de la cubierta. El asesino la había puesto allí; ellos lo sabían.

Nicole agarró una vela del piso, la puso al lado del libro, sacó la tarjeta con una mano temblorosa y se inclinó hacia delante para leer en la luz.

—¿Qué dice? —indagó Pinkus—. Léela.

Ella leyó con voz entrecortada.

Cuando hablo de matar, quiero decir dar muerte.

¿Debo explicarlo en detalle? Entonces lo haré.

Colt elegirá la puerta negra con el seis blanco, o la puerta blanca con el siete negro. Tú atravesarás una, tu patética amante la otra. Uno sale herido, otro obtiene mayonesa con qué celebrar.

Seis horas simplemente se convirtieron en seis minutos.

34

uién es tu amante patética? —preguntó Pinkus.

Todos miraron a Nicole, que estaba atónita viendo la nota.

—¿Qué quiere decir él con que Colt escogerá —inquirió Nicole—. ¿Cómo sabemos qué puerta es la mala?

—¿Qué puertas? —indagó Pinkus mirando alrededor.

Ninguna puerta a la vista tenía un seis o un siete pintado en ella. Eso dejaba a los cuartos de estudio detrás de la sección de revistas. Wendy corrió entre varias estanterías altas, seguida por los demás. Tan pronto como rodeó los estantes de revistas se dio cuenta que tenía razón.

Las que habían sido puertas lisas la última vez que estuvieron atrapados ahora brillaban con un siete negro sobre blanco, y un seis blanco sobre negro.

—Hombre, ese sí que es un lío —Pinkus habló por todos.

—Cállate, Pinkus —dijo Colt bruscamente—. Tenemos seis minutos. ¿Wendy?

—Sálvate tú, Colt —contestó Wendy en voz muy baja—. No confío en ella. ¿Me oyes? No es lo que piensas.

Él no respondió.

—Por favor, Colt, la droga no es lo único con lo que estamos enredados aquí.

Colt la miró a los ojos.

—El amor es ciego. No ves las cosas como son. Por Dios, ¡óyeme!

—No, no por ahora, Wendy —le dijo. Ella sabía que el mayor enemigo de Colt no era algo como la droga. Estaba cegado por su propio corazón.

Quizás todos estaban así.

Nicole avanzó hacia las puertas, con la mirada fija en ellas como tratado de discernir los secretos que guardaban.

—¿Podemos abrirlas?

Colt atravesó hacia la puerta negra y la abrió. Asomó la cabeza en el interior.

—Nada más que una mesa y sillas. Y una puerta en el fondo. Tal vez un clóset.

Rápidamente revisó el otro salón.

—Igual.

—Por consiguiente, ¿qué hacemos? —preguntó Nicole con voz chillona.

Carey miró las puertas.

—Como dije, no importa cuál sea —manifestó con el rostro refulgente por el sudor—. Se trata de un juego arreglado.

—Él está detrás de la puerta negra —expresó Nicole con voz temblorosa—. Sé que así es. Ese es su color.

Ella se volvió hacia Colt con ojos suplicantes.

—¿Correcto?

—Ella tiene razón —comentó Wendy—. Así es como yo lo vería. La puerta blanca es para la mayonesa; la negra para Red.

—Se les está acabando el tiempo —opinó Pinkus.

—Cierra la boca, Pinkus —expresaron Carey y Wendy al unísono.

Colt y Nicole tenían la mirada fija en las puertas.

—¿Colt? —exclamó Nicole acercándosele y agarrándole la mano. Le bajaban lágrimas por las mejillas—. Creo que él lo sabe. Creo que me va a lastimar.

—¿Qué sabe? —preguntó Wendy.

—Lo que hice.

—¿Qué hiciste?

Nicole no contestó la pregunta.

—Él va a hacerme algo.

—¿Estamos todos de acuerdo en que la puerta negra es la mala? —inquirió Colt suavemente.

—¿Y si no? —cuestionó Carey caminando de un lado al otro.

—¡Ya no quiero más *si* condicionales! Simplemente escoge una puerta. ¿Cuál crees que es peor?

—La negra —contestó Carey después de algún titubeo.

Wendy se dio cuenta que Colt entraría a la puerta mala. Ahora no lo podría persuadir de otra cosa. Ella había dicho lo que pensaba, e incluso podría estar equivocada. Salvar a Nicole era la decisión más noble. Pero Wendy apenas podía soportar el pensamiento de que este hombre inocente se estuviera dando por una mujer que había manipulado su corazón herido para que se sacrificara.

Ella estaba pasando un momento difícil, pero no como para que Nicole se aferrara a la mano de Colt, suplicándole con la mirada. La escena enfermaba a Wendy. Nicole se empinó hacia él y le susurró queriendo hacer algo más que tocarlo.

—Eres un buen hombre.

Él la miró con tristeza, tratando de sonreír sin conseguirlo, luego se alejó.

—Podrías estar equivocada, Nicole —le indicó—. Lo sabes, ¿no es así?

—Sí.

—¿Qué puerta quieres que yo elija?

Ella ahora tenía el rostro húmedo, y la nariz empezaba a gotearle, pero aún estaba asombrosamente hermosa, pensó Wendy. Incluso con los dos vendajes en el rostro. Dio una última mirada a las puertas, sollozó, y lo enfrentó.

—Lo siento. Estoy muy apenada.

—No tengas pena. Solo dime.

Ella esperó un segundo, torturada por su decisión.

—Él va a matar a quienquiera que atraviese la puerta negra —indicó—. ¿Escogerás la negra?

Él asintió.

—Atraviesa primero la puerta blanca. Yo entraré al salón negro cuando estés a salvo.

Ahora fue ella quien asintió. Como dos ovejas llevadas al matadero se pusieron ante cada puerta.

—Entra —ordenó Colt.

Ella contuvo el aliento, abrió la puerta blanca, y aparentemente al no ver peligro, entró. La puerta se cerró detrás de ella.

Colt se dirigió a la puerta de Nicole, puso el oído contra ella, y escuchó por unos instantes.

—¿Estás bien?

—Sí —se oyó la respuesta apagada de Nicole.

Él se dirigió a la puerta negra, la abrió y entró.

—Todo esto es muy confuso —opinó Pinkus—. Y yo no sabía que ellos fueran amantes.

—No lo son —anunció Carey caminando sin rumbo fijo y apretando los puños—. No creo que yo pueda soportar que él le haga daño.

Wendy detectó la amargura en la voz de Carey, y lo pudo haber presionado si no se le hubiera echo un nudo en su propio corazón. Hasta aquí no habían oído nada. Colt, querido Colt, por favor dime...

De pronto se abrió la puerta negra, y Colt salió a empellones con los ojos abiertos de par en par. Corrió hacia la puerta blanca, agarró la manija, y empujó.

—¿Qué pasa? —preguntó Carey.

Estaba cerrada.

—¡Nicole! —gritó Colt mientras golpeaba la puerta con la palma de la mano.

Nadie contestó.

—¡Nicole!

—¿Qué pasa? ¡Habla! —gritó Carey.

Colt giró alrededor, y enfrentó otra vez la puerta blanca.

—Encontré un frasco de mayonesa.

Un alarido fuerte y desgarrador atravesó la pared, luego otro. Venían de detrás de la puerta de Nicole.

35

Él le está cortando los dedos —comentó Pinkus, que aún tenía las dos manos vendadas de blanco, mirando a Colt.

—¡Deténganlo! —Carey arremetió contra la puerta.

—Está trancada —informó Colt, pero los dos se lanzaron contra ella. Rebotaron. Inútil. Nicole seguía gritando adentro.

Los ojos de Carey estaban desorbitados y sus labios bien abiertos. Comenzó a golpear la puerta con los dos puños, gritando de modo incoherente a voz en cuello.

Colt retrocedió confundido y exhausto. Como policía había enfrentado cientos de situaciones de gran estrés, pero nunca pasó por algo tan difícil y que marcara tan profundamente como este juego suicida.

La caída del balcón no había salido como la planeó. Antes que nada, Colt no esperaba colgar por el cuello durante treinta minutos. Estaba a punto de liberarse por sí mismo cuando Red lo derribó.

Los treinta minutos le habían dado una perspectiva única por sobre todo. Debajo de él, Carey construía su estrella de cinco puntas. Wendy salió, Pinkus realizó otro de sus actos de desaparición, y

Nicole se sentó tranquilamente a observar a su hermano. Al ver todo con los ojos medio abiertos, Colt no se podía quitar de encima la sensación de que todos habían estado allí antes.

No aquí, en esta biblioteca, y no ellos como dentro de estas cinco personas. Pero algo respecto de esto no era nuevo.

Algo acerca de los números seis y siete.

Algo respecto de ese zumbido que se seguía oyendo.

Algo en cuanto al cielo ennegreciéndose.

Algo con relación a la venganza de Red.

Los gritos de Nicole se intensificaron, quemándole los huesos como ácido.

Wendy estaba a su lado, mirando más allá de él a la puerta blanca, con ojos llorosos. Entonces los ojos de ella encontraron los suyos, buscándolos.

—No es culpa tuya —le dijo ella suavemente.

Pero Nicole aún estaba gritando, lo cual aumentó la culpa en la mente de él.

Lo importante era que ya ni siquiera estaba seguro de que *quería* vivir. Él era el más feo. El más feo no merecía vivir. ¿Era esta la primera vez que había oído eso? No. Lo que acrecentaba su sufrimiento ahora era el dolor de su amante. Eso es lo que Red había escrito, y esas pocas palabras habían sido las más dulces que Colt leyera alguna vez, a pesar de estar atrapadas entre líneas de muerte.

Colt tiene una amante.

Tragó saliva, horrorizado. Qué pensamiento extraño y exacto. Su madre tuvo muchos amantes, pero ninguno de ellos fue un verdadero amante. No como la amante de Colt. No como Nicole. No, eso estaba reservado para el hijo a quien ella había echado fuera con sus trapos sucios.

Colt tiene una amante. Y él ahora estaba impotente de hacerle cesar su sufrimiento.

El terror le subió por el pecho como una locomotora. Sus pies cedieron y cayó de rodillas, derribado por los gritos de Nicole que ahora amainaban. Él dejó que las manos le cayeran por los costados y comenzó a temblar.

Él siempre había sido muy fuerte. Ellas ni muertas besarían al feo cuyo aliento era sin duda tan desagradable como el rostro, pero dado que un ladrón andaba suelto, él era el primero en quien pensaban. Siempre había sido el más fuerte, pero ahora era...

No sabía quién era. Así que temblaba. Es frecuente que se pongan a temblar los que se debaten entre realidades conflictivas. Él lo sabía. No supo cómo, pero lo sabía; y esa sencilla verdad no lo apartaba de su apabullante emoción. Era extraño cómo a veces se presentan pensamientos tan claros durante los momentos más inoportunos.

Huummmmmm...

Wendy se arrodilló a su lado, acercándose de nuevo pero sin tocarlo.

—No es culpa tuya, Colt. ¿Me oyes? Es culpa de Red. No hay manera de ganar. Lo sabes.

Pero él no sabía qué.

—Yo —logró decir, odiando la áspera emoción en la voz.

No pudo decir nada más.

Ella necesitó unos instantes para reaccionar.

—No creo que eso lo detendrá.

Cesaron los gritos de Nicole. Carey disminuyó el ritmo y ahora caminaba, levantó las manos hasta el rostro para limpiarse el sudor de las cejas.

—¿Estás bien? —susurró Wendy.

—No —contestó él después de un momento.

—Por supuesto que no está bien —intervino Carey—. Acaba de enviar a su *amante* a la muerte.

—Pero tú la cortaste. ¿Por qué iba él a herirla? objetó Wendy

—Porque no seguimos sus reglas —señaló Pinkus—. No hemos matado al más feo.

—Colt estaba tratando de salvarla —dijo Wendy mirando a la puerta.

—Por supuesto que sí. El buen policía que piensa en los mejores intereses de todos.

—Él entró por la puerta que tú elegiste, cerdo. Fue como una oveja al matadero.

—Primero elegí la puerta negra. Pero no, todos ustedes dijeron blanca —discutió Carey con el rostro contraído—. Ella es mi hermana. Y ustedes no tienen idea de lo que él es...

La puerta blanca se abrió de golpe, y Carey se dio media vuelta. Colt quiso pasar corriendo la oscura entrada, pero no le obedecieron los pies.

La sombra de la puerta venía de una de las luces abajo, un borde que se ensanchaba a medida que subía. Lo primero que vieron fueron los zapatos deportivos de Nicole, renqueando hacia delante.

Colt casi corrió entonces hacia ella, pero aún no se pudo mover.

Los jeans de Nicole. Sus labios. Luego apareció ella lanzándoles una mirada de horror.

El primer pensamiento de Colt fue que ella estaba usando una máscara. Una de esas de caucho que parecían de carne. Pero la marca que le cubría el lado derecho del rostro era real. Empezaba en la frente y le llegaba por el lado de la nariz, el borde de los labios, y luego le regresaba en círculo hacia la oreja.

El siguiente pensamiento de Colt fue que se trataba de una marca. Como una marca ardiente. De cualquier modo la mitad del rostro femenino había sido desfigurado. Colt apenas le logró reconocer el perfil.

Ella comenzó a tambalearse, luego a llorar. Con seguridad sentía dolor ante cualquier movimiento de sus músculos faciales. Colt corrió hacia ella y la agarró por la cintura y el hombro.

—Todo saldrá bien —la consoló—. Te lo prometo, todo va a salir bien.

El rostro de Nicole estaba hinchado, no ensangrentado. Quien haya hecho eso utilizó un método que incluía tinta, maximizando la marca mientras minimizaba el verdadero daño del tejido. Una mezcla entre tatuaje y quemadura.

Permanente. Ninguna cantidad de cirugía le devolvería a Nicole su antiguo ser. Red la había vuelto fea.

—¿Está mal? —preguntó Nicole—. ¿Cuán mal está?

Los ojos le brillaron de temor, y miraban a Carey por sobre el hombro de Colt. Ella le estaba preguntando a Carey.

—¿Lo es? —inquirió abriendo la boca en un lamento silencioso; cerró los ojos.

Ella estaba obteniendo su respuesta.

Colt regresó a mirar. Carey retrocedía lentamente, horrorizado. ¿Cómo podía hacer eso? Colt sintió un arrebato de ira. ¿Cómo podía este hermano amoroso alejarse de su propia carne y sangre? ¿Esta hermana a quien él recientemente había estado listo para defender de la muerte?

—Carey —le indicó bruscamente—. Dame una mano.

Carey titubeó, luego dio un paso adelante. Estaba horrorizado, pensó Colt. No era responsable de sus acciones.

—Ella necesita sentarse —señaló Wendy arrastrando una silla—. ¿Es solo tu rostro o te lastimó en alguna otra parte?

Pero Nicole no estaba escuchando a Wendy. Estaba enfocada en su hermano. Y escuchaba las palabras no expresadas de él como si las estuviera gritando.

Colt volvió a mirar a Carey.

—¡Basta ya! —gritó.

Carey parpadeó. Lo miró con ojos inquisidores.

—Ayúdanos.

Finalmente el hermano se acercó y puso con cautela una temblorosa mano sobre el hombro de su hermana. Pero era demasiado tarde. Los ojos de Nicole estaban cerrados, y los hombros le temblaban con sosegados sollozos que rápidamente se convirtieron en un gruñido tan horrible que Colt se sintió alarmado.

Entonces, repentinamente, ella se detuvo.

Nicole les hizo caso omiso y se alejó, observando su reflejo en uno de los vidrios de las ventanas. Ella pareció bastante fuerte, una señal animadora. Pero su mente tendría que ajustarse a esta nueva realidad. Colt siempre había sido feo. No sabía qué era perder un tesoro como el que ella tuvo.

Luego Nicole encontró su reflejo en una sección adecuadamente iluminada de la ventana. Permaneció inmóvil por largos segundos, luego se acalló por completo. Al menos ella no parecía estar en horrible sufrimiento físico.

—Está bien, Nicole —le habló él suavemente acercándose.

Ella gruñó, y el gruñido se convirtió en un chillido. Sin advertencia giró, agarró una silla detrás de ella, y la lanzó con todas sus fuerzas contra la ventana. El grueso vidrio a prueba de balas la hizo rebotar sin causar daño, cayéndosele de las manos de ella y yendo a parar en la alfombra.

—¡No está bien! —gritó; volteando hacia Colt—. Aléjense de mí.

—No... —exclamó Colt dando un paso adelante—. No quieres decir eso. Estás herida, pero...

—¡Aléjate! —gritó retrocediendo, y luego se dejó caer en otra silla.

—Deberíamos poner un poco de ungüento...

—Él advirtió que si hago algo para sanar la herida me quemará el otro lado —indicó ella en voz baja.

Entonces Colt comprendió que ella había cambiado. Horror, sí, pero podría haber más. Era evidente que las semillas plantadas por su madre cuando Nicole era muy joven se habían desarraigado por completo como afirmó Carey. Estuvieron floreciendo debajo de la piel, ocultas por un hermoso rostro.

Pero ahora ese rostro había desaparecido.

Ella se mantendría en aislamiento, a menos que comprendiera que él la amaría igual sin un rostro hermoso. Colt no tenía intención de dejar que ella hiciera eso. Pero tampoco tenía idea de cómo cambiarle las percepciones.

Miró a Wendy y vio que ella lo miraba como si fuera él, y no Nicole, a quien hubieran herido tan profundamente. Dada la manera en que Nicole le había contestado antes, Wendy debió creer que él era un tonto.

—Espera aquí —señaló él, y se escabulló dentro del salón con la puerta blanca.

Todo indicaba que era idéntico a los demás salones de estudio en la biblioteca, pero Colt estaba más interesado en la puerta del clóset. Si es que era eso.

No lo era. La puerta conducía a un pasillo sin acabar, alineado por paredes abiertas con material aislante rosado embutido entre los maderos de cinco centímetros por diez en un costado y el cimiento de concreto por el otro. A lo largo del techo corrían tuberías.

Una camilla reposaba en ángulo a la derecha de Colt. Al lado había una mesita regulable de noche.

Colt fue hasta la mesa y recogió un mechero para calentar. A su lado estaba la jeringa que Red había usado para herirle el rostro a Nicole, pero no había tinta para tatuajes ni marca de hierro.

Pensó en seguir por la vía de acceso pero decidió que hacerlo en la oscuridad sería inútil. Un poco de luz se filtró por la puerta detrás de él, y luego se apagó dejando en oscuridad ambas direcciones.

Sin añadirle sus propias huellas digitales, puso la tapa plástica de protección sobre la aguja de la jeringa, se la metió en el bolsillo y llevó consigo el mechero. Eso representaba la mejor evidencia física que había encontrado hasta ahora.

—¿Es eso lo que él utilizó? —preguntó Wendy cuando él salió del salón de estudio.

Él asintió, y miró a Nicole.

—¿Lo viste?

—No —contestó ella, alejando la mirada del mechero en manos de Colt.

¿En qué estaba pensando él, al mostrarle los instrumentos de tortura? Puso el mechero en el estante.

—Tenemos otro problema —comentó Pinkus.

Colt miró al jugador, que había estado inusitadamente callado en los últimos minutos. Carey aún miraba a su hermana como un venado encandilado por las luces de un auto.

—Todavía no hemos matado a alguien —continuó Pinkus, expresando lo que sin duda todos pensaban.

—Gracias por el recordatorio —contestó Wendy—. Eres un encanto cuando te lo propones.

—No estoy diciendo que *deberíamos* matar a alguien. Después de todo, él no nos está matando. Está eliminando al pueblo.

—¿Insinúas que no tienes ningún inconveniente con toda la matanza de un pueblo? Y sabes que tarde o temprano seguirá con nosotros.

—Tienes razón —admitió Pinkus, mirándola—. Solo hay una manera de ganar. Él es un jugador. Los jugadores se rigen por reglas.

Timothy Healy había dicho algo parecido, pensó Colt.

—Tenemos otro asunto —continuó Pinkus.

Ellos lo miraron.

—Colt ya no es el más feo.

Nicole ni siquiera se estremeció.

Colt no había visto la relación, pero ahora le retumbaba en la mente. Red no solo se había llevado la belleza de Nicole; la había convertido en la más fea. Lo cual significaba que no estaba solo tras Colt.

—¿Cómo puedes discutir todo esto con tanta indiferencia? —le preguntó Wendy a Pinkus.

—Porque esas son las cartas con que estamos tratando. Alguien tiene que ser práctico aquí.

—¿Y serías tan práctico si fueras el más feo? —quiso saber ella atacándolo con sus propias palabras.

—Pero no lo soy.

—Por dentro podrías serlo, Jerry.

—Mira —contraatacó Pinkus, sin inmutarse—. Todos sabemos que él está obsesionado con la belleza física, y ahora sabemos que Nicole es aquí la persona más fea. Así de sencillo.

Un zumbido iluminó la mente de Colt. El necio tenía razón. Tenía toda la razón.

—Él quiere que admitamos lo que en realidad estamos pensando —continuó Pinkus—. Lo que todos en el mundo piensan de veras. Bueno, ¡digámoslo! Hace diez minutos yo creía que Nicole era delicada. Pero Red cambió eso.

Miró a Colt y agregó rápidamente.

—Yo no, amigo. *Red.*

—Si oigo una palabra más acerca de esto, juro que *te* convertiré en el más feo —amenazó Colt acercándose a Pinkus, agarrándolo por el cuello y sacudiéndolo con fuerza—. Y si crees que aquí alguien tendría problemas para matarte, no estás conectado con la realidad. ¿Nos entendemos?

—Solo estoy diciéndolo como es —se justificó Pinkus.

—Y yo no estoy interesado en oírlo —contraatacó Colt con brusquedad.

Eso fue lo último que le dijo a Pinkus antes de volverse.

—Él nos matará a todos porque no quieres enfrentar la realidad —objetó Pinkus—. Esa es la única razón. Tú te dices: él no quiere matarnos; su deseo es que reconozcamos al más feo, y que lo matemos.

—¡Cierra la boca!

El suave canto de Carey se oyó en la biblioteca. Solo entonces Colt comprendió que el hermano se había escabullido. Su cántico no era inquietante ni melancólico como antes. Ahora era el sonido de una tremenda angustia y amargura que surgía del centro de la biblioteca.

Por un momento se miraron unos a otros, dejando que Carey expresara lo que todos sentían. Eso los consolaba de manera extraña. Pero entonces Carey bajó súbitamente el tono y empezó a gritar obscenidades. A Red. A toda esa inhumana farsa.

—Esperen aquí —Colt se estremeció, alarmado por la posibilidad de que Red se le hubiera aparecido a Carey.

Encontraron a Carey de pie en el centro de su estrella de cinco puntas. La mitad de las velas se habían consumido, pero emitían suficiente luz para proyectarle un tono amarillento en el rostro, el cual miraba hacia el techo, con los ojos cerrados fuertemente.

Se oían gritos, chillidos y salivazos; maldiciones a lo negro, quizás en referencia a la puerta negra o al mal; a las artes negras. Salían palabras de odio hacia una enorme lista de cosas, pero en la única en que se enfocó fue Nicole.

Carey estaba maldiciendo a Nicole.

—¡Detenlo! —chilló Nicole—. ¡Tienes que detenerlo!

—¡Carey! —gritó Colt.

Pero Carey no escuchaba.

—¡Carey!

—¿Colt? —llamó Wendy, que se había alejado de los demás hacia el frente.

Pero su atención se enfocó en Carey que estaba muy errático y estaba tan lleno de ira que todos tenían razón para preocuparse. Quizás hasta atemorizarse.

—¡Carey!

—¡Colt!

—Ahora no, Wendy. Él va a...

—La puerta está abierta —dijo ella.

Carey se detuvo. Sus últimos gritos resonaron en la biblioteca. Al unísono se volvieron hacia Wendy, que miraba a través de la puerta principal. Entraba luz del día.

—¿Es...? —empezó a balbucear Pinkus.

Todos corrieron hacia la puerta principal.

Los demás corrieron detrás de ella. Salieron a tropezones; y se quedaron parados en las gradas de mármol de la biblioteca, anonadados.

El pueblo había vuelto.

Wendy alargó su brazo por encima de la silla plástica para descansar Esto se siente perfectamente real. Ella contemplaba un interruptor de luces al lado de Clifton mientras esperaban que el doctor presentara sus resultados. La clínica Summerville era un pequeño edificio con tres salas de revisión, un área de espera que contenía seis sillas verdes que podrían soportar otra tapicería, un laboratorio suficientemente grande como para alojar la máquina de rayos x con pintura negra oxidada que ocupaba toda una esquina, y la sala de conferencias en la cual estaban sentados ahora.

Real, todo real. Nada de eso podía ser producto de su imaginación.

Ellos habían estado fuera de la biblioteca durante tres horas pero lo sentían como tres minutos. La patrulla de Colt había encontrado su camino hacia una choza un kilómetro al este del pueblo, cómo, nadie sabía. Lo que sí sabían era que contenía trazas de droga a las que todos hacían referencia.

Lentamente Wendy se estaba conformando con la idea de la droga surcando sus venas, aunque no se sintiera drogada en lo más mínimo.

En el momento en que le hicieron señas a una patrulla e hicieron contacto con Clifton, Colt le exigió con mucha urgencia —como Wendy nunca vio hasta ahora— que sus cuerpos fueran examinados con rayos x. Las drogas no justificaban la experiencia que acababan de soportar, insistía él. Inesperadamente Clifton había hecho su reaparición repentina con su tranquilidad habitual, casi como si lo hubiese esperado.

Las maniobras médicas se tomaron dos horas entre los cinco. Además de una ligera erupción en su pantorrilla izquierda y en la parte baja de su espalda, Wendy se enteró de que tenía ampollas en ambos talones, debido a su caminata a través del desierto, supuso ella. Por lo demás gozaba de buena salud. Eso era lo que ella sabía hasta ahora.

Ella miró a Colt, que regresaba del espeluznante silencio de Clifton con el suyo durante la última hora. Él la estaba mirando, se dio cuenta. Sus ojos se entretenían con los de ella. Wendy ya no estaba segura de que fuera imaginación suya, pero si su intuición estuviera funcionando de manera apropiada, había más culpa en esos suaves ojos que lo que ella desearía en cualquier hombre.

Ella quería alcanzarlo, decirle que estaba bien. Nada de eso era culpa suya. Pero se sentía como un espécimen bajo un microscopio en el laboratorio. Todos los ojos parecían estar sobre ella.

Ella continuó concentrada en Colt. Trató de animarle con una sonrisa gentil, pero temió que más bien pareciera una mueca. Sus ojos cambiaron hacia el espacio.

Ella se tragó el bulto que se le hizo en la garganta y miró al agente que se levantó como un árbol en la puerta. Estaban siendo tratados como prisioneros. Alguien debía decir algo. Ellos deberían estar defendiéndose.

Pero no había defensa que pudiera satisfacer a Clifton. Ellos le habían dicho todo, de manera natural, y él no dudaba que ellos creyeran cada una de sus palabras. Pero solo habían sido testigos de los eventos que atribuían a Red.

Repentinamente la puerta se abrió y el agente Winters escoltó al doctor Hurt, que había estado volando en su ausencia.

—¿Señor?

Clifton saludó con la cabeza.

—Adelante.

El doctor cruzó hacia el tablero de luz, golpeó el interruptor que encendía el mar de bombillos fluorescentes detrás del vidrio ahumado, y comenzó a empujar negativos cuadrados colgando en los ganchos que se alineaban en el armazón. El plástico aleteaba con cada empujón del experto a medida que subían.

Cinco negativos. Cinco cabezas. Cuatro ángulos de cada uno. Una lengüeta blanca en la parte de abajo etiquetaba los rayos x: Jackson, Davidson, Pinkus, N. Swartz, C. Swartz.

Wendy se sentó y estudió las imágenes de su cráneo. Huesos y cerebro. Surrealista.

El doctor Hurt les lanzó una mirada acusadora, haló un apuntador telescópico y le dio un golpecito intenso al primer negativo etiquetado Jackson. La cabeza de Colt.

—Usted notará la corteza cerebral…

—Sin jerga, doctor —interrumpió Clifton, con los ojos fijos sobre Colt—. Díganos qué encontró. No tenemos todo el día.

—Sí, señor.

Él golpeó una esfera de blanco tamaño BB en la base del cerebro de Colt. Wendy había visto la macha y asumió que era marcador sobre la película. No parecía anatómico.

—Todos los cinco sujetos tienen algún tipo de implante en la misma proximidad del hipocampo —caminó por la línea de rayos x y golpeó cada uno—. Sin removerlos no podemos estar seguros de su propósito, pero parecen contener una carga eléctrica congruente con un transmisor. —Hizo una pausa, estudiando su propia artesanía—. O un receptor.

Colt se levantó abruptamente.

—¡Eso es!

—Siéntese señor Jackson —dijo Clifton.

Él se sentó con los ojos clavados en el tablero de la luz.

—Es eso, ¿verdad?

El detective ignoró su pregunta.

—¿Me podría decir cuánto tiempo han estado implantados?

—Eso es exactamente. No hay señas de ninguna herida en el tejido que rodea el implante que yo pueda encontrar. Ninguna cicatriz sobre la piel, ningún hematoma, ni trauma alguno. Yo diría que mucho tiempo.

—¿Cuánto?

—Mucho.

—Por favor, sea más específico.

El doctor dudó, golpeó su palma con el apuntador.

—Esto no tiene ninguna lógica, pero lo que veo sugiere que siempre han estado ahí.

—Quiere decir desde el nacimiento.

—Algo así. Sí.

Una larga y pesada pausa. Wendy se sentía sofocada. Aquí había un error, hasta allí lo sabía sin la menor duda.

Ella tocó detrás de su cabeza y sintió la piel en la base de su cráneo. Ningún golpe, ninguna cicatriz, ningún dolor. Nada.

Pinkus saltó sobre sus pies.

—Entonces terminen —dijo.

—Siéntese…

—¡Tienen que cortarla ya! ¿No ven lo que está sucediendo? ¡Así es como lo está disparando todo! ¡Ustedes lo extraen y él no nos puede tocar! ¡Termínenlo!

—Imposible —dijo el doctor—. No sin una cirugía complicada. Y aun entonces podría ser riesgoso.

Wendy se levantó y caminó hacia el tablero de la luz. Clifton no hizo ningún intento por detenerla. La pequeña mancha blanca sobre la película no era sólida, ella lo vio. La pálida línea exterior de delgadas líneas se rizaba hacia el centro.

—Pensé que habían dicho que era inducido por drogas —dijo ella, buscando una manera de descartar las implicaciones de la imagen blanca y negra frente a ella.

Aunque le había dirigido la afirmación a Clifton, Hurt respondió:

—Nunca había visto algo como esto, claramente, pero es posible que un artefacto pudiera controlar la percepción sensorial si un... si la droga correcta... una con un espectro receptor que simule experiencias sicóticas particulares... —se detuvo. *Los vínculos con su lógica estaban ahí, él solo estaba teniendo dificultades para en realidad hacer la conexión entre lo teórico y lo real*, pensó Wendy.

Ella parpadeó y buscó sus ojos azules.

—Pero todo esto es posible, es lo que usted está diciendo.

—Teóricamente. —Él miró el implante en los rayos x del cerebro de Pinkus—. Quizás diez años a partir de ahora. No ahora, no tan pronto. Todos saben que es solo una cuestión de tiempo antes de que las percepciones sensoriales puedan ser simuladas con precisión para duplicar la experiencia ordinaria. Usted piensa que ve un mustang rojo cuando en realidad está viendo una pared blanca. Lo han hecho con lechuzas... —Él estaba hablando rápidamente, casi para sí mismo.

—Las drogas lo hacen ahora todo el tiempo en un plano menos específico. Las proteínas sintéticas se unen a moléculas específicas en el cerebro para crear un efecto deseado. Hasta ver imágenes y colores particulares. La percepción está controlada por impulsos eléctricos y reacciones químicas. Nuestra respuesta a aquellos impulsos está condicionada a través de la experiencia... todo es posible, por supuesto que lo es. Pero...

—¿Por qué todos nosotros tenemos esto? —preguntó Carey. Todavía estaba bajo cierto estupor—. Quiero decir... Esto significa que estamos hechos un lío. Sus manos temblaban.

—Esto significa que estamos realmente trastornados —dijo Pinkus.

Nicole empujó su silla de vuelta a la pared, con los ojos que perforaban, impávida, a medida que la silla de metal se estrellaba contra la pared. —¡Llévennos al hospital! —gruñó.

—Arreglen esto —apuntó con un dedo su mejilla cortada—. ¡Arreglen esto! —Entonces batió su palma sobre la mesa—. ¡Reparen todo esto, cerdos asquerosos! ¡Ahora!

Clifton parecía tan calmado como un camión de seis tiros.

—Gracias, doctor. Puede irse.

—Debería llevar esta película…

—¡Váyase! —dijo con los ojos todavía sobre Nicole, que le enfrentaba sonrojada y sin parpadear.

El doctor hizo una rápida escapada, cerrando la puerta de la pequeña sala de conferencias. Clifton se paró al lado de Wendy. Un agente estaba en la puerta.

Wendy caminó a la parte trasera del cuarto, y se volteó con los brazos cruzados.

—Tiene dos opciones, señorita Swartz —las palabras saltaron de la lengua de Clifton con lo que podría ser únicamente placer. Sus ojos destellaban brillo—. Usted puede hacer exactamente lo que yo le digo sin la más mínima vacilación. O puede resistirse. Sugiero la primera opción. Resístaseme y las oportunidades de que sobreviva al día caerán dramáticamente.

—¿Me está amenazando?

—Estoy declarando lo obvio. Pero esta elaborada charla médica podría hacerles sentir como víctimas, aunque el hecho es que Red todavía está afuera. O aquí adentro.

—Él ha hecho bien sus amenazas. Dudo que tenga intenciones de detenerse porque hemos encontrado una pequeña BB redonda en cada uno de sus cráneos.

—Tranquilícese —retumbó Colt—. Ella ha pasado por más que cualquier ser humano…

—¿Usted solo va a sentarse allí y a dejar que él me intimide? —le dijo bruscamente Nicole a Colt—. ¡Detenga esto!

Eso era el colmo. Wendy se adelantó.

—¡Detente! ¿Cuál es tu problema? ¡Este hombre ofreció su vida por ti!

—¡Y mira dónde me trajo! —Nicole apuntó con un dedo tembloroso a su ardiente cara—. ¡No se suponía que esto sucediera!

—¡Siéntense todos!

Wendy se volvió a Clifton que había palmeado su pistola. Colgaba de su mano, dirigida al suelo.

Wendy se sentó. Nicole maldijo y enderezó su silla. La oscuridad, mientras Wendy había llegado a pensar en sus hechizos, ahogaban su mundo por unos pocos segundos, luego desparecían. Sus hechizos aumentaban su frecuencia. Y empeoraban.

—Gracias. Advierto que usted piensa que soy solo un poco insensible, pero ser mimoso no es parte de lo que hago. Yo digo la verdad. Detener la injusticia en su forma más fea, ¿no es eso de lo que se trata todo esto? ¿De lo más feo?

Durante un segundo Wendy pensó en Red, no en Clifton que les hablaba. Ella dejó que el pensamiento desapareciera.

—Usted no está siendo totalmente directo conmigo —dijo él—. Eso lo sé. La verdad está siendo escondida.

Colt parecía haberse recuperado del ataque de Nicole lo suficiente como para traer su cabeza de vuelta al cuarto.

—¿Qué le hace decir eso?

Clifton caminó alrededor de la mesa.

—La evidencia que estamos recogiendo está comenzando a contar una historia que no concuerda con la suya.

—¿Qué evidencia? —preguntó Wendy, tan ansiosa como él por encontrarle sentido a esto—. Acabamos de encontrar una evidencia que nos aclara.

—Sus pasados. El hecho de que cada asesinato hasta ahora fue cometido en un momento cuando uno o más de ustedes no aparecieron cerca de la víctima. El hecho de que todos se perdieran convenientemente en la noche. Nuestro tiempo, quiero decir. Luego ustedes emergen al día siguiente con el tipo de cosas normalmente reservado para los verdaderos lunáticos. Como Red.

—Esos rayos x explican nuestro comportamiento —dijo ella.

—Explican porqué podrían estar perturbados, pero no lo que hacen. En mi opinión, las drogas no tienen nada que ver con su así llamada manipulación. Ellas solo cambian su percepción. La piel de lo que ustedes ven, por así decirlo. No las decisiones que toman. Interesante, lo admito... permitiremos que un psicólogo escriba un artículo sobre esto cuando todo termine. Pero nada de eso me ayuda a detener a Red.

Clifton levantó su pistola a la altura de la cabeza de Wendy.

—Podría hacer la misma amenaza aquí y ahora. Podría decir: «Mata al más feo o meteré una bala en tu cabeza». No importa si ustedes están en este cuarto o en el desierto. No importa lo que piensen que ven a su alrededor; la verdadera pregunta es: ¿Quién es el verdadero tipo malo y cómo lo vences?

Wendy miró fijamente el agujero negro al final del cañón, preguntándose cómo sería ver una pistola disparada de frente.

—Entendemos —dijo Colt—. Baje el arma.

Una gota de sudor corrió por el ojo izquierdo de Clifton.

—Clifton... —advirtió Colt.

El detective hizo girar su pistola una vez y la metió en la pistolera en su costado. —Que se levante el verdadero Red, por favor.

—En el momento en que él venga y le arranque el oído o algo —dijo Pinkus—, comenzarán a entendernos. Todo lo que sabemos es que ustedes están tan locos como piensan que estamos nosotros.

—Comentarios como ese no inspiran confianza —opinó Clifton dejando de caminar y traspasando a Pinkus con la mirada inexpresiva—. Solo levantan sospechas.

El detective respiró superficialmente.

—Tenemos evidencia física de que todos ustedes menos el señor Pinkus estaban presentes en los ranchos en el momento de la muerte de las víctimas, o más o menos. No se ha encontrado ninguna evidencia de este personaje Red.

—La misma evidencia física también corrobora nuestra versión de los acontecimientos —cuestionó Colt— ¿Ya revisó la sangre en el piso del baño?

—El mismo tipo de la de Timothy Healy. Igual que en los zapatos de usted. Sangre pero no el cuerpo. ¿Dónde está el cadáver, Colt?

—Red se lo llevó. Si lo supiéramos se lo diríamos. Dígame si encontró los otros cuerpos como le dijimos que lo haría. Dígame que ha hallado alguna evidencia que insinúe que hicimos algo distinto a lo que hemos dicho.

—Bueno, ahora, ustedes no me han hablado de *todos* los cuerpos, ¿no es así?

—Por supuesto que sí —terció Wendy.

—De todos. ¿Incluso los últimos?

—¿Los cinco que encontraron esta mañana? —preguntó Colt.

—Muy bien, señor Jackson. Así que usted sabía que encontramos cinco más además de los dos, antes de que ustedes desaparecieran. Eso hace un total de catorce. Lo que necesito es que uno de ustedes me diga cómo pudieron tener esa información. Ninguno de nosotros se las dio.

—Yo estaba suponiendo —contestó bruscamente Colt—. Él dijo que mataría a siete más. Es evidente que lo hizo.

—Qué suposición. Y ninguna evidencia física que conduzca a ningún Red fuera de este salón.

—¿Y qué de la jeringa que yo saqué de la biblioteca?

—Pronto sabremos lo suficiente.

—¿Dónde encontraron los cuerpos?

—Usted lo sabe, ¿no es así? Alguien en este salón lo sabe —contestó Clifton observándolos detenidamente—. Otras dos parejas en casas separadas en el lado oriental. Un jardinero en otro patio. Todos los cinco fueron asesinados hace como dos horas, mientras ustedes supuestamente jugaban en la biblioteca. ¿Por qué no me dijo nada de la mano que hallamos en la cajuela de su patrulla, oficial Jackson? Pertenecía a una de las víctimas, un señor Stratford.

—¿Cree usted de veras que yo sería tan estúpido?

—Depende. ¿Por qué cavar hoyos detrás del cobertizo del médico, por ejemplo?

—Ya hablamos de eso. Estábamos revisando para ver si el pueblo estaba debajo de la arena.

—De veras. Los que entierran cadáveres hacen esa clase de cosas. Eso no es ni la mitad, Colt. Tenemos más. Mucho más.

Ninguno reaccionó.

—Ustedes deben saber que a Summerville están a punto de llegar más policías de los que ha visto algún pueblo del tamaño de este. Se extendió el rumor. Tenemos un homicida que se las ha arreglado para hacer que todo asesino en serie en la historia de los Estados Unidos parezca aficionado en comparación. El gobernador ha llamado una unidad especial del FBI; vendrán como en veinticuatro horas. Ahora el FBI tiene aquí cinco agentes, y pronto serán el doble. Estamos entreteniendo a los medios de comunicación, pero anoche un periodista se las arregló para atravesar nuestro perímetro, y se enteró lo suficiente de la primicia como para provocar el gran bombazo. ¿Pensó uno de ustedes alguna vez en un bombazo?

Evidentemente no.

—A eso es lo que llamo el extremo en que los medios masivos de comunicación logran agarrar algo, sea lo que sea, y lo exageran. Mil personas mueren cada año en Las Vegas, pero aquel a quien ellos deciden cubrir día y noche es quien recibe los clamores del mundo. Esto tiene los componentes del mayor bombazo que hemos visto. Y esta vez les será difícil exagerarlo.

Él frunció el ceño.

—No me importa quién es este sujeto Red; mañana ya no podrá moverse. Una confesión ahora, que ante ustedes la obliga toda esa cobertura, encontrará favor con el juez.

—Creo que Pinkus es Red —opinó Carey.

—¿Y por qué, señor Swartz?

—Para empezar, él nos dijo que no confiáramos en usted.

—¿De veras? ¿Por qué les diría eso, señor Pinkus?

—Porque él afirma que usted no es real —contestó Carey.

—¿Ah, sí? —exclamó Clifton yendo hacia Pinkus y pegándole una bofetada tan fuerte como para que el rostro se le pusiera colorado—. ¿No siente que eso es real, Jerry?

Tocaron a la puerta.

—Pase.

El técnico entró. Llevó a Clifton a un lado y le habló muy de cerca, le entregó una caja pequeña y luego se fue.

—¿Les dije cómo murieron las víctimas que encontramos esta mañana?

—No —contestó Wendy.

—Fueron envenenadas. No con veneno clásico, como cianuro, sino con un veneno raro, como lo ha identificado nuestro personal. Hace una hora un helicóptero llevó una muestra a nuestro laboratorio en Vegas. Sabemos que el veneno paraliza los músculos de la víctima, siendo el último el músculo cardíaco. Evidentemente el asesino quemó el cabello de la víctima con un mechero después de administrarle el veneno. Hallamos el mechero sobre un estante en la biblioteca, donde Colt afirmó que puso el que encontró.

¿Qué estaba sugiriendo Clifton?

—¿Les dije cómo fue administrado el veneno? Fue inyectado usando una jeringa —anunció, y sacó de la caja la jeringa que Colt había encontrado—. Esta jeringa, en realidad. Corresponde a los pinchazos en las víctimas. Por desgracia no hay huellas que pertenezcan a nadie que conozcamos como Sterling Red. Las únicas huellas en esta jeringa pertenecen a Colt Jackson. Una evidencia bastante condenatoria, ¿no creen ustedes?

—Eso es ridículo...

—Ridículo es su esfuerzo por crear confusión al actuar de este modo.

Clifton llamó a la puerta. Entraron dos oficiales uniformados.

—Enciérrenlos en una celda. Nadie los libera a menos que yo lo ordene.

—Sí, señor.

Estamos liquidados —comentó Pinkus, pasándose las manos por el cabello sin tener en cuenta los vendajes—. Totalmente. Ese idiota me golpeó, ¿lo vieron?

—Aquí estás más seguro que allá afuera —sugirió Colt—. Toma las cosas con calma.

—¿Estás chiflado? ¿Desde cuándo unos cuantos barrotes detienen a Red?

Nicole se sentó en un rincón del piso de concreto, encogida. Empezó a llorar suavemente, con la cabeza inclinada y estremeciéndose. Carey la miró y luego le dio la espalda, dejando ver los músculos de la mandíbula.

Wendy los observó a todos, perpleja por el gran cambio que había visto obrar en ellos en menos de cuarenta y ocho horas a causa de una tormenta. Todos habían cambiado, aunque Pinkus no tanto, quizás por aparecer ante ellos ya cambiado después de que le cortaran el dedo.

Sí, por supuesto que todos habían cambiado. ¿O no? En realidad, ¿qué sabía ella acerca del pasado de estas cuatro personas encerradas con ella en esa celda? Algo acerca de sus pasados interesaba a Clifton.

Algo aparte del hecho de que ninguno tenía explicación de lo que rondaba en sus cabezas. Colt se mantenía mirando a Nicole y luego a Wendy. Wendy no creyó que Nicole encontraría un hombre más sincero y leal que Colt. Más que eso, ella no podía dejar de pensar que se estaba enamorando de él.

Enfrentar el momento de la muerte tenía un modo de sacar todo menos la verdad.

¿Y tú, Wendy? ¿Has puesto al descubierto la verdad acerca de tu propio corazón? ¿Tus temores, tus deseos, los demonios que enfrentas cada día?

Wendy fue hasta donde Colt y le siguió la mirada hacia la puerta.

—¿Estás bien?

—Sí —contestó, asintiendo como si se quitara de encima alguna telaraña que lo estaba cubriendo.

—¿Sí? —cuestionó Pinkus—. ¿Qué quieres decir con que estás bien? Ninguno de nosotros está bien. Esto no terminará hasta que él consiga lo que quiere. Tú sabes eso. Todos tenemos que hacer lo que él desea.

—Tú que pones un dedo sobre ella y pasarás el resto de tu vida en prisión —expresó Colt—. Si es que tienes la suerte de que te deje vivo.

—¿Entonces está bien para ti que él siga matando? No hay problema para «Feo como el pecado» mientras él fantasea con «Más feo que el pecado».

Wendy debió concentrarse para no pegarle una bofetada.

—Estamos pasando algo por alto —opinó Colt haciendo caso omiso de Pinkus.

—Tenemos que hacer lo que él exige —manifestó Nicole suavemente—. Aún no lo hemos hecho.

Muy cierto.

—Quizás Timothy tenía razón —terció Wendy—. Tal vez Red está atado por las mismas reglas que nosotros.

PIEL

—Tienes razón —expresó Colt—. Tenemos que salir de aquí. Debemos participar en el juego. Además tenemos que encontrar la manera de vencerlo en su propio juego.

—¿Crees por tanto que debajo de esa máscara Red es en realidad el más feo? —preguntó Pinkus—. ¿Quiere *él* que lo matemos? Ni soñarlo.

—No creo eso —negó Colt moviendo la cabeza de lado a lado—. No, es más complicado que eso.

—¿Qué entonces?

—No creo que Red detenga esto hasta que logre vengarse.

Pero Wendy no podía entender por nada en el mundo qué motivaba esa necesidad de venganza. Sin duda era nada que ella hubiera hecho. Y no se trataba solo de Colt, porque Nicole estaba ahora en la mira de Red.

La oscuridad —un muro opaco que desconecta al mundo— llegó con un sensacional zumbido, y Wendy quedó helada. Pero esta vez el episodio fue peor. Mucho más. Y no simple penumbra.

A ella le dio la clara impresión de hallarse debajo de un gran peso, o envuelta en una manta caliente. Su pecho succionaba aire con fuerza, y le pareció tener atadas las extremidades. Todo esto era consecuente con los episodios anteriores.

Sin embargo, la luz borrosa en su visión periférica era nueva. Un círculo de iridiscencia gris que le pareció vivo. Y en movimiento. Algo en el círculo pareció moverse.

Luego desapareció.

Colt le puso la mano en el hombro. Después la bajó. Parte de ella quería que no la hubiera bajado.

Sterling Red. Le encantaba el nombre. Normalmente se podría pensar que una palabra como *sterling* iría bien con *silver*. Sterling Silver, o plata excelente. Y estaría bien. Pero Red no estaba interesado en lo normal. Él era anormal hasta los tuétanos, ¡vaya que sí!

Además estaba el hecho de que había contraído temblores tanto tiempo atrás que ahora no recordaba cuándo. Como un epiléptico.

No solo era su brillantez ocasional o su poder de razonar a la vez, ambas cosas mandarían al hospital con un dolor de cabeza paralizante al individuo más normal.

Ni siquiera se trataba de su confianza en sí mismo, su gorra de béisbol echada hacia atrás, su máscara o su amor y su odio por la mostaza. Todo eso era interesante, sí, debía admitirlo.

Pero nada de eso hacía terriblemente extraordinario a Sterling Red, o rojo excelente. Más bien lo que lo hacía diferente era su pasión por matar. Plateado como un arma. Rojo como sangre. Igual que una novela que despierta emociones, solo que real, real, real, así como la sangre se desliza y corre por sus venas.

Sterling Red. Plata asesina.

Afortunadamente la gran cantidad de leyes nuevas del personal de seguridad en el pueblo hacían más difícil y más fácil andar por los alrededores. Más difícil para un loco asesino suelto. Pero más fácil para un loco asesino vestido como un policía y en un auto policial. Red acababa de usar la patrulla y manejaba velozmente para que no pudieran ver que quien estaba detrás del volante temblaba como una licuadora. También con sombrero de policía, por supuesto. Pronto se darían cuenta, pero para entonces él se habría ido.

De pronto detuvo la patrulla en la Avenida del Puerto, nombre que también era una estupidez porque no había un verdadero puerto en mil quinientos kilómetros a la redonda, y puso la palanca de cambios en estacionamiento. Se bajó de detrás del volante, se dirigió a la cajuela, la abrió y sacó dos recipientes de gasolina de cinco galones.

Había llegado a la Avenida del Puerto por el occidente del pueblo porque en ese momento el viento soplaba hacia el oriente. Algo más respecto de la mayoría de las personas normales: Eran tan previsibles como para llevar al suicidio a tipos excepcionales como Red.

Por eso le gustaba matar tipos normales, era cierta clase de venganza por una ofensa instigada en primer lugar por sujetos normales.

Entre los hábitos más previsibles de la gente normal estaba su tendencia a huir del peligro. Aburrido y exasperante, sí, pero hoy Red usaría esa tendencia. ¡Los tontos hasta habían escrito su escape dentro de la ley!

En el momento en que derramara estas dos latas llenas de químicos lanzarían al aire un gas tóxico que rápidamente flotaría hacia el oriente, dentro del pueblo. Por ley tendrían que evacuar a quienes estuvieran en el sendero de esos gases nocivos. La ley la dictó primero el departamento de transporte para regular la conducción de peligrosos químicos en enormes camiones, pero su aplicación aquí era apropiada.

Red enfrentó el viento y tomó una profunda bocanada de aire limpio. Pues bien, ese era otro aspecto de la gente normal, incluso de los asesinos en serie normales: al final por lo general morían debido a sus hábitos. Por ejemplo, Ted Bundy. Aunque Red no estuvo cerca cuando el apuesto tipo mató a sus más de cuarenta mujeres extrañas, lo tenía como un héroe caído. Pero hasta a Ted Bundy lo capturaron por usar el mismo Volkswagen viejo, y muy a menudo la muletilla: «¿Me puede ayudar, por favor?»

Red, por otra parte, había iniciado esta pequeña parranda con un rifle en la autopista, luego cambió a una pistola para abatir a tiros al jefe, después agarró un pollo para aporrear a sus siguientes víctimas, luego sus puños, después un cuchillo, a continuación una jeringa y ahora estaba usando gas. Esta vez su intención no era matar, pero sin embargo la variedad de sus técnicas demostraba versatilidad.

Pensar en eso hizo que a Red le dieran ganas de comer mostaza.

Se puso frente al viento y tranquilizó sus temblorosos músculos. Todo había llegado a un punto crítico, y ya podía sentir su triunfo. Calmó un último temblor violento, tomó una profunda bocanada y volcó los dos recipientes. El líquido salió haciendo idénticos sonidos *gluc, gluc*.

Red corrió hacia el auto, se subió y estaba en medio de la calle cuando llamó.

Siguió una oleada de actividad en la radio, lo que le hizo sonreír. Y luego llegó la llamada que había estado esperando... la que sabía que los iba a hacer patéticamente normales.

—Todas las unidades, todas las unidades al costado occidental.

—¿Todas? ¿De qué se trata? ¿No querrás decir...?

—Quiero decir tú, Steve. Toda la policía de Walton, todo el que tenga ruedas. Tenemos que evacuar el lugar y evitar que ese demente mate a todos en el pueblo.

—¿Y la estación de policía? —quiso saber Frank —. ¿Estará segura?

—Depende del viento. Simplemente anda, Frank. ¡Debemos sacar a esas personas! Esto viene de Clifton.

—¿Qué conseguirá Clifton con esto?

—Solo encamínate hacia allá. ¿Me oyes? —luego se oyó una gran pausa—. Voy para allá.

—Por supuesto que sí —dijo Red suavemente—. Ustedes irán hacia allá.

Nunca antes que recordara Colt había estado tan agotado emocionalmente como ahora, que enfrentaba inconvenientes que todos tenían la seguridad que lo iban a destruir si caía. No lo ayudaba el hecho de que no hubiera dormido por más de veinticuatro horas, pero en todo momento sustituía los desafíos físicos con los juegos mentales.

Siempre había sido un hombre que se enorgullecía de encontrar la solución más difícil, por improbable que fuera. Su negociación con el dueño del club de mujeres desnudas, por ejemplo. Al final les demostró a todos que podía sobrevivir, a pesar de las circunstancias difíciles.

No habían visto al detective desde que los interrogó. Colt creyó que Clifton hablaría más extensamente con cada uno de ellos; a menos, por supuesto, que el hombre estuviera asociado con el asesino, o peor, que *fuera* el asesino.

Wendy lo había consolado en su pérdida, y a él le agradó ese consuelo.

¿Pérdida? Sí, así es como los dos parecían entender ahora la transformación de Nicole. La Nicole que él había abrazado parecía haber desaparecido, al menos por el momento.

—He estado pensando —expresó suavemente Wendy al lado de Colt.

—¿Qué has estado pensando? — le preguntó él.

—Que esto tiene que ver más con el pasado que con el futuro.

—¿Cómo es eso?

De repente la puerta se abrió. *Pum.* Todos giraron al mismo tiempo; pero ninguno se paró.

Pinkus fue el primero en hablar.

—¿Hola?

Las luces se disiparon y por un momento Colt pensó que habría otro apagón, de los cuales ahora había experimentado tres. Pero Wendy estaba a su lado; él solo podía verle lo blanco de los ojos.

—¿Becky? —inquirió Colt.

Ella contestó con un grito ahogado. Sonó una cachetada, que la acalló.

—¡Becky! ¿Pasa algo malo?

Pero él sabía lo que estaba mal. Red estaba mal.

En la entrada apareció lentamente una figura iluminada por detrás por suaves destellos indirectos de algunas luces de salida emergente en el salón contiguo. El hombre se detuvo al pasar la puerta, los brazos le colgaban por las piernas, y los miraba a través de una máscara de rasgos simples. Usaba jeans, camiseta negra y una gorra azul de béisbol echada hacia atrás.

En cada cadera colgaba una pistola enfundada.

—Hola otra vez —manifestó Red; y se estremeció—. ¿Ya se imaginaron por qué estoy aquí?

Nicole se encogió de miedo, y giró el rostro. Los dedos de Wendy se clavaron en la muñeca de Colt, pero él creyó que la motivaba más el enojo que el miedo. Carey y Pinkus se quedaron detrás de Colt... él podía oírles la constante respiración, pero nada más.

—No —contestó Colt.

—Eso es muy malo. Se me está acabando la paciencia. Habría esperado más lucha de parte de tan formidables enemigos después de una buena primera paliza. En vez de eso estoy pasando malos momentos recordando porqué creí que debí ser tan cauteloso.

—Siento desilusionarlo —dijo Colt.

—No es necesario —indicó Red sacudiéndose violentamente—. Los policías se están acercando y estamos llegando al final del sexto día, así que debemos terminar esta contienda.

¿Seis días? ¿Seis acerca de qué?

—Usted está enfermo —señaló Wendy.

—Creo que ese es el punto. La pregunta es: ¿Lo está usted? Puesto que nos queda poco tiempo y ninguno de ustedes parece terriblemente motivado, estoy subiendo la cantidad de muertes de siete a setenta.

—¿Qué quiere usted? —gritó Nicole, alarmando a Colt.

—La quiero muerta —anunció Red con frialdad—. Pero empecemos por volver a meterlos en el juego en un modo que mejore el estado de ánimo. Puesto que Colt se cree mucho con una pistola, creo que sería el mejor.

—¿Mejor para qué?

—Mejor para pelear con Becky en un duelo, por supuesto.

Red retrocedió, estiró la mano detrás de la puerta, y jaló a una mujer de donde había estado oculta. Colt no logró verle claramente los rasgos a la luz, pero no había duda de que era la conocida figura de Becky. Tenía las manos agarradas en la espalda, pero Red hizo que se soltara con un tirón de su muñeca. La lanzó hacia delante de un codazo.

Becky caminó arrastrando los pies, pasado por un rayo de luz del salón adyacente. Ahora Colt logró verle el rostro lloroso, el pelo desgreñado que le caía por la frente, escudriñando la celda con los ojos como para asegurarse que todo era una equivocación. Tenía la boca tapada con cinta adhesiva de conducto. En las manos sostenía las llaves de la celda.

—Está bien, Becky —señaló Colt suavemente—. Todo va a salir bien.

—No lo escuches, Becky —ordenó Red—. Todo va a ser muy horrible, lo prometo.

Colt corrió hacia la puerta con la que Becky luchaba por abrir. Él ahora estaba pensando claramente, pensamientos del aprieto de Nicole, sus propios dilemas, el destino de ellos ante la amenaza que enfrentaban, todo sacado por un adversario muy real y tangible que estaba a cinco metros de ellos.

—Déjate caer cuando te dispare —le susurró a Becky—. No pelees.

Ella dejó de luchar con la cerradura. El sonido del aliento por sus orificios nasales llenó la celda.

—Será más fácil, créeme —le dijo, consciente de que Red podía oírlo, así que había escogido las palabras con sumo cuidado—. Abre la cerradura.

Ella lo hizo, luego retrocedió, paralizada por el miedo.

—Solo Colt. El resto de ustedes tendrá que esperar su turno de morir. Vuelve a mí, encanto.

Becky lloriqueó, negándose a moverse.

—No tienes alternativa, Becky —manifestó Colt, saliendo de la celda.

Cinco metros lo separaban del asesino. Con cualquier otro adversario hubiera corrido sus riesgos, pero había visto moverse al hombre. Becky arrastró los pies hacia Red, que agarró una pistola de su cadera izquierda, la hizo girar una vez, y la sostuvo en la mano.

—No te preocupes, Becky. Creo que puedes vencerlo. Me tienes de tu lado.

Luego Red desabrochó de la cadera una de las fundas, la tiró al suelo y la pateó hacia Colt.

—Soy la serpiente. Nicole sabe de la serpiente, ¿verdad, cariño? Se enroscó en Nicole, y ahora ella es desagradablemente fea. Piensa en Becky. Red se meterá dentro de Becky y la hará tan rápida como una serpiente.

Hizo una seña hacia la funda en el suelo.

—Está cargada y montada —le informó a Colt—. Recógela.

Colt recogió el cinturón de cuero y se lo abrochó en la cintura. El hombre iba a obligarlo a desenfundar rápidamente. ¿Por qué se tomaba tiempo para estas payasadas, en la estación de policía? Al menos había encontrado una manera de incitar una respuesta. El ruido apenas perceptible de la radio les llegó desde el frente. Parecía como que todo el mundo estuviera tratando con una nueva emergencia. Colt no lograba imaginar de qué se trataba. Pero tarde o temprano dejarían de suponer que Becky había salido del aire para ir al baño y enviarían a alguien a revisar.

—Las manos en la cabeza —anunció Red cuando se ajustó la pistola de tal modo que le colgó por el bolsillo del frente.

Puso la mano derecha en la cabeza, dejando que la izquierda colgara libremente.

Red levantó su propia arma, miró a Colt por un momento, luego se corrió detrás de Becky, que estaba temblando. Dejó caer la pistola en la otra funda en su cadera.

—Está bien, encanto, estira la mano hacia atrás y ponla en mi pistola. Vamos.

Becky gimoteó con la cinta sobre su boca.

—Vamos —le dijo Colt suavemente.

—Vamos, cariño, agarra mi pistola —insistió Red pasando el brazo por el vientre de Becky y apretándola contra él.

Ella tanteó por detrás, sintió la cadera de él, luego la pistola. Él puso su mano sobre la de ella y la presionó sobre la culata del arma. El cuerpo de ella cubría la mayor parte del de él, de los hombros para abajo, pero su cabeza estaba por sobre la de ella, proporcionando un disparo fácil a este alcance.

Colt dudaba que Red tuviera alguna intención de darle esa ventaja tan fácilmente. Se agacharía cuando Colt jalara el gatillo, haciendo que disparara más abajo, a la cabeza de Becky.

El hombre no era tonto. Probablemente ya sabía lo que Colt planeaba hacer. Estaba colgando una zanahoria, su propia cabeza en este caso, cerca de la de Becky.

—Mantén tu mano en mi pistola, encanto —señaló Red mientras levantaba la mano derecha hasta la cabeza—. Cuando te avise sacas bruscamente esa pistola y matas de un disparo al viejo Colt. ¿Me oyes? Si no le disparas, él me disparará. Pero él no disparará porque tú eres yo. Y si él no dispara sobre ti o sobre mí, yo te dispararé en la espalda antes de que yo parpadee.

Colt sintió el sudor que se producía en las palmas de sus manos. Los músculos se le habían apretado. Antes había vivido esta situación, enfrentando blancos a su alcance, pero nunca una despachadora y una serpiente.

—¿Alguien tiene un poco de mostaza? —preguntó Red.

¿Mostaza?

—A la cuenta de tres, Colt.

Becky comenzó a hacer molestos ruidos a través de la cinta adhesiva. Red levantó la mano y la cacheteó ligeramente.

—¡Enfócate!

Entonces Colt empezó, en la f de *enfócate*. Pero no su mano derecha, la que permaneció en la parte alta de su cabeza, inmóvil.

Su mano izquierda centelleó al instante, agarró rápidamente de la funda la culata de la pistola y la sacó antes de que Red se moviera.

Pero cuando Red se movió, lo hizo con una velocidad que Colt nunca había visto; dejando caer la mano sobre la de Becky.

Uno de los dedos de ella crujió fuertemente mientras la pistola rozaba el cuero.

Colt ya tenía su pistola dirigida hacia la cabeza de Red cuando el hombre se agachó, exactamente como Colt había previsto. Un disparo a la cabeza era totalmente imposible, y fuera de tiempo.

Bajó el cañón de la pistola tres centímetros y jaló el gatillo.

Dos disparos resonaron con dos fogonazos, uno de la pistola de Colt, uno del arma en la mano de Red y Becky.

La bala de Colt surcó hacia Becky, a lo alto en el centro de su masa corporal.

La bala de Red dio violentamente contra la pistola de Colt, haciéndola saltar de la mano; salió volando del salón y repiqueteando sobre el concreto.

Colt se agarró la mano y cayó sobre una rodilla. Por un instante ninguno se movió. Y entonces Red liberó a Becky y la hizo caer al suelo.

—¡La mataste! —gritó Pinkus.

—No es verdad —negó Red—. Pero no estuvo mal. Solo una manera de que algunos de ustedes queden con vida al terminar el día, y salven a un montón de tipos de cosas malas. Les estoy dando exactamente seis minutos para volver a la biblioteca a terminar el juego que empezaron.

Red retrocedió, se dirigió a la puerta a su izquierda y desapareció por ella.

Wendy fue la primera en salir de la celda, corrió hacia el cuerpo caído de Becky pasando a Colt. Prendió el interruptor de la luz. La luz titiló y luego inundó el salón. La blusa blanca de Becky se volvía roja lentamente. Era como si Red en realidad se hubiera metido dentro de ella y ahora estuviera goteando.

Una simple mirada al arma sobre el suelo le indicó a Colt que quedó destruida.

—Detén la hemorragia —señaló, corriendo hacia el botiquín de primeros auxilios.

Volvió con un poco de gasa.

Ahora los otros tres ya habían salido de la celda y miraban el cuerpo. Wendy había rasgado la blusa de Becky hasta poner al descubierto una perforación en el hombro derecho.

—A menos que me equivoque, es una herida muscular —anunció Colt, tendiéndole la gasa a Wendy—. Se desmayó por el dolor, pero estará bien. Ponle algunas gasas en la herida, pero rápido.

—¿Qué hacemos? —preguntó Pinkus.

—Lo que nos está obligando a hacer.

—¿Estás chiflado? Yo no volveré allá.

—Haz lo que quieras —contestó Colt—. Pero te puedo garantizar que te pondrá una bala en la cabeza, jalará tu cadáver hasta la biblioteca y luego seguirá con el resto de nosotros.

Todos lo miraron, sabiendo que no había dicho nada más que la verdad.

Colt se volvió y entró a grandes zancadas a la estación.

—Espera... —empezó a protestar Wendy.

—Vuelvo enseguida —respondió.

—¿Adónde vas?

—A adquirir algo de potencia de fuego.

os cinco salieron corriendo de la estación en fila india, con Colt al frente, que agarró cinco pistolas del arsenal. Les señaló que serían casi inútiles contra Red en manos inexpertas, y más perjudiciales que buenas. Pero era claro que tenía una idea.

El pensamiento de tener un arma en la mano era atractivo para Wendy. Había riesgos; por ejemplo, Pinkus podría dispararle a Nicole. Pero si Colt aceptaba ese riesgo, también ella.

Carey y Nicole agarraron sus pistolas sin molestarse en mirarlas. Pinkus se quedó mirando el mecanismo, pero no hizo mucho más. Solo Wendy parecía saber qué hacer con la pistola después de la rápida lección de Colt en la biblioteca.

Red había destruido la radio en la estación. Y la de la patrulla de Colt. No había más autos en el estacionamiento.

—¿Dónde están todos? —preguntó Wendy—. Nunca había visto vacío este lugar.

—Algo está sucediendo —contestó Colt, encendiendo el auto.

Un hombre atravesó corriendo la calle y Colt hizo girar la patrulla en redondo, persiguiéndolo. Lo alcanzó y bajó la ventanilla.

—Espere. ¿Adónde va corriendo con tanta prisa?

—Están evacuando el pueblo —contestó el hombre dejando de correr hasta ponerse al lado de la patrulla—. ¿No lo sabe usted?

—¿Por qué?

—Un derrame químico sobre la Avenida del Puerto —reveló, mirando a Pinkus, Nicole y Carey apiñados en el asiento trasero; y volvió a preguntar—. ¿No lo saben ustedes?

—¿Qué? —exclamó Pinkus en tono alto.

—Mi radio está muerta —contestó Colt al corredor, que seguía mirando hacia el occidente—. Quiero que vaya hasta donde el primer policía que encuentre y le diga que Becky está herida en la estación. Le dispararon.

—¿Le dispararon? ¿Y qué está *usted* haciendo?

Colt titubeó.

—Voy a salvar al pueblo —reconoció, entonces arrancó e hizo girar el auto en u.

Se quedaron sentados en silencio mientras Colt corría veloz por las calles vacías. No había nada más qué decir. Ya habían estado antes en este aprieto, corriendo hacia las garras de la muerte; solo que esta vez todos sabían que era el fin.

—Esto tiene que ver con nuestros pasados —comentó finalmente Wendy.

—No entiendo porqué tenemos que volver a la biblioteca —cuestionó Pinkus—. Cada vez que entro allí pierdo un dedo. ¿Por qué simplemente no escapamos de aquí?

—Porque él nos quiere en la biblioteca —contestó Colt; Carey y Nicole mantuvieron el mismo silencio que habían guardado desde que volvieron al pueblo—. Es su campo de actividades, donde puede controlar la mayor parte de lo que ocurre.

—¿Y queremos ser controlados? ¿Por qué no ir adonde los policías?

—¡*Soy* un policía! —exclamó Colt con brusquedad—. Y por lo que sabemos, ¡*él* es un policía!

Rodearon velozmente la esquina detrás de la biblioteca, y Colt le hizo chirriar los frenos al auto. Una patrulla de Walton estaba cerca del edificio como un pedazo de caramelo blanco y negro con una cereza en lo alto. Lograron ver al policía detrás del volante, mirando hacia delante. Colt se detuvo en seco detrás del policía y se bajó con Wendy.

El policía no se había movido, lo que hizo pensar a Wendy en volver a su auto. Pero ella había cambiado en los últimos días... el pensamiento de un policía muerto ya no la horrorizaba tanto como antes.

Con una mano aplacó el reflejo de la ventana y miró adentro. Al policía le habían disparado en la frente. La bala entró por el parabrisas delantero y se incrustó en el apoyacabezas.

De repente Wendy sintió náuseas. Quizás había exagerado el cambio en sí misma.

—Está muerto —expresó.

—La radio está destruida —informó Colt, haciendo señas a los otros de que salieran, agarró las pistolas de la cajuela, y se las entregó.

Se dirigieron hacia la puerta trasera de la biblioteca. Abierta.

—Muy bien, sabemos la instrucción —señaló Colt, con una mano en la manija—. Pero esta vez le damos caza. Agarren sus...

—¿Cómo? —interrumpió Pinkus.

—Te lo estoy diciendo. Quiten los seguros —les dijo, mostrándoles—. Mantengan sus pistolas apuntadas al suelo. Yo soy el único aquí que tiene una verdadera oportunidad de enfrentarlo, así que mi pistola es la única con balas de verdad, pero si ustedes disparan cerca del rostro de alguien le podrían sacar un ojo.

—¿Qué? —gritó Pinkus—. ¿Tienen estas cosas balas de salva?

—Así es. Las llamamos *balas de entrenamiento*. ¿Creíste que les iba a dar municiones de verdad?

Wendy no pudo contener una sonrisa irónica. Él los llevó allí donde no tenían oportunidad de variar su decisión antes de decirles que sus armas eran inútiles. Eso significaba que tenía un plan además de andar simplemente a la caza de Red.

—Creo que es acertado —opinó Wendy—. ¿Qué hacemos con las pistolas?

—Nos vamos a matar unos a otros con ellas —informó Colt—. Todos nosotros. Los quiero a todos ustedes muertos en el suelo.

—Quieres decir que finjamos estar muertos —corrigió ella.

—Sí. En un radio de tres metros.

—¿Por qué? —preguntó Carey; estas eran sus primeras palabras desde la estación—. Ya hiciste eso y fallaste de modo lamentable.

—Si todos estamos sobre el suelo, supuestamente muertos después de un tiroteo convincente, él no tendrá más alternativa que ver si en realidad estamos muertos. Piensen en eso.

—¿No es eso algo en que deberíamos estar de acuerdo? —cuestionó Pinkus—. Sencillamente no puedes lanzar aquí este plan de locura y decirnos que nos disparemos unos contra otros. ¿Por qué no dijiste nada en el auto?

—No confío en el auto. No confío en los policías. No sé *en qué* confiar.

—Tiene sentido —reiteró Wendy—. Podría funcionar. Si damos un espectáculo bastante convincente, él tendrá al menos que revisarnos. ¿Y allí es cuando entra tu verdadera pistola?

—Esa es la idea —asintió él.

—¿Lo podrás derrotar hacia arriba?

—Él es rápido —dijo, y una sombra le cruzó el rostro.

—Más rápido que tú. ¿No es así?

—No si lo tomo por sorpresa.

—A Red no se le agarra por sorpresa.

—Siempre hay una primera vez.

Pero Colt no parecía muy convencido, ni siquiera consigo mismo. Permanecieron en grupo alrededor de la puerta y se miraron unos a otros.

—¿Alguien tiene una idea mejor? —preguntó él.

Se colocaron alrededor de la estrella de cinco puntas que hizo Carey en el centro de la biblioteca, esperando comenzar, aunque para Wendy era un misterio cómo se suponía que fueran a hacerlo. ¿Empezaban simplemente a gritar?

El plan circunstancial de Colt era ingenioso precisamente *porque* habían hecho algo parecido en su falsa ejecución. Red se preguntaría: ¿Quién intentaría lo mismo dos veces? Pero tendría que revisar para ver si estaban vivos o muertos.

Había algunos puntos débiles, por supuesto. Colt les dijo que había la posibilidad de que Red decidiera chequear disparando desde su escondite una bala a las piernas de cada uno. Ellos tendrían que tratar de no moverse en caso de que él hiciera eso.

Además estaba el simple hecho de que Red era rápido, muy rápido, endemoniadamente rápido, demasiado rápido para Colt.

Pero tenían que seguir el juego o arriesgarse a peores consecuencias. Al menos el plan de Colt brindaba alguna esperanza, aunque endeble.

Por tanto allí estaban de pie, cinco almas perdidas inclinadas contra las mesas que Carey había echado hacia atrás, mirándose unos a otros, listos para empezar una discusión, pero inseguros de lo que eso significaba.

—Pues bien —dijo Colt en un tono de voz natural y suficiente para que lo oyeran sin dejar sospechar que quería eso. Sus ojos enfocaban el balcón—. Tenemos las manos atadas. La inevitable realidad es que si no hacemos lo que Red está exigiendo morirán más personas.

—¿Así de sencillo? —preguntó Wendy; tendrían que ponerle algo de emoción; es más, mientras más emoción, mejor—. ¿Echar simplemente los principios por la ventana? ¿Dispararás tú el gatillo?

—¿Sobre quién? ¿Nicole? —inquirió Pinkus—. ¿Y quién va a matar a Colt?

Ellos lo miraron.

—No podemos arriesgarnos a no matar al más feo, ¿correcto? Aquí solo hay dos personas feas y sí, tendré que estar de acuerdo en que Nicole tiene un aspecto muy feo con medio rostro quemado, pero el de Colt no es adornado. Lo cierto es que Nicole tiene más en sí que su rostro. Ella es una mujer y Red es un hombre, sabemos eso muy bien.

Wendy no había considerado esa perspectiva.

—Ni siquiera sabemos que por *feo* Red se esté refiriendo a belleza física —señaló ella—. Si ustedes quieren...

—Seguro que sí —interrumpió Pinkus—. Él nos dijo que olvidáramos todas esas majaderías acerca de belleza interior. Él está hablando en serio.

—Eso es solo una suposición —intervino Colt—. Estoy de acuerdo en que sería imposible imaginar cuál de nosotros es el más feo por dentro, y no creo que eso es lo que está motivando a Red; pero hablando técnicamente, Wendy tiene razón.

—El hecho es —insistió Pinkus—, que creo que Red te podría considerar el más feo aquí. Al desnudo, es decir.

—¡Eso es lo más ridículo que he oído! —gritó Wendy—. Aquí estás jugando con vidas. Deja de hablar así de él.

La sorprendió su propia ira. Quizás debido a que era más profunda que su indignación moral.

Le gustas, Wendy. Le gustas demasiado. Él merece mi amor, se contestó para sí misma.

—Insisto en decirles —continuó Pinkus—, esto se trata de lo superficial, no lo interior. Lo que vemos con nuestros ojos. El desierto, el pueblo, todo lo que está en la superficie. La piel. Red nos está diciendo que imaginemos quién es el más feo. Que lo matemos. Y punto.

Ahora Wendy estaba demasiado enojada para responder con algo menos que un golpe físico.

—Nos estamos sobrepasando viendo apariencias —siguió hablando Pinkus—. Cualquier día de la semana Red encontrará a Nicole más atractiva que Colt. Seamos realistas, amigos. Colt es más feo que un perro.

—Basta —gritó Nicole; y luego, para sorpresa de Wendy, corrió al lado de Colt y prácticamente se le colgó—. No dejes que él me mate...

PIEL

Colt parecía no saber qué hacer sino poner torpemente una mano en el brazo de Nicole.

—Está bien. No te preocupes. Lo venceremos en este juego.

—Mi *hermano* —lo interrumpió ella—. Carey quiere matarme. No permitas que Carey me mate.

Colt parpadeó. Pinkus estaba mirando a Carey, que tenía la cabeza inclinada y miraba al techo. Sus labios se estaban moviendo, pero de su boca no salía ningún sonido.

—Yo... yo no lo permitiré —contestó Colt.

—Él lo intentará —insistió Nicole—. Tan pronto como vayas tras Red.

Ella miró alrededor del grupo, un rostro a la vez.

—No me crees, ¿verdad? Él lo hará —reclamó ella de nuevo a Colt—. Tú no lo conoces, Colt. ¡Va a matarme!

—No —contestó Colt—. Escúchame. No se lo permitiré.

—Pero ahí es donde te equivocas, chanchito —manifestó Carey; luego niveló la cabeza, levantó la pistola hasta el oído y dio un paso adelante—. Toda esta plática de amor es suficiente para volver adicto hasta al más leal bufón del romance. El hecho es que Red nos va a matar si no matamos ahora a la persona más fea aquí.

—Basta —exclamó Wendy, viéndose obligada a entrar al intercambio, alarmada por el cambio en la voz de Carey—. Tú no sabes quién...

—¡Cierra la boca! —gritó Carey, haciendo girar su pistola hacia Wendy; una mirada en los ojos de él le indicó a Wendy que se había presionado al máximo—. Solo deja tu espantoso razonamiento y acaba con este estúpido juego.

—¿Cuál es tu problema, amigo? —indagó Pinkus.

Carey volvió su pistola hacia Pinkus, temblando de pies a cabeza.

—¡Cállate! ¡Calla, calla, cállate!

¿Había olvidado Carey que su pistola solo tenía balas de fogueo? Se volvió otra vez hacia Nicole, que ahora se aferraba de Colt, y le presionó el cañón de la pistola contra la nuca. Mientras hablaba, exigía su voz al límite.

—Ella es aquí la más fea, por dentro y por fuera. Se trata de ella. Ustedes no saben quién es Red, bueno yo se los diré. Él es algún amante plantado que ha venido para acabar con la vida de ella como ella acabó con la de él.

—No puedes hablar en serio —intervino Colt—. Se trata de tu hermana, Carey.

—¡Mírala! —gritó Carey—. ¡Mírale el rostro!

—Él va a matarme —lloriqueó Nicole, agarrando el rostro de Colt con las dos manos—. Tienes que matarlo.

Wendy creyó por un momento surrealista que Colt, Carey y Nicole hubieran planeado esto... que estaba arreglado para engañar a Red. Una manera de hacer parecer real el homicidio en grupo.

Pero Carey no estaba jugando, y tampoco Nicole.

—¿Matarlo? —preguntó Colt, tan confundido como Wendy por este cambio en los hermanos.

—Por favor, puedes hacerlo —rogó ella con voz suave y suplicante—. Tú tienes la pistola.

—Tú también tienes una —levantó Wendy la voz, en favor de Red—. Todos tenemos una pistola. Muéstranos la clase de mujer que eres. Anda, dispárale a tu hermano.

Después de todo, solo estaba cargada con balas de salva.

Pinkus estaba helado, y Colt parecía verdaderamente asustado. Nicole se volvió.

—¡Perra! —le gruñó a Wendy.

—¿Crees que soy una perra? —preguntó Wendy.

—¿No lo somos todos? ¡Estoy aquí tratando de salvarnos! Haz que te quemen la cara y veremos quién es la verdadera perra.

—Yo estaba equivocado —comentó Carey—. Ella solía escupirme cuando yo era niño porque me odiaba mucho. Y no ha cambiado. Me cegué por mi propio encaprichamiento con su belleza, con mi propia culpa y por tanto no lo veía. Pero aquí en la estrella de cinco puntas clamé al poder elemental del aire y me lo hizo saber. Ella es. Siempre ha sido la más fea, y ahora su rostro lo demuestra.

—Ni siquiera me conociste cuando eras niño —objetó Nicole—. Ni siquiera te uniste a nuestro pequeño y feliz espectáculo hasta que tuviste cinco años.

—¿De qué estás hablando? Por supuesto que yo estaba allí.

—Eres adoptado, Carey. Todo fue parte del brillante plan de mamá para pagar el instituto de belleza: adoptar un niño mayor y agarrar el dinero ofrecido por el estado. Pero ella no sabía que tú eras el más horrible de todos nosotros. Temblabas como una hoja, sin ningún motivo en absoluto. Epiléptico. Imperfecto. Necesitado. Empezaste a captar toda la atención. Por supuesto que te odiaba. ¡Los odiaba a todos!

—¡Estás mintiendo! ¡Ella está mintiendo! ¿Creen ustedes que yo no recordaría cinco años de mi vida si los hubiera vivido en otro lugar?

—No eres mi hermano. No eres nadie. Por eso vendieron tu alma, hermano. Te entregaron para una investigación científica.

—Ella está tan llena de mentiras que ni siquiera puede decir una simple verdad. Ella es *incapaz* de decir la verdad. Aun ahora cree que Colt es tan horrorosamente feo que le produce náuseas, pero ni siquiera puede decir eso. ¡Tienes que matarla! Juro que Red la quiere muerta.

Wendy apenas podía asimilar lo que cada hermano afirmaba, pero sí veía cómo todo esto podía aún terminar en un tiroteo muy convincente, exactamente como lo recomendara Colt. Ella tuvo otro momento de duda. ¿No estarían en realidad siguiendo los deseos de Colt, y haciéndolo excepcionalmente bien? Pero el hecho de que Carey no levantara simplemente su pistola y disparara contra su hermana era hacer caso omiso de su diálogo.

Colt levantó una mano temblorosa y apuntó su pistola hacia Carey.

—Adelante, inténtalo. Levanta tu arma. Pero no te quedes aquí mintiendo en mi cara.

Nicole se calmó. Se alejó un paso de Colt de tal modo que ahora quedó a mitad de camino entre ellos.

—¿Quieres que yo sea brutalmente sincera, no es así Carey? ¿Crees que eso sanará todas tus heridas? Está bien. Te odio. Aún te odio porque nunca me perdonaste por haberlos matado. No tuviste las agallas para evitar que yo los matara, y nunca has tenido las agallas para aceptarlo. Creo que eso te hace tan culpable como yo.

La admisión de ella sacó el aire del salón. Pinkus fue el primero en recuperarse.

—¿Mataste a tu padre? —preguntó.

Nicole hizo caso omiso a la pregunta, y con sus ojos taladraba a Carey. Una leve sonrisa le asomó en el rostro. Era como si los demás no estuvieran aquí; esta era una conversación privada, y prohibida entre hermano y hermana.

—Además, tienes razón, Colt me produce náuseas. La niñita dentro de mí moldeada por mi enfermiza confusión maternal desea agradar a su madre haciendo lo que ella le hizo a él. El pobrecito Colt era todo lo que yo despreciaba de niña.

Luego taladró a Wendy con la mirada.

—¿Me hace eso peor que tú, perra cobarde?

Wendy se sintió una vez más como si le golpearan en el estómago.

Colt intentó recuperarse, pero su voz salió temblorosa.

—No, tú no quieres decir...

—Cállate, Colt, antes de que me vomite sobre ti —amenazó Nicole fríamente, con los ojos aún fijos en Carey—. Y tú vas a hacer exactamente lo que desea otra vez la hermana mayor. No tengo intención de morir hoy.

Al ver el rostro ausente de Colt, Wendy se dio cuenta que estaba mal. Esto no era un ardid planificado. La mente de ella daba vueltas y sintió como si le hubieran sacado el aire de los pulmones, impidiéndole cualquier lamento.

Por otra parte, Carey gritaba, un aterrador alarido de ira y miedo mezclados en uno. Dio un salto hacia delante, arrebató la pistola de la mano floja de Colt, la alineó con la cabeza de Nicole, y jaló el gatillo.

¡Bum!

La pistola se sacudió en su mano. La cabeza de Nicole se echó bruscamente hacia atrás, con los ojos perfectamente abiertos de par en par con horror.

¡Bum, bum, bum!

Le vació el arma en el pecho.

Nicole cayó en su asiento al lado de Carey y Colt, y rodó bocabajo antes de que Wendy tuviera tiempo de comprender la gravedad del daño.

—¿Nicole? —exclamó Colt poniéndose de rodillas al lado de ella, estupefacto—. ¡Nicole!

Colt le dio la vuelta a Nicole. La sangre se encharcaba debajo de ella. Sangre de verdad.

Él lentamente se puso de pie, mirando hacia abajo, pálido. Retrocedió boquiabierto; entonces se volvió y huyó de la biblioteca, golpeando dos sillas en su torpe prisa.

Nicole estaba muerta. La más fea o no, estaba muerta de verdad.

Y por la mirada en el rostro de Colt, Wendy no estaba segura de que él no intentaría quitarse la vida. Pinkus se quedó pasmado con su pistola apuntada al suelo; Carey lentamente cayó de rodillas al lado de la mujer que había matado; y Wendy salió corriendo tras Colt.

—¡Colt! Espera, ¡Colt! —gritó mientras corría por el vestíbulo y chocaba con la puerta principal exactamente cuando se cerraba—. Por favor, Colt...

Medio pasó la puerta principal cuando se detuvo en seco. Colt estaba allí, en el descansillo; las gradas bajaban hacia el suelo; pero el pueblo más allá había desaparecido. La arena se extendía en el horizonte, cortado por la línea de energía que, en sus mentes o no, tenía poder para matarlos.

Y el cielo rojo estaba lleno con centenares de estelas negras, zumbando su aprobación.

Huuummm...

Nathan Blair salió de la oficina del director totalmente decidido ahora a hacer la llamada. Alguien con más autoridad tenía que saber lo que estaba ocurriendo aquí, porqué estaba sucediendo. En realidad, quienes estaban en el terreno deberían traerlo ahora.

El director se había negado a cancelar la operación. Insistió en que todos morirían. Red era demasiado poderoso, demasiado listo. El director ni siquiera confiaba en Clifton, y la verdad sea dicha, tampoco confiaba en Blair. Había tanta evidencia que implicaba a Clifton como la que implicaba a Pinkus.

Pero nada de eso importaba. Alguien más tenía que saber lo que Blair conocía... alguien fuera de este edificio. Por lo menos, él tenía que cubrirse. Por tanto, haría la llamada. Les diría todo lo que sabía, y oraría porque alguien más pudiera tomar un respiro cuando llegara, porque vendría, vendría duro.

41

Luke Preston se subió a su patrulla, arrancó y giró en u. Clifton quería verlo otra vez en la estación, volando, lo cual era interesante porque hasta donde le constaba ya habían evacuado la estación. No se oía ni un pitido de Becky desde hacía más de veinte minutos.

Había cinta roja a lo ancho de la Avenida del Puerto, a dos cuadras al occidente de donde encontraron derramados los químicos, pero los enviaron a todos a tres kilómetros hacia el oriente, a un campamento improvisado donde alimentaban a los evacuados con galletas y jugo debajo de carpas. Gracias a Dios casi la mitad de los dos mil o más residentes del pueblo habían usado los asesinatos como razón suficiente para salir antes del lugar, y solo quedaron cuatrocientos a quienes era necesario sacar de la senda de los gases químicos.

Summerville era como un pueblo fantasma. Luke había hecho tres recorridos por las calles en su patrulla y solo vio a dos personas, a quienes envió a empacar. Lo cierto es que las posibilidades de que esta confusión química matara a alguien eran muy escasas, pero ellos tenían sus órdenes. Los intransigentes no querían salir de sus casas cuando se les ordenó, pero serían los primeros en entablar juicios si despertaban con un erupción roja, eso era seguro.

¿Y si el viento cambiaba? Todos querían saber. Esa era una posibilidad que debían tener en cuenta. Si el viento cambiaba, siempre podían empacar y mudarse. El hecho era que los gases tóxicos ya se habían extendido tanto en una región tan grande que de todos modos no importaba.

Luke recorrió la Calle Primera, observando la máscara en el asiento del pasajero. Detestaba la manera en que esa cosa colgaba de su rostro, pero como su madre solía decir, uno no se corta la nariz —o en este caso la máscara— para escupirse la cara.

Condujo con las rodillas y se puso el artefacto en la cabeza. Le pareció que había entrado Darth Vader. Sin duda por fuera parecía igual. Una ambulancia lo pasó por lo menos a cien, dirigiéndose en la misma dirección que él. Los conductores no usaban máscaras. ¿Estaba herido alguien? Tal vez peor. Las cosas habían enloquecido tanto en estos últimos días que ya nada lo sorprendería.

¿Por qué no usaban máscaras esos tontos? Quizás él debería quitarse la suya. Pero acababa de pasar una hora gritando a todo el mundo los peligros de este derrame químico; andar ahora el pueblo sin máscara parecería mucha irresponsabilidad, suponiendo que alguien estuviera observando.

Estacionó al lado de la ambulancia y entró a la estación, pensando otra vez en la llamada que llegó de Clifton. Él quería a Luke aquí... no a alguno de su personal, sino a Luke.

Lo primero que Luke observó al entrar fue la radio inutilizada de la despachadora. Alguien había destrozado el transmisor y roto los cables.

Ahora nervioso, entró al salón. Clifton estaba inclinado sobre el papel liso del fax, analizando páginas que acababan de llegar. Levantó los ojos para mirar a Luke. Los dos paramédicos que lo habían pasado estaban de rodillas al lado de un cuerpo en el suelo por la puerta trasera. Becky.

Becky estaba de espaldas, cubierta por una sábana.

—Quítese esa cosa de la cara —expresó Clifton—. Parece un *Plan Nueve del Espacio Sideral.*

Luke se quitó la máscara, aún aturdido.

—¿Qué pasó? Santo cielo... ¿qué sucedió?

—Ella ha perdido mucha sangre, pero estará bien. Un transeúnte reportó haberse topado con Colt y su grupo que huían de la escena.

—¿Hicieron eso?

Clifton puso en una carpeta abierta a su lado la página que estuvo revisando, dejando la mirada fija en la hoja.

—Esa es la pregunta, Luke. ¿No? Parece que hay mucho más acerca de nuestros cinco amigos de lo que habíamos supuesto hasta ahora.

—¿De veras?

Clifton cerró la carpeta. La levantó e hizo girar los ojos.

—¿Qué es eso? —preguntó Luke.

Él sabía qué era, por supuesto: un archivo. Las preguntas quedaron majaderamente en el aire, por lo que Luke trató de ayudar.

—Es un archivo acerca de ellos, ¿verdad?

—Algunos detalles interesantes de Quantico que llenan algunos espacios vacíos, sí. Quiero que encuentre a Steve y lo traiga.

—¿Steve? ¿No está en la radio? —preguntó Luke—. No lo he visto.

—Encuéntrelo.

—¿Para qué lo necesita?

—Encuéntrelo y llévelo a la biblioteca. Hágalo.

Luke supo que había presionado su suerte haciendo preguntas tontas, pero se dio cuenta de que Clifton era de los que no daban detalles sin que lo presionaran. Y, por extraño que fuera, al detective le gustaba que lo presionaran.

—¿Adónde va? —preguntó.

—Tras Red —contestó Clifton, y salió del salón.

42

El cielo afuera zumbaba, pero el horror que bullía dentro de sus cabezas ennegreciendo el cielo y haciendo titilar el horizonte parecía intranscendente en comparación, pensó Wendy.

Miró hacia afuera por una de las pocas ventanas el crudo desierto. Las estelas estaban más bajas que antes y ahora parecían más como un manto de neblina negra traslúcida. Wendy retrocedió y fue adonde Colt se había desplomado contra la pared. Pinkus caminaba afuera sin rumbo fijo, probablemente aún mascullando acerca de que el asunto no había acabado. Mataron al más feo y la intranquilidad no terminó. Ella sacó a Colt antes de que Pinkus lo pudiera acusar ahora de ser el más feo.

Carey lloraba al lado del cadáver de su hermana. Miró al cielo exterior y se volvió a sumir en su sufrimiento.

Pero ninguno de ellos le preocupaba mucho a Wendy. Colt era el único que le interesaba. Y se estaba desmoronando.

Ella se puso frente a él con las piernas hacia un lado y apoyándose en un brazo. Él tenía las rodillas levantadas y la cabeza inclinada en medio.

Cada fibra de su cuerpo quería extenderse y tocarlo con la mano.

—Colt.

Él respiraba, pero nada más. Paralizado de adentro hacia fuera. El corazón de ella se derretía por él. Un temblor le recorrió por los dedos.

Ella tenía que hacer a un lado su emoción y ayudarle del mismo modo que Louise y Rachel la ayudaron cuando salió de la secta. No importaba que tanto Colt como ella enfrentaran una muerte casi inminente... tenía que ayudarle a ser fuerte porque de muchas formas la propia cordura de ella dependía de él en esos minutos restantes.

—Colt —repitió ella respirando tranquilamente—. No te manipularé diciendo que mi vida, que todas nuestras vidas, dependen ahora de ti porque eres el único suficientemente fuerte para derrotar a Red, pero es cierto.

Él no contestó, ni ella esperaba que lo hiciera.

—Sé que te has convertido en ese niño que fue echado otra vez por su madre, y que no puedes pensar como el hombre que he llegado a respetar en estos últimos días, pero quiero que vuelvas a convertirte en un hombre.

Esta vez él contestó con un simple sollozo. Ella sintió que el corazón se le liberaba con cada latido. La elección de esas palabras le pareció ridícula.

¿Y tú, Wendy? ¿Puedes ser una mujer?

Ella alargó la mano hacia él y dejó que sus dedos se apoyaran en su brazo.

—Colt.

Sintió suave la piel cálida de él debajo de sus dedos. Ella podía sentir los músculos a lo largo del antebrazo.

Este pensamiento no la asustó, lo cual la sorprendió. No se dejó llevar por el pánico. Sin estar del todo consciente, su mano subió por el brazo de él hasta el hombro. Como le aconsejara una vez Rachel Lords, trató de enfocarse en los pensamientos y las necesidades de la otra persona, no en los propios temores de ella.

—Toda mujer que has conocido te ha traicionado, Colt. ¿Cómo puedes creer en ellas? Después de muchos años de decirte tú mismo que tu madre se equivocaba, con Nicole te convenciste de una vez por todas que tu madre tenía razón. Que eres una persona muy fea.

Él trató de contener sus emociones.

—Tus lágrimas son por ti mismo, no por Nicole. Y no te culpo por como te sentías. Dicen que el amor es ciego. Estamos aprendiendo algo acerca de las percepciones. No te culpo en absoluto.

Él no discutió. ¿Cómo podría?

Todos sabemos que Nicole fue amargada hasta el final. Carey tenía razón. La cara puede ser engañosa. Después de todo la belleza solo está en el interior. Pero eso no te ayuda, ¿verdad? Aún quieres ser hermoso.

—No, no es así —objetó él suavemente—. No se trata solo de...

—Sí, sí lo es, Colt. Se trata de ti. Estás de luto por tu pérdida. La única mujer que te dio esperanza se volvió contra ti. Y ni siquiera fue lo que parecía ser. Te aplastó.

—Tienes razón... —reconoció él levantando el rostro humedecido por las lágrimas.

—La culpa que sientes por permitir que te manipularan solo empeora las cosas —continuó ella, animada y consciente de que ahora hablaba tanto para sí como para Colt—. Las empeora mucho más. Te sientes despreciable, ¿verdad?

Él dejó caer la cabeza contra la pared y comenzó a llorar. En los ojos de Wendy brotaron lágrimas. En ese instante miró a Colt y se vio a sí misma. Eran uno. Los dos devastados y desechados. Ambos desesperados por amor y aceptación. Los dos con necesidad de ser tocados uno por el otro.

Los hombros de ella se estremecieron con sollozos silenciosos, pero no quitó la mano que tenía sobre él. En vez de eso le masajeó el hombro con ternura, anhelando que cesara el sufrimiento y deseando abrazarlo repentinamente.

Si alguna vez escaparan de su prisión tendrían que enfrentar la horrible verdad.

Algo zumbó en la mente de Wendy. *La horrible verdad.*

—Colt. ¿Te puedo decir algo? La verdad acerca de mí. Porqué soy horrible.

Ella lo dijo pasándose el puño por la garganta. Con su vista borrosa lo vio levantar la cabeza. Ninguno habló por varios segundos.

—De niña me violó el líder de la secta. Se suponía que me convertiría en su esposa a los diecisiete años; por eso escapé. Cuando yo tenía doce años me rompió los dedos por tocar a otro muchacho.

Colt se quedó quieto.

—Escapé, pero aún estoy en su prisión, Colt. En mi mente estoy encerrada, incapaz de entregarme a otro hombre. No puedo ver el amor como debería verlo.

—No —contradijo él con voz áspera y enojada—. Tú sabes más que cualquiera de nosotros cómo amar. ¿Cómo puedes decir eso? Eres...

—Fea. Lastimada. Escúchame, Colt —rogó ella bajando la mano y mirando uno de los paneles de vidrio a través de la biblioteca—. Me asustan los hombres.

—¿Qué quieres decir? —preguntó él con voz temblorosa.

—Me asusta tocarlos.

El silencio los contuvo. Ella quería decir más, pero se dio cuenta de que él ya había llenado los espacios vacíos. Cuando ella levantó la cabeza vio que él la observaba con angustia en los ojos.

—¿Cómo puedes estar asustada de algo? —inquirió él—. Eres muy valiente.

Él pudo no haber dicho nada, pero su elección de estas simples palabras la hicieron querer acurrucársele en sus brazos y sollozarle en el hombro.

En vez de eso, ella desvió sus emociones con una respiración profunda.

—Sí, bueno, así eres tú. Eres el hombre más valiente que he conocido.

Ella pudo ver que la mente de él se confundió detrás de sus ojos vidriosos. Ahora la miraba de modo distinto. Con una nueva comprensión. Quizás hasta con respeto.

—Eso le hace preguntarse —dijo ella, mirando a la pared—. ¿Qué es real y qué no lo es? ¿Quién es bello y quién no? Nuestras percepciones pueden cambiar.

Él se quedó mirando, en silencio. ¿Qué podría decir? ¿Qué podría decir cualquiera de ellos?

Ella presionó el punto, tanto porque necesitaba seguir hablando como porque quería entender.

—¿Quién puede decir que hace falta algo como una droga para hacer un lío con tu percepción de la realidad? ¿Hitler engañó a una nación? ¿Cómo puede un grupo de personas mirar al mundo y ver una cosa, y otro ver algo completamente distinto? Uno ve un pueblo, otro ve un desierto. Uno ve belleza, otro ve caos.

—La piel de este mundo —dijo él tranquilamente.

—Si el amor puede cegarte, ¿quién puede decir que otras emociones no puedan también?

Lo que vemos puede engañarnos, la piel puede ser engañosa, pero la realidad detrás de eso tiene que ser una sola verdad, ¿cierto? No podemos ser solo un revoltijo de percepciones. Así que, ¿qué existe allá afuera, más allá de lo que podemos ver? Dependemos tanto de las superficies de lo que vemos. Pero si pudiéramos ver más allá de la piel de este mundo... —su voz disminuyó.

Wendy apartó la mirada.

—Quiero decirte algo más —confesó ella—. Tú no querrás creerlo porque tu mente está enfocada en el infierno para esta clase de cosas, pero tu vida depende de lo que te voy a decir, así que de todos modos lo diré.

La horrible verdad. Algo respecto de esas pocas palabras seguía remordiéndole incluso mientras hablaba.

—Tal vez pienses que no estoy capacitada para decirte esto, pero ¿lo oirás?

—Sí.

—No creo que Nicole fuera fea ni siquiera con su rostro desfigurado. Y no creo que seas feo.

Él no le agradeció.

—En mi mundo eres un hombre hermoso. Tu rostro es hermoso de donde vengo. Cualquier mujer como yo se sentiría muy afortunada de estar contigo.

Él bajó la cabeza, y no dijo nada. No era capaz de creerle. Ella se dio cuenta porque sentiría el mismo escepticismo si él expresara palabras similares.

Se sintió igual porque había pronunciado las palabras para los dos.

—La verdad es que eres tan hermoso por fuera como por dentro —indicó ella poniéndole la mano en el brazo y volviendo a seguir la dirección del músculo.

En el momento en que lo dijo, ella se dio cuenta de que sus palabras eran más profundas de lo que ellos podrían saber en ese instante.

—No quiero ser pretenciosa ni restarle importancia a los horrores que has enfrentado. Además sé que no soy la encargada de...

La mano de él cubrió la de ella que estaba en su brazo. Sus miradas se encontraron. Ella no sintió miedo.

—Y tú eres tan hermosa por dentro como por fuera —concluyó él suavemente.

Ella sabía lo que él quería decir, y su amabilidad significó todo para ella.

Colt llevó su mano libre hasta el rostro femenino y le tocó la mejilla. Wendy hizo algo que nunca antes había hecho, y lo hizo de modo impulsivo, rápidamente para que se le pudiera escuchar el corazón, no la mente.

Besó la mano de Colt.

Y no sintió ansiedad. Ningún cambio en el estómago. Ninguna de las emociones que siempre había temido.

En vez de eso, calidez, alivio y felicidad. Ella no sabía cómo se sintió Colt, pero supo que no dejaría solo a este hombre. Nunca. Tendría que ayudarle a acostumbrarse a eso.

—Me gustas, Colt.

Él contestó pasándole el pulgar por los labios. Ella creyó que le gustaría besarlo. ¿Por qué no? Estaban enfrentando la muerte, ¡por favor! ¿Por qué no inclinarse sencillamente y besar a Colt? Lanzarse sobre él y besarle los labios y el cuello. Sería algo peligroso, maravilloso y totalmente adecuado.

Lo que es más importante, Wendy supo que podía hacerlo. Lo haría. Deseaba muchísimo hacerlo.

—¿Muchachos?

Ella se sobresaltó y se volvió para enfrentar a Pinkus, que estaba entre dos estantes. Colt bajó la mano.

—Creo que podríamos tener un problema —indicó él.

—No bromees —contestó Colt—. ¿Lo crees de veras?

—No, es decir... creo que en realidad fuimos escogidos. El detective dijo algo acerca de que nuestros pasados son sospechosos. Relacionados. Creo que... quizás tengamos más en común de lo que creemos.

¿También Pinkus?

—Como dijo Timothy antes de que lo mataran. Tal vez el asesino está tras algo horrible de nuestros pasados.

—Tenemos esos implantes —indicó Wendy—, obviamente tenemos algo en común.

—Es lo que Nicole manifestó respecto de Carey. Él fue epiléptico, pero pareció no recordar nada de eso.

—Quién sabe si es cierto —comentó Wendy—. Ni siquiera Carey lo sabe.

—Él no lo negó. Además, ¿qué posibilidades hay de que dos de nosotros fuéramos epilépticos?

—No sabemos si...

—Y los dos fuimos objeto de investigación —opinó Pinkus—. Nicole dijo que sus padres vendieron su alma. Parece una barbaridad, igual que yo obtuviera cincuenta mil dólares por participar en una prueba.

La mente de Wendy luchó por comprender.

—¿Qué pudo eso haber tenido que ver con Red? —preguntó Colt.

—No lo sé. Pero sí sé que mi prueba implica fármacos psicotrópicos usados para forzar a que salgan ciertos recuerdos durante la terapia de regresión.

—¿Estás diciendo que nuestra memoria fue reprimida?

—¿Qué tal si de niños Carey y yo fuimos parte de un estudio que alteró nuestras mentes porque los dos tuvimos epilepsia del lóbulo frontal? —siguió diciendo Pinkus después de respirar profundamente—. Una prueba que tuviera una versión temprana de ligersida o cualquier otra cosa que usara Red con nosotros. ¿Qué pasaría si ese estudio hubiera salido mal, pero que usaran las mismas técnicas con que estaban experimentando para reprimir nuestros recuerdos de algo negativo asociado con la prueba?

—Colt y yo no éramos epilépticos.

Pinkus se fue pasándose la mano por el cabello.

—Pero si esto está unido con nuestros pasados, quizás esté ligado de algún modo a Carey y a mí. ¿Qué tal si... qué tal si Carey es el asesino y no lo sabe? ¿O yo?

El pánico se apoderó de su voz. Wendy entendió la razón.

Colt no estuvo en desacuerdo.

—Eso es una locura —expresó Wendy.

—Tenemos un maniático suelto tratando de hacer que nos matemos, vemos monstruosos demonios en el cielo y un pueblo que se la pasa desapareciendo. Quiero decir...

—¿Demonios?

—Solo es una manera de hablar. Pero estamos viendo algo que nadie más puede ver; no puedes negar eso.—Creo que tenías razón. ¡Creo que la fealdad que Red trata de hacer salir está *dentro* de nosotros!

—¿Pero no nos dijo él que solo hablaba de belleza física? —averiguó Colt.

—Eso no es lo importante. Él dijo que es una estupidez entender la belleza según el color del cristal con que se mire.

—Lo que significa que la belleza es subjetiva —opinó Wendy—. Quiere decir que sabríamos muy fácilmente quién era el más feo.

—O significa que la belleza no es según el color del cristal con que se mire porque está por dentro, debajo de la piel —comentó Pinkus.

—¿Por qué entonces la obsesión con la belleza física? —preguntó Colt.

—Quizás esté mostrándonos que algo bello puede tornarse en feo —indicó Wendy—. No el rostro... eso es lo que él estaba diciendo cuando quemó a Nicole. *Ella es fea debajo de la piel*, y lo era.

—Bien, por eso Carey mató a la más fea —expresó Colt—. Mató a Nicole. ¿Significa eso que acabó todo esto?

—Si es así, no tiene sentido lo que está zumbando en el cielo —afirmó Pinkus mordiéndose la uña de uno de sus dedos buenos—. No estoy afirmando que lo he entendido todo; solo digo que quizás, solo quizás, Red está tras nosotros debido a lo que nos sucedió cuando éramos niños. Se trata del bien y del mal, no de belleza física. Y nos atañe a todos nosotros, no solo a uno o dos.

—Ninguno de nosotros ni siquiera somos religiosos —comentó Wendy—. Yo pasé siete años huyendo de la religión.

—No es religión. Es como la belleza externa, ¿de acuerdo? Cosas del interior, amiga. Lo monstruoso que está oculto detrás de nuestras mentes.

Un espeluznante grito acabó con el silencio de la biblioteca, y el primer pensamiento de Wendy fue que uno de los demonios de Pinkus bajó en picada del cielo y entró a la biblioteca.

—¡Auxilio! ¿Qué está usted haciendo? ¡Auxilio!

—¡Carey! —susurró Colt.

—¡No! Por favor, no. No puedo. ¡No puedo! —gritaba Carey.

Con ese último grito un velo negro cubrió a Wendy. Esta vez el ataque de pánico fue tan fuerte que perdió totalmente la orientación. Se quedó pasmada. Trató de aspirar aire, pero no podía.

Wendy sintió que tenía abrazaderas en las manos y los pies. Por todos los huesos le recorrió un estremecimiento. La luz que le había rodeado su mundo durante el último episodio se hizo más brillante, y su pánico se calmó. Enfocó la vista en ese halo.

Movimiento. Blancos fantasmas moviéndose en el humo.

Casi la vuelve a golpear el pánico al pensar que en realidad veía fantasmas revoloteando a su alrededor. Entrecerró los ojos.

Desapareció el halo de luz nebulosa.

El ataque había pasado cuando Wendy volvió a abrir los ojos. Miró a Pinkus y a Colt, que estaban paralizados, con la mirada enfocada en dirección a los gritos de Carey.

Recuerdos. ¿Y si en realidad la luz eran recuerdos que surgían a la brava? ¿Recuerdos de su horrible pasado, reprimidos por el dolor que sufrió en la secta?

—¡No puedo! —gritaba Carey—. ¡No puedo!

¿No puede qué? Él estaba suplicando con terror y angustia. Red estaba adentro con él, pensó Wendy, retrocediendo un paso hacia Colt. Si ella no se equivocaba, en este instante Carey estaba con Red en la estrella de cinco puntas.

Y entonces supo que no se había equivocado, porque se oyó la voz de Red.

—Entren, entren, dondequiera que estén. Requiero su inmediata presencia en el centro del horrible lugar de adoración maligna de Carey. Voy a contar hasta cinco. Uno... dos...

—¡Vamos! —exclamó Colt, agarrando a Wendy de la mano, y salió corriendo.

—¿Muchachos?

Pero Pinkus no iba a probar a Red. Salió corriendo pisándoles los talones.

—Tres... cuatro...

Se detuvieron ante la reja que rodeaba las mesas de cerezo, ahora desordenadas a fin de hacer espacio para la estrella de cinco puntas. Carey estaba sobre una silla. Tenía enganchada alrededor del cuello una cuerda que pasaba por sobre la viga en la que Colt estuvo colgado antes. No había señales de Red... solo su voz.

Colt salió disparado hacia delante.

Una bala resquebrajó la silla que él estaba apartando para despejar el camino. Un trueno resonó en el vacío vestíbulo.

—Detente —ordenó Red, saliendo de detrás de un estante.

Las sombras lo habrían ocultado aunque no estuviera usando la máscara, pero no había duda alguna de que en las manos tenía el arma apuntada.

Colt se detuvo.

—Gracias Colt. Definitivamente eres más inteligente de lo que pareces, aunque he tenido algunas dudas. Ahora, Carey, sé un buen chico y salta.

43

Según Steve, el punto era que no le gustaba Clifton ni confiaba en él por el simple hecho de que el detective se la pasaba desapareciendo. Como ahora... que estaba fuera de la radio. En el celular, probablemente, pero ¿por qué no en la radio?

Luke por fin había encontrado a Steve hablando con el viejo Jacobs... de algunas tonterías políticas, porque estaban gritando.

—Entonces díselo —opinó Luke—. ¿Qué crees que hará, arrancarte la cabeza? No creo que me gustaría hacerlo enojar.

Steve lo miró con una ceja levantada

—¿Ah, sí? Tú y Clifton se han hecho buenos amigos estos días, ¿no es así?

—Nada de buenos amigos. Nunca pensé que es tan bueno como lo pintan. Anda por ahí como si fuera el dueño. Todos los demás están vestidos como citadinos, y él se pavonea en jeans y camiseta.

—Eso es porque sí lo es.

—¿Dueño del lugar?

—Tiene el respeto de todos estos agentes. Diantre, es como un dios para ellos. Podría andar por ahí en ropa interior y aún le harían venia.

—Lo único que le preocupa es este asesino. Todo lo demás es prescindible.

—Eso es lo que lo hace bueno —opinó Luke.

—Por lo que sabemos, él no es quien dice ser.

—Vamos —dijo Luke, haciendo caso omiso de la insinuación.

—¿Adónde?

—A la biblioteca —contestó Luke—. Tras Red.

La primera reacción de Colt fue desenfundar el arma, pero su pistola estaba en el piso donde Carey la había tirado después de disparar sobre Nicole.

—¿Eres sordo? —resonó la voz de Red—. Salta. ¿Estás negando que en realidad seas el hazmerreír más feo?

¿Estaba Red diciendo que Carey era el más feo? Pero no era tan sencillo. Cierto, Carey estaba sobre la silla, con una soga al cuello, pero la suya no era la única soga. Tres más colgaban de la misma viga.

Wendy soltó un corto grito ahogado, y Colt supo que ella pensó lo mismo que él.

—Lo sabía —exclamó Pinkus con voz aterrada—. Lo sabía.

—Muy grandioso en ti, Pinkus —contestó Red—. Pero para ser justos, no creo que lo supieras. Me he envejecido esperando que lo supieras.

—Usted quiere matarnos a todos, ¿no es así? —preguntó Pinkus.

—Espejito, espejito, ¿quién es el más feo de todos? —expresó Red.

Red se estremeció violentamente por breves instantes y luego se calmó. Colt se esforzó, pero no podía decir si este enmascarado o encapuchado parado en las sombras era Clifton o no. Sin duda no era Pinkus ni Carey.

—Todos lo somos —contestó Wendy—. Por dentro, todos somos los más feos.

Esta vez no llegó respuesta de parte de Red. Solamente su respiración por el sistema.

—Usted quiere que todos nos suicidemos, ¿no es así? —preguntó Wendy.

La simple afirmación golpeó a Colt como un martillazo en la cabeza. ¡Eso era! Wendy acababa de desenmascarar las intenciones de Red.

Él había llevado adelante este juego queriendo que cada uno se conformara con nada menos que matar al más feo. Y todos ellos eran los más feos, iguales dentro de sus corazones. Red quería que cada uno de ellos se suicidara.

—Eso es una locura —consideró Pinkus—. ¿Cómo podemos todos ser los más feos?

—¿Conoces a alguien más feo por dentro que tú? —preguntó Red.

—Nicole —contestó Pinkus.

—¿Qué te hace mejor que Nicole?

El jugador no contestó.

—¿Por qué desea que muramos? —preguntó Wendy, incapaz de ocultar la desesperación en la voz.

—Porque ustedes no creen que merecen morir.

—Por favor... —suplicó Carey aferrándose con las manos a la cuerda que le rodeaba el cuello y de la que se esforzaba por liberarse, pero estaba demasiado apretada.

—¿Has visto alguna vez el infierno, Colt? —preguntó Red, haciendo caso omiso a la súplica de Carey.

—No.

—Confía en mí, es tan horrible como dicen. Tanto como para hacer temblar a un hombre totalmente desarrollado. Igual que el infierno, este es un juego en que no hay ganador... lo ha sido desde el principio. Si ustedes *no* se matan, entonces mueren. Si ustedes *sí* se matan, entonces mueren. De cualquier modo es hora de afrontar las consecuencias.

—Vamos, monstruo —desafió Pinkus—. Muéstrese.

—De acuerdo, soy un monstruo. Pero a diferencia de ti, yo termino lo que empiezo.

—¿Qué quiere decir? —preguntó Wendy—. ¿Terminar qué?

—Todos ustedes trataron de matarme porque estaban muy seguros de que yo era malvado. No hay manera de que yo sea el único que muera con un exquisito conocimiento de lo lastimeros que somos todos. Incluso tú, cariño.

—¿Tratamos de matarlo? —gritó Wendy—. ¿De qué está usted hablando?

—Miren adentro, está allí, todo está allí. Compréndanlo, como yo lo hice. Ustedes merecen morir.

—¿Por qué entonces no matarnos simplemente? —cuestionó Colt.

—Lo haré, si tengo que hacerlo. Créanme. Pero ustedes deben aceptar este regalo que les estoy ofreciendo. La oportunidad de escoger el medio de su propia muerte. Si no lo toman, entonces los asesinaré a todos y cumpliré mi promesa de matar a setenta.

Colt sintió el pánico golpeándole la mente, y se esforzó por echarlo fuera. Pinkus respiraba fuertemente. Wendy aún permanecía tranquila, pero tenía los ojos encharcados de lágrimas.

Iban a morir. No había manera de escapar.

—Iré a la casa y me prepararé una taza de té, quizás coma un poco de mostaza. Tardaré como seis minutos, no más. Luego regresaré aquí, y si no veo cuatro cadáveres colgando perderé los estribos. Ustedes nunca me han visto perderlos. Esta vez el juego termina a mi modo.

Ninguno de ellos tuvo una contestación.

—Bien.

Red recogió la pistola de Colt y se fue hacia la puerta a grandes zancadas. Pero cuando pasó por la silla en que estaba parado Carey, golpeó las patas con el pie. La silla salió volando y Carey cayó pesadamente, sin estar preparado.

Oyeron cómo el cuello crujía cuando la soga contuvo su caída.

—Así es como lo haré —anunció Red.

Luego salió, dejándolos en la biblioteca.

44

La biblioteca se veía bastante desierta cuando Luke y Steve llegaron y se dirigieron al estacionamiento trasero. Allí había una patrulla policial, y el gendarme en su interior parecía estar dormido. De no haber sido por el orificio en el parabrisas, el cual no era inmediatamente visible desde la posición de Luke al entrar al estacionamiento, este habría pasado de largo e ido hacia la puerta.

Pero entonces vio el orificio de bala.

—Ese es... ¿Me están engañando los ojos o ese es un agujero de bala?

Steve agarró su radio y estaba a punto de hablar cuando Luke vio el auto de Clifton, estacionado en la calle lateral detrás de la biblioteca.

—Espera. Allá está él. Clifton está aquí.

Luke detuvo su patrulla y reflexionó por un instante, aún con el transmisor en la mano. ¿Por qué el detective estacionó en la calle?

Giró la vista hacia la patrulla negra y blanca de Walton. Clifton estacionó en la calle porque vio el auto y comprendió que el asesino estaba cerca. O porque él mismo le había metido una bala al policía de Walton.

Luke inspeccionó el estacionamiento. Era posible que Clifton lo estuviera viendo ahora. O tal vez tenía su radio encendida y oiría a Luke llamar al policía muerto. Le corrieron gotas de sudor por la sien derecha, como hormigas que le bajaban por un costado del rostro. Puso la radio en el asiento y agarró el volante con las dos manos.

—Él está adentro —expresó Steve, señalando la puerta destrozada del sótano.

Luke sacudió la cabeza. Clifton no era Red... él sabía eso. Pero *en realidad* no lo sabía, ¿verdad? Lo cierto era que con el jefe muerto, Clifton podría hacer lo que le diera la gana, como decía Steve.

—Vamos.

Luke se movió más por instinto que por cuidadosa reflexión previa. Salió de la patrulla, revisó su arma, totalmente cargada y sin seguro, y arrastró los pies hacia la puerta trasera.

—¿Vienes?

—Exactamente detrás de ti —contestó Steve.

Luke estaba sudando cuando llegó a la puerta, a causa de la adrenalina. Estiró la mano y le dio un empujón a la puerta. Esta osciló suavemente dentro de un corto y oscuro pasillo. Al final vio a un hombre que se alejaba.

Luke se quedó rígido. ¿Era Red?

Aspiró profunda y largamente, y entró con la pistola extendida.

—¡Alto!

El hombre se volvió lentamente, pistola en mano a su lado. Salió de las sombras.

—Baje esa pistola —indicó.

Clifton.

Luke bajó su arma, sintiéndose un poco tonto.

—Lo siento, lo siento... Steve, bájala.

—Lo siento, señor —repitió Steve bajando el arma y enderezándose—. Lo siento.

Clifton frunció el ceño como si esperara eso. El detective lo examinó por un momento, hizo girar la pistola, y suavemente la dejó caer en la funda, al estilo vaquero.

Clifton lanzó una mirada alrededor del salón.

—¿Vieron a George afuera?

El policía muerto. Luke asintió. Clifton debió haber llegado aquí exactamente antes que Luke, vio al policía, y entró por la misma puerta abierta que él.

—Aquí está, Luke —aseguró Clifton—. Puedo olerlo.

—¿Puede? ¿Lo huele de verdad? —preguntó Steve, más bien estúpidamente.

—De verdad. No con mi nariz, pero hay más de una manera de oler. Estoy siguiendo el rastro del razonamiento deductivo. Algo en esta biblioteca está regresando a Colt y su compañía a sus años de adolescencia.

—¿Cómo es eso?

—Eso es exactamente como me lo estaba imaginando. Síganme.

Él señaló con la cabeza una puerta lateral que parecía llevar a zonas de almacenaje o bodegas.

—Detrás de estas paredes hay espacio, Luke. Espacio que nadie imaginaría que existiera a menos que observe con atención. He pasado por dos de esos espacios, ambos vacíos. Síganme.

Se dirigió a una puerta entreabierta a sus espaldas, que daba a la oscuridad. Quizás él había estado evaluando la puerta cuando Luke entró la primera vez.

Atravesaron el marco en la pared dentro de un pasaje que daba acceso a los cimientos de concreto. Clifton se fue directo hasta el final del pasillo, dudó por un instante, y luego empujó los ladrillos.

La pared se movió. Girando sobre una bisagra. Una puerta.

Un frío recorrió a Luke.

—Estaré...

Clifton atravesó la puerta y tiró de un interruptor invisible en la pared. Media docena de largos tubos fluorescentes que colgaban del techo titilaron hasta prenderse. Alrededor vieron lo que parecía ser alguna clase de laboratorio rudimentario.

—¿Qué es esto? —preguntó Steve.

Sobre una mesa, a mitad del recinto, había dos sólidos tubos de fibra de vidrio, como de un metro de largo y diez centímetros de diámetro, en la parte superior de unas cajas plateadas. Un manual abierto estaba al lado de ellos.

—Transmisores portátiles de microonda —comentó Clifton.

Una serie de botellas, cada una marcada con calaveras y huesos cruzados, reposaba sobre una mesa de trabajo a la derecha de ellos. A la izquierda había dos gabinetes refrigerados de medicinas.

—¿Es esto lo que creo que es? —preguntó Luke.

—¿Qué cree usted que es?

—En realidad no estoy seguro. Algo que está fuera de lugar.

—Él está forzándoles la mente a regresar a un juego en que participaron los cinco juntos hace siete años —anunció Clifton, yendo hacia los tubos blancos.

—¿Qué juego?

Recuerdos. Wendy los buscó sin obtener ningún resultado.

Esta vez el juego termina a mi modo, había dicho Red.

Esta vez.

El mundo de Wendy se le volvió a desconectar en ese instante. Pero ella no trató de reprimir el cambio. Llegó la oscuridad; entró luz por los bordes; las abrazaderas se le apretaron en las manos y los pies; la sofocaba lo que la cubría; los fantasmas se amontonaron en su visión periférica.

Y entonces ella tuvo la seguridad que su mente en realidad estaba recordando algo que sucedió una vez.

Las formas en la luz no eran espíritus sino personas, apagadas por cualquier aparato mental que le suprimía sus recuerdos. Sus manos y sus pies alguna vez estuvieron en una clase de aparato físico, como una vestimenta equipada con censores. La oscuridad era alguna clase de capucha que una vez le colocaran sobre la cabeza. O un casco.

¡Eso era lo único que tenía sentido! Ella estaba recordando, aunque débilmente, que Pinkus tenía razón. Ella también había sido parte de lo que él había descrito.

De repente recuperó la vista total de la biblioteca.

Lanzó un grito ahogado.

El cuerpo de Carey crujía al final de la cuerda. Muerto.

—Estamos liquidados —indicó Pinkus.

—Tienes razón —exclamó Wendy enfrentándolo.

—¿Respecto a qué? ¿Qué importa ahora? ¡Esto es, vaya!

—Creo que tenías razón. Y no solo contigo o Carey. Fue con todos nosotros. Fuimos parte de ese juego hace siete años. Incluso Red. Eso es lo que todos tenemos en común.

—¿Cómo podría... —comenzó a protestar Colt.

—Las estelas —interrumpió Wendy—. Estamos regresando en nuestras mentes. Estamos *recordando*.

Pinkus la miró sin comentar nada. Las piezas del rompecabezas estaban calzando detrás de los ojos inteligentes de él.

—¿Te pusieron un traje, ¿verdad? —le preguntó Wendy—. ¿Te ataron de manos y pies? ¿Alguna clase de casco? Podías ver alrededor de los bordes de la visera si lo intentabas... un cuarto blanco con técnicos.

—Sí, así es.

—¿Pero no recuerdas nada de lo que pasó en ese juego?

—No —contestó él.

—*Algo* sucedió en ese juego —afirmó ella—. Algo que indignó a Red.

—Ah, ¿de veras?

Por la frente de Colt corría sudor.

—Eso podría explicar porqué está tras nosotros, pero no nos ayuda ahora. Tenemos que agarrarlo frentalmente.

45

Clifton enfrentó a Luke y Steve.

—Según Nathan Blair, el juego en que ellos participaron se llamaba Piel. Las drogas en conjunto con los estímulos eléctricos desde estos transmisores, o uno como estos, están forzando recuerdos del juego hacia la superficie. Entonces sus ojos se fijaron en otro grupo de botellas.

—Lisergida. El mejor intento, el asesino los está drogando utilizando diferentes sistemas de entrega en diferentes lugares, la estación de gasolina, en la patrulla de Colt, aquí. Luego transmite una señal que dispara los implantes en el hipocampo del cerebro. Él no necesita enviar imágenes específicas, Blair alega que la tecnología no existe. Más aun. Lo único que Red tiene que hacer es disparar recuerdos específicos que son indistinguibles de la realidad. Recuerdos vívidos, extendidos y controlados por estímulos químicos y eléctricos específicos, como lo dijo el buen doctor. Los recuerdos de un juego de computadora que ellos jugaban en un desierto de realidad virtual hace siete años. Piel.

Clifton sonaba más clínico que de costumbre, pensó Luke.

—Entonces usted puede apagarlo. Ellos saldrán de eso.

—Quizás… No están encendidos. Obtienen la señal desde otro lugar. O así parece.

Ellos caminaron alrededor de los tubos.

—Hace casi siete años una compañía llamada CyberTech contrató a un investigador llamado Cyrus Healy para desarrollar una tecnología que sumergiera al sujeto en una realidad virtual perfecta. Summerville está en este lío porque el doctor Cyrus Healy, la primera víctima de Red hace tres días, se retiró aquí. Colt hizo el resto, comenzando con Colt. A menos que Red sea Colt.

—Eso es algo complicado, ¿no?

—CyberTech mostró increíbles aplicaciones militares, por consiguiente no sorprende que el Departamento de Defensa financiara el desarrollo de las investigaciones.

—¡Vaya! —exclamó Steve mirando los transmisores de microonda—. Estamos viviendo en la dimensión desconocida.

—En verdad —dijo bruscamente Clifton—, esto es tan real como se presenta, chicos. Se proponían usar la tecnología con operadores calificadísimos. Pilotos. Una cosa es volar un avión o conducir un tanque en un lugar apartado, usando un mando electrónico y un monitor como un simulacro. Pero imaginen haciéndolo en la seguridad de un salón sin poder decir que *no estaban* en el avión. Con esa clase de experiencia las habilidades se aumentarían rápidamente. Con esa visión estaba trabajando el doctor Cyrus Healy.

—¿Y en realidad funcionaba? Usted está diciendo que todo esto es real. ¿Cómo si pudiéramos jugar este juego?

—No exactamente. No a menos que usted tenga una epilepsia del lóbulo frontal. El doctor Healy descubrió que solo una mente muy susceptible a la sugestión podría hacer la transición. Como las mentes encontradas en víctimas de epilepsia del lóbulo frontal. Usted necesita las drogas, necesita el gatillo eléctrico y necesita una mente con un cableado único. Como la de aquellos con epilepsia del lóbulo frontal.

Es posible, pensó Luke. *Como tambalearse sobre la cura para el cáncer. Haz algunas cosas a la mente correcta y lo obtienes.*

—CyberTech encontró cinco candidatos dispuestos con epilepsia del lóbulo frontal en los últimos años de su adolescencia y les ofreció cincuenta mil dólares a cada uno para que participaran. Sus nombres eran Pinkus, Carey, Nicole, Colt y Wendy. A los cinco los ataron a una máquina y los hicieron participar en un juego llamado Piel durante seis días antes de que todos enloquecieran.

—No veo la relación, personalmente —intervino Steve—. ¿Qué tiene que ver eso con la mano cercenada de Bob Stratford?

Clifton lo miró con una ceja levantada.

—En la morgue tenemos una mano real cercenada —explicó Steve—, no una estimulación computarizada, ¿de acuerdo?

Clifton apartó la mirada.

—A los cinco sujetos les estimularon sus mentes con series específicas de ráfagas de microonda —expresó él, tocando los transmisores—. La misma secuencia de impulsos administrados hoy podría volver a cerrarles sus psiquis con los vívidos recuerdos del juego en que participaron hace siete años. Al menos en el ambiente donde jugaban. El desierto virtual. Steve todavía no creía nada de eso.

—¿Es eso posible realmente?

—En realidad, ¿puede pensar que está en un desierto cuando en verdad no lo está? ¿Eso es así?

—No sólo así. La mente es un lugar peculiar y alguien dio un traspié en un camino para controlar la forma en que es engañada.

—¿Estaba involucrado usted, doctor Hansen? —inquirió Luke.

—No, Red mató a Hansen, ¿recuerdan? Trate de pensar con claridad, Luke. Cuando el juego se trastornó hace siete años, el doctor Cyrus Healy lo canceló, pero los sujetos se negaron a salir. Debieron obligarlos a salir con terapia hipnótica inducida por fármacos. Los implantes fueron quirúrgicamente insertados para mantener represados los recuerdos continuamente. Ese fue el plan, de igual forma. Se fueron a sus casas curados de la epilepsia, enriquecidos con cincuenta mil dólares y con una semana de recuerdos perdidos. Excepto Pinkus, que recordó algo de lo sucedido y se convirtió en maestro del juego.

Clifton tocó con cautela la caja gris que daba poder al transmisor.

—¿Por qué ninguno de ellos tiene una cicatriz que muestre la cirugía de implante?, no lo sé. Todavía hay algo raro aquí. Algo muy loco.

Steve intercambió una mirada con Luke.

—Así que ¿todo era un juego que ellos están jugando ahora? No veo cómo podían pensar...

—Ellos no están jugando, Steve. Concéntrate. Ellos jugaron el juego hace siete años y les fue mal. Ahora están siendo forzados a volver a la realidad de ese desierto desde ese juego. No es el juego en sí. Nadie estaba amenazando con matar al más feo para aquel entonces. Las personas no estaban siendo escogidas en un pueblo. El asesino solo está utilizando sus recuerdos del juego para controlar su ambiente.

Luke pensó que estaba entendiendo. En realidad tenía un poco de lógica.

—Así que eso explica el desierto que ellos siguen viendo. Aunque no a Red.

—Según las instrucciones, Piel era un juego que exigía que los jugadores entraran a un mundo desierto lleno de maldad. Ellos tenían que repararlo. Hacerlo hermoso erradicando cualquier apariencia de mal. Los insertaron en el mundo virtual, los alimentaron de manera intravenosa y les dieron siete días. Creación 101. Duraron seis días antes de que se estropeara. ¿Dije que allí había cinco sujetos?

—Cinco —concordó Luke.

—Mentí. Hubo seis. Y rápidamente el sexto se convirtió en el más grande, el mejor en el juego. No fue sino hasta el final del sexto día que los otros comenzaron a sentirse atrapados por el sexto jugador, que se había convertido en el más poderoso. En vez de erradicar la maldad, este se volvió malo. Comenzó a forzar sus decisiones en ellos... y en los personajes generados por computadora dentro del juego. Fue horrible cuando empezó a colgar a los personajes artificiales, llamándolos disidentes. Los otros cinco jugadores reales decidieron que era necesario matar al sexto jugador.

—Lo cual únicamente *los* haría malvados —opinó Luke.

—Exactamente. Intentaron matarlo en el juego, colgándolo, según las instrucciones, pero el plan fracasó y todo se volvió una locura, que obligó por consiguiente al doctor Healy a cancelar el juego.

—¿Y el sexto sujeto? —preguntó Steve, con los ojos abiertos de par en par como un colegial; miró alrededor, temiendo que lo hubieran oído.

—El sexto continuó con el nombre de Silver. Sterling Red. Nunca lo mataron. Los demás jugadores salieron del juego y pronto fueron a sus casas, sin aclarar nada. Pero no Red. Desde entonces ha estado matando víctimas al azar. Y ahora está tras sus compañeros de juego, en el mundo real. Con ese es con quien están tratando, muchachos. Él hará todo lo posible por matar a esos cinco jugadores que lo trataron de destruir hace siete años.

—Seis —comentó Luke—. Siempre está usando ese número.

—¿Comprende usted cuán ridículo parece esto? —Steve arqueó una ceja.

—¿Es real esa mano en la morgue? —Clifton le devolvió la pregunta.

—Sí.

—Entonces esto es real.

Ellos aceptaron en silencio.

—Hace siete años tendrían dieciocho o diecinueve cuanto todo se fue abajo —opinó Luke.

—¿Insinúa usted por tanto que ellos en realidad *no* experimentaron todo eso? —preguntó Steve.

Seguro, Luke tuvo más tiempo para procesar la posibilidad de que las drogas influenciaban a Colt y a los otros, pero ahora Steve estaba apareciendo como un idiota.

Clifton obviamente pensaba lo mismo.

—La única diferencia entre estos cinco y ustedes, además de la inteligencia —dijo—, es que cuando ellos miran afuera ven un paisaje desértico donde ustedes ven pasto y edificios. Cada vez que desaparecen lo hacen de noche y solo por un período relativamente breve, por eso no los hemos atrapado en realidad. Creo que descubriremos que han pasado la mayor parte de su tiempo dentro de la biblioteca y alrededor de ella, mientras nuestra atención estaba en los ranchos y la estación de gasolina. Según lo que sabemos todo era una distracción diseñada. —Y añadió como para dejar en claro que solo estaba sugiriendo— Según lo que sabemos.

—Y todo el tiempo han estado volviendo, como un soldado con escenas retrospectivas de la guerra —consideró Luke—. Síndrome de tensión postraumática. Joe Goodman tuvo eso. Inestabilizó a todo el mundo una vez en Alice's cuando saltó sobre la mesa y lanzó una botella de salsa de tomate a los comensales. Pensó que veía helicópteros que se acercaban, dijo él. Definitivamente los oía.

Clifton lo miró.

—Solo que estos tipos están atrapados en un paisaje de sus recuerdos... de Piel —concluyó él.

—Sí, pero solo cuando Red los quiere —Clifton espantó una mosca y puso sus ojos sobre el transmisor. —Al menos eso es lo que él quiere que todos piensen. Este juego ahora nos involucra a todos, él está jugando contra nosotros, es su juego del gato y el ratón. Clifton sonrió abiertamente. Luke observó.

—Si mueren en el desierto, ¿morirán aquí? —preguntó Luke.

—Supongo que es hora de averiguarlo —respondió Clifton, y caminó hacia la puerta—. Vamos a salir ahora de este sótano, así que mantengan los ojos bien abiertos. Cuiden mi espalda. Y síganme. Luke miró la espalda del detective, y en realidad la de Steve, pero el honor estaba ahora comprometido con el pensamiento persistente de que una de las dos espaldas que subían las escaleras exactamente delante de él podría pertenecer a un asesino despiadado que se las arregló para matar a una docena de personas en Summerville en un período de tres días.

La espalda a la izquierda, para ser más preciso.

La espalda de Clifton.

Se filtró en un periódico sensacionalista nacional la noticia de que el mundo se estaba desmoronando por este loco asesino de fiesta en un pueblo pequeño a ciento cincuenta kilómetros al sur de Las Vegas, y he aquí a Luke Preston, con la pistola enfocada en alguien que podría ser responsable.

Clifton los guió, subiendo como un fantasma por las escaleras hacia la biblioteca. Enfundó la pistola, abrió la puerta y se coló con facilidad. No se oía un solo ruido. Levantó la mano para pedir precaución, luego los llevó a lo largo de una estantería hacia el centro. Silencio absoluto, excepto por el suave golpeteo de sus pies y las palpitaciones del corazón de él.

Las cuerdas fueron la primera señal de que algo andaba mal. Luke las pudo ver brevemente la primera vez por el espacio sobre los libros mientras se deslizaba con sigilo. Varias sogas que oscilaban sobre las mesas.

Eso era extraño en cualquier caso, pero cruelmente claro a la luz del hecho que ayer Colt había supuestamente tratado de colgarse. ¿Qué incitaba a colgarse en este lugar?

Luke se puso al lado de Clifton, que se había detenido y miraba las cuerdas. Tres sogas con nadie en los nudos. De la cuarta, sin embargo, colgaba alguien.

El cuello de Carey ocupaba el cuarto nudo. Colgaba inerte, más muerto que una roca.

Clifton examinó el balcón.

—¡Colt! —resonó su voz en la biblioteca.

Luke se puso a caminar, mirando fijamente el cadáver. El rostro de Carey estaba amoratado, y la lengua le sobresalía como un caramelo.

—¿Cree usted que lo mató Colt?

—Lo hizo Red —contestó Clifton, yendo hacia las mesas.

Se detuvo y se fijó en algo abajo.

Luke vio entonces el cuerpo de Nicole. Ella tenía el rostro hacia el techo, los ojos abiertos de par en par, muerta, quizás aun más muerta que Carey, al menos en lo que respecta al tiempo. Pensar en que ahora esta bellísima criatura se había ido le pareció a Luke más trágico que la muerte de Carey. Qué pérdida. No porque sintiera algo especial hacia ella, sino porque... qué pérdida. El mismo pensamiento le rondó en la mente al verla con la horrible marca en el rostro.

Clifton se acercó a los cadáveres. Le dio un golpecito con el codo al cuerpo inerte de Carey, y lo observó al oscilar.

—Él quiere que todos ellos se maten —dedujo—. Porque todos son los más feos. Eso es lo que está haciendo.

¿Cómo *sabía* tanto Clifton? ¿Las «instrucciones»? ¿Obra pura de detective? ¿O había más?

La piel de Luke comenzó a hacerle cosquillas. Gracias a Dios que Steve estaba aquí.

—Ya mató a dos de cinco —expresó Luke, mirando alrededor.

¿Y si el asesino no fuera Clifton, sino que les estuviera sonriendo ahora mismo desde las sombras?

—¿Cree usted que él aún está aquí? —continuó Luke examinando los estantes.

—Este cuerpo aún está caliente —contestó Clifton; su mirada cambió hacia las puertas principales—. Pensándolo mejor, la casa. Si no está aquí, entonces probablemente está allá.

—Yo debería pedir más refuerzos —insinuó Luke.

—Usted puede estar seguro que cualquier policía que vaya contra Red terminará muerto —cuestionó Clifton—. Él es demasiado bueno.

—¿Y nosotros? ¡Esto es una locura! Simplemente no podemos entrar allí; él nos eliminará. Necesitamos un plan. Usted tiene un plan, ¿no es así?

—En realidad no. Siga mi olfato, Luke, siga mi olfato.

—Espere. ¡Solo espere! No podemos seguir nuestro olfato para *encontrar* a Red. Él nos encontrará primero, y será con una bala, amigo. Tenemos que planear esto detenidamente.

—No Red, Luke. Colt. Colt está adentro, y ahora sabemos que él no es Red —explicó el detective, luego titubeó, reflexionando; siempre reflexionaba—. Ninguno de ellos es Red. Red es el sexto jugador, y vuelve por venganza. ¿Tiene usted una escopeta en su patrulla?

—Sí.

—Muy bien. Agarre la escopeta y revise la casa con Steve. Si oyen algo, disparen el arma.

—¿Y usted?

—Aquí nos separamos. Háganlo salir. —giró su arma dos veces y la empuñó—. Lo sacaré de esto.

¿Separarnos? ¿Por qué? ¿Porque Clifton quería estar solo?

Un temblor le recorrió las manos. No podía dejar que el hombre se diera cuenta de su sospecha por la obvia razón de que si tenía razón, si Clifton fuera Red, este acabaría con ella. *Ella* era su vida.

—¿Espera usted que nos enfrentemos personalmente a este tipo? —preguntó—. Usted acaba de afirmar que cualquier policía que se le ponga enfrente terminaría muerto.

—Él los hará volver a la biblioteca.

—¿Cómo sabe eso? —preguntó Steve.

—¿No le parece que estas cuerdas están aquí por una razón? —inquirió a su vez Clifton mirando las sogas.

—Sí —contestó Steve también mirando hacia arriba.

—Buena idea. Por tanto, ellos probablemente volverán para usarlas —continuó Clifton tocándose la cabeza con un huesudo dedo blanco—. Usted tiene que pensar, Steve. Esta clase de reflexión se siente aquí.

—¿Cree usted de veras que Colt está en la casa?

Él tenía que seguir el juego. No es que supiera que Clifton fuera Red. Probablemente los demás se reirían de la insinuación. Sin embargo...

—Cumpla con su obligación, Luke —señaló Clifton—. ¿Estoy solo aquí?

Luke miró a Steve, que lo estaba observando. Ellos eran policías que habían jurado cumplir sus deberes.

—Está bien, vamos.

Él se volvió hacia las escaleras y bajó por ellas a la entrada trasera. Una vez con la escopeta en las manos se sentiría mejor. No era necesario ser un gran tirador como Clifton con una escopeta.

46

olt los llevó por el lado del garaje de la casa, eligiendo cada paso como si caminaran por un campo minado. Se detuvo y regresó a mirar a Wendy y Pinkus, que miraron hacia atrás con ojos que despedían temor, esperando contra todo pronóstico que él realizara un milagro.

Pero él no iba a realizar un milagro. Ahora lo sabía. Los milagros escaseaban.

Él les había exigido que salieran de la biblioteca y vinieran acá a enfrentarse a Red, porque no había manera de que fueran así no más a colgarse. Además, el modo en que él apreciaba el asunto, ir a enfrentar directamente a Red, era su propia clase de suicidio. Dejaría las cosas perfectamente claras para Red y luego trataría de matarlo. Si los mataba a todos, el asesino se vería obligado a salir del pueblo porque esencialmente se habrían suicidado buscando al más feo. Todos ellos.

Pero eso no es lo que les dijo a Wendy y Pinkus. ¿Cómo se los podía decir? En realidad tampoco les dijo que tenía un plan, pero lo insinuó con sus bravuconadas, lo cual equivalía a decir que tenía uno. Eso era mentira.

Se encontró con la mirada de Wendy, seguro que sus ojos delataban un temor que era igual al que había en los ojos de ella. La profunda relación entre ellos en la biblioteca había encendido un interruptor en alguna parte profunda de su psiquis, pero él no sabía cómo usarlo en el lío en que se hallaban.

—¿Qué? —preguntó Wendy.

—¿Qué? No sé qué.

—¿Que cuál es el plan? —quiso saber Pinkus, lanzando furtivas miradas por todas partes—. ¿Elevarse al mismo nivel y darle una patada en las nalgas?

—¿Elevarse al mismo nivel?

—Ah, es una expresión de juego. Golpear al tipo malo en algún nivel en que te hayas vuelto más fuerte, lo cual significa adquirir las habilidades necesarias para darle una patada en el trasero. O si no mueres.

Después de decir esto interrumpió el contacto visual con Colt.

—No podemos quedarnos atascados aquí afuera. Quizás deberíamos volver —concluyó.

—¿Y colgarnos nosotros mismos? —cuestionó bruscamente Wendy.

—No vamos a hacer eso —comentó Colt—. Como dije, lo último que él esperaría que hiciéramos es que vayamos tras él. Tenemos que enfrentarlo; es nuestra única posibilidad.

—¿Pero cómo? —inquirió Pinkus—. Nos sacaste aquí totalmente desprevenidos. ¿Cómo diablos vamos a enfrentarnos a este tipo?

—Yo lo haré —señaló Colt—. Pero tengo que convencerlo de que no sea con pistola.

—¡Eso es una locura, amigo!

—Cállate, Pinkus —susurró Colt lo más fuerte que se atrevió—. Él está haciendo esto por alguna sensación enrevesada de venganza. Puedo aprovecharme de eso.

—¿Por qué entonces Wendy y yo no podemos regresar?

No podemos pasar los cables eléctricos, pero podríamos hacer un circuito alrededor e ir por ayuda.

—¡Eso tomaría horas! Si sobreviven. La última vez que intentamos algo como eso él utilizó a Nicole como blanco de práctica.

—Yo no *quiero* regresar —resaltó Wendy—. Colt tiene razón, él nos matará.

Colt, miró de derecha a izquierda en cada rincón de la casa.

—Aparte de todo, te necesito aquí.

—¿Para qué? —preguntó Pinkus.

—Como carnada.

—No quiero ser carnada. ¿Estás loco?

—¿Tienes una idea mejor? Si la tienes, soy todo oídos, compañero. Hasta entonces, trata de mantener tus lloriqueos en lo mínimo. Estoy tratando de planear esto detenidamente, aquí.

—¿Cuánto tiempo tenemos? —preguntó Wendy.

—Tal vez cinco minutos antes de que él regrese.

Colt respiró profundamente, cerró los ojos y trató de pensar. Pero no se le ocurrió nada importante.

Huuummm...

Wendy miró hacia el cielo que se ennegrecía.

—Él nos ha aislado —comentó Colt.

—¿No hemos vivido ya esto? —investigó Pinkus—. Amigo, si no tienes algo mejor que usarnos como cebo para elegir una pelea...

—Cierra la boca, Pinkus —exclamó bruscamente Wendy, y pasó hacia la parte trasera de la casa.

—¿Wendy? ¿Adónde vas?

—A encontrar a Red —contestó.

Luke llevó a Steve por detrás de la biblioteca, subió la ladera cubierta de hierba pegado a la pared lateral, agarrando firmemente la escopeta con las dos manos. Un árbol alto extendía sus frondosas ramas sobre el techo, dando sombra a la pendiente. Vio adelante la casa del médico, solitaria y silenciosa debajo del sol.

Ahora tenía que seguir el juego; estaba consciente de eso. Y debía hacerlo sin pedir refuerzos. Ni decirle a Steve que sospechaba de Clifton, nada acerca de ese asunto.

Nadie le creería. Sin duda lo descubrirían ante Clifton, que entonces se haría el tonto, y en tal caso ellos no podrían echarle la culpa, o peor, Clifton lo mataría.

Esta vez Luke debía cumplir con su deber, como expresó Clifton, y tratar con este cuando se mostrara tal cual era en realidad. La idea le produjo rabia con temor.

—¿Ves a alguien? —preguntó pasando el árbol y mirando a Steve.

—No. Pero creo que estamos chiflados, amigo.

—¿Crees que ellos ven lo que vemos? —inquirió levantando la mirada al cielo, escudriñando.

—Creo que esto no es más que una locura. ¿Por qué no podemos pedir más refuerzos?

—Tú lo oíste. Y este asesino sabe cómo desaparecer. Hacemos venir aquí montones de personas y se nos escapa, te lo garantizo. Como dijo el hombre: a cumplir con el deber.

Luke volvió a fijar la mirada en la casa, ahora contemplándola. En primer lugar, la casa.

—¿Listo?

—Listo.

—Atravesamos rápido el terreno, ¿de acuerdo? No podemos estar en campo abierto. Mantente agachado y corre hacia el garaje. Cuando lleguemos allá entramos por detrás, lentamente. Sin hacer ruido.

Luke oteó el horizonte occidental.

—Vamos.

Estupideces.

o ves? —preguntó Wendy en el oído de Colt.

Él levantó la mano pidiendo silencio. La había pasado corriendo cuando ella se acercaba a la puerta trasera que llevaba a la cocina. Si había un hombre que tuviera la capacidad física para enfrentarse a Red, era Colt. Pero Colt la estaba pasando mal; mucho tiempo atrás perdió la confianza. Y Wendy apenas podía pensar bien por todas las imposibilidades que le retumbaban en el cerebro.

Deberían estar huyendo de Red, ¡no yendo hacia él! Pero huir sin duda sentenciaría a muerte solo Dios sabe a cuántos, y en buena conciencia no tenían manera de negar eso.

—¿Colt?

Él movió la cabeza de lado a lado. Ella ahora logró ver por sobre el hombro de él; la cocina estaba vacía.

—Deberíamos volver —susurró Pinkus con su voz débil.

En vez de eso, Colt dio vuelta a la manilla, abrió lentamente la puerta, y al no ver nada entró de puntillas.

—¡Red! —gritó—. Tengo algo que proponerle.

Wendy se frunció, atornillada al descansillo de concreto afuera de la entrada. El interior de la casa estaba en silencio.

—¡Red!

Él ingresó más exteriorizando intención, y Wendy se sintió aislada afuera. Corrió tras Colt, seguida por Pinkus.

—Esto es una porquería —susurró Pinkus entre dientes—, no me gusta nada...

—Sé lo que espera que hagamos, y que quizás sea la única manera de acabar con esto, pero tengo una propuesta —gritó Colt, lanzando ahora el desafío mientras daba grandes zancadas por el pasillo—. Usted quiere que nos matemos nosotros mismos, bueno, pero no le vamos a dar esa satisfacción a menos que salga aquí y nos enfrente.

Pero aún no hubo respuesta alguna.

—¿Y si él no está aquí? —musitó Pinkus.

Intercambiaron miradas. Wendy luchó con una súbita urgencia de salir corriendo por detrás, al desierto, dejando que el pueblo se las arreglara solo. Pero no pudo.

Colt soltó un insulto y comenzó a correr por la casa, ahora buscando frenéticamente. Wendy y Pinkus se quedaron en silencio, paralizados por el espectáculo. *Él debe tener un plan*, pensó ella. O era eso, o se estaba dejando llevar por el pánico. Había desaparecido cualquier elemento de sorpresa que esperaron tener. Lo único que le quedaba por hacer era hablar a Red con alguna clase de modificación a su plan... ¿qué clase de plan era ese?

Colt entró a la cocina.

—No está aquí —dijo jadeando.

—Gracias a Dios —contestó Pinkus.

—No, eso no puede ser bueno —objetó Colt mirando hacia la puerta principal—. Se acaba el tiempo. Se acaba el tiempo y él empezará a matar.

Colt salió disparado por el pasillo, desapareció en la esquina, y se dirigió a la puerta principal. Por un largo momento ni Pinkus ni Wendy se movieron, no podían moverse.

Wendy se liberó y corrió, y oyó los pasos de Pinkus sobre la alfombra detrás de ella. Colt estaba en la puerta principal, la cual había abierto, y miraba afuera al desierto. ¿O había Red dejado abierta esa puerta? ¿Estaba él afuera? Ella se paró en seco detrás de Colt.

—¿Qué es...?

Una cálida brisa soplaba de los negros cielos.

Huuummm...

—¿Qué es, Colt? —susurró ella.

Él salió, bajando las gradas. Ellos siguieron su mirada hacia el horizonte. No había cambiado nada que ella lograra ver. Aun nada del pueblo, aun nada de Red, aun ninguna señal de alguna caballería que viniera en estampida a salvarlos.

—¿Colt?

Colt caminó más adentro de lo que una vez había sido la grama del frente... y ahora desolado paisaje desértico. Recogió un poco de arena con las manos y la dejó correr por los dedos.

—¿Y si Red no es real?

Wendy corrió tras él, vigilando la biblioteca por si hubiera alguna señal de movimiento. Por si estaba Red.

—Ya hemos estado en esto, Colt. ¿Cómo...?

—¿Y si nosotros *somos* Red? ¿No es eso lo que Clifton cree? ¿Y si tiene razón?

—Te estás confundiendo, amigo —comentó Pinkus—. Te estás deschavetando.

—¿Y tú no? —soltó Colt con brusquedad, dando media vuelta— ¿No *ves* esta arena? ¿Ves aquí el pueblo en vez de este desierto? Tal vez todos estamos chiflados, trastornados por un preocupante pasado. ¿No es eso lo que dijiste?

—Este no es el momento para esto, amigo —objetó Pinkus—. ¿Crees que Carey y Nicole en realidad no estén muertos? ¿Qué, crees que Wendy o yo empujamos esa silla en que él estaba parado? ¿Le marcamos nosotros el rostro a Nicole? Tal vez estemos un poco mal de la cabeza, pero no somos él.

Colt tenía la cara colorada de frustración, sin lograr entender.

—Es imposible. No creo nada de esto. ¡Me *niego* a creerlo!

El desierto hizo resonar sus palabras.

Luke y Steve vieron abierta la puerta trasera cuando todavía estaban en el ángulo de la casa, con las espaldas contra la pared. Al menos *Luke* tenía la espalda contra la pared. Steve no parecía entender la palabra *sigilo*.

Él pasó a Luke, que extendió la mano para hacerlo retroceder.

—¡Quédate atrás! —susurró Luke.

La realidad era que no había señales de Colt, ni de ninguno de ellos. Esto significaba que al menos debían mirar dentro de la casa, y tal vez entrar, y Luke estaba menos ansioso ahora de lo que estuvo cinco minutos antes.

Una sirena cruzaba el aire desde alguna patrulla o quizás una ambulancia. Quizás algo que tenía que ver con Becky. Se hallaban en el borde del pueblo, sin edificaciones a su derecha. Solamente el césped de atrás, luego algunos matorrales de roble y rocas.

Esto simplemente no estaba bien. Él se acercó a la puerta abierta. Ahora lograba ver el interior de la casa, y la cocina. Parecía vacía.

Aferrándose de esta pequeña muestra de ánimo, Luke se asomó a la ventana al lado de la puerta y miró adentro.

Nada.

Parecía cualquier cocina desierta en una perezosa mañana veraniega. Mantuvo firme la escopeta, con el dedo en el gatillo, y se dirigió a la entrada.

Nada. Vacía. Ningún asesino sonreía en el rincón y apuntaba con una pistola de seis tiros.

Un alarido cortó súbitamente el silencio, y Luke casi dispara la escopeta. Su palpitante corazón le latía con fuerza en los oídos.

—¿Qué fue eso?

El grito vino otra vez desde el frente de la casa.

—¡...*niego* a creerlo!

El terror inicial de Luke lo hizo a un lado la seguridad de que esa voz pertenecía a Colt. Y había sonado como si viniera del patio frontal, no de dentro de la casa.

Otra voz, la del jugador, discutía con Colt, lo cual probablemente significaba que Red no estaba afuera. No discutirían con Red estando allá. Atravesó la cocina, corrió por el pasillo, giró en la antesala, y se dirigió a la puerta principal.

—Espera —expresó Steve respirando con fuerza.

Luke se paró en seco. Colt y compañía estaban en el patio del frente, con césped verde debajo de sus pies, gritándose mutuamente.

—¡Me niego a creer que el cielo esté negro o que estemos parados en arena! —exclamó Colt—. Pero *tengo que* creerlo, porque es lo que veo. Lo único que tiene sentido es que estamos chiflados, y mejor crean que eso es lo que Clifton cree. Algo chiflado nos sucedió hace siete años o cuando sea, y nos estamos volviendo locos de remate. ¡Ellos nos echarán la culpa de todo!

—¿Qué importa si resultamos muertos? —intervino Pinkus—. Eso es lo que lograrás que nos hagan: que nos maten. Y para tu información, creo que Clifton es Red.

—Exactamente, y escapará después de incriminarnos.

Luke atravesó la puerta y entró al porche.

—¿Colt?

Wendy volvió el rostro hacia él. Su mirada cansada se enfocó en la entrada.

—Creo que oí algo —señaló ella—. ¿Oyeron eso?

Los otros dos pasaron a Luke con la mirada y luego la alejaron.

—Por supuesto que oíste algo —indicó Luke—. Ustedes... ustedes pueden verme, ¿verdad?

—¿Cómo era posible que no nos vieran? —cuestionó Steve—. Claro que nos ven.

Pero los ojos de Wendy se enfocaron en el horizonte, y Luke supo que no los veían. Ellos estaba a diez metros de Colt, Wendy y Pinkus, y ninguno de ellos podía ver a Luke y Steve porque Clifton tenía razón. Las mentes de ellos habían sido lanzadas otra vez al mundo de Piel, o como llamaran a su juego. En realidad creían estar parados sobre arena y no en el patio frontal cubierto de hierba.

—No lo creo, Steve. Creo que ellos creen estar en un desierto.

—¿En realidad no pueden vernos? ¿Ni oírnos?

—No.

—Santo cielo.

Por un momento se quedaron mirando fijamente al trío, tratando de aceptar la posibilidad de ser invisibles.

—¿Hola? —gritó Steve—. ¡Hola, Colt!

—Silencio, amigo —Luke le hizo señas de que se callara—. ¡Te va a oír todo el mundo!

—¿Y es malo eso?

—Podría serlo. ¿Y si ellos tienen razón? ¿Quieres que Clifton nos oiga aquí, gritando?

—Insisto en dirigirnos al sur, y en poner una buena distancia entre este lugar y nosotros —manifestó Pinkus, dando grandes zancadas hacia el sur, y luego girando—. Olvídense del juego.

—No podemos atravesar la línea eléctrica —objetó Colt—. Y tampoco podemos dejar que Red siga matando. Estamos liquidados. Totalmente liquidados, fin de la historia.

—Estoy dispuesto a lanzarme corriendo contra la línea eléctrica —confesó Pinkus—. Prefiero ser electrocutado que ahorcado.

—¿Qué, no pueden pasar los cables eléctricos? —preguntó Steve.

Luke analizó las líneas de alto voltaje que corrían a lo largo del borde sur del césped. Recordó que Colt explicó cómo los cables habían caído, pero aún tenían carga y los obligó a permanecer en el norte del pueblo.

—Ellos pueden sentir cosas —dijo Luke—. Apostaría que si se dirigieran hacia el sur tropezarían con los edificios.

—¿Qué quieres decir? —preguntó Steve.

—¡Así es como tiene que ser! —exclamó Luke extendiendo un brazo—. Creen que este desierto está allí porque no hay evidencia de que el pueblo esté aquí. Red los mantiene lejos de los edificios para que no puedan entrar en ellos y comprender que todo está en sus mentes.

—¿Por consiguiente? —preguntó Steve después de pensar en esto.

—Por consiguiente, eso significa que pueden sentir cosas —expresó Luke, mientras levantaba una piedrita y la lanzaba a la mujer.

La piedra le dio en la cabeza y rebotó.

Wendy se agarró la cabeza.

—¡Ay! —profirió, y miró en dirección a Luke, con los ojos abiertos de par en par—. ¿Qué fue eso?

—¿Qué fue qué? —preguntó Colt.

—¡Algo me acaba de pegar en la cabeza! Duro.

—Tú también te estás chiflando —objetó Pinkus.

—¿Ves? —comentó Luke—. Santo cielo, ¿ves eso?

Steve agarró una piedra grande y levantó el brazo.

—¡No! ¿Vas a tratar de matarlos?

—¿Lo crees?

—Por supuesto que sí. Bájala.

Steve bajó la piedra.

—Pero eso me da una idea.

Wendy sabía que algo le había pegado en la cabeza. Lo confirmó el chichón que se le formó. Uno pequeño, pero bastante real. Levantó la mirada al cielo.

—¿Crees que alguna cosa allá arriba pudo haber dejado caer algo?

—Sí, por supuesto —chilló Pinkus—. Ahora los demonios están defecando en nuestras cabezas. Excrementos endurecidos que parecen rocas. No me importa el hecho de que no los puedas ver; ¡si no los esquivas te matarán a golpes!

Algo le tocó ligeramente el hombro a Wendy. Se lo apretó. Ella retrocedió de un salto con un grito agudo.

—¡Algo está aquí! ¿Colt?

—¿Qué es? —preguntó él corriendo a su lado—. No veo nada.

—Algo me tocó. Me agarró el hombro.

Dos manos le tocaron las mejillas... una cada una. Ella lanzó manotazos llena de pánico hacia las invisibles manos. Ninguno de ellos pudo negar el fuerte sonido de cachetada cuando su mano entró en contacto con algo o alguien que estaba directamente frente a ella.

—¡Alguien está aquí!

Colt miró incrédulo el espacio vacío, pero sin refutar.

—¿Qué es? —chilló ella.

Pinkus se quedó callado, desapareció su osadía.

—No te hicieron daño —opinó Colt—. Si hubieran querido lastimarte, lo habrían hecho.

—¡Me lanzaron algo!

Colt extendió el brazo derecho y sintió el aire. Dio un paso adelante, a tientas, luego lo levantó bruscamente.

—¿Colt?

Su mano agarró algo. Formó un apretón de manos.

—Yo... yo estoy agarrando la mano de alguien.

Sintió un sacudón.

—¿Luke?

Wendy sabía que Colt vio algo tan claramente como ella lo sintió, y en ese instante cambió su percepción. El mundo a su alrededor se transformó. De repente no era aire vacío lo que Colt agarraba sino la mano del policía Luke. El hombre le estrechaba la mano sosteniendo la escopeta en el brazo derecho, mirando con expresión muda.

—Hola, Colt.

Luke no estaba parado en la arena. Había césped debajo de sus pies.

Wendy miró por encima hacia la casa. El cielo se había vuelto azul brillante. Ella volvió la cabeza lentamente hacia la derecha. El pueblo había regresado.

A su lado Pinkus lanzó un grito ahogado.

—¡Ha vuelto! —exclamó Colt, liberando la mano de Luke—. El pueblo ha vuelto.

Se quedaron quietos asombrados por varios interminables segundos. Así que entonces *estaba* en sus mentes, totalmente en sus mentes.

—¿Me pueden ver ahora? —preguntó Luke.

—Te vemos —contestó Colt, mirando alrededor—. ¿Sabes qué está sucediendo?

—Encontramos un salón en la parte trasera del sótano con transmisores microonda y alguna clase de fármacos que alteran la mente. Clifton dice que Red es alguien que todos ustedes conocieron como Silver hace siete años. Todos ustedes fueron parte de la misma prueba en que participó Jerry Pinkus. Eso provocó algo en sus mentes, y ahora Red los está obligando a recordar el juego usando fármacos e impulsos de microonda. Todos los cinco padecieron de epilepsia del lóbulo frontal.

Colt miró a Wendy, luego otra vez a Luke.

—¿Nosotros hicimos…?

—Ustedes lo hicieron. Todo eso funciona solo con un tipo de… ya saben… de mentes.

—Está bien, eso pasó hace siete años —dijo Wendy, incapaz de aceptar su reclamo e ignorando sus propias dudas—. ¿Por qué estamos viendo ahora el desierto?

Luke les contó la razón. Les habló del juego llamado Piel con seis sujetos que iban a crear un mundo perfecto, lo cual hicieron mientras se enfrascaron por completo en el mundo de Piel. Pero un jugador llamado Silver se convirtió en el nuevo mal, y los demás trataron de ahorcarlo. El plan falló, y el doctor Cyrus Healy, el arquitecto del juego, jaló el enchufe. Por eso, teorizó Luke, Healy y su hijo Timothy debieron ser asesinados. Venganza asesina. Y por eso es que probablemente Timothy tenía tal visión de la realidad del desierto. Tal vez estaría todavía con eso del juego que su padre desarrolló. El juego llamado Piel.

De cualquier modo, Silver se hace llamar ahora Sterling Red, algo así como plata sangrienta.

De pronto el razonamiento del juego de Red tuvo sentido perfecto para Wendy. La más hermosa en el juego se había convertido en la más fea debido a su propio orgullo. A él lo habían derrocado, y estaba afuera para destruir a quienes se le habían enfrentado. ¡Ese era el juego de Red!

Suponiendo que lo que manifestaba Luke fuera realista. Pero ella no estaba lista para suponer.

—¿Son tan frágiles nuestras mentes? —preguntó Colt.

—No frágiles, amigo —observó Pinkus, con los ojos bien abiertos como de costumbre, pero al temor lo había reemplazado una emoción.

Él lo estaba aceptando todo, lo cual tendría sentido: desde entonces había vivido con recuerdos parciales.

—Ustedes son como yo —continuó Pinkus—. Ellos nos pagaron cincuenta mil dólares para prestarles nuestras mentes porque éramos *especiales*, no frágiles. Unos individuos normales nunca habrían podido conectarse como lo hicimos.

—¿Conectarse? —interrogó Colt.

—En el ambiente del juego.

—Eso fue hace siete años —terció Wendy—. Si hoy día él puede obligarnos a volver a entrar con tanta facilidad a ese ambiente, yo diría que somos tan frágiles como bebés recién nacidos. Prácticamente idiotas.

—Fracturados, tal vez, no frágiles —objetó Pinkus—. Pregunta a cualquiera que se me haya enfrentado en un torneo, no soy idiota. En cuanto al contexto, yo no llamaría simple ambiente al descubrimiento de un físico de fama mundial en que se puede estimular a una persona que tiene epilepsia del lóbulo frontal usando una combinación de drogas y microonda. Y él estaba usando esas microondas con implantes que nos ataban al sistema límbico. Factible. Completamente. Él tenía razón.

—Así que fueron suprimidos nuestros recuerdos de ese experimento, y ahora este estímulo microonda los hace reaccionar y así creemos estar en la realidad de este desierto —opinó Colt—. ¿Por qué? Si él quería vengarse, ¿por qué no dejarnos simplemente sin salida, sin todo el problema de meternos a patadas al desierto? Podría jugar lo mismo sin el desierto, ¿no les parece correcto?

—Justicia poética, amigo —contestó Pinkus—. Créeme, soy un jugador. Él no solo quiere matarnos, también desea restregarnos en la nariz nuestra derrota patética. Él quiere que le roguemos, nos arrastremos y luego nos suicidemos. Que desenchufemos nuestras tristes vidas. Es el juego perfecto.

—Venganza —comentó Wendy—. Además de que él no está completamente cuerdo.

Pinkus asintió.

—Y si nos está haciendo despertar otra vez en esta pesadilla estimulando nuestros lóbulos frontales por microonda, ¿cómo vuelve a aparecer el pueblo? —preguntó Wendy.

—Al desaparecer el efecto de los fármacos —respondió Pinkus mientras levantaba las manos hasta las sienes y las frotaba fuertemente—. ¡Yo lo sabía, amigo! Ese juego era una chifladura.

—No es real, entonces —dijo Wendy a nadie en particular—. El desierto no es real.

—Quizás no —señaló Colt, mirando hacia la biblioteca—, pero sabemos con seguridad que Red sí es real. Y sin embargo él aún no ha dejado de cumplir alguna promesa. Todavía tratará de obligarnos a suicidarnos. Esto no ha acabado.

—Creo saber quién es Red —anunció Luke, mirando nerviosamente a todos lados, apuntando con la pistola en la cadera y listo para disparar.

—Clifton —opinó Colt.

—Ni por casualidad —objetó Steve girando la cabeza de lado a lado.

—Clifton —aseguró Luke, mirando a Steve—. Después te lo explicaré, confía en mí.

—¿Dónde *está* Clifton? —quiso saber Colt.

—En la biblioteca.

Todos miraron hacia la biblioteca.

—Él perdió su ventaja —comentó Colt.

—¿Y si nos vuelve a cazar adentro? —indagó Wendy.

—No creo que pueda, ahora que sabemos todo —contestó Pinkus con el ceño fruncido, escudriñando la biblioteca—. Pero eso no importa. Colt tiene razón, el juego continúa, con desierto o sin él. Él todavía está jugando. Todo lo que podemos hacer por ahora es observar. No hagamos otra cosa que jugar su juego. Si no, estamos liquidados.

—Clifton es bueno —advirtió Luke—. Muy bueno.

—No tenemos opción. Tenemos que acabar con esto —concluyó Colt.

Ninguno discrepó.

48

Lo mejor es que bajen aquí ahora —se oyó la voz de Beth Longhorn con un leve temblor que decía mucho más que si ella hubiera gritado—. ¡Lo saben!

Blair se puso de pie con tanta brusquedad que estrelló la silla contra la pared detrás de él.

—Ahora van tras él —dijo Longhorn.

—¡Se va a armar un lío! ¡Hagan entrar allí las fuerzas armadas!

—Usted sabe que no podemos hacer eso.

—No me importa qué consecuencias haya, ¡simplemente detengan el juego!

—Él matará a Colt, Wendy y Jerry.

—Tenemos que ponernos en contacto con él.

—¿Clifton?

—¿Quién más? Sí, ¡Clifton! —dijo bruscamente.

Un golpe.

—Y ¿qué si él es Clifton?

49

La mostaza habría estado agradable, y también el té helado, pero todo se venía abajo y ahora Sterling Red debía hacer la jugada perfecta. Su agitación estaba al máximo, y las convulsiones gritaban por salir, para hacerle vibrar el cuerpo hasta hacerlo ver borroso. No se podía permitir tal indiscreción frente a la victoria. Los músculos temblorosos le podían echar a perder la puntería.

Los odiaba a todos, no solo porque ninguno de ellos tenía temblores, sino porque todos sabían o entendían cuán horribles eran en realidad los temblores. Ellos se mentían a sí mismos, como la mayoría de tontos, convenciéndose de que no tenían verdaderos conflictos dentro de sí mismos, y por consiguiente deambulaban felices entre los tulipanes. Esto solo le hacía comprender cuán terriblemente los odiaba.

Red se reprendió por exaltarse tanto en ese momento crucial. El asunto aún no terminaba. Ese era su momento más agradable.

Él estaba consciente de que había abrazado la mismísima maldad con que se había propuesto destruir a los otros cinco en el juego, lo cual lo convertía en nada menos que una versión en conflicto del mal, lo que por tanto le ocasionaba sus constantes temblores. A menudo se dijo que una vez concluida su misión se acostaría y moriría; pero estaba consciente de no poder hacer eso porque en muchas maneras ya estaba muerto.

En vez de eso iría tras otro grupo de almas negras engañadas. Tal vez políticos. O esos que aparentaban ser predicadores. Quizás solo cualquiera, porque él nunca se había topado con alguien que no fuera tan malo como él.

Pero primero, el juego.

Vengan a mí, niños. Es hora de jugar.

Y de pasar la mostaza.

Colt se acercó con cuidado a la biblioteca, totalmente consciente de que todos estaban atrapados en un terrible juego de suspenso que no había manera de resolver. Ahora sabían algunas cosas, pero no contaban con algo que pudiera acabar con Red.

Solo una pistola.

Él había agarrado la pistola de Luke, y nunca se había sentido tan agradecido de sentir el acero en la palma de las manos. Nueve balas. Luke lo seguía con una escopeta. Luego Steve, con otra pistola.

—Cuando entremos manténganse cubiertos hasta que sepamos qué hay allí.

—No me gusta esto —susurró Steve—. Esto no está bien. Nada de esto está bien.

Colt empujó la puerta, con el arma amartillada. Pensó en pedir a los otros que se quedaran afuera, pero rechazó la idea, poco dispuesto a dejarlos desprotegidos.

—Simplemente estén listos.

En la biblioteca había un silencio inquietante y poca iluminación. Colt avanzó pisando suave, con los nervios muy tensos, los brazos relajados y las manos flojas en la pistola. Sus vías de salida impresas en su mente con cada pisada: una voltereta hacia la derecha detrás del mostrador, luego levantarse y disparar protegido; alrededor de una estantería a su izquierda, en el corredor entre estanterías para disparar sobre un blanco a través del camino.

Pero todo esto se podía invalidar fácilmente con una sola bala desde las sombras. Si Red le estuviera apuntando ahora no lo salvaría ninguna destreza con la pistola.

Pero si todo lo que habían imaginado era correcto, Red no estaba en eso para meterles una bala en la cabeza. Pudo haberlo hecho un par de días atrás.

No, Red estaba en una vendetta cuya preparación le llevó años. No la terminaría con unos cuantos disparos. En realidad quería obligarlos a colgarse, aunque tuviera que romperles todos los huesos en el proceso.

Ahora se veían la cerca de mesas de cerezo para estudiar. Los tres lazos vacíos. Otro lazo con el cuerpo sin vida de Carey en el extremo. Colt rápidamente observó el balcón, no vio nada más que estantes y sombras.

—¿Dónde está él? —susurró Luke; buena pregunta; se respondió a sí mismo—. Tal vez abajo, en el salón.

Colt miró hacia atrás, y vio que Wendy y los otros dos se metían entre las estanterías, y pasaban el mostrador hacia el centro. La estrella de cinco puntas aún estaba como antes. El cuerpo seguía inerte. Esto era muy real.

—Luke, quiero que te quedes aquí con Pinkus y Steve. Que permanezcan detrás de ti, y ten lista la escopeta. Wendy y yo revisaremos el sótano. Lo obligaremos a dividir su enfoque. ¿Puedes hacer eso?

—Él es bueno, Colt; es rápido y bueno.

—Creo que ya dejamos en claro...

Un fuerte golpe detrás de Colt lo detuvo. Otro estrépito más fuerte. Él giro hacia el ruido y no vio más que espacio vacío al final del estante detrás del que Steve había estado.

—¿Qué? —exclamó Colt girando el arma y apuntando al suelo.

El mostrador cortaba la visión de Colt a la altura de la cintura. Saltó hacia atrás, el arma en alto con las dos manos. Steve yacía en el suelo, bocabajo, muerto o inconsciente.

—Ah, amigo... —empezó Luke, respirando con dificultad.

—¡Atrás! ¡Cúbranse!

Todos corrieron apresuradamente a cubrirse de cualquier disparo que se podría originar detrás del cuerpo caído de Steve.

La biblioteca quedó en silencio.

—¿Detective Clifton?

Nada.

Colt volvió a toda prisa adonde Wendy y Pinkus se arrodillaban detrás del mostrador. Luke se agachó detrás del estante como a tres metros, con la escopeta lista y la mirada en Colt.

Wendy lo agarró de la camiseta y lo acercó a ella. Él pudo sentir el aroma femenino, y el aliento en su mejilla. Se oyó ruido de pies que corrían exactamente por encima de ellos, pero luego se desvaneció.

Red.

Las manos de Colt temblaban. Supo que debía moverse ahora, antes de que Red se las arreglara para observarlos desde otro ángulo. Ellos estaban ocultos.

¡Bum! Un disparo retumbó desde el costado más lejano de la biblioteca. La escopeta de Luke cayó al suelo haciendo ruido, sin gatillo.

—¡Maldición! ¡Maldición! —gritó Luke sosteniéndose la sangrante mano mientras rodaba para cubrirse al lado de Colt. Los tres estaban ahora acurrucados detrás del mostrador; Pinkus se arrodillaba en el otro extremo.

—Quédense aquí —susurró Colt—. ¡No se muevan!

—¿Colt? —exclamó Wendy agarrándole la camiseta.

—Simplemente quédate —ordenó.

Rodeó agachado el mostrador, rodó por la brecha hacia la estantería donde estaba Steve, y se paró detrás de los libros. Presionó dos dedos en el cuello del policía, y le encontró pulso. Le salía sangre por una herida en la cabeza. Viviría.

La premeditación era la clave para sobrevivir en cualquier tiroteo, pero el pensamiento calculado tendría que ocurrir en fracciones de segundo. Él ya había perdido cuatro o cinco.

Colt se paró y salió corriendo hacia delante, alrededor del mostrador, directo hacia la parte trasera, desde donde había venido el último disparo.

Aún ningún blanco.

¡Bum!

¡Tas!

Colt giró hacia atrás. El cuerpo de Carey había caído. Un balazo había cortado la cuerda por la mitad, y esta vez Colt no logró captar el punto de origen. La bala rebotó en el salón como una pelota de ping-pong.

—Colt...

El susurro de Red persiguió al moribundo eco.

—¿Quieres mostaza? —preguntó luego con voz totalmente natural.

Él aún no podía decir de dónde venía el sonido. Pero al oírlo creyó poder distinguir en él la voz de Clifton. De todos modos, bastante parecida. Vio que estaban atrapados sin poder huir. Lo más probable era que Red pudiera escoger a alguno de ellos a voluntad, y el hecho de que no lo hubiera hecho confirmaba la suposición de Colt de que todo esto se trataba de la vendetta de Red.

Colt presionó la espalda contra la columna vertical detrás de la que se había detenido, y consideró sus opciones. Si solo encontrara un blanco podría tratar de disparar. Pero era obvio que Red no tenía intención de dejarse ver.

¿Se las podría arreglar para subir las escaleras hasta el balcón? Posible, pero tendría que moverse como el viento.

Podría tratar de distraer al hombre, salir de la biblioteca y armar un bullicio. Pero aun en ese corto tiempo Red podría llegar hasta donde los demás. Si Red estuviera en el balcón, Colt podría tratar de conseguir que los otros salieran cubriéndolos con disparos.

—Colt —gritó Wendy.

—Lo siento, cariño, Colt fue demasiado lento —contestó Red.

Colt giró rápidamente frente al mostrador, ahora lejos a su izquierda.

—Cuidado —susurró Pinkus, como si supiera que era demasiado tarde.

Entonces Colt vio al hombre enmascarado, detrás de Wendy y Pinkus, entre dos estantes, medio oculto por las sombras. Tenía una pistola en una mano y un cuchillo de cacería como de cuarenta centímetros, y miraba directamente a Colt.

El disparo era arriesgado, demasiado cerca de la cabeza de Pinkus, pero Colt lo hizo de todos modos. Disparó a la figura.

El jugador gritó y se agachó.

Red había retrocedido.

—¡Corre, Wendy! Corre afuera antes que...

—No, Wendy, afuera no —objetó la voz de Red—. A las cuerdas, o le perforaré el rostro al bobo.

Bobo, refiriéndose a él.

—¿Colt?

—¡Muévete! —gritó Red.

Wendy y Pinkus caminaron a tropezones hacia delante, dentro de la estrella de cinco puntas.

—Las cabezas en la lazada y uno de ustedes vivirá, lo juro por mi alma negra.

—¿Colt? —gimoteó Wendy.

Estaban arrinconados. Colt trató de pensar, pero su mente deambulaba por un mar de temor. Esta vez se estaba agotando el tiempo. Luke aún estaba en posición de intentar algo, pero todos sabían que le faltaban los recursos para constituir una verdadera amenaza para Red.

—¿Colt?

—Está bien, Wendy.

—¿Espera usted que pongamos nuestras cabezas en esas sogas? —gritó Pinkus—. No podemos...

¡Bum!

—¡Aaaayyyy! ¡Aaaahhhh, aaaahhhh!

Colt asomó la cabeza para disparar. Pinkus estaba aferrado a su mano derecha ahora sangrando.

¡Bum! Una segunda bala astilló el poste a su lado. Él retrocedió bruscamente.

—Sígame poniendo a prueba y volaré del todo a decenas de ellos —amenazó Red.

Colt oyó chirriar una mesa, caerse una silla y una maldición de Pinkus. Su visión se nubló. Tenía que hacer algo, cualquier cosa, quizás meterse una bala en la cabeza, pero algo.

—Ahora tú, Colt. Sal con la pistola en la cabeza. Si la bajas, te dispararé en el brazo. Si no sales, le dispararé a ella en la pierna.

Él respiró profundo, levantó la pistola sobre la cabeza y salió. Ninguna señal del hombre, pero estaba allí, acechando en las sombras. Wendy y Pinkus estaban de pie en una de las mesas, con las cabezas al mismo nivel de las cuerdas.

Colt pasó dos mesas que habían juntado a fin de hacer espacio para la estrella de Carey, y caminó hacia el centro, moviéndose tan rápido como se atrevió sin levantar sospechas.

—¿Ansioso de morir, Colt? Deja la pistola en el suelo.

No la puso sino más bien la dejó caer de tal modo que rodara un poco más, cerca de Luke.

—Sube a la mesa con los demás.

Luke se sentó contra la pared, escudriñándolo con ojos frenéticos. Atontado del susto.

—No es él —susurró temblorosamente—. Está vestido de modo distinto.

¿No Clifton? Pero Clifton se pudo haber cambiado con mucha facilidad.

Colt caminó hacia las mesas, se subió sin ayuda y se paró al lado de Wendy, que al instante lo agarró por detrás de la camisa.

—Mantén la calma —le susurró.

—*Todos* somos los más feos —balbuceó ella.

Sterling Red salió, vestido con una camiseta y jeans, y máscara ceñida contra la gorra de béisbol echada hacia atrás. Caminó a grandes zancadas hacia el centro del piso y los miró. Detrás de él, Luke se levantó un poco, luego volvió a bajar bruscamente. Como si hubiera visto algo.

—Siete años es mucho tiempo de espera para darle un final alegre a todo este asunto —manifestó Red—. Pero ahora tengo mucha confianza en que todos hayamos jugado.

—Timothy Healy dijo algo respecto de usted —comentó Wendy.

—No me importa lo que todos digan. Y si vuelves a hablar de ese modo cuando no es tu turno, yo podría perder los estribos.

—De todos modos nos va a matar —objetó Pinkus—. ¿Qué diferencia hace?

—Tienes razón —indicó Red moviendo su peso y girando la pistola—. Se nos está acabando el tiempo, he forzado este asunto hacia al final amargo, y he tomado toda clase de riesgos estúpidos, todo con la esperanza de ayudarles a ver sencillamente cuán feos son en realidad todos ustedes. Vanidad, vanidad, todo es vanidad. Pero aún hay un último truco que deseo mostrarles antes de seguir adelante y dar por terminado el juego.

—¡No se mueva!

Las palabras no vinieron de Red, que se quedó paralizado, con la pistola al lado del oído. Vinieron de un hombre que ahora seguía a su pistola detrás del mismo estante del que saliera Red.

El detective Clifton.

—Ni un músculo —ordenó el hombre.

Clifton atravesó rápidamente, y presionó la pistola en la base del cráneo de Red por detrás.

—Bájela.

La sangre se agolpó en Colt. Luke se había dado cuenta de que Red no era Clifton cuando el asesino salió antes.

—¿De veras? —preguntó Red—. ¿Por qué sencillamente no jalas el gatillo, detective? Entre todas las personas es usted quien debería saber lo peligroso que soy.

—Cállese y baje el arma.

—Ustedes quieren saber, ¿no? —dijo Red bajando el arma—. Todos ustedes. ¿Quién es Red? ¿Quién es el impulsivamente rápido asesino que parece conocerles las tripas como si fueran mías?

Dejó caer el cuchillo de cacería y levantó la mano izquierda hasta el rostro. Se quitó la máscara.

Ellos miraron el rostro de Timothy Healy, ahora sonriendo perversamente.

—Hola, Colt. Hola, Wendy. Hola, Pinkus. ¿Quién es ahora el de la más horrible forma cambiante en el mundo?

Ninguna señal de deformidad en su mano derecha... había representado el papel a la perfección.

—Silver —expresó Wendy.

—El único y el mismo —asintió Sterling Red—. El que ustedes trataron de matar hace siete años porque yo era una plaga fea en su precioso y pequeño mundo.

—Ese era un juego —gritó Pinkus.

—¿De veras? Alguien olvidó decírselo a mi padre. Él hizo que me *diera* epilepsia del lóbulo frontal para que pudiera participar. El juego solo funcionaba en monstruos, así que me convirtió en monstruo, igual que todos ustedes. Llegué a ser el mejor de los monstruos, así que los demás monstruos trataron de matarme. ¡Uy!

Por consiguiente, lo que Luke supo por Clifton era cierto. La mente de Silver se había estropeado, incluso tal vez antes de entrar al juego, lo cual no le impidió dejar de jugar. Se estaba vengando aquí en el mundo real, destruyendo a quienes lo habían expulsado.

Timothy había entrado a la realidad del desierto y falsificado su propia muerte para que las sospechas ya no recayeran en él. No hallaron el cadáver de Timothy Healy, solo su sangre sobre el piso del baño.

Él asesinó a su propio padre, que lo convirtió en Silver, el sexto jugador. El más hermoso se había vuelto el más feo en el juego llamado Piel.

Todos miraron a Red por varios segundos interminables, conectando los puntos.

—Deje caer la pistola y ponga lentamente las manos en la espalda —ordenó Clifton.

—En realidad usted no puede dispararme, detective —expresó Red—. No a sangre fría. Una bala me arrancaría el rostro, y una bala por detrás sería difícil de explicar.

—¿Después de lo que usted ha hecho? No creo que sería un problema.

—Y aun menos después de esto —manifestó Red.

De súbito se lanzó a su derecha, apenas ligeramente pero con tanta velocidad que hizo casi imperceptible al movimiento. Colt vio como en un destello el hueco en el cañón de Clifton frente a nada más que aire.

De la boca chispeó candela cuando Clifton disparó al aire.

La pistola de Red ya estaba levantada y girando. Disparó al pecho del detective, a quemarropa. Su cercana proximidad apagó el ruido del disparo.

El rostro de Clifton palideció.

Red giró, levantó el pie y lo empujó con fuerza.

El detective estaba estupefacto, descargó una bala en el suelo, luego se detuvo y cayó recto hacia atrás, como un poste.

—Oí que él era rápido —indicó Red enfrentándose a ellos—. Pongan las cabezas en esos lazos antes de que empiece a dispararle a más dedos.

Volviendo a presenciar la velocidad del hombre, Colt comprendió que no había manera de derrotarlo directamente. Red era tan rápido como un rayo. Y era obvio que el elemento sorpresa se había ido por la borda.

—Porque somos feos —señaló Wendy—. Tenemos que morir porque somos feos, dijo usted.

—Demasiado tarde, cariño, se acabó el juego.

—Pero usted dijo que de eso es lo que se trata todo esto —presionó ella, con voz tirante—. Esa es la regla del juego, y si usted aún está jugando se tiene que guiar por ellas. Todos somos los más feos porque todos somos malos, hasta la médula. Pero eso lo incluye a usted.

50

Sterling Red oyó las palabras de Wendy, las cuales actuaron en su cerebro como podrían hacerlo cualesquiera otras. Pero esas palabras no se detuvieron en su mente. Se profundizaron, más allá de su rápido razonamiento hasta el lugar en que se originaban los temblores. Por un breve momento perdió el enfoque, pero se recuperó rápidamente.

—Correcto —contestó.

¿Es eso todo lo que tenía que decir?

—¿Correcto?

—Somos como tú —lo tuteó la mujer.

—Sí —contestó Red.

Pero esto no era lo que él había planeado.

—Y tú eres como nosotros.

Él se preguntó si debía simplemente meterle una bala en la boca para cambiar el tema, pero era un hombre de considerable verdad, y ella parecía estar dirigida en esa dirección, así que quitó el dedo del gatillo.

Su mente parecía haberse vuelto más lenta.

—Quizás seamos feos, pero eres tan feo como nosotros —contraatacó Wendy.

Los temblores comenzaron en los dedos de los pies y subieron corriendo hasta las rodillas, y él de repente no estaba seguro de poder detenerlos. Sin embargo aún no le llegaban a la parte alta del cuerpo, sus brazos, su cabeza. Su pistola.

—Piel no fue más que un juego de niños —continuó ella, más llena de valor—. Y tú fuiste el niño. Aún lo eres. Atrapado en tu pasado patético, ¿no es así?

—Me estás fastidiando —amenazó él.

—¿Por qué le destruiste el rostro a Nicole?

—Ella obtuvo lo que merecía. Y tú también lo tendrás.

—Porque la fealdad merece ser odiada —siguió diciendo la mujer—. La fealdad merece morir. Tú la hiciste fea. Pero en realidad no es la fealdad física sino la monstruosidad interior. Y todos somos horribles hasta los huesos, así que todos merecemos que nos odien y nos maten. ¿No es eso lo que probaba Piel?

Ella lo expresó de forma tan concisa que por un momento Red pensó que debería perdonarla. Pero el sentimiento desapareció antes de que lo pudiera entretener.

—Y ahora que lo entiendo, concuerdo contigo —señaló ella—. Todos somos feos hasta la médula y merecemos morir. ¿Pero no puedes hermosear algo de esta fealdad?

—No —contestó él.

—El simple hecho de destruir la fea maldad no soluciona nada. Tiene que haber una manera de hermosear lo que una vez fue feo.

Los temblores eran ahora tan malos que debió quitar su atención de la mujer y ponerla en su propio cuerpo. Logró controlar el temblor. Él siempre había sabido que existía una posibilidad de ser engañado por su creencia de que se había levantado sobre todos ellos, pero por primera vez se preguntaba si su temblor estaba ligado a eso más que al hecho de que era forzado a vivir entre gusanos de la mitad de su valor.

Quizás él debería cambiar las reglas. De nuevo.

—Tienes un problema —indicó ella—. Porque también eres uno de los más feos. Te tienes que matar con nosotros.

Red sabía que ahí es adonde Wendy se dirigía. Pero las tripas de Red parecían oír eso. Aunque razonaba tranquilamente y con total confianza como siempre lo hacía, sus músculos comenzaron a temblar. Un ataque como el que se imaginaba que debía sufrir a menudo Lucifer veinticuatro horas al día, siete días a la semana, por todo su cuerpo. Red temblaba como un rascacielos bajo el total asalto de un terremoto.

El conflicto entre su vil odio hacia estos últimos tres, y la terrible sospecha de estar atado por el mismo destino que ellos, no era algo a lo que podría ordenar que se callara.

Ansiaba mostaza más que nunca.

Wendy retrocedió un paso cuando Red empezó a temblar. Epilepsia, ¿o algo más? Aparentemente el resto de ellos se habían liberado de sus síntomas al seguir el juego, pero no Silver. Los ojos le saltaron, el rostro le enrojeció. Sterling Red. Silver se había enojado.

Colt se había parado al lado de ella y le articulaba algo, pero ella no quiso mirarlo, temerosa de romper el hechizo que parecieron haber lanzado sus palabras sobre Red.

—Todos ustedes tienen que morir —dictaminó Red.

Luke se había puesto a gatas detrás de Red, como un gato, sigilosamente, con los ojos abiertos de par en par.

—Ella tiene razón —expuso Colt, agarrando su cuerda y haciéndola a un lado; dio un paso adelante en lo alto de la mesa—. Ella tiene razón; tú eres un enfermo, horrible hijo de perra. Y sé cómo se siente eso. Por tanto te diré que debes meter tu cuello en una de estas cuerdas y lo haremos juntos, ¿qué tal? Todos lo haremos juntos.

Red estaba temblando ahora en tan mal manera que Wendy pensó que en realidad se trataba de un ataque de epilepsia. Pero él se las arregló para levantar su pistola.

Luke se movió con mayor calma. Más rápido. Ojos más abiertos.

—No puedes matarnos a menos que nos neguemos a suicidarnos —informó Colt—. Nos suicidaremos contigo.

Luke llegó hasta donde estaba la pistola, y la agarró. Colt señaló al asesino con el dedo y gritó para acallar el ruido.

—¿Oye? ¡Contigo!

Luke levantó la pistola y se bamboleó hacia atrás.

—¡Alto ahí!

—¡Dispárale, Luke! —gritó Colt, empujando a Wendy hacia un costado y lanzándose hacia delante, contra Red.

—¡Alto ahí! —volvió a gritar Luke.

En ese segundo *alto ahí* Red recuperó su velocidad y su cálculo. Cayó, giró y disparó hacia atrás a Luke. La bala fue a parar en el hombro del ayudante del comisario, haciendo que su propio disparo saliera alto y desviado.

Colt golpeó a Red en la espalda, luego rodó sobre él hacia el tambaleante Luke.

El pie de Wendy se resbaló repentinamente en el borde de la mesa y cayó, pero nada de esto detuvo el pensamiento que le gritó a través de su mente.

¡Mátalo, Colt! ¡Bum!

Ella cayó sobre el brazo derecho. Sintió un dolor en el costado, no supo si por el contacto con el suelo o por un balazo, pero empezó a gritar.

Pinkus gimió con voz chillona detrás de ella. Alguien estaba gritando en dirección de Red: Red o Colt.

¡Bum!

Pinkus se calló súbitamente.

Wendy rodó una vez, dos veces, como una momia caída, medio esperando recibir una bala en cualquier instante. Los gritos desde la dirección de Red eran tan horribles, tan guturales, que ella estaba segura que irían a destrozar una garganta.

¡Bum! ¡Bum! ¡Bum! ¡Bum!

Wendy dejó de rodar e instintivamente puso los brazos encima de la cabeza.

La biblioteca se calmó. Nadie habló. Nadie disparó. Nadie la pateó para ver si aún respiraba.

¿Los había matado Red a todos? ¿Antes de que ella pudiera llegar a conocer de veras a Colt? No parecía justo. Era...

Wendy movió la cabeza hacia atrás. La biblioteca giró mientras la sangre se le llenaba de oxígeno. Lo vio todo en una mirada.

Red y Colt se enfrentaban como dos pistoleros, separados cinco metros uno del otro. Los dos sangraban. Red en la pierna izquierda y Colt en el brazo izquierdo.

Ambos apuntaban pistolas al otro: Red la suya; Colt, el arma de Luke. Ninguno disparó.

—¡Mátalo! —gritó Pinkus—. ¡Dispárale!

Se escurría sudor por la mejilla de Colt. Wendy se preguntó porqué sencillamente no jalaba el gatillo. ¿Se había confundido repentinamente acerca de matar a alguien que era producto de la misma infancia que él? ¿O tenía miedo?

La respuesta le llegó rápidamente. Ambas pistolas estaban niveladas al torso del otro hombre. Una bala de alguno no necesariamente mataría, permitiendo así que el otro le devolviera el disparo. A ninguno de los dos le interesaba matar solo para morir.

Colt podría mover rápidamente su pistola hacia arriba y disparar a Red en el rostro, pero con seguridad sabía que el asesino dispararía a su más leve movimiento.

—Bien, bien, bien —exclamó Red asomando una sonrisa en los labios—. ¿No estamos todos en un aprieto?

—Lo haré si tú lo haces —contestó Colt.

¿Hacer qué?

—Entonces morirás —aseguró Red.

—Estoy dispuesto a correr ese riesgo.

—¡No! —gritó Wendy antes de que pudiera detenerse. Porque Red lo mataría. Él era más rápido. ¡Colt lo sabía! ¿Qué estaba pensando él?

—Bajemos juntos —expresó Colt.

—¡Colt, por favor! —rogó Wendy.

Por diez segundos completos Red solo miró a Colt, que evidentemente lo acababa de desafiar a un duelo o algo parecido. Toda la escena era surrealista: dos pistoleros enfrentados en la biblioteca como en una película del oeste. Había cuerpos desparramados por el suelo. Una bala le había pegado a Luke en el hombro y estaba fuera, pero vivo. Steve también estaba vivo todavía. Pero Nicole, Carey y Clifton estaban muertos.

Pinkus respiraba pesadamente a la izquierda de Wendy. La respiración de ella era superficial.

Pero Red y Colt se miraban uno al otro sin pestañear, tan tensos y tan tranquilos como dos hombres cualesquiera que Wendy viera alguna vez.

Entonces Colt bajó la mano que tenía la pistola.

—Eres un tonto —expresó Red, pero su pistola también bajó.

Los dos desmontaron las pistolas y las metieron en sus cinturones.

Ahora estaban parados con las manos sueltas en sus caderas, piernas extendidas y flexionadas, los ojos de cada uno fijos en el otro.

—Esto es una locura —comentó Wendy—. ¿No podemos resolver esto? ¡Sucedió hace siete años! Siete años. Todos tenemos vidas nuevas. No nos puedes guardar rencor por lo sucedido en un estúpido juego hace siete años.

—Sí puedo —objetó Red—. Lo guardaré. Lo guardo. Y es de verdad, y me hace alucinar de veras.

—¡Vas a matarlo! ¡Él es un policía!

—Sí, voy a hacerlo —contestó Red.

Habían pasado veinte minutos desde la última vez que Wendy se quedara a oscuras. En ese momento su mundo colapsó con gran fuerza; la asfixiante oscuridad, las abrazaderas en el pecho, las manos y los pies. Los recuerdos rugían por salir a la superficie, y ella se sintió agarrotada, luego cayó de espaldas al suelo.

Su cabeza golpeó con un estrépito que le llenó la mente con un destello de luz.

Ella observó una vez más la oscuridad. Y el anillo de luz. Fantasmas errantes. Pero esta vez había algo más.

Ella se pudo oír respirando. Un constante silbido y una ráfaga de aire. Le corría sudor por las sienes.

Wendy abrió los ojos de par en par, desesperada por lo que estaba a punto de ocurrir, y por evitar que Colt se suicidara sacrificándose en una pelea con pistolas que estaba seguro de perder.

Ese era el plan de él. Esta vez él iba a hacerse matar.

Un reflejo se le presentó directamente de la oscuridad sobre sus ojos. Aunque parezca mentira, era como las estelas en el cielo que habían oscurecido el exterior.

Un zumbido apenas perceptible le susurró en los oídos. Igual que el zumbido en el mundo del desierto.

Ella cerró los ojos y los volvió a abrir. Era como si mirara hacia arriba un vidrio traslúcido, veteado con sombras o algo así.

Wendy movió los dedos. Sintió un frío guante metálico.

Ya se encontraba paralizada por un ataque de pánico cuando el simple pensamiento entró primero sin invitación a su mente e hizo que se entumeciera como una viga.

Estás dentro de una armadura, le decía el pensamiento.

Ella parpadeó rápidamente varias veces. ¿Y si los episodios de oscuridad no fueran para nada recuerdos que se colaban en la superficie de su mente? ¿Y si ella simplemente estaba despertando?

Ahora.

Con un casco puesto.

El corazón comenzó a palpitarle con fuerza.

51

Nathan Blair entró de sopetón al salón blanco, como lo llamaban los empleados de CyberTech, dejando que la puerta golpeara contra la pared en la parte trasera. Él lo había visto centenares de veces, y cada vez su piel le hormigueaba. A no ser por el alarido, nada parecía haber cambiado.

Beth Longhorn le lanzó una mirada que daba a entender que ya lo sabía. Ella estaba muy segura de que algo cambió, y su rostro se notaba más pálido que de costumbre.

Siete técnicos en batas blancas de laboratorio estaban ante el mostrador de control, mirando a través de un grueso cristal hacia el lugar muy reservado y misterioso, con las manos fuertemente empuñadas. Tres de ellos andaban de un lado al otro. El doctor canoso permanecía a la derecha de ellos, helado como un árbol antiguo.

—¡Tenemos que pararlo! —exclamó Nancy Rengald, coordinadora del proyecto—. Ahora, antes de que mueran los demás.

—¿Qué es esto? —preguntó Nathan.

Miró hacia arriba a los seis monitores llenos con líneas verdes y blancas. Dos de ellos mostraban líneas uniformes.

Sin vida.

Según las pantallas, Carey y Nicole estaban muertos.

Él giró hacia el montón de monitores que mostraban a los técnicos lo que cada uno de los jugadores principales veía dentro del juego. La pared contenía veintidós pantallas que representaban los puntos de vista de todos los personajes generados por computadora, y también a cinco de los seis jugadores humanos, en nada parecido a cualquier juego computarizado de varios jugadores.

El monitor de Clifton aparecía totalmente negro. Muerto. Pero él era un personaje generado por computadora que no le preocupaba a Nathan. Eran los seis jugadores humanos participantes en el juego los que...

Se enfocó en el monitor que mostraba lo que veía Carey. Negro.

Debajo de este, el de Nicole. Negro.

—Párenlo —gritó Nathan.

—Usted sabe que no podemos —contestó el director Healy. Su voz sonó como una uña sobre una cuerda de un contrabajo; firme pero profundamente preocupada. Su propio hijo, Timothy Healy, era uno de los seis—. La extracción toma al menos una hora. Programamos el juego para siete días. Podríamos matarlos a todos si tomamos una decisión precipitada; usted sabe eso.

—Doctor Healy, usted tiene que reconsiderar —opinó Nancy—. Él ya mató a dos. ¡Todos van a morir!

—Todos morirán si usted los saca demasiado rápido.

Nathan salió corriendo. Estaba sucediendo. Sus peores temores se volvían verídicos. De esto fue que les advirtió. Los militares habían acordado financiar el proyecto con CyberTech solo con la condición de que un auditor interno conservara toda la autoridad para cerrarlo. Él estuvo a punto de hacerlo una docena de veces cuando llegaban las actualizaciones.

Se estaban metiendo con las vidas de seres humanos. Adolescentes, en realidad. Todos adultos, pero bastantes jóvenes para no captar el peligro de su juego. Para un muchacho de dieciocho años era difícil resistirse a cincuenta mil dólares.

Blair estaba a mitad de camino hacia el vidrio cuando el monitor de impulsos en una de las seis pantallas comenzó a chirriar bulliciosamente. El sonido le envió un escalofrío hasta los talones.

Golpeó violentamente el cristal y miró dentro del lugar reservado y misterioso.

—¡Wendy se está saliendo! —susurró Rengald—. ¿Por cuenta propia?

Wendy yacía de espaldas, inmóvil a excepción del pecho que se levantaba y bajaba, el rostro cubierto con la visera a través de la que veía el mundo del juego. Ninguna otra señal de cambio en el monitor que indicara que se estuviera separando del juego.

El juego Piel estaba representado por un enorme disco circular blanco como de dos metros y medio de diámetro, alrededor del cual se ubicaban simétricamente las seis sillas dentales modificadas.

Los seis sujetos estaban reclinados en sus sillas, vestidos con batas azules. Tanto en los pies como en las manos les habían insertado agujas sensoriales. Cada sujeto usaba un casco, parecido al que utilizaban los pilotos de aviones de combate. Cada uno estaba conectado a la computadora central con una docena de electrodos y dos tubos por los cuales les suministraban de manera intravenosa alimentos y fármacos psicotrópicos. Los transmisores de microonda que estimulaban los lóbulos frontales de los seis epilépticos estaban colocados encima de cada silla, como luces dentales.

El doctor Healy había creado este juego, el primero de esta clase: reproducir un mundo desértico lleno de maldad. Era un juego más de colaboración que de competencia; a los jugadores les habían dado el objetivo de erradicar las variadas entidades perversas en siete días.

Ellos habían entrado a Piel seis días antes y al principio derribaron con autoridad todas las formas de mal. Entonces Silver comenzó a subyugar a los demás obligándolos a seguir nuevas reglas que creó, llegando incluso a colgar unos cuantos personajes generados por computación haciendo lo que le parecía.

Los otros cinco reconocieron a Silver como un nuevo mal a quien, por las mismas reglas del juego, era necesario vencer. En el tiempo verdadero eso había sido seis horas antes. En el tiempo del juego, tres días atrás, solo antes de que Red hubiera entrado pavoneándose a la construcción en el juego llamada Summerville.

Después del fallido intento de acabar con su vida, Silver se las arregló para volver a montar el juego desde el interior, dando pieles nuevas a cada uno de los otros cinco jugadores, con las cuales Colt, Wendy, Carey, Nicole y Pinkus tenían siete años más que en la vida real, además de recuerdos de esos siete años ficticios.

Silver presentó a los jugadores un nuevo escenario: un pueblo imaginario llamado Summerville, lleno con ciudadanos artificialmente inteligentes, incluyendo un detective intuitivo llamado Al Clifton.

Luego reinició el juego, el cual en realidad era una continuación del verdadero juego. Seis jugadores humanos, con nuevas identidades y cientos de jugadores computarizados en Summerville, cada uno de los cuales encarnaba su papel en el desarrollo del juego, exactamente como cualquier representación teatral con varios actores.

Los técnicos vieron asombrados cómo las pantallas se volvían a montar para mostrar a Summerville en vez del mundo que los jugadores habían transformado. Era como observar el mundo de fantasía en el videojuego *World of Warcraft*, parpadear y luego ver el ambiente de *Grand Theft Auto* en un pueblito.

Tenían una ventana a todos sus mundos… excepto al de Timothy Healy. Él logró bloquear su vínculo con todo, excepto con sus funciones vitales. Hasta que la verdad se revelara en la biblioteca ellos fueron forzados a suponer que él pudo haber cambiado las pieles con uno de los otros jugadores. O una de las computadoras generaba personajes como Clifton, para ese asunto.

De cualquier manera, todos ellos, incluyendo a Silver, estaban limitados por las reglas de la nueva versión que Red había hecho del juego. El más feo debía morir. Era una nueva declaración de las reglas del juego antes de que ellos se hubieran vuelto contra Silver, lo que hicieron para destruir todo mal.

Para empezar el juego, Silver asesinó a un personaje que modelaba a su propio padre, el doctor Cyrus Healy, que ahora permanecía a la izquierda de Nathan, pálido.

La única aberración de la que Blair estaba consciente eran los implantes. No había implantes ni cicatrices. Habían utilizado formas de estimulación no invasivas, electrodos externos, máscaras, trajes corporales, artefactos que pudieran ser duplicados con pilotos militares.

Pero en el juego los jugadores creían que tenían implantes. Ellos eran parte del proyecto. La pista de la computadora para ellos era que no todo estaba bien en sus mentes. Si podían colocar a Red en rayos x, encontrarían que él también mostraba un implante, porque ahora él también estaba conectado a la computadora.

—¿Qué está sucediendo? —preguntó uno de los técnicos más jóvenes, a quien le costaba aceptar lo que todos presenciaban.

Blair examinó los cuerpos de Nicole y Carey, ambos recostados. Sus monitores indicaban que estaban muertos, *aquí en la vida real*. Pero cómo...

Entonces los vio. Delgados rastros de sangre les bajaban por sus cuellos a través de cortes por debajo de sus cascos; ojos, orificios nasales, oídos... quizás de todas esas partes.

Al lado de ellos, el cuerpo de Timothy Healy empezó a temblar como lo hacía esporádicamente aun desde que cambió el juego. La epilepsia del lóbulo frontal que su padre le provocó estaba manifestando su presencia.

Nathan miró a su derecha y vio que el rostro fuertemente tenso del doctor había enrojecido. ¿Remordimiento o ira? Él había encontrado una manera de estimular epilepsia en el cerebro de su propio hijo, y por eso Timothy lo mató dentro del juego; además de otros jugadores, y seguía la cuenta.

—¡Ella está despertando! —gritó alguien— ¡Ella misma se está retirando!

Nathan volvió a mirar dentro del lugar muy reservado y misterioso. Wendy hiperventilaba, sacando a los monitores de los registros gráficos. Meneó la cabeza hacia atrás y adelante como si tratara de quitarse el casco del rostro sin desabrochar los sujetadores.

Entonces Wendy Davidson se sentó en su silla.

Wendy sintió aturdimiento mientras la sangre se le escurría de la cabeza. Así que era real. Ella se estaba sentando. Con un casco en la cabeza. Como dentro de una armadura.

En ese instante estaba en el mismísimo juego en que todos creían que participaron siete años atrás.

Wendy levantó su mano derecha para liberarse de su máscara. Algo jaló su brazo, una restricción, o algo peor.

Luchando otra vez contra una nueva estela de pánico, agarró la máscara y buscó a tientas una oscura visera traslúcida a través de la cual logró verse la mano enguantada que tanteaba.

Por los bordes de su visera entró luz, y ahora pudo observar el salón blanco que había visto varias veces en sus desvanecimientos... los cuales eran claros despertares, no desmayos.

Y las estelas en el cielo eran centenares de delgados cables o tubos que evidentemente creaban el mundo tridimensional en su visera.

Sus dedos engancharon un pasador y la visera se elevó. La encandiló una luz brillante.

Los ojos se le ajustaron lentamente. Wendy estaba metida en un traje blanco como de astronauta, solo que no tan grueso. Un grueso cordón serpenteaba desde su bota derecha dentro de una máquina circular a sus pies. Estaba zumbando.

Huummmmm...

Wendy estaba tan asombrada de encontrarse en un ambiente tan frío después de tanto tiempo en la arenosa realidad del juego de Red, que lo único que atinó a hacer fue mirar el traje y cortar lentamente su respiración.

Ella sabía entonces, con certeza, que aquello era el mundo real. La biblioteca, el desierto, el pueblo de Summerville, todo.

¿O estaba eso en otra parte?

Necesitó casi todo un minuto para recordar que no había estado participando sola en el juego.

Colt.

Volvió la cabeza hacia la izquierda y vio dos lánguidas figuras en sillas dentales como la suya. Sus nombres estaban sobre sus cascos. Carey. Nicole. No parecían estar respirando.

Y de sus cuellos salía sangre.

A Wendy se le hizo un nudo en la garganta. Giró hacia su derecha y vio a los otros: Pinkus, Colt, Timothy. Sus pechos subían y bajaban por profundas respiraciones, perdidos en la biblioteca.

Red iba a matar a Colt.

El pánico la invadió. Estiró la mano hacia arriba, tocó su casco y se las arregló para liberarse. Pero había cables conectados a su cabeza. Ella tenía que salir y detener a Red.

—¡No!

Wendy giró hacia la voz detrás de ella. Un hombre canoso en bata blanca estaba en una puerta abierta. Algunos técnicos observaban el interior del salón desde sus posiciones detrás de una pared de vidrio.

—Los electrodos están insertados debajo de tu cuero cabelludo. No los arranques.

—¿Qué pasa? —gritó ella; su voz salió ronca, cortante como con fuego—. ¡Red matará a Colt! ¡Ustedes tienen que detenerlos!

Ella intentó girar el pie de la silla, pero lo agarró el cable que llevaba a la computadora. Un tubo IV la jalaba por el codo.

Directamente frente a ella yacían muertos Nicole y Carey.

La mente de Wendy reaccionó bruscamente. Sus pensamientos se negaron a conectarse con deducciones lógicas. Se puso como loca, sabiendo por completo quién era ella, pero no podía detenerse.

Un grito le atravesó su garganta seca, y jaló las cuerdas que la ataban a los aparatos. La bota con el cordón se liberó de un jalón, y ella lanzó sus pies al piso.

Agujas por debajo de su traje le jalaron la piel con un pellizco. Un dolor verdadero del que quería más.

Wendy agarró los cables de su casco y los arrancó de su posición.

Entonces quedó libre, tambaleándose en el suelo.

Aún estaba gritando cuando sus manos enguantadas golpearon el casco de Timothy Healy.

Él hizo un movimiento brusco.

—¡Muere! ¡Muere! Tú...

En vez de continuar, se volvió y se lanzó hacia la figura trajeada de Colt, pensando a través de la niebla de pánico que era más fácil despertar a Colt que matar a Red. Ella debía detenerlos, salvar a Colt, terminar esta locura en la biblioteca porque no quería que Colt muriera y no estaba segura de poder vivir con él agonizante.

—¡No, detente! No puedes hacer eso. Vas a matar a todos ellos.

Alcanzó a recorrer mitad del camino hacia el cuerpo de Colt antes de que fuertes brazos la agarraran de la cintura y la hicieran retroceder. Pertenecían a dos técnicos, y ambos le gritaban.

—¡Tranquila! ¡Tranquila...!

—No puedes obligarlos a salir sin matarlos. ¡Simplemente cálmate!

Wendy se tragó su grito y comprendió el significado de estas palabras. Se liberó de un jalón y giró hacia los hombres. El canoso que entró primero la miró asombrado. Se coló en el salón un hombre con una etiqueta que lo identificaba como Nathan Blair.

Todos estaban fijos en ella.

Ella les devolvió la mirada, jadeando.

—Ustedes tienen que detenerlo —suplicó ella, pero la voz salió áspera y débil.

El salón se inclinó de modo que mareaba, luego se corrigió.

Ninguno de ellos le dijo que los detendrían. O que podrían detenerlos.

El llamado Nathan Blair fue el primero en hablar.

—Wendy. Por favor... tienes que calmarte.

—¿Pueden detenerlos?

No contestaron.

No, no podían. En este mismo instante en otra realidad que era tan real como esta, ella estaba desmayada en el piso de la biblioteca. Colt y Red se estaban enfrentando a cinco metros de distancia uno del otro.

Red iba a matar a Colt.

Ella salió de nuevo como un bólido hacia Timothy. Esta vez los hombres la golpearon en los costados antes de que lograra ponerle una mano encima. El pie se le enganchó en la base de una silla y cayó bocabajo sobre el piso.

Se quedó tendida allí, estremecida por los sollozos, sin poder determinar nada que le ofreciera esperanza. Con cada minuto despierta se hacía más y más real la profundidad de aquello en que acababa de estar.

Su nombre era Wendy.

Había escapado de una secta que la dejó devastada. Eso era real.

Y sufría epilepsia del lóbulo frontal.

Pero sus recuerdos de la universidad, la vida en el sur de California, las relaciones frustradas con hombres... todo eso aparentemente lo había creado, imaginado, mientras dormía en este salón. En el juego.

Hace un mes, a los diecinueve años, se había ofrecido como voluntaria para esta misma prueba, con muchas ganas de los cincuenta mil que ganaría.

Hace seis días había entrado al mundo de Piel.

Hace seis horas Timothy Healy cambió el juego sin que ella tuviera ningún recuerdo del juego anterior. Él introdujo nuevos intereses.

En ese juego, Wendy enfrentó los temores más grandes y se enamoró de un hombre llamado Colt.

Y ahora Red iba a matar a Colt.

Wendy se levantó y los miró. Un hombre y una mujer de los cuatro dentro de este salón que la controlaban. Más allá del cristal se inclinaban varios técnicos sobre monitores.

Además de ella, Colt, Pinkus y Timothy Healy respiraban pesadamente. Ellos ni siquiera estarían conscientes de que ella había perdido el conocimiento en el suelo de la biblioteca.

—Está bien —dijo ella, enfrentando a Nathan Blair—. Está bien, dígame si hay alguna manera de detener esto.

El hombre canoso con ojos oscuros y frente muy arrugada dio un paso adelante. Solo ahora ella vio que el hombre era el doctor Cyrus Healy. El hombre detrás del juego.

—No hay manera de que tú o cualquiera de nosotros podamos influir en el juego —contestó Healy—. Y no podemos sacarlos sin matarlos.

—¿Está usted *seguro* de que despertarlos los mataría?

—Nada es totalmente seguro.

—¡Excepto que Red los matará si usted no los despierta! —dijo ella bruscamente.

—Colt puede ser bastante ingenioso.

—Usted sabe que su hijo lo matará. Sabe que es más rápido.

No hubo respuesta.

—Él ya mató a los otros dos. Por favor, doctor, no deje que le ocurra esto.

—Tenemos que dejar que el juego concluya.

—Él tiene razón, Wendy —intervino Blair, moviéndose a la derecha del doctor—. Sacarlos matará casi con seguridad a uno de ellos, o a todos.

Ella miró los tres cuerpos convulsivos y apretó los dientes. Las lágrimas le humedecieron las mejillas. ¿Entonces qué? La cabeza le giraba, más del agotamiento que de la confusión. Es más, ella no tenía confusión. Por primera vez en días supo exactamente lo que estaba sucediendo.

Wendy tranquilizó su respiración. A no ser por el suave zumbido de la computadora, los pitidos de monitores que señalaban pulsaciones, y las ráfagas de aire de respiración debajo de los cascos, el salón estaba en silencio.

—¿Cómo sé que esto no es solo una realidad imaginada, como el desierto? —ella preguntó, aunque a nadie en particular.

—No lo sabes —dijo el hombre más viejo—. Pero nosotros sí. Confía en mí, has estado tirada en esa silla durante seis días. Sin desierto, sin tornado, sin biblioteca, sin Clifton, no en esta vida. Eso era todo parte del juego. La única gente real en Piel son tú, Colt, Pinkus, Carey, Nicole y Timothy.

—¿Y los implantes?

—No hay implantes. Así parecía en el juego, pero en este cuarto utilizamos medios más tradicionales.

—¿Drogas?

—Sí. Y los trajes. Cascos. Electrodos. Tecnología de microondas que estimula el hipocampo.

Un débil rayo de esperanza se le deslizó por la mente. Era algo que Pinkus había dicho en el juego.

Lentamente ella se volvió hacia el hombre canoso cuyo hijo iba a matar al hombre de quien ella se había enamorado.

—Usted tiene que concluir el juego en sus propias condiciones.

—Sí —contestó él titubeando.

—Yo soy una de esas condiciones.

—Yo...

—Soy una de las participantes.

—Vaya —farfulló uno de los presentes, interrumpiendo el corto silencio.

—Lléveme de vuelta —determinó Wendy—. Déjeme terminar el juego con ellos.

—Eso es... No tenemos tiempo. Eso nos llevaría diez... ¡quince minutos!

—¡Devuélvame allá! —gritó Wendy—. Usted sabe que puede. Una hora aquí puede ser un minuto allá. Déjeme volver; es mi decisión.

—Él te matará. Si mueres en el juego morirás aquí.

Él también sabía que Red iba a ganar.

—Correré ese riesgo. Devuélvame. ¡Ahora!

52

Wendy yacía de costado, con la mejilla presionada contra el suelo de la biblioteca, cuando abrió los ojos en el juego.

Su mente corrió a través de una oscura niebla. Fragmentos de su tiempo en el salón blanco coronaban sus pensamientos, y tardó algunos segundos en ordenarlos a fin de que tuvieran sentido para ella.

La habían enganchado otra vez a la computadora, alimentaron sus venas con más de los fármacos, le administraron una cantidad de pulsaciones del transmisor de microonda. Al principio su transición fue gradual; luego sus sentidos se cerraron en el salón blanco y despertó aquí, en la biblioteca.

¿Cuánto tiempo había pasado?

Ella levantó la cabeza. Red y Colt aún se miraban como halcones. Había vuelto a tiempo. Quizás pasó menos de un minuto. Tal vez solo dos segundos.

—¿Colt?

Ella se puso de rodillas, y se levantó lentamente.

—Colt, tienes que escucharme.

Él no respondió. Todo su enfoque estaba puesto en Red, el hombre que lo mataría.

—Los desvanecimientos no eran tal cosa —informó ella—. Estábamos viendo el mundo real. En ese mundo hay viseras que cubren nuestros rostros. Aún estamos en el juego, Colt. Exactamente ahora, en este mismo instante, todos estamos enganchados a una computadora en un salón blanco, participando en el juego como si fuera real.

—¿Qué? —gritó Pinkus.

—Nicole y Carey están muertos —continuó ella—. En ambos mundos.

—Eso fue hace siete años —insistió Pinkus.

—No, no fue así. Red nos dio nuevas pieles a todos en que éramos más viejos, pero no lo somos. Todos somos aún jóvenes, y aún estamos en el juego.

Colt parpadeó. Sus manos estaban extendidas, listas para desenfundar.

—No puedes derrotarlo, Colt.

—Vas a conseguir que nos mate, Wendy —contestó él suavemente.

—Sí que lo harás, Wendy —intervino Red—. Vas a conseguir que todos ustedes mueran.

—Tienes que creerme. ¡Estamos en un juego!

—Cállate —dijo Colt—. Retrocede.

—Sí, retrocede, Wendy —concordó Red con una sonrisa feroz—. Lo que crees que es real allá podría ser tan irreal como lo que crees que es irreal.

Él tenía razón. Pero ella se negó a aceptarlo.

—*Este* es el juego. Y en este juego Red es más rápido que tú, Colt.

Colt respiró de modo firme, con la mente corriendo detrás de sus ojos.

—¿Cómo vencería Colt a Red en el juego, Pinkus? —preguntó ella sin mirar al jugador.

—No estoy seguro...

—No, ¿qué dijiste antes? Respecto de elevarse al mismo nivel.

Transcurrió una palpitación.

—Él se debe volver más habilidoso en el juego y elevar el nivel.

—Tienes que elevar el nivel, Colt. ¿Cómo lo debe hacer, Pinkus?

—Él... —empezó Pinkus dando un paso adelante y hablando con más confianza—. Obras dentro de la interpretación del juego para lograr mayor nivel de excelencia que tu oponente.

—¿Y cuál es la interpretación del juego? ¿Cuál es el punto de este juego? ¿Y qué tal si Red lo cambió? ¿Cómo se vuelve alguien más poderoso que el creador?

—El juego trata acerca de entender quién es feo —contestó Pinkus—. Quién es malo. En este juego burlas a tu oponente.

En el momento en que Colt se estremeciera, la mano de Red se movería de modo más rápido y más terrible, pensó Wendy.

—Está bien, Pinkus —comentó ella, manteniendo la voz baja—. Dinos *cómo*. ¿Cómo puede Colt burlar a Red y volverse más poderoso? Dinos cómo puede elevar el nivel.

—Podría ser conocimiento; entendimiento.

Él titubeó, quizás comprendiendo ahora las repercusiones de su propia conclusión.

—Probablemente no —intervino Red.

Pero Wendy siguió un hilo de lógica que había empezado antes con Red.

—Aceptar lo que Red no puede. Que todos nacimos feos. Que todos tenemos maldad en nuestros huesos. Que nunca puedes juzgar a un libro por su cubierta o a una persona por su piel. Y lo que nació feo no puede hacerse a sí mismo hermoso. Esa es la razón por la que ninguno de nosotros podía derrotar al juego Piel. Ni siquiera el mejor de nosotros, Timothy Healy.

—Pura verborrea —comentó Red.

—Esa verborrea te derribará —amenazó Wendy, con voz temblorosa.

—Ella tiene razón, Colt —continuó Pinkus dando otro corto paso adelante—. En la construcción de este juego tienes que sustraer poder de la *verdad* para elevar tu nivel. Comprender que tu debilidad te hace más fuerte.

—Cállense, por favor, cierren por favor sus asquerosas bocas —expresó Red pareciendo seguro de sí mismo, pero una línea de transpiración le bajó serpenteando por la mejilla.

—Por favor, Colt —pidió Wendy—. Tienes que comprender la verdad. Él es más rápido que tú, pero tú puedes ser más rápido. La verdad es más fuerte que sus mentiras.

—¿La verdad?

—Que no eres mejor que él. Él, por otra parte, cree las mentiras, por lo que es mejor que tú. El salón se sumió en silencio. Wendy apenas podía oír el zumbido afuera, exactamente más allá de la piel de este mundo. Su corazón palpitaba como un tambor.

—Bien, Colt, ¿qué va a pasar? —preguntó Red, aún confiado—. ¿Quieres probar esta tontería frente a mi mano? ¿La verdad contra mentiras y todas esas estupideces?

No hubo respuesta.

—Ella tiene razón respecto de algo. Soy más rápido que tú. Lo que ella no sabe es cuánto más rápido.

Aún no hubo respuesta.

—¿Quieres probar, bebé?

Wendy sintió que el rostro se le arrugaba por la desesperación.

—Colt. Por favor —rogó, sus palabras brotaron como un susurro.

Pero Colt no contestó. No se estremeció. Ni siquiera parecía estar respirando. Taladró a Red con una mirada.

—Espejito, espejito —continuó Red—. ¿Quién es el más hermoso de todos?

—No lo sé —replicó Colt suavemente—, pero tú eres el más feo hijo de ramera.

Y entonces arremetieron. Dos masas borrosas en sus cinturas; cabezas, pies, rodillas y pechos inmóviles.

Solo sus brazos derechos. Solamente las pistolas. Como las alas de un avispón, abanicando, apenas visibles.

Wendy parpadeó, y el estrépito de disparos llenó el salón mientras los ojos de ella se cerraban momentáneamente.

¡Bum!

—¡Colt! —ella no pudo contener el grito en sus labios.

Los dos permanecieron quietos como si nada hubiera ocurrido. Los dos estaban fijos en el suelo. Ninguno estaba muerto; ninguno estaba herido; ninguno ni siquiera pareció estar preocupado.

La única diferencia entre Red y Colt era que la pistola de Red señalaba en ángulo. Abajo.

¿Abajo?

El corazón de Wendy se apresuró como un pistón recalentado.

La pistola de Red señalaba levemente hacia abajo porque no la llegó a levantar más; así debió haber sido. Pero no había evidencia de que la pistola de Colt le hubiera metido una bala.

De repente el cuerpo del asesino comenzó a inclinarse hacia atrás. Solo entonces Wendy vio el orificio en el ojo izquierdo de él, oculto hasta ahora por el puente de su nariz. Ella sabía que Colt había hecho ese agujero allí, exactamente a través del cerebro del hombre.

Su cuerpo permanecía erguido y rígido mientras se inclinaba hacia atrás y caía al suelo como un trozo de carne y se quedaba quieto.

Colt cambió su enfoque otra vez hacia el asesino; aparte de eso, nada se movió.

—¿Está muerto? —inquirió Pinkus.

Más allá de Colt, Luke se movía.

—Está muerto —expuso Wendy—. ¿Está muerto, Colt?

—Está muerto —contestó él, pero aún sin dejar de apuntarle al cuerpo.

Wendy se bamboleó e intentó clarificar la niebla de su mente. Cien voces susurraban juntas, pero por encima de todos ellos surgió una verdad que les había salvado la vida.

Feos hasta la médula, decía. Feos hasta los huesos.

—Wendy, dinos cómo salir de este juego —manifestó Colt bajando la pistola.

Epílogo

Wendy se sentó al lado de Colt y Pinkus en el salón en que rendían informes, la cabeza aún le daba vueltas por las cosas que les habían dicho en las cinco horas desde que salieron del juego. Lo más desconcertante naturalmente era lo relacionado con Timothy, Nicole y Carey, que yacían muertos.

El doctor Healy adoptó a Timothy cuando este tenía catorce años, y lo había usado como un títere en un juego que salió horriblemente mal.

Nicole había matado de veras a sus padres varios años antes.

Timothy, Carey y Nicole eran totalmente humanos y ahora todos estaban bien muertos.

Hasta una semana atrás Wendy no había sabido nada de los cinco jugadores, a quienes reclutaron porque, igual que ella, sufrían de alguna clase de epilepsia del lóbulo frontal. Al haber escapado de la secta dos años antes, y no tener verdadera dirección para su vida, un anuncio en el diario *Sun* de Tucson en que requerían voluntarios remunerados con ELF era una posibilidad que no podía dejar escapar.

Había llegado una semana atrás, el primero de agosto, y después de un día de pruebas ingresó junto a los demás al mundo de Piel. No tenía idea acerca de cómo lo logró el doctor Healy, pero podía jurar que vivió siete años en los últimos seis días.

El juego mismo podía haber ido en miles de direcciones. De hecho había comenzado en los lejanos desiertos del mundo peleando con Horde, y terminó en un lugar o un mapa —como ellos lo llamaban—, que Timothy Healy creó llamado Summerville, pero la próxima vez podía lucir diferente. Los jugadores, y no los programadores, determinaban la dirección del juego.

Wendy levantó la mano y se la miró.

—Aún no me recupero —comentó—. Tengo diecinueve años, no veintiséis.

—Y yo no soy un policía —añadió Colt—. Lo seré, pero no aún.

—Clifton... el pueblo. Todo esto fue... ¿cómo lo llamaron?

—Un montaje —dijo Pinkus—. En el juego. —Levantó su dedo meñique todavía intacto—. Gracias al cielo.

Wendy miró a Clifton a los ojos. Aunque nada de lo ocurrido en el juego sucedió de veras, sus historias eran reales: todo hasta una semana atrás. No los cinco a siete años que mediaron en que los llevaron a imaginar a cada uno. Colt se había criado en un prostíbulo. Ella en una secta. Nicole y Carey eran hermanos, y Nicole había matado a sus padres.

Ellos habían abierto sus corazones y desnudado sus almas.

Cuando Wendy vio a Colt por primera vez, él era sumamente tímido. Ahora le devolvía la mirada con suavidad en los ojos.

Era bueno verle más joven, vistiendo jeans desteñidos y una camisa muy gastada con las palabras Forest Guard impresas en el frente. Él no sabía lo que significaban, solo una franela que recogió en el Ejército de Salvación, dijo.

De alguna manera él no lucía para nada poco atractivo aquí, en la vida real. No tan áspero, ni tan simple. ¿O es que su percepción acerca de él había cambiado?

Ella podía oler la esencia de su colonia. Era musculoso con una larga cicatriz en su antebrazo. Él no podía recordar de dónde venía la cicatriz.

—La Horde —dijo—. Ellos rieron entre dientes.

—¿Ahora qué? —preguntó ella.

—Ahora limpiarán todo esto de nuestros recuerdos —contestó Pinkus—. ¿Pueden hacer eso?

—Ellos nos metieron en el juego —contestó Colt encogiéndose de hombros—. Nuestras mentes están un poco fragmentadas. Estoy seguro que encontrarán la manera.

Wendy miró un calendario que había en la pared. Siete de agosto. En realidad habían estado en el juego por seis días.

La puerta detrás de ellos se abrió, y entró Nathan Blair, un inspector de algún organismo de control gubernamental.

—Siento haberlos hecho esperar —dijo, yendo hacia el escritorio frente a ellos.

Algo en ese calendario molestó a Wendy. Siete de agosto. Seis días.

—Bueno. Aquí estamos —comentó a toda prisa Blair, sentándose en la silla del escritorio y mirándolos con penetrantes ojos azules.

—¿Cuándo nos podemos ir? —indagó Pinkus.

—Tan pronto como volvamos a normalizar las cosas —contestó Blair.

—No nos irán a enganchar de nuevo, ¿verdad?

El hombre miró a Pinkus, luego asintió lentamente una vez.

—¿Quieren vivir el resto de sus vidas con estos recuerdos?

Wendy negó con la cabeza, y el silencio de los demás indicó que estaban de acuerdo.

—Hoy murieron aquí tres personas —expuso Colt—. Incluyendo al hijo del doctor Healy. ¿Van ustedes simplemente a echar un velo sobre este asunto?

—Estoy aquí para asegurar que eso no ocurra, señor Jackson. Usted tendrá que confiar en mí respecto a eso.

Colt miró a Wendy. Ella tenía sus dudas. Pero ni siquiera veía que se pudiera hacer algo.

—Ustedes tres, por otra parte, representan más de un problema —expresó Blair tomando una profunda respiración.

Wendy pensó que algo andaba mal por la manera en que les habló el hombre. Había desaparecido el interés que les mostró la primera vez que salieron del juego. Ahora parecía frío.

Ella miró otra vez el calendario exactamente más allá del hombre y por encima de él.

—¿Para cuánto tiempo fue programado el juego?

—Siete días —contestó él titubeando—. Pero eso no...

—Solo jugamos seis días... —interrumpió ella con el corazón latiéndole pesadamente.

Nathan Blair parpadeó.

Ella lo vio entonces, solo por un segundo. El ojo izquierdo del hombre había perdido su tono azul y ahora el brillo era grisáceo. El gris estático de un televisor que había perdido su señal.

Luego desapareció. Ambos ojos del hombre volvieron a ser azules.

Wendy contuvo el aliento y movió bruscamente la cabeza hacia Colt.

—¿Viste eso?

—Tienes que estar bromeando —dijo otra vez Pinkus—. ¿No ha terminado?

Blair le miró con una ceja arqueada.

—¿Qué quieres decir, hijo? ¡Por supuesto que terminó!

A Wendy se le ocurrió que Blair no sabía. Honestamente él no lo sabía.

—Figura del discurso —dijo—. Quizás se terminó. O quizás nunca termine en verdad. Tenemos que jugar el juego hasta el final. Tenemos que resolver lo que es real y lo que solo quiere ser real. ¿No es cierto, señor Blair?

Él no le hizo caso.

—Parece razonable.

Otra vez su ojo izquierdo brilló gris por una fracción de segundo. Pinkus gruñó.

Wendy respiró profundo.

—Pero Pinkus hace una buena pregunta hipotética —dijo ella—. ¿Y qué si todavía estamos en el juego?

Colt la miró, con los ojos desorbitados. Luego volvió a mirar a Blair.

—Entonces jugamos incondicionalmente. Yo diría que ahora sabemos cómo.

—¿Sabemos?

Él dudó.

—Sabemos que hay verdades escondidas.

El corazón de Wendy se hinchó. Tomó las manos de él entre las suyas sin mirar, y las agarró fuertemente. En ese momento no estaba segura de que podría soltarlas.

—Más allá de la piel de este mundo —dijo ella.

Colt habló suavemente, con una voz constante.

—Esta vez jugamos juntos.

Wendy asintió sin quitar su mirada de los ojos azules, luego grises, luego azules, reales, no reales, de Blair.

—Juntos.